Lo real

Belén Gopegui

Lo real

EDITORIAL ANAGRAMA
BARCELONA

Diseño de la colección:
Julio Vivas
Ilustración: «San Miguel Arcángel», anónimo hispano flamenco, s. XV, Museo del Prado, Madrid

Primera edición: marzo 2001
Segunda edición: abril 2001

© Belén Gopegui, 2001
© EDITORIAL ANAGRAMA, S.A., 2001
   Pedró de la Creu, 58
   08034 Barcelona

ISBN: 84-339-2474-5
Depósito Legal: B. 18725-2001

Printed in Spain

Liberduplex, S.L., Constitució, 19, 08014 Barcelona

a Constantino

y dicen que llueve por nosotros y que la nieve es nuestra
LMP

1

NARRADORA IRENE ARCE

Has venido a la cima de la colina, estás aquí, en el suave promontorio y miras la otra ladera. Podrías empezar a bajar. No es un descenso pronunciado. Podrías empezar a bajar, pero la otra ladera conduce al otro valle y allí no has estado nunca.

Me llaman Irene Arce. No me gustan los mitos ni creo tampoco que puedan nacer héroes en unos años como los nuestros y aunque voy a contar la historia de Edmundo Gómez Risco, le considero un semejante. Incrédulo, como somos a veces. Un hombre no libre, como casi nadie se juzga a sí mismo. Un vengador, me dije a los pocos días de conocerle, uno que vengará nuestras ofensas.

Dentro de diez minutos va a empezar el programa «La fábrica de sueños». Yo tendría que haber ido al estudio y estar ahora en la pantalla como ocurre desde hace año y medio los primeros martes de cada mes. No así hoy.

Tengo cincuenta y seis años. Fui una reputada realizadora de televisión; he escrito varios manuales para la antigua Escuela de Periodismo, donde di clases. Hace tiempo que pasó, sin embargo, mi momento de gloria. Desde entonces me he visto obligada a recorrer los programas más insulsos uno por uno. Ahora trabajo en dos programas documentales; también escribo artículos en una modesta publicación universitaria. Claro que todavía me llaman viejos conocidos, o gente que estudió conmigo, y solicitan mi colaboración. Suelo intervenir, como decía, en «La fábrica de sueños» una vez al mes. Mejor diré solía. Hace una semana, cuando me anunciaron la película que íbamos a comentar, pedí que me dieran de baja. Llevaba días dando vueltas a la idea de hacerlo. No es que me moleste particularmente *El silencio de los corderos;* es que quiero doblar el último recodo, y ya me va quedando poco tiempo. Además, quién sabe, es posible que esa pequeña prebenda mensual, esa cuota de protagonismo, no valga las sonrisas, la buena disposición, las ligeras concesiones que me pedían a cambio.

En el programa nadie puede, por cierto, doblar el último recodo. Cuarenta minutos repartidos entre cinco personas no dan para mucho. Menos aún si se gastan citando nombres, planos, influencias, homenajes. Alguna vez hemos llegado, es cierto, a hablar de la película, a describirla, pero describir, desde luego, no es suficiente. Doblar el último recodo significa alcanzar una verdad general: atreverse a levantar la mirada y poner en entredicho, por ejemplo, el sentido de aquellas historias donde el mal aparece como una fuerza espontánea, como una suerte de floración estacional en forma de psicópatas y desequilibrados. El psicópata es obvio y no me interesa, semeja el sarampión. Tampoco el sarampión me interesa a no ser para encontrar una vacuna y modos de aliviarlo, pero nunca para incurrir en el discurso cristiano que convierte el sufrimiento en experiencia privilegiada.

Cuando digo el mal no me refiero entonces a una gallina coja, a la muerte de un niño, al volcán que destruye un pueblo. Hay en el mal un propósito de perjudicar. Yo habría querido un programa donde fuera posible discutir las razones de ese propósito. Las razones, los motivos, porque el mal como arrebato no es asunto mío. Menos aún me importan las sagradas mayúsculas, el Mal que se ha encarnado en el icono de un torturador que ama la ópera, que tiene un gusto exquisito y no obstante disfruta con el olor a carne quemada, con el grito en el límite del grito. Las mayúsculas ciegan por el procedimiento de concentrar la mirada en la punta del asta donde cuelga la bandera y dejar fuera de la vista el ejército, las propiedades, el curso legal de la moneda, los pasaportes.

Yo habría querido empezar diciendo que hasta el momento y que sepamos la razón del malvado es siempre el bien. Así en el caso del asesino a sueldo pero también en el estereotipo del asesino a quien sus padres maltrataron de pequeño, quien sufrió las burlas de sus compañeros de clase o los tormentos de una obsesión sexual: él mata a las muchachas púberes en busca de su propio bien, para alcanzar una notoriedad que le compense de cuanto sufrió. Los malvados, los «hijos de puta», los corruptos, los niños que se chivan o que mienten, el rey y el terrorista y el conductor temerario, las niñas que conspiran, el médico negligente, los señores de la guerra y el hipócrita explotador, todos y siempre actúan en nombre de un bien. Por eso estoy aquí. Por eso dije que no iría al programa y estoy aquí, la palabra tomada, en vez de ahí, en el televisor. Porque ahí los invitados dicen estar hablando del mal pero en verdad están hablando de lo bueno, de lo que cada uno entiende por lo bueno.

Edmundo Gómez Risco era un ateo del bien. No actuaba en aras del bien propio, ni por el bien de otros, ni por el bien futuro de la humanidad. No se comportaba tampoco como un enfermo de los que van a parar a los tribunales, uno de esos seres sin motivos; no se podía decir que cometiera a menudo actos ilógicos. Su historia apenas la hemos oído nunca y, sin embargo, creo que nos concierne.

Edmundo llegó a la televisión con veintisiete años. Yo entonces tenía cuarenta y seis. Si alguien está esperando confesiones del tipo de «le adoraba en secreto» o «era como un hijo para mí», que siga esperando. A estas alturas, cuando una mujer habla de un hombre, recae todavía sobre ella la sospecha de que le mueve una pasión oculta, cuando no una actitud maternal. Que se aburra y se canse la sospecha. En cuanto a mi relación con Edmundo Gómez Risco, diré que es la de un testigo con su acontecimiento.

Había oído hablar de Edmundo a Mario Ríos, un veterano de la casa. «Es un tío curioso», debió de decirme, o algo parecido que me extrañó porque Mario no podía ver a los directores de programa, sobre todo si eran jóvenes. A los pocos días me lo encontré en el despacho de un programa musical. Estaba sentado en la mesa de la directora, una mujer con quien yo tenía que hablar. Pasé para dejar una nota y él me miró, tranquilo.

—¿Sabes si Silvia va a volver? —le dije.

—No tengo ni idea. —Edmundo llevaba una chaqueta de lana gris con aspecto de estar tejida a mano, abierta, y una camisa blanca. Tenía la cara ancha, pronunciada la frente, la boca como una raya que contuviera el borde de los ojos—. He entrado aquí aprovechando que no había nadie, antes de que lo cerrara el conserje. Quería ver unos papeles.

—Me llamo Irene Arce —le dije entonces.

—Es verdad, no nos han presentado. Soy Edmundo Gómez Risco.

—No he entendido eso de «aprovechando que no había nadie»— dije algo irritada.

—Quería cerciorarme de ciertos datos —dijo él—. Yo suponía que ella estaba pagando por algunas cosas más de lo que decía, y he comprobado que es así.

—¿Espionaje industrial? —pregunté con sorna.

—No lo hago para la competencia. Lo hago para mí, soy nuevo. Necesito saber cuáles son las reglas.

Empezaba a enfadarme:

—Por el camino conseguirás que se cierren con llave no

sólo las puertas, también los cajones y los archivadores. Supongo que lo sabes.
—Yo a veces los cierro —dijo—. Si tengo que guardar algo peligroso.
En aquel momento llegó un ayudante de producción. Por lo visto mi jefe me reclamaba, teníamos que elegir unas imágenes enseguida.
Al día siguiente no vi a Edmundo, pero sí estuve en cambio en una reunión en la que participaba Silvia, la directora del despacho registrado. No le dije nada; no la advertí. Desde luego me habría sido difícil hacerlo. «Vi a un director nuevo en tu despacho, mirando tus papeles», podría haber dicho, por ejemplo, o «Ayer hablé con ese tal Edmundo Gómez mientras él terminaba de registrar tu mesa», bueno, digamos que no sonaba muy bien. Silvia del Castillo nunca me había inspirado ninguna simpatía. No me gustaba su pose de mártir represaliada por todos los altos mandos. Quizá sí la represaliaban, como ella decía, aunque sólo después que ella hubiera logrado encaramarse a puestos codiciados, que de vez en cuando perdía para quejarse hasta que terminaba en otro aún mejor. Aquella mañana me dije que si Edmundo hubiera registrado la mesa de mis compañeros, de la gente a quien yo aprecio, mi actitud habría sido bastante menos equívoca. Y así fue como Edmundo Gómez Risco me involucró en una especie de acuerdo comercial en virtud del cual él disponía de parte de mi desagrado hacia Silvia del Castillo mientras que yo, a cambio del exiguo beneficio de saberla registrada, guardaba silencio. Un acuerdo insignificante con respecto a sus contenidos, pero demasiado significativo con respecto a sus reglas. Porque yo siempre había renegado de esa clase de reglas.

He procurado huir de los fingidos colegas que se ganan tu confianza hablando mal de otros hasta que consiguen hacerte reír. Sé que en ese momento tu risa sella la trampa, tu risa les reconoce y te convierte en cómplice. Ellos apuntan al corazón de la vanidad: «Si está hablando tan mal de X conmigo es porque considera que yo soy mejor, que por supuesto mis camisas no son horteras como dice que son las de X, que frente a X él y yo compartimos el mismo buen gusto, y me siento halagado: entonces río.» Suelo esquivar esas maniobras, pero con Edmundo no lo hice. Cierto que él tampoco quiso llevarme a su terreno; no me tentó con la palabra sino que puso un acto delante de mí.

Por la tarde yo fantaseaba aún con la idea de buscarle para terminar la conversación que habíamos dejado a medias. No quería hablar con él en nombre de Silvia sino en el mío propio. Debía pedirle una satisfacción. Ni siquiera lo intenté, fue una tarde bastante movida. Llegué de noche a casa y encontré a mi marido muy contento debido a un encargo profesional. Se trataba de una prospección geológica en los montes de Aragón, precisamente en un radio que él siempre había tenido interés en estudiar. Nuestros tres hijos estaban de acampada con sus respectivos cursos escolares. Había en la casa un silencio nuevo y cuando llegó mi turno de palabra, dije:

—Yo también tengo una prospección por delante.

Le hablé de mi encuentro con Edmundo Gómez Risco y del pacto que nos unía. Llevaba mucho tiempo sin pasarme nada, así que me ilusionó dar importancia a lo sucedido. Mi relato fue creciendo, le dije que a partir de ahora estaba dispuesta a hacer estudios en la superficie de ese chico para determinar si en alguna parte existía algo como el infierno, una manera de comportarse ajena a la lógica del bien y, considerando el papel que esa lógica cumplía, un estado de progresión y holgura.

—¿Otra vez a vueltas con el ciclo de documentales sobre Luciferes varios? —me preguntó.

—No —le dije—. No pienso volver a proponerlo. Esta vez trabajaré por mi cuenta.

—Y todo a causa de un jovenzuelo al que has cogido espiando en un despacho...

—Es posible que me canse dentro de dos semanas –dije–. Pero a lo mejor doy con una de esas grietas que se distinguen por frecuentes movimientos a lo largo de sus caras contiguas, y porque penetran dentro de la corteza sólida constituyendo un camino de acceso para los magmas
—Graníticos –completó Blas.
Después de dieciocho años de matrimonio yo había llegado a saber bastante más sobre geología que mi marido sobre técnicas de realización y producción. No se lo reprocho. Las técnicas cambian, se quedan antiguas, pero las estructuras del planeta permanecen.
El hecho es que no me cansé a las dos semanas. Tampoco encontré la grieta que pueda constituir el camino de acceso para un infierno nuevo, precursor de verdades, pero he estado muy cerca. Todavía lo estoy.
Por eso no voy a volver al programa. Creo que me ha llegado el momento de empezar a escribir esta historia. En cuanto a Blas, en cuanto a mis tres hijos, en cuanto a Silvia de Castillo y los demás profesionales implicados, en cuanto a los amigos y familiares de Edmundo, en cuanto a los míos, sólo voy a decirles que contar una historia no se parece a ser echado del trabajo pero puede tener alguna consecuencia. Contaré lo que he sabido que ocurrió, lo que he imaginado que tuvo que ocurrir y contaré lo que pase de ahora en adelante. No dejaré que crezcan los quizás, los acasos, ni diré que hay momentos ocultos, instantes guardados en la manga como el que reserva el católico para el arrepentimiento final. Las historias se componen de cuanto se ha narrado y, por tanto, los episodios que no figuran en el guión o en el libro nunca deben albergar fuerzas opuestas sino que cualquier fuerza o tensión, cualquier fractura posible, ha de estar contenida en la estructura de la materia contada. He aquí la ley para que podamos todos hablar ahora y en el futuro de cómo ocurrió entonces lo que nos afecta aquí.
Una cosa es la ley y otra distinta el juicio. Del mío quiero decir que lo veo como algo duro y mullido al mismo

tiempo. Un lecho de hojas sobre el suelo. Un buen colchón para la espalda. No es el juicio que se ha consolidado en nuestras ciudades, demasiado mullido para unos y afilado como piedra dura para otros. Pero no es tampoco el juicio que soñé en mi juventud, el juicio del ruso rojo que no dudaría en fusilar al ruso blanco, que no cometería una excepción porque en la excepción se abre una carretera que transporta al ruso blanco a un país no neutral y, en ese país, el ruso blanco recauda dinero y compra las armas que servirán para matar a los jóvenes soldados bajo el mando del compasivo ruso rojo. Duro y mullido es mi juicio, pues contiene los pasteles que comí, las palabras que me hirieron, los contratos que firmé, la tela de la ropa que he tocado. Duros y mullidos son los ojos con que miro las vidas de los otros y mi vida. Y ahora, érase una vez.

CORO DE ASALARIADOS Y ASALARIADAS DE RENTA MEDIA RETICENTES

En mañanas como ésta el enojo crepita en nuestros cuerpos. No somos de los convencidos, de las convencidas. No nos desborda el agradecimiento. Un trabajo mediocre al servicio de jefes mediocres. Y ascenderemos para llegar más cerca de esos jefes. Las convencidas y los convencidos disfrutan con ese premio. Se quejan a menudo, ah, pero cómo salta su corazón cuando tienen una idea, y cómo acuden a contarla con prontitud, calculando su próximo ascenso, el día en que su renta media será un poco menos media aun siendo media durante toda su vida.

Nosotros no disfrutamos. Nosotras no disfrutamos. Hacemos y seguimos. Somos periodistas y cada gesto nuestro calla y dice, sin embargo, que nunca tendremos un periódico de nuestra propiedad, una emisora nuestra, un semanario que atienda y obedezca nuestras intenciones. Somos técnicos y téc-

nicas de empresas de producción de energía y cada gesto nuestro calla y dice, sin embargo, que nunca poseeremos una finca con residencia aparte para dos guardeses que enciendan la calefacción días antes de nuestra llegada y dejen a punto las habitaciones cuando hayamos partido. Somos enseñantes de colegios privados, somos subdirectores y subdirectoras de sucursal, directoras y directores de área, coordinadores y coordinadoras, somos gerentes, colaboradores, colaboradoras, empleados y empleadas de clínicas, de estudios de arquitectura, jefes y jefas de planta, empleadas y empleados de empresas de informática o de restauración o de la industria del entretenimiento y cada gesto nuestro calla y dice, sin embargo, que nunca tendremos libertad para criticar públicamente a nuestros superiores, libertad para tomar lo que nos pertenece. Nos sobra comprensión. Los lunes, martes y miércoles, jueves y viernes venimos a rellenar nuestro cupón de nada y no esperamos. Pero hoy hemos sabido que circula la historia de
un vengador
un incrédulo
un hombre no libre
uno que convirtió su reticencia en algo concreto
y queremos oírla, y dar nuestro parecer.

El padre de Edmundo trabajaba en la industria textil. Era abogado y se encargaba de supervisar la exportación de telares por parte de su empresa a distintos países del mundo. Su trabajo le obligaba a viajar por España y el extranjero. El abuelo de Edmundo había sido oficinista. Edmundo acababa de nacer cuando en su casa se empezó a tener dinero. Antes su padre gestionaba la situación de algunas plantas de producción de tejidos. Pero con el asunto de los telares todo cambió. Se mudaron a un piso en la parte norte de la entonces llamada avenida del Generalísimo, en Madrid. Allí vivieron entre 1956 y 1968 como si fuera a ser para siempre.

Luego vino un año de desgracia y confusión y después, la caída. Vendieron el piso y compraron otro bastante más pequeño en Doctor Esquerdo. Su padre pasó veinte meses en la cárcel. Por toda despedida le dijo a Edmundo: «Me ha tocado» y «Cuando llegue tu turno procura que no te toque a ti». Él tuvo que enterarse por su madre del resto de la historia: un juicio amañado y una sentencia injusta en la que habían pagado los pequeños pecadores por los grandes. Un primo de su madre le dejó algunos periódicos y semanarios contrarios al régimen. Luego Edmundo empezó a comprarlos a escondidas, porque su madre repetía siempre la misma versión y se negaba a contestar más preguntas: «A tu padre le han traicionado», decía cuando Edmundo insistía en tener más datos y, a veces, con una concesión a la ternura: «Hijo, ni a ti ni a mí nos van a ver llorar.»

En las revistas Edmundo averiguó que, en realidad, la empresa de su padre no exportaba telares: los vendía a sus propias filiales y compañías con sede en otros países para, de este modo, obtener grandes sumas en concepto de créditos a la exportación. Por lo general, esas filiales de paja se componían tan sólo de un pequeño despacho y una línea de teléfono. De manera que el destino de los telares solía ser una nave o un garaje de Estados Unidos, Venezuela o Panamá, en donde permanecían abandonados durante años. Le llamó la atención que a nadie, en ninguno de los artículos, pareciera importarle el futuro de esos montones de máquinas concretas. Él se las imaginaba dentro de grandes cajas de madera, y esas cajas dentro de enormes garajes solitarios. Los autores de los artículos hablaban sólo de lo que había detrás: ¿por qué había ocurrido esa estafa?, ¿por qué, ocurriendo, había salido a la luz?

Edmundo tenía catorce años cuando empezó el juicio. Frente a sus compañeros de colegio estaba obligado a fingir que comprendía el fondo del asunto. En su clase algunos habían dejado de hablarle y otros, en cambio, se mostraban más atentos que de costumbre, como si le dijeran queremos protegerte, aunque él no había pedido nada. Fernando Maldonado Dávila, por ejemplo, un empollón que además jugaba bien al fútbol y era de los primeros en gimnasia, había pasado de la indiferencia a sentarse a su lado en los estudios, hablarle en los recreos y, por fin, invitarle a su casa una tarde. Edmundo le daba largas y Fernando, para animarle, le decía: Mi padre apoya al tuyo, quieren quitarnos el poder pero no tienen ni idea de quiénes somos. Edmundo asentía entonces como si comprendiera esos plurales: ¿el régimen, el Opus Dei, la banca oficial, facciones enfrentadas dentro del régimen, la banca privada? Algún semanario sugería que el problema no se hallaba en los directivos de Matesa sino en ciertos miembros del régimen que se habían beneficiado con la operación. De no ser así, no se entendía que sectores oficiales hubieran dado diplomas a la empresa donde trabajaba su padre y la hubieran elogiado públicamente, concediéndole todos los créditos. Para Edmundo, sin embargo, su padre no estaba dentro de ningún plural porque se había limitado a rellenar papeles, porque a su padre le había tocado igual que a esos telares, le había tocado oxidarse, hacerse inservible, irse desvencijando en el interior de una caja en el interior de un garaje cerrado y húmedo. Su padre era demasiado poco importante.

Al final aceptó la invitación. Edmundo no era alto ni bajo. Tenía la cara y el torso anchos, pero no estaba gordo. También tenía las manos anchas, y los pies. Su madre solía decirle que su cara tenía personalidad. Edmundo pensaba: No soy guapo, pero tampoco muy feo y aunque la frente sobresale demasiado mi cara no es vulgar. Cuando el chófer del padre de Fernando Maldonado Dávila le abrió la puerta, Edmundo sonrió. Se daba cuenta de que no se sentía cohibido precisamente porque Fernando y el chófer y los padres de Fernando esperaban eso de él. Fernando era bastante alto. Cuando dijo que tenía una hermana de trece años y otra de dieciséis, Edmundo sonrió pensando en un telar inútil. Y cuando el padre de Fernando le estrechó la mano con fuerza y le dio una palmada en el hombro tal como se hace con un adolescente cuyo padre ha fallecido, él de nuevo sonrió. La madre de Fernando estaba de viaje con sus dos hijas.

Merendaron en la habitación de Fernando: leche fría en grandes vasos de cristal y rodajas de bizcocho dispuestas como cartas sobre una fuente blanca de porcelana. Edmundo consideró que debía coger una de esas rodajas de bizcocho. Fernando no le imitó y él se sintió torpe con el bizcocho en la mano sin atreverse a mojarlo, incómodo cada vez que lo mordía y lo tenía que masticar. Fernando le preguntó si tenía hermanas:

—Una, pero es pequeña. Está en un colegio de Suiza. Tiene nueve años.

Fernando le habló de las fiestas que daban sus dos hermanas.

—Puedo invitarte a una —dijo.

Edmundo depositó el último trozo de su rodaja de bizcocho en el plato, despacio. De los telares fabricados por la empresa de su padre había leído que eran lentos, pero que sin embargo podían tejer dos tipos de telas a la vez. Estuvo callado y luego dijo:

—Me gustaría mucho.

Como si hubiera una pócima hecha con las lágrimas guardadas por su madre y ella se la hubiera dado diciendo toma, hijo, bebe este trago de sabiduría, Edmundo había comprendido que para defenderse de la compasión, de esa manifestación temible del poder que era la compasión, el orgullo no bastaba. Y supo Edmundo, quizá sin formularlo con palabras aún, que la verdad tarda, que el débil no ha de exclamarla nunca a trompicones: sólo el fuerte puede ir por la vida con arrebatos de verdad y eso a riesgo de debilitarse.

Si, a la propuesta de Fernando, Edmundo hubiera respondido con un «¡Me importan una mierda vuestras fiestas!», la compasión no habría sido menor sino más grande. Pero Edmundo se contuvo; como el agua de una presa que, abiertas las compuertas, pudiera elegir no caer, Edmundo relegó la furia y no hubo en su ademán fuerza de voluntad sino un paisaje claro, el paisaje de las próximas horas y los próximos días. Desde que terminó el juicio y supo que su padre iba a ir a la cárcel, Edmundo se estaba ejercitando en el arte de ver la semana siguiente.

Vaciaron los vasos de leche. Edmundo ya no volvió a tocar su trozo de bizcocho. Ahora no sabían qué hacer. Edmundo, que solía sacar también bastante buenas notas, dijo algo sobre el próximo examen de latín, pero Fernando le miró con extrañeza. Fernando no estudiaba, no hablaba nunca de las asignaturas. Sacaba buenas notas porque era muy inteligente y le bastaba con hojear el libro unos minutos. Fernando no estaba, por tanto, dispuesto a preocuparse por un examen para el que aún faltaban tres días. Todo eso decía su extrañeza. Edmundo se deshizo de su frase apartándose el pelo de la frente al tiempo que se levantaba. Fue hacia una estantería de madera en donde había un tocadiscos.

—Los discos están en el armario —oyó decir a Fernando.

Edmundo abrió el armario y eligió uno de los primeros. Era la música de «Cantando bajo la lluvia». Preguntó si podía ponerlo.

—Claro —dijo Fernando, quien se había puesto de pie y le miraba aún desde el otro extremo del cuarto.

Edmundo subió un poco la rueda del volumen antes de que la música empezara a sonar. De este modo, cuando la aguja tocó el surco, el sonido se hizo más fuerte que el gran escritorio de Fernando, más fuerte que la ventana volcada a un exterior con árboles, más fuerte que la bandeja con asas sobre la que descansaban los restos de la merienda.

Edmundo fingió unos pasos de claqué. Enseguida Fer-

nando se acercó al tocadiscos y levantó la palanca que a su vez levantaba la aguja:
—¿Sabes bailar?
—¿Claqué? No, no tengo ni idea. Me lo estaba inventando.
—Esto. —Fernando señaló al disco que ahora giraba mudo—. ¿Sabes bailar un fox?
Edmundo hizo unos movimientos en el vacío, imaginando la música que aplazaba Fernando.
—Sí sé —dijo.
—Enséñame —dijo Fernando, y era una orden, pero Edmundo replicó con otra:
—Vuelve a poner el disco.
Colocó a Fernando a su izquierda y fue siguiendo el ritmo, repitiendo un mismo paso hacia delante y hacia atrás.
Cuando Fernando empezó a familiarizarse con el movimiento, Edmundo dejó de fijarse en él. Bailar le gustaba lo bastante como para poder hacerlo sin acordarse de su padre ni de los telares abandonados, ni siquiera de su madre, que era quien le había enseñado. La música, sin embargo, se interrumpió bruscamente antes que terminara la canción. Ahí estaba Fernando, otra vez de pie junto al tocadiscos, su mano en la palanca que mantenía en suspenso la aguja.
—Así es fácil —decía—. Pero cuando bailas con una chica no es tan fácil.
—Apaga eso —contestó Edmundo de mal humor.
—Está apagado.
—No. Apágalo del todo, que el disco no dé vueltas. Páralo. Necesito tiempo.
Fernando quería que Edmundo le enseñara como su madre le había enseñado a él. Edmundo estaba dispuesto pero sólo si conseguía ver de nuevo la semana siguiente, y algunos días más.
—Voy a enseñarte —dijo cuando Fernando desconectó el tocadiscos—. Descálzate.

Fernando, dócil, desataba el cordón de sus zapatos.
—Música —dijo Edmundo—. Ahora, súbete encima de mis pies y baila conmigo.

A Edmundo le costaba levantar cada pierna, sobre todo porque tenía que acentuar los movimientos para que Fernando aprendiese y Fernando, aunque menos robusto, era casi una cabeza más alto que él. Uno, dos, uno, dos. El cuerpo de Fernando subía y bajaba en cada compás. Subían y bajaban las estanterías y las bandas de madera en espiga del suelo. La ventana contenía la oscuridad del jardín quebrada por el reflejo del cuarto, y ambos, oscuridad y reflejo, subían, bajaban. Después terminó la canción. Mientras Fernando, descalzo, quitaba el disco, Edmundo abrió la ventana. Desde entonces muchas veces se ha preguntado si el bienestar es una forma de alegría porque, dice, no podía ser solamente aquel cristal apaisado, el aire de fuera, unos buenos zapatos negros, el eco de una melodía y sentir en el pecho la marea de oxígeno que suele seguir a un esfuerzo físico moderado.

El año pasado Edmundo me dijo que había resuelto la cuestión del bienestar. Tomábamos café en una terraza de la Castellana y él dijo: El bienestar sí es una forma de alegría, porque la alegría es duración, es potencia condensada.

Así imagino a Edmundo: está quieto en la habitación, se siente bien, nota al respirar cómo el aire infunde aplomo al cuerpo y cuando mide con el pensamiento el chalet de Fernando Maldonado Dávila vuelve a tomar aire; se trata de un gesto visible, se le oye suspirar de placer mientras la envidia pasa sin tocarlo. Edmundo no envidia el cuarto ni el chalet porque ha tomado posesión de ambos. El bienestar es una forma de alegría y la alegría es duración. El bienestar de hoy incluye el bienestar futuro y en la alegría de Edmundo está la conciencia de una fuerza en periodo de gestación. No envidia el chalet sino que celebra haberlo conocido pues de ahora en adelante formará parte de su capital. No le interesa del chalet la limosna ofrecida para su padre hoy sino el poder delegado que le confiere tratar con Fernando Maldonado Dávila –sus calcetines grises sobre la madera– y del que un día se servirá.

El verano fue lento y frío. Su padre se quedó en Madrid. De los días con su madre y su hermana en la casa de campo que alquilaban cada verano, Edmundo sólo recuerda que dormía doce, trece y a veces catorce horas. Su hermana iba a la piscina de unos vecinos, su madre salía al pueblo a comprar y a misa. Allí se encontraba con un matrimonio de hijos mayores que pasaba todo el año en la sierra y paseaba con ellos. Edmundo se metía en el cuarto de las herramientas del jardín adonde había llevado un par de sillas. Sentado en una, con los pies sobre la otra, leía a Rudyard Kipling, ponía canciones en un comediscos, siempre las mismas, las bailaba solo. A veces iba al cine al aire libre del pueblo y a su madre le decía que había quedado con dos chicos de otra urbanización pero solía ir solo. Muy de tarde en tarde llamaba a sus amigos del año anterior y quedaba en la plaza los días que tocaba la orquesta para que su madre no se intranquilizara. Le alegró que llegara el momento de volver a Madrid, al menos la obligación de estudiar introducía un poco de horizonte.

En una fiesta de finales de octubre conoció a la madre de Fernando. Era una mujer alta; el peinado la hacía parecer un poco más alta aún. Vestía de gris, tenía la piel muy clara y de sus ademanes estaba ausente el miedo a titubear. Era lo que su madre siempre había querido ser, una mujer con clase, se dijo Edmundo al saludarla, y la odió. Le presentaron luego a tres chicas, las dos hermanas de Fernando y Jimena Sainz de la Cuesta.

De pie, junto a la cabecera de una larga mesa llena de mediasnoches y emparedados, Edmundo y Jimena descubrieron que habían nacido el mismo día. Jimena, al anochecer. Edmundo, de madrugada. Les gustó la coincidencia y que Edmundo fuera diez horas mayor. Jimena tenía el pelo castaño claro, casi rubio, muy rizado. Edmundo quiso tocarlo. Ella le dejó. La mayoría de los invitados bailaba suelto en el centro de la sala. Sin embargo, Edmundo y Jimena siguieron de pie, junto a la mesa de mediasnoches.

Jimena le preguntó a Edmundo si Fernando era su mejor amigo. Él miró hacia el final de la mesa al contestar:

—Yo no tengo ningún mejor amigo.

Se puso nervioso. Había imaginado que la tarde sería un juego de principio a fin, una gran representación, como saludar a la madre de Fernando y besar la mano de sus hermanas. Pero Jimena se estaba interesando por él. Notaba la mirada de la chica en su frente alta, en el tardío nacimiento del pelo, y no quería corresponderla; le daba miedo fijarse, retener su rostro. Con la frase sobre los mejores amigos acababa de contarle toda su soledad de adolescente de quince años cuyo padre iba a ir a la cárcel. Y la chica seguía ahí.

—Yo tengo una mejor amiga, pero no ha venido —dijo.

—Me gustaría bailar contigo —replicó Edmundo sin pensarlo, sin ver el minuto siguiente ni oír que estaba sonando una canción movida de los Doors. Él no quería bailar suelto. Ya había cogido a Jimena de la mano y avanzaba con ella hacia el centro de la habitación cuando la música dejó de sonar. Entonces Edmundo sí oyó el silencio. Se paró en seco, desconcertado, pero enseguida continuó. Alguien acababa de poner un vals, el baile favorito de la madre de Edmundo. Jimena, en cambio, con la nueva música se había retraído. Su mano tiraba de la mano de Edmundo hacia atrás.

—¿Qué te pasa? —preguntó él.

—Prefiero bailar otra cosa. El vals no me sale bien.

—No te preocupes. Yo te llevo.

Edmundo cogió a Jimena y la condujo bailando hacia el lugar en donde estaban todos. Se concentró en dirigir el cuerpo de Jimena y en no chocar con nadie mientras los dos giraban.

El vals estaba terminando. Edmundo no había dejado de mirarla a los ojos porque eso, decía su madre, ayudaba al partenaire. Pero sólo ahora que se acercaba el último compás vio los ojos que había estado mirando y esta vez sí que se asustó. Le pareció que los ojos de Jimena temblaban, que todo el cuerpo de Jimena temblaba y también él, sus manos. Si no estuvieran allí, rodeados de gente, podría besarla.

Se habían quedado quietos. No se movían ni se tocaban a pesar de que ahora sonaba un fox, el mismo que Edmundo había enseñado a bailar a Fernando. Debía volver a la mesa de mediasnoches y preguntar a Jimena cuándo podían verse otra vez, pensaba Edmundo sin encontrar las fuerzas para hacerlo. Había un tresillo de damasco cerca de ellos. Jimena echó a andar hacia allí y él la siguió, agradecido a la elección de la chica hasta que lo dejaron atrás.

—Tengo que irme —decía ella.

—Es pronto.

—Pero es domingo. Mi hermano va a venir a buscarme. Tengo que esperarle fuera.

—¿Puedo ir a buscarte yo, mañana, cuando termines las clases?

—Claro —dijo ella—. Pero mañana no. El martes salgo a las seis.

Le dio la dirección del colegio y Edmundo la memorizó.

Se despidieron junto al mayordomo, que sostenía el abrigo de Jimena por su espalda.

Como nadie iba a recoger a Edmundo, se había puesto de acuerdo con un compañero para volver con él en el coche de sus padres. No podía irse aún. Aunque había autobuses, el último pasaba a dos kilómetros del chalet a las nueve y media. Para tomarlo tendría que salir corriendo, y antes debía encontrar a su amigo, inventar una excusa, despedirse de Fernando, de su familia. Se resignó a esperar.

Fernando estaba de pie junto al pasillo, hablando con otro chico. Edmundo se acercó.
—Mi primo Álvaro —dijo Fernando—. Y Edmundo Gómez Risco.
El primo movió la cabeza en señal de reconocimiento; pronto alguien le llamó desde un corro. Cuando se hubo marchado, Fernando dijo:
—¿Me has visto?
Edmundo no entendía.
—Antes, con el fox.
No le había visto y tuvo que escuchar lo que Fernando contaba de su baile, de la chica, de su primo, lleno de aburrimiento. Pero era un aburrimiento tenso y afilado, como ofrecerle a alguien un cuchillo o unas tijeras por la punta.
—Me están esperando —mintió con brusquedad cuando Fernando se calló.
Donde las bebidas encontró a Isidro, el chico que iba a llevarle a Madrid. Edmundo cogió una Coca-Cola. A su lado, Isidro y dos amigas hablaban y reían.
—Vamos al jardín —dijo Isidro abarcando a Edmundo con la mirada.
Él apoyó la idea, pensaba que era preferible aburrirse en la oscuridad y no con todo el mundo pendiente de su cara. En el porche había unas sillas de hierro blancas sin cojines. Y aunque hacía algo de frío y las sillas eran duras, los cuatro se instalaron allí.
Isidro y las dos chicas comentaban las diferentes clases de fiestas. Edmundo intervenía alguna vez para no llamar la atención por hosco o silencioso. Entretanto comparaba su estado con el de ese montón de sábados y domingos que había pasado solo en su casa, leyendo, viendo la televisión o yendo a dar una vuelta con un amigo y aburriéndose. Nunca entonces había pensado que nadie fuera culpable de la monotonía, como sí lo pensaba ahora.

—¿Qué te pasa? —le preguntó una de las chicas. Era algo más alta que Jimena, tenía el pelo de su mismo color aunque liso y antes había dicho que le gustaban las fiestas de verano, con luces en el jardín.

—Pensaba que debías de estar cogiendo frío —dijo Edmundo mientras se quitaba la chaqueta y se la ponía a la chica por los hombros.

La chica ahora sonreía pero Edmundo fingió no darse cuenta. Cuando viera a Jimena le contaría cómo había cambiado su experiencia del aburrimiento y quizá también por qué Fernando no era su mejor amigo.

Edmundo fue a buscar a Jimena el martes. El miércoles ella tenía clase de solfeo. El jueves Jimena le pidió que fuera a su casa el sábado para ayudarla a hacer un trabajo de historia. También podían jugar al tenis:

—Sabes jugar, ¿no?

Edmundó asintió. Iba a un colegio con pistas de tenis, un colegio de antes de que condenaran a su padre a la cárcel. No le dijo eso. Tampoco le había dicho aún nada sobre Fernando, ni acerca de Matesa, la empresa donde trabajaba su padre. Pensó que tenía que hacerlo pronto, decírselo enseguida porque si no el día que conociera a la madre de Jimena iba a odiarla también.

Estaban ya muy cerca de la casa de Jimena, en El Viso. Apenas se habían visto cuarenta minutos cada día, no había habido tiempo para Matesa, pensó.

—Mañana —dijo— podríamos dar un paseo más largo.

—Mañana no podemos vernos —contestó ella—. Tengo clase de francés y luego voy a casa de mis primos. Pero nos vemos el sábado.

Se ocultaron en una salida de garaje para besarse.

—Hasta el sábado entonces —dijo Edmundo con formalidad.

30

Compró para la madre de Jimena una rosa blanca. En realidad compró una flor, Edmundo dice ahora que no recuerda la variedad de flor pero fue, tuvo que ser, una rosa blanca. Se la dio sin mirarla a la cara y en absoluto a los ojos. Los padres de Jimena tenían un compromiso. Cuando se fueron, Jimena le hizo pasar a su cuarto y a Edmundo le deslumbró la claridad. Madera de haya, aprendería después, en la mesa, la cama, la silla, las estanterías. El suelo estaba cubierto por una moqueta azul pálido, y había además un pequeño sillón azul oscuro pero con diminutas flores blancas. Supuso que ahí debería sentarse él mientras Jimena ocupaba la mesa y tomaba notas para el trabajo de historia. Jimena le condujo, sin embargo, a un balcón con largos visillos blancos. Corrió los visillos para enseñarle un árbol granate que había en el jardín. Se tocaron los cuerpos, nadie vino a traerles la merienda y, con prisa, y con miedo de que se abriera la puerta, se abrazaron buscando la piel sin quitarse la ropa. Después Edmundo se sentó en la silla y cogió a Jimena, los dos miraban un libro apretándose, excitados aún. Llegaron a hacer un esquema de la situación en Europa durante el imperio napoleónico.

—Es el coche de mis padres —dijo Jimena, y se levantó.

Al poco entró la madre para preguntarles si querían tomar algo. Dijeron que no, que iban a jugar al tenis. Cruzaron juntos el salón, las raquetas les colgaban de las manos y dejaban un camino en el aire. Al llegar a la pista empezaron a caer algunas gotas. Jimena le llevó a una glorieta con un sofá columpio, una fuente y un techo de ramas. Se besaron rápido pues podían verles desde las ventanas de la casa. Las gotas excavaban pequeños cráteres en la arena, más allá del suelo de piedra de la glorieta. Edmundo dijo:

—No entiendo por qué a la gente no le gusta el mal tiempo.

—Porque tienen miedo —contestó Jimena—. Les da miedo morirse. A mí sí me gusta.
—A mí también. «Esta tarde llueve como nunca. Y no tengo ganas de vivir, corazón.»
—¿Es de una canción? —preguntó ella.
—Un tío mío me contó que lo había visto escrito en un bar. Es de César Vallejo, un poeta peruano.
—¿Has leído más cosas suyas?
—Sí. Encontré una antología en un puesto de libros. Te la regalaré.

Se besaron otra vez, más despacio, como si la lluvia que arreciaba ahora, rítmica, encharcando la tierra, tapara las ventanas de la casa.

Fue la semana siguiente cuando el padre de Edmundo ingresó en prisión, cuando le metieron en la cárcel. La víspera habían cenado su menú preferido: solomillos rojos con setas y patatas y, de postre, tarta de yema. Durante la cena la madre de Edmundo, su padre y él mismo se esforzaron para que todo transcurriera con gracia y agilidad. Su hermana no sabía nada. La llamaron por teléfono, lo hacían todos los domingos. Por la mañana, cuando Edmundo se levantó para ir a clase, su padre ya se había marchado.

Siguió viéndose con Jimena como si fuera otro, como si de su vida sólo le importara la corteza del limón pero ni uno solo de los gajos. Una tarde fueron juntos al cine. No recuerda la película aunque sí que rozó la boca de Jimena con sus dedos y que ella la entreabrió y le mordía suavemente. No volvieron a tocarse nunca.

Alguien había exprimido el limón diciéndole a Jimena quién era Edmundo Gómez Risco: el hijo de Julio Gómez Aguilar, quien ocupaba un puesto de cierta relevancia, si bien no demasiada, en Matesa y acababa de ir a la cárcel. Edmundo tardó tres días en averiguarlo. Hablaban por teléfono y ella se mostraba impaciente por quedar con él, pero cuando Edmundo proponía una cita siempre la rechazaba. No dejó que volviera a buscarla a la salida de clase. Accedió a verle un viernes tormentoso en una cafetería del paseo de la Castellana.

Lo que más le dolería a Edmundo iba a ser que Jimena se hiciera la interesante, que permaneciese varios largos minutos con la mirada perdida: sin decir al camarero si quería la leche caliente o tibia con el café, hasta el punto de que Edmundo tuvo que contestar por ella; sin prestar atención a los relámpagos que atravesaban el cristal, ni a los truenos, ni a la conversación de Edmundo. Hasta que por fin él entró en el juego y preguntó qué te pasa una vez y otra, y otra. Nada, decía Jimena, no es nada.

—¿Nada es mi padre? —dijo Edmundo, y al ver que ella asentía sin hablar estuvo a punto de levantarse. Se vio a sí mismo tirando un arrugado billete contra la mesa para invitarla. Pero contó hasta diez. Ya no soy diez horas mayor que tú, Jimena, sino diez años, dice Edmundo que quiso haberle dicho algunos días después. En la mesa sólo se acordaba de su madre, que no te compadezcan, que no nos vean llorar.

—Esta tarde —dijo Edmundo— llueve, pero no como nunca, y yo sí tengo ganas de vivir.

Forzó una sonrisa y llamó al camarero.

—¿Sabes, Jimena? Yo había pensado que tú te dabas cuenta de las cosas. La mayoría de la gente, si le preguntáramos, diría que esto es una cafetería y que tú y yo somos dos adolescentes tomando café un viernes por la tarde. No tienen ni idea. En realidad yo no soy yo, no soy un adolescente sino que soy mi padre y tú, claro, no quieres beberte un café con mi padre. Pero también soy algo más además de ser mi padre. Yo pensaba que tú sabías eso.

El camarero acudió y Edmundo ya no tuvo que seguir hablando. Pagó, se levantó, y acompañó a Jimena hasta su calle sin llegar al portal.

Ella alcanzó a decirle:
—Eres un creído.
Él sonrió, la tomó por los hombros para darle un beso en cada mejilla. Y dobló la esquina de la calle conteniéndose para no echar a correr.

CORO

¿Adónde vas, Edmundo? Das grandes zancadas pero todavía distinguimos la espalda de tu chaquetón azul y tu cabeza ancha y erguida. ¿Adónde vas?
Tienes un padre en la cárcel cuando la mayoría sólo tuvimos jerséis baratos, un cuarto compartido, una madre sin tacto o veranos sin veraneo. Tienes un padre en la cárcel y dramatizas, Edmundo, pero te nos pareces. Como tú, nosotros y nosotras también hemos crecido en el agravio comparativo de la clase media.
No eres quien eres, Edmundo, ni somos quienes somos por el peso de una fatalidad imponente sino por la pequeña fatalidad. Has cumplido quince años mientras que nosotros y nosotras hemos cumplido treinta y cinco, cuarenta, veintiséis, cincuenta y dos, treinta y nueve. Cae la realidad sobre ti como florero de loza que se parte en pedazos dramáticos, y te hace una pequeña brecha: sangras. Sobre nosotras y nosotros cae como esa lluvia fina llamada sirimiri o calabobos. La impresión es menor, pero más duradera: tenemos calado el cuerpo, el pelo de los pollos mojados y musgo en los pulmones.
Estamos cansados y cansadas. Hemos representado durante muchas horas. A ratos mantuvimos conversaciones personales por el teléfono del trabajo; sin embargo, no le hemos dicho a nadie que los músculos de la cara se nos atrofian un poco cada día.
No le hemos dicho a nadie que corremos el peligro de perder la luz en el rostro, que vamos siempre con un poco de re-

traso en las facciones. Sonreímos, pero algún músculo conserva la expresión de gravedad fingida que teníamos durante la reunión de hace una hora. Algo nos ha enfadado, tratamos de hacer daño con la mirada pero el arco de los ojos es cándido aún porque cándido lo pusimos cuando el jefe más próximo dijo que había entregado un informe sin mostrárnoslo para no molestar, nos vio tan ocupadas y ocupados. Representar cansa. No tanto representar para el cliente como hacerlo para el superior y para ese colega que compite y aún lo niega y cree que es sincero cuando lo niega. Representar cansa, perder la luz en la cara es nuestro sirimiri, es nuestro calabobos.

Edmundo, ¿adónde vas? Cruzas la calle como si el orden de los semáforos girara en torno al hecho de que a las ocho y cinco vas a cruzarla tú. Eres un tipo duro; todavía no sabemos si te gusta la nata en la leche caliente o si la quitas con la cuchara y, entonces, ¿qué cara pones? Eres un tipo serio, tienes la seriedad de los adolescentes que hasta cuando ríen se concentran en reír. Tienes quince años y dramatizas, y no sabes todavía que somos como tú, que eres como nosotras y nosotros.

Edmundo estudió periodismo en Navarra. Antes del juicio su padre quería que estudiara Derecho o Empresariales, pero cuando Edmundo le comunicó su propósito, su padre, recién salido de la cárcel, no sólo no se opuso sino que se rió sin despecho, francamente: «Quién sabe», dijo, «si a lo mejor aciertas.» Le impuso, sin embargo, la condición de estudiar en Navarra, porque no tenía buenas referencias de la Escuela de Periodismo de Madrid y porque no iba a consentir que su hijo estudiara en un sitio cualquiera. «Me deben algunos favores», le dijo a Edmundo. «Conseguiré que te admitan en el mejor colegio mayor, espero que aproveches bien la experiencia.» Edmundo, por su parte, sacó una calificación bastante buena en el examen previo que debían pasar los aspi-

35

rantes a estudiar en esa universidad. Fue a Pamplona con su padre y allí conoció a los responsables del colegio mayor Belagua. Como deseaba estudiar fuera de casa, apenas se preocupó por el discurso admonitorio del director del colegio. Aquel verano su padre empezó a viajar con más frecuencia que nunca. Edmundo no sabía qué clase de trabajo había encontrado y su padre parecía no tener la menor intención de contárselo.

Durante los años de facultad, Edmundo pasaba todas las vacaciones en Madrid y muchos fines de semana. Su padre nunca se interesó por sus notas, que eran, en general, brillantes. A veces su padre iba a Ginebra con su madre, para ver a Fabiola. Un día llegaba a casa con un cheque para que Edmundo se comprara la mejor máquina de fotos, se sacara el carnet de conducir o pagase a un profesor de inglés particular. Pero después estaba tres meses en Granada sin llamar apenas por teléfono y cuando volvía a Madrid no dirigía a nadie la palabra, no salía de casa, no hacía otra cosa que jugar partidas de damas contra jugadores imaginarios. Atravesaba ciclos maníaco-depresivos, él mismo lo había dicho durante una de sus fases de euforia; saberlo, sin embargo, no cambiaba la situación. Y si bien la vida en un colegio mayor del Opus era dura para Edmundo, él siempre pensaba que hubiera sido más duro estar en su casa, convivir con la muda resignación de su madre, con los bandazos de su padre.

En Belagua no se podía cerrar con llave las puertas de las habitaciones, nadie estaba autorizado a encerrarse, no había espacio para ningún juego prohibido. Edmundo aprendió mucho de esa negación de la intimidad. Las habitaciones eran funcionales pero agradables y más amplias que la suya de Madrid. Una cama, una ventana, una mesa empotrada, un lavabo oportunamente tapado por una de las dos puertas de madera de un armario. Y nunca nada llamativo, contradictorio, comprometedor. Nunca una de esas revistas que le compraba su tío, nunca una carta dirigida a su madre preguntándole por la depresión del padre, nunca una novela de Dostoievski, nunca un indicio del resentimiento que Edmundo abrigaba contra el Opus Dei, contra Matesa, contra la familia de Fernando, contra aquellos que pagaban la cárcel de su padre con un trabajo errante o con una recomendación.

«Quieres ser mártir. Yo te pondré un martirio al alcance de la mano: ser apóstol y no llamarte apóstol, ser misionero –con misión– y no llamarte misionero, ser hombre de Dios y parecer hombre de mundo: ¡pasar oculto!», así rezaba uno de los asertos de *Camino,* la obra escrita por el fundador del Opus Dei, y Edmundo aprendió a aplicarlo contra sus mentores. Pasó tres años en Belagua asistiendo con prudente asiduidad a las meditaciones, a las misas, participando en el club de fotografía del colegio mayor y también en el club de música. Manifestó siempre una simpatía discreta por la organización religiosa y por sus principios, dando a entender que nunca se interpondría en su camino pero que su simpatía era solamente discreta, él no quería dar un paso más, no quería integrarse en la organización, se consideraba demasiado inmaduro, quería tener otra clase de experiencias. Fue mucho más sociable de lo que hubiera querido, a menudo eligió hacer en equipo lo que hubiera preferido hacer por su cuenta, pues al fin se sabía vigilado, los responsables de Belagua conocían su secreto y él no era nadie, no tenía nada con que combatirles, aspiraba a pasar inadvertido y a que ni un solo día pudieran ellos querer tomarse la molestia de humillarle en público.

«Discreción no es misterio ni secreto, es sencillamente naturalidad», rezaba otra de las máximas. A Edmundo terminó por no molestarle demasiado esa naturalidad, no sentía la tensión de ser otro, de estar disimulando, tal vez porque no concebía un espacio en donde poder mostrarse abiertamente, no en su casa en Madrid, no con una próxima Jimena o con Fernando, no con su madre siquiera: ante su madre cómo actuar sin premeditación, sin tratar de parecer más fuerte y más calmado. Sólo con el tío Juan Edmundo se dejaba llevar; sin embargo el tío Juan era la excepción, había momentos excepcionales en la vida, como bailar a veces, pero lo general, lo común, lo significativo era esa actitud de discreta premeditación.

En efecto, en Madrid el tío Juan era la excepción. La cárcel les había enemistado con las dos familias, pues ninguna había estado a la altura o eso decía su madre y su padre la secundaba en el desdén. Ahora pasaban las navidades solos; no veraneaban sino que hacían viajes esporádicos; los domingos y los sábados comían siempre solos, y el teléfono apenas sonaba cuando algún compañero de clase que también era de Madrid llamaba a Edmundo, o cuando aparecía el tío Juan. Era la única persona de la familia a quien sus padres toleraban. Lo llamaban tío Juan aunque era tío tercero de Edmundo, primo segundo de su madre. Por él había sabido Edmundo de la existencia de un bar con una cita de César Vallejo pintada en la pared. Se dedicaba a traducir instrucciones de electrodomésticos franceses, estaba soltero y cobraba una pensión porque tenía una enfermedad crónica infrecuente.

Todo seguía igual en las relaciones del tío con la familia. Ahora le recibían en un salón más pequeño pero él les pedía cantidades de dinero parecidas, y le traía a Edmundo libros igual de caros, antiguos y encuadernados, y llamaba cuñado a su padre: No te equivoques, cuñado, esto no es un préstamo, este dinero no te lo voy a devolver. El tío Juan era el único que conseguía sacar a su padre de casa en las temporadas negras. No se lo llevaba a un bar, como al principio imaginaron él y su madre, sino al museo del Prado. Al menos eso le había jurado su tío: Pero no miramos cuadros, sólo andamos de un extremo al otro y hablamos de fútbol, de Ayamonte, el pueblo donde nació tu abuelo, y un poco, siempre con indirectas y sobrentendidos, de política. Luego, cuando las épocas negras se incrementaron, su padre ya no hablaba con nadie.

Con el entrenamiento que recibía en su casa y en el colegio mayor, a Edmundo no le fue difícil hacerse un sitio en la facultad. Le estaban preparando para ser un corredor de fondo. Encontró la clase llena de Jimenas y Fernandos, aunque también hubiera seis o siete individuos como él, nombres sin un pedigrí detrás, sin siquiera un padre en ascenso, sin patrimonio. Pero él era más fuerte que esos seis o siete. Él además tenía la vergüenza. Su juego de piernas consistía en no dejar que la vieran al principio y sin embargo no ocultarla; para eso, para poder llegar a decir con desinhibición absoluta: Ah, ¿no sabías que mi padre ha estado veinte meses en la cárcel?, Edmundo pasaba mucho tiempo acumulando poder. Desde muy pronto había aprendido que el suelo nunca es firme, y pretendía no pisar nunca el suelo. Iría en barco, construiría tarimas elevadas, plataformas volantes, pero nunca volvería a quedarse de pie y desprotegido mientras su baldosa se hundía, su silla se precipitaba y enfrente el resto de los comensales le miraban caer sin inmutarse o tal vez con una ligera sonrisa.

Edmundo invirtió su inteligencia con un cuidado que no había puesto en el bachillerato. Utilizaba algunas librerías de Pamplona como si fueran bibliotecas, así se familiarizaba con multitud de autores en una sola tarde, pudiendo colocar junto a su nombre títulos y contraportadas de libros. Hojeaba sin cesar y a veces tomaba notas en dos cuadernos diferentes, uno para la carrera y otro para sí mismo. Como no quería dejar esos cuadernos en la habitación de Belagua, le había pedido permiso a un librero para guardar un pequeño maletín en el sótano de la librería, y ante su sorpresa el librero le dio a entender que no era el primero que se lo pedía.

En cuanto a los exámenes, ya no los redactaba con la mera intención de mostrar el estado de sus conocimientos: ahora convertía cada examen en la carta de una partida donde no se jugaba el parcial de una asignatura sino su imagen, la relación con cada profesor según su grado de vinculación al Opus y, en última instancia, su futuro profesional. Hacia la mitad del primer curso se hablaba de Edmundo como de un chico interesante, aludiendo así a una categoría situada por encima del chico inteligente y por debajo de esa otra categoría de joven talento que Edmundo nunca quiso pues estaba reñida con la discreción. Hacia la mitad del primer curso Edmundo ya había adquirido cierta seguridad, pero él necesitaba más, necesitaba toda la que pudiera conseguir.

«A lo mejor aciertas», se había reído su padre cuando él le dijo que iba a estudiar Ciencias de la Información, y pronto Edmundo comprendió el sentido de esa risa. Lo peor del encarcelamiento de su padre era su carácter público: cualquiera podía enterarse y no había manera de negarlo. Sin embargo, quizá los padres de sus amigos o sus familiares o ellos mismos hubieran hecho algo que escondían, tuvieran un pasado negro público o semipúblico o al menos susceptible de que la tenacidad de Edmundo lo encontrara. Durante el verano de 1973 instaló su oficina privada en un rincón de su cuarto de Madrid. Compró un fichero de cartón verde, una gran agenda negra y unas cuantas carpetas de diferentes colores. Anotó en primer lugar datos anodinos: apellidos, edades, direcciones. Después compuso una expresión de inocencia y se pasó las mañanas del mes de julio en la hemeroteca. Allí dedicaba horas a hojear los grandes tomos de periódicos encuadernados, y además de distraerse con noticias raras, con artículos, Edmundo tomaba nota de los cargos que habían ocupado los padres de sus amigos, apuntaba las bodas de sus hermanas y cualquier suceso que guardara alguna relación con los nombres de su fichero.

Durante el curso académico Edmundo concentraba toda su atención en ser un buen alumno y un buen miembro del colegio mayor. Pero en los largos veranos y las demás vacaciones siguió con su labor ampliando sus fuentes. Además de la hemeroteca, visitaba el Registro de la Propiedad, consultaba sentencias en el Aranzadi, compraba alguna revista prohibida y en especial los dossieres que publicaba en Francia Ruedo ibérico. Amplió también el objeto investigado, incluyendo en sus ficheros nombres de profesores y de amigos de amigos. Y empezó a darse cuenta de que no necesitaba descubrir un delito terrible; a menudo bastaba con estar al tanto de una relación familiar o personal para tener un as en la manga, para llamar la atención de un chico que, de lo contrario, nunca se habría fijado en él para cortar las insinuaciones sobre su padre de ese mismo chico.

Cuando Edmundo era niño sus compañeros de clase coleccionaban sellos y mariposas. Ahora la mayoría había desplazado sus intereses hacia el carnet de conducir, la moto o el coche, y algunos, los menos, hacia discos y cámaras de fotos. Había un tal Borja con quien no tenía mucho trato pero a quien le gustaba mejorar él mismo su equipo de música cambiando el amplificador, comprando diferentes modelos de brazo para la aguja o conectando varios altavoces entre sí. Y luego estaba él, Edmundo, que de pequeño nunca tuvo álbumes de sellos y sin embargo ahora tenía su fichero. Con el tiempo, incluso el fichero quedó relegado y vino a ocupar su sitio el hábito de estar atento, guardando ciertos datos, dejando caer determinadas preguntas sin ir en busca de una información concreta sino por puro vicio de conocimiento.

En tercero de carrera, como la mayoría de los estudiantes, Edmundo dejó el colegio mayor y se fue a un piso compartido con otros dos compañeros de clase. Aunque apenas modificó su actitud de silencio y disimulo, y siguió comportándose como si no tuviera nada que ocultar, lo cierto fue que el clima distendido del piso, sin convocatorias para toda suerte de actividades en grupo, sin la presencia continua de otros estudiantes, sin que nadie quisiera o pudiera saber si dedicaba sus horas libres al estudio, a jugar al futbito o a dar un largo paseo solitario, le hizo sentirse mejor. Y hasta se entretuvo en cruzar llamadas de teléfono y cartas y, como si el remitente fuera siempre otra persona, averiguar algunas cosas de los Sainz de la Cuesta. El padre era agente de cambio y bolsa. La madre poseía dos fincas en Extremadura. Casi al azar se enteró de que su hija Jimena estudiaba Derecho en el CEU. Fue un momento de debilidad, como si creyera que el pasado puede cambiarse, y tuvo que vencer la tentación de escribirle.

«Pero el momento en que me tambaleé de verdad fue dos años más tarde y Jimena no tuvo nada que ver», me dijo Edmundo un domingo en la televisión. Por motivos diferentes, Edmundo por haber sido llamado a un gran puesto y yo por una de esas patadas suaves hacia un lado que me arrinconaban en tareas de posproducción, ambos habíamos dejado el edificio Pozuelo y ahora estábamos de nuevo en Prado del Rey. Esa tarde Edmundo me hizo señas desde la puerta abierta del despacho. Pude ver que llevaba en una mano dos latas de tónica amarillas y, en la otra, dos vasos y una botella pequeña de ginebra. Eran las seis de un domingo de agosto; las tres cuartas partes de la televisión estaban desiertas. Le invité a pasar. Sólo había otra persona al fondo del despacho, un técnico que ya estaba recogiendo para marcharse. Le dijimos adiós, después yo lamenté no tener hielo. Edmundo contestó que las tónicas estaban frías, aunque no demasiado.

Yo había pensado llevarme al trabajo una nevera diminuta que le habían regalado a Blas y que él no usaba, pero siempre se me olvidaba. Enseguida el gin tonic adquirió una textura de jarabe acorde con el mes, con la delgadez de los diarios y las plazas vacías de aparcamiento.

Era pues una tarde de domingo y nos encontrábamos allí precisamente porque en agosto, en una tarde de domingo, trabajar suponía poco más que estar de guardia, rellenar papeles lentamente mientras no llama nadie, o también que Edmundo hablara.

El jarabe de ginebra se fue agotando. Edmundo se remontó a su último año de carrera, en concreto al mes de marzo de 1977. Habían dividido su clase en dos grupos y a cada uno le habían encomendado la confección de un periódico posible. Debían tener una reunión por la mañana, analizar cómo se presentaba la actualidad del día, salir a buscar informaciones, redactarlas y darles un lugar más o menos preeminente.

Aunque corría el año 1977, todo había empezado mucho antes. Desde lo de su padre, Edmundo mantuvo la costumbre de leer publicaciones contrarias al régimen. Se las pedía a su tío en cada vacación y cuando podía las compraba él. Este último hábito, según pudo comprobar, lo compartían algunos compañeros de clase nacidos en Navarra que no ocultaban su nacionalismo vasco. Por su parte, Edmundo había resuelto no mantener ninguna afinidad ideológica con nadie, del mismo modo que no iba a creer nunca que pisaba suelo firme y se iba a fabricar su propio suelo. Sin embargo aquellas lecturas iban haciendo mella en él, menos por las opiniones que por los hechos de que daban cuenta: huelgas, pequeñas manifestaciones, la revolución portuguesa del 74, cierres de revistas, atentados, una realidad en movimiento inserta en la realidad estática en que todos parecían habitar. A Edmundo le atrajo ese movimiento no visible a primera vista y cuando en 1975 murió Franco, a la vez que vigilaba la actualidad como hacían sus compañeros, permaneciendo atento a cuanto pudiera arrebatarle futuras opciones, a la vez y a diferencia de los otros él, una, diríamos, pequeña parte de él, se dejaba llevar por la nostalgia del estallido, por el deseo de que al fin pasara algo y ganaran los malos en el cine y Edmundo pudiera bajar la guardia durante algún tiempo.

En marzo de 1977 el estallido ya no parecía una verdadera posibilidad. La democracia se encontraba a la vuelta de la esquina y las familias de los compañeros de clase de Edmundo comprendían que no iban a perder el poder aunque quizá sí tuvieran que compartirlo. Sin embargo aún podía oírse el agua de un río subterráneo discurrir bajo las calles y, de noche, su murmullo parecía una consigna revolucionaria. Edmundo prestaba oído al murmullo sin casi darse cuenta. Le quedaban tres meses para terminar la carrera. Ya en los primeros cursos había contado a todos que él no quería convertirse en periodista de un periódico ni, al menos al principio, trabajar en la radio o en la televisión. Él quería un puesto en la sombra, ser de los que trataban con los periodistas en los ministerios o en las grandes empresas del Estado. Semejante precocidad en la elección le había sido muy útil frente a sus compañeros, que no veían en él a un competidor, y también ante ciertos profesores, a los que había aprendido a seducir. Dos de ellos estaban dispuestos a gestionar su entrada en sendos gabinetes de prensa.

Edmundo les dejaba hacer y cultivaba su imagen brillante porque era todo cuanto quería poner en el otro platillo de la balanza. Se había esmerado en la expresión de un sentimiento de ambigüedad melancólica con respecto al Opus Dei, como si por tener un status inferior al de la mayoría de la clase no cupiera en su cabeza formar parte de algo hasta tanto él mismo no tuviera algo que ofrecer. Coronaba su brillantez con un aura de inocencia: los pactos corruptos, los favores futuros no formaban parte de su visión del mundo ni tampoco de su visión de sus profesores; su agradecimiento sería fruto de una limpia naturalidad. Por lo demás, procuraba dar a entender a los profesores que el hecho de recomendarle revertiría en ellos en forma de prestigio pues su interés giraba en torno a la materia periodística, al deseo de proyectar sus conocimientos en un campo casi virgen. Sostenía así apasionadas discusiones sobre el futuro de una sociedad donde no acontecerían las cosas sino donde el mismo acontecer sería planificado, producido, distribuido y puesto a la venta; disertaba por escrito en los exámenes acerca de la noticia como algo activo y con movimiento propio, la noticia animal, la noticia de granja frente a la tradicional noticia como flor silvestre que el periodista iba a recoger al campo. Recibió primero una oferta a través de Félix, un amigo cuyo padre trabajaba en el Ministerio de Industria. Edmundo había descubierto que el padre de Félix mantenía una relación estrecha con el padre de Fernando Maldonado Dávila, quien estudiaba Empresariales en el IESE de Barcelona y a quien Edmundo seguía viendo con cierta frecuencia en puentes y vacaciones. Edmundo se había acercado a Félix, le había sorprendido con sus conocimientos acerca de cierta aristocracia madrileña y también le había dado pistas sobre cómo encauzar sus ambiciones políticas sin tener que entregarse del todo en manos de su padre. Fue el mismo Félix quien intercedió por Edmundo ante su padre, deseoso de contar con él como mediador. Casi al mismo tiempo que la oferta de Félix, un profesor le habló de la posibilidad de entrar en un gabinete de prensa de la Unión de Centro Democrático y, días después, otro le ofreció un contacto con un laboratorio médico. Así Edmundo, el más inseguro, el que nunca quería pisar suelo firme para no confiarse, se sorprendió más de una mañana perdiendo el hilo de las explicaciones de clase y pensando en cómo sería su despacho, su trabajo en la sombra.

Edmundo, el odiador de Jimena, el que había jurado que nunca nadie volvería a tenerle a su merced, volvería a decirle «No me pasa nada, bueno, es por lo de tu padre», Edmundo dejaba de estar alerta ahora y como si fueran los rizos de Jimena acariciaba el año siguiente, un sueldo, vivir fuera de su casa, su primer triunfo. Imaginaba el piso que alquilaría, acaso abuhardillado, y en él Edmundo concebía instantes de otra vida, fulguraciones de otro Edmundo sin un pasado negro, sin marca: un joven de veintitrés años que prestaría oído a los últimos ecos del río subterráneo de la revolución, un joven que al salir del trabajo cambiaría el traje y la corbata por un pantalón viejo, un jersey de lana gruesa y así vestido visitaría diferentes grupos políticos hasta encontrar el que más se adecuara a su visión de lo no existente, de lo por existir.

Fue entonces cuando les encargaron hacer un periódico posible. La clase se dividió en seis grupos de ocho, seis redacciones, seis periódicos distintos. Se sorteó el puesto de director y él no tuvo suerte. En el reparto de secciones cedió internacional a una chica feúcha y amable. Habría querido coger nacional pero el hijo de un alto cargo de televisión y el chico a quien le había tocado ser director se conocían mucho y vio que no le merecía la pena discutir. Aún estaban libres sociedad, cultura, economía y deportes. Sin embargo Edmundo, ante la sorpresa del resto del grupo, eligió local. Tenía más mérito, había pensado, destacar en lo que apenas se valoraba que hacerlo en esas secciones medianas, a menudo en la frontera de lo pretencioso. Pero además de ese cálculo, reconoce hoy, pesaron en él sus fantasías de joven independizado: se vio lejos del campus, lejos de los bares por donde salían siempre, se vio pionero, periodista por un día y capaz de encontrar, en ese único día, la orquídea solitaria.

Leyeron la prensa cada uno por su lado y algunos teletipos que les proporcionaron en clase. Después tuvieron una reunión. El día no se presentaba dominado por ninguna expectativa especial. Ninguna ceremonia de un político local, ninguna visita de político extranjero, ningún atentado cometido, ningún conflicto internacional, ningún derby futbolístico, ninguna tragedia de muchedumbres. Cada uno pudo manifestar así sus preferencias, jugar a ser hombre de Estado y decidir cuál iba a ser el rasgo significativo con que dibujarían la cara de la mañana siguiente.

Edmundo intervino en las discusiones acerca de los temas de los otros dando ideas. Sin embargo, cuando llegaron a su sección, dejó que hablaran todos y sólo al final tomó la palabra. Tras descartar, no sin delicadeza, las distintas sugerencias, contó su elección. Había en uno de los periódicos del día un breve, una noticia de tres líneas referida a las viviendas de protección oficial de un barrio de Pamplona. Al parecer una asociación de vecinos había denunciado defectos graves en la construcción. Eso era todo. Edmundo advirtió el escaso entusiasmo de los demás, aunque nadie se atrevió a decirle que abandonara ese tema y se quedara con el ladrón de bolsos de mujeres mayores o con la intoxicación por ingesta de sardinas en un colegio.

Cogió un autobús hasta la última parada de la línea. Después anduvo un poco. La asociación de vecinos estaba en el bajo del segundo bloque de una hilera de cinco. Detrás del quinto había un desmonte, una extensa trinchera de tierra socavada. Edmundo, antes de entrar en la asociación, llegó hasta el último bloque y subió por la trinchera para ver más allá. Algunos matorrales, una gran excavadora amarilla. Al fondo, varias torres eléctricas y algunas casas sueltas. Pronto Edmundo retrocedió. Había caído en la cuenta de su jersey de pico beige, sus pantalones con raya y su cartera de cuero. Debía de parecer un figurín y al fin lo era, pensó, con una capa de polvo en los zapatos. Era el observador que modificaba el territorio observado, y no era ya Edmundo imaginándose en el borde de Pamplona sino un joven de veintidós años en ese borde, un joven con miedo a ser visto y asaltado, tal vez.

Al llegar a este punto Edmundo guardó silencio. Yo había puesto en marcha el ventilador de mesa giratorio. Ahora enfocaba a Edmundo y su flequillo parecía parpadear. «Estaba ahí, en el desmonte», proseguía ahora, «y para verlo tenía que alterarlo. En vez de un descampado desierto, lo había convertido en un descampado con un figurín y con el miedo del figurín a atraerse la codicia y la burla agresiva de quien lo viera.» El ventilador dejó de enfocarle y se puso a girar hacia mí. «Así son las historias, los documentales, las películas: no nos incluyen», dijo. «Vemos un descampado que no nos ve. Tú», me dijo, y noté el aire en mi cara y entorné los ojos, «ves a un Edmundo de veintidós años pero él a ti no te mira, no puede. Ha habido gente que ha hecho un documental sobre la vida de los pingüinos, o de los pobres, intentando contar la relación de los pingüinos, o de los pobres, con la cámara. No sé si la cuestión es ésa.» El aire hacía que temblaran delante de mí algunos cabellos. «No sé tampoco si basta con no engañar, con no hacernos creer que somos invisibles, con no hacernos creer que levantamos los tejados de las casas sin que los moradores lo noten. No sé si basta con decir: Aquí no hay ningún tejado levantado, aquí no hay más que un telescopio cobarde y un turista que cree conocer. A lo mejor la historia, la historia que te cuentan, sólo cobra sentido cuando escuchas un rumor en la tierra socavada, y te parece ver deslizarse un cuerpo ajeno a ti.» Edmundo había movido la silla para esquivar su turno de ventilador y sonreía, o quizá se reía suavemente. «Eres un figurín, estás ahí, metiendo las narices, inmiscuyéndote, pero descubres que había alguien mirándote mirar.»

Nadie surgió de la trinchera. Ningún cuerpo brotó de las sombras. La puerta de la asociación estaba abierta. Edmundo la empujó y dijo que estaba haciendo un reportaje para colocarlo luego en algún medio. Llevaba a cuestas los colores tostados de su ropa, el brillo de la piel de su cartera.

Dos hombres grandes, robustos, le escucharon de pie, en una esquina de la sala, pero quien le atendió, quien le dijo pasa por aquí y le ofreció una silla y luego se sentó detrás de una mesa, ése era pequeño y enjuto, tenía el pelo gris, un jersey azul marino abrochado hasta arriba con una cremallera y pronunciadas arrugas en la cara. Edmundo me comentó que con los años había llegado a ver el lado cómico de la escena: un figurín empeñado en ser convencido por un tío mayor empeñado en convencerle, como si un chico empuja con fuerza una puerta justo cuando un hombre, desde el otro lado, la abre, y se produce el encontronazo. Entonces no hay más remedio que reírse del chico, de su fuerza voluntariosa y desparramada de repente, sin ton ni son.

El hombre enjuto habló de materiales demasiado baratos, de tuberías rotas, un cableado malo y peligroso, tabiques de papel. El hombre enjuto, parece claro, habló de dignidad. Y el figurín tomó notas asintiendo con la barbilla. Sus compañeros, pensaba, los demás figurines estarían en la última fila de una rueda de prensa de la diputación, o en el vestíbulo ya que no tenían acreditaciones; sus compañeros recogerían frases de políticos municipales o de algún motorista célebre. Figurines con políticos, figurines con catedráticos, figurines con jugadores de baloncesto. Sólo él, Edmundo Gómez Risco, estaba en un lugar lejos del centro, porque él tenía su propia historia, porque él sabía que entre las tuberías de una barriada y el hogar de un político había una conexión. Él sabía que el tamaño del salón de su casa era el resultado de multiplicar y dividir metros de garaje y número de telares abandonados. Oyó a aquel hombre enjuto, sintió que el brillo tamizado de su cartera y los colores tostados de su ropa se estremecían hacia el azul marino, hacia el azul jersey con cremallera y vio el valor como una larga alfombra también azul marino, aquel hombre la había recorrido y él iba a seguirle, sería su artículo como desenmascararse justo antes de recibir el premio en el torneo, soy Ivanhoe, prendedme, soy Edmundo Gómez Risco y esta vez no dije lo que esperabais oírme decir y ni siquiera ahora lo estoy diciendo, así la puerta disimulada con un tapiz no es un tapiz tan sólo ni es sólo una puerta.

Cuando Edmundo terminó de tomar notas era ya la una y media. Aún quería ir a ver los pisos en persona. El hombre enjuto estaba muy ocupado pero buscaron a alguien que le acompañara y por fin Edmundo entró en unas cajas de cerillas luminosas. Eran pisos de tres habitaciones muy pequeñas aunque todas exteriores, tenían además una cocina blanca y un cuarto de estar. El suelo de terrazo emitía una luz mate, blanca, y no había dejadez a la vista, grifos que gotearan, zócalos mal terminados. Cierto que tampoco el hombre enjuto le había dicho nada de eso, nadie abandona quinientos telares en la calle, los oculta en garajes y esos pisos relucientes podían esconder un interior enfermo de cables inseguros, de tubos rotos. Golpeó en un tabique y le pareció en efecto muy delgado. Pidió a su guía que lo golpeara mientras él iba a oírlo a la habitación contigua. Midió la anchura de los cuartos. Abrió los armarios. El guía dijo tengo que ir a comer. El papel de celofán suele ser bonito, pensaba Edmundo.

Fue derecho a la delegación provincial. Por el camino recompuso su talante y volvió a ser Edmundo el desconfiado, el planificador. Amparándose ahora en la piel de su cartera entró como si fuera a alguna parte, dio explicaciones, nombres y consiguió que le dejaran pasar. Durante varios minutos recorrió los pasillos, tomaba notas de los tablones de anuncios, hablaba con las secretarias más receptivas. Fue a un bar cercano a comer algo y a hacer varias llamadas directas a los nombres y extensiones que había averiguado. Decidió jugar fuerte y mentir: dijo que trabajaba como corresponsal para *El País*. Cuando logró que le pusieran con alguien de protección oficial hizo sus preguntas sin nombrar nunca al hombre enjuto.

A eso de las cinco, pulsadas ya todas las teclas se dio cuenta de que no tenía un buen artículo. En realidad, había elegido un tema de reportaje. Necesitaba más tiempo para investigar y más espacio para contarlo.

Llegó cansado al piso. Saludó a sus compañeros con un hola rápido y se encerró en su cuarto. No tenía ninguna noticia sino sólo acaso la noticia de que ahí podía haber una noticia. Le llevó tiempo reconocerlo, pero cuando lo hizo vio por fin el artículo. En lugar de poner los datos conseguidos, que eran insuficientes, escribiría la historia de una inminencia. Presentaría al hombre enjuto, de jersey azul marino, sin decir su identidad. Después contaría la propaganda de las viviendas de protección oficial tal como se la habían contado a él pero subrayando los silencios, lo que no se mencionaba. Por último conferiría al hombre enjuto las facultades de un fantasma justiciero y merodeador.

Habían quedado en casa de la chica feúcha para componer el periódico. A todos les gustó lo que había escrito Edmundo y aunque les parecía quizá demasiado literario, demasiado poco periodístico, en el fondo admiraban su originalidad. Al día siguiente el profesor también se mostró complacido por la brillantez del planteamiento. Criticó que no se dieran más datos, pero sin dejar de halagar la iniciativa de Edmundo, su audacia a la hora de introducir innovaciones en la línea del nuevo periodismo. En cuanto a la parte combativa, incluso izquierdista del artículo, nadie pareció advertirla pues ésta había perdido toda relevancia. Al no dar nombres, Edmundo se había limitado a construir la fábula de un hombre justiciero, un moderno zorro urbano, pero al fin era una fábula y no estaba mal visto fomentar la idea de que apenas podían cometerse irregularidades porque un fantasma las descubriría.

Dos días después ocurrió. Detenidos en Pamplona por estafa y coacción el presidente de una asociación de vecinos y su secretario. En la fotografía estaba el hombre que le acompañó a ver los pisos y, a su lado, tapándose la cara con el codo, el hombre del jersey azul. Edmundo reconoció en su muñeca un reloj en el que apenas se había fijado la otra mañana pero que ahora le saltaba a los ojos como una pieza hortera y cara, obscena y familiar. El texto del diario explicaba cómo esos hombres habían obligado a las familias del barrio a pagar sumas cada vez más altas para incluirlas en la lista de los merecedores de un piso de protección oficial. Les hacían creer que el soborno era para otros y, entretanto, pensó Edmundo, afianzaban su reputación de honestos luchadores denunciando deficiencias en las viviendas recién construidas, deficiencias que incluso podían ser ciertas. Edmundo deseó hallarse ante un montaje destinado a hundir a dos hombres incómodos, pero la actitud poco honrosa con

51

que los mostraba el periódico, las declaraciones de los vecinos y las listas de familiares de los dos hombres que sí habían obtenido piso hablaban por sí solas. Edmundo vio cómo se hundía la alfombra azul marino y le arrastraba. El suelo de la trinchera no era firme y, a las cajas de cerillas luminosas, esos hombres les habían partido los cimientos.

Nadie en la clase preguntó si aquélla era su asociación y aquel de la cara tapada su fantasma justiciero. Muchos no habrían comprado el periódico donde salía la noticia, y otros prefirieron no intentar atar cabos. Eso hizo que Edmundo se sintiera aún más ridículo. Probó a dejar pasar los días. La prensa olvidó pronto el asunto. A su lado, todos parecían haberlo olvidado también. Pero él se sonrojaba en cualquier parte. Mientras charlaba con sus compañeros de piso, si algo le hacía acordarse del hombre enjuto el calor le subía por las mejillas hasta las orejas. Un día le pasó frente al lavabo, después de lavarse los dientes. Estaba seguro de que al menos el profesor que les encargó el periódico se había dado cuenta y se preguntó con quién lo habría comentado. En ese instante notó de nuevo el calor. Alzó la mirada para encontrar su cara roja en el espejo, roja de vergüenza, la mano empuñaba aún el cepillo de dientes, su pijama resultaba patético y Edmundo mantuvo los ojos abiertos con fuerza para que no se le saltaran las lágrimas.

Empezó a estudiar más que nunca. Lo que no le había ocurrido con su padre le pasó con el hombre enjuto. Del encarcelamiento de su padre había tenido, sí, que defenderse. Nunca creyó, sin embargo, que debiera hacérselo perdonar. En cambio por el artículo del hombre del jersey sí tenían que perdonarle. Aunque las ofertas de trabajo seguían en pie sin que los profesores hubieran hecho la menor alusión a su artículo fallido, era él, sin embargo, quien ya no seguía en pie. Había tropezado, estaba a punto de caerse por falta de fuerza o equilibrio.

«Y como pasa a veces cuando te vas a caer que, por querer agarrarte a lo más próximo, te desequilibras porque elegiste mal y creíste que esa lámpara de pie era un apoyo estable pero la base basculaba, o sujetaste un cable pensando que eso te ayudaría pero estaba suelto, desenchufado, llegué a besar el suelo con las manos por apoyarme en donde no debía», me dijo Edmundo con la boca seca pues ya nos habíamos bebido todo. «Voy a buscar agua a la máquina», contesté. Al entrar de nuevo en el despacho le vi escribiendo algo en una hoja. «Todavía me acuerdo», dijo. Edmundo había buscado apoyo en la poesía. Ése había sido su cable suelto, ésa su lámpara inestable. Sucedió como sigue.

En los días del ridículo, Edmundo pensó que le vendría bien darle un repaso a su archivo y actualizarlo. Pasó los días no festivos de la Semana Santa en Madrid, en la hemeroteca, pero no supo ya componer una expresión de inocencia sino que, por el contrario, temía encontrarse con alguien conocido, no cesaba de vigilar, se sobresaltaba cuando aparecía una persona nueva en la sala y todavía se sonrojaba sin querer cuando cualquier noticia o frase le recordaba al hombre de azul marino. Cogió el hábito de sentarse cerca de un chico algo más joven que él. No le conocía ni le había visto antes allí y precisamente por eso se sentía seguro a su lado, lo utilizaba como un parapeto tras el cual apostarse para controlar a los intrusos. El chico trabajaba de forma metódica: llegaba y salía a la misma hora, solía hacer un par de pedidos y siempre, al llegar, antes de sentarse, distribuía por el pupitre dos bolígrafos Bic, uno azul y uno negro, un mazo de folios, un libro titulado *La realidad* y otro más pequeño que depositaba encima y que estaba forrado con papel. Edmundo no podía distinguir el autor del primer libro; el lomo estaba pegado a la carpeta y, en la portada, cubrían el nombre los dos bolígrafos.

A los pocos días decidió aprovechar un descanso de su vecino y tomó el libro. Advirtió que el título completo era *La realidad y el deseo*. Lo abrió por donde estaba un marcador. Leyó con prisa:

No comprendo a los hombres, años llevo
De buscarles y huirles sin remedio.
¿No les comprendo? ¿O acaso les comprendo
Demasiado? (...)

El poema era largo, Edmundo lo iba recorriendo a saltos.

Yo no podré decirte cuánto llevo luchando
Para que mi palabra no se muera
Silenciosa conmigo, y vaya como un eco
A ti, como tormenta que ha pasado
Y un son vago recuerda por el aire tranquilo.
Tú no conocerás cómo domo mi miedo
Para hacer de mi voz mi valentía,
Dando al olvido inútiles desastres
Que pululan en torno y pisotean
Nuestra vida con estúpido gozo,
La vida que serás y que yo casi he sido. (...)
Cuando en días venideros, libre el hombre
Del mundo primitivo a que hemos vuelto
De tiniebla y horror, lleve el destino
Tu mano hacia el volumen donde yazcan
Olvidados mis versos, y lo abras,
Yo sé que sentirás mi voz llegarte,
No de la letra vieja, mas del fondo
Vivo en tu entraña, con un afán sin nombre
Que tú dominarás. (...)

Edmundo cerró el libro, miró a su alrededor, a los altos estantes, al techo, como si en cada ángulo de la sala estuviera esa voz y repitiera, sólo para él: «Dando al olvido inútiles desastres que pululan en torno y pisotean nuestra vida con estúpido gozo.» Volvió luego a su pupitre por vez primera en ese mes sin sentirse intranquilo ni al acecho. El dueño del libro tardó un poco en regresar. Edmundo le dio las gracias en silencio y devolvió enseguida los periódicos que había pedido. Quería ir a una librería para comprar ese libro. Tras el poeta peruano apenas había vuelto a leer poesía. Aunque tenía en casa cinco o seis libros de poemas que le había regalado su tío, sólo los había hojeado sin conseguir que le interesaran. Se dijo que al llegar a casa los hojearía de nuevo.

A partir de aquella tarde, durante el mes de abril y casi todo mayo a Edmundo le visitaron las voces. Leyó a Cernuda y un libro de Hölderlin, traducido por Cernuda. Había allí un poema titulado «Lo más inmediato». Lo aprendió de memoria pero, a veces, no estaba seguro de entenderlo bien:

> ... abiertas las ventanas del cielo
> y libre el genio de la noche
> el celeste asaltante que ha engañado
> en tantas lenguas prosaicas nuestra tierra
> y removió los restos hasta ahora.
> Mas llegará aquello que yo quiero.

Le visitaban las voces, agitábanse a cualquier hora, en la hoja abierta de la ventana de su dormitorio, «mas llegará aquello que yo quiero». Y cuando salía con los amigos de Fernando Maldonado o con los suyos, y entraban en los bares, y hablaban absurdamente de golf, de los fiordos noruegos, del coche que Edmundo no tenía, entonces una voz le visitaba y él la oía decir: «Estar cansado tiene plumas, tiene plumas graciosas como un loro.» ¿Otra caña?, le preguntaban, y él asentía al tiempo que escuchaba la última estrofa del poema: «Estoy cansado del estar cansado, entre plumas ligeras sagazmente, plumas del loro aquel tan familiar o triste, el loro aquel del siempre estar cansado.»

Su mirada se hizo más densa. Chicas a quienes antes había tenido que rodear, y sitiar, y ejercer el asedio de semana en semana con planes milimétricos, ahora venían a él. Edmundo apenas hablaba pero les cogía la muñeca, preguntaba

qué es de tu vida, no te he visto hace tiempo, y mientras las voces estaban diciendo: «Tienes la mano abierta como el ala de un pájaro; no temes que huyan las buenas acciones, los delirios, lo que no sufre compostura.»
Luego, sin embargo, había que citarse a solas con la chica un día concreto en un lugar concreto. Y a veces las voces no aparecían. No lo hacían, por ejemplo, cuando Edmundo terminaba hartándose de ver todos los fines de semana a una chica determinada y de hablar con ella entre semana por teléfono.
Un fin de semana que había ido a Madrid después de cancelar una cita, discutió con su madre. El motivo era su padre, como tantas veces. Había llamado para decir que llegaría el viernes pero no había aparecido. Su madre quiso disculparle y Edmundo se rebeló. «¡Tú no puedes saber!», murmuró en respuesta su madre, serena y conteniendo un temblor en los labios. Edmundo se marchó de casa para ir a ninguna parte, a estar fuera de casa. Cogió un autobús, se bajó en el cruce con la avenida del Generalísimo y empezó a subirla en dirección a su antiguo portal. «Ella también oye voces», pensó. No recuerda por qué le vino eso de pronto a la cabeza. El hecho es que no llegó a su portal antiguo. Entró en una cafetería, pidió un café con leche y se sentó sin mirar a nadie.
A su madre debían de visitarla canciones de María Dolores Pradera o de Nati Mistral. «Cada domingo en la iglesia le pido al señor que me ayude a olvidarte. Y Él me da por penitencia que debo aguantarme y voy a aguantarme.» Cuando acabó el café, volvió a pensar en el hombre del jersey azul. Las voces habían difuminado su silueta y las arrugas de su cara, «dando al olvido inútiles desastres que pululan en torno y pisotean nuestra vida con estúpido gozo». Edmundo, no obstante, se empeñó en verle. Un camarero vino para retirarle la taza. Solo, delante de la mesa vacía, Edmundo recordaba cómo le habían engañado, cómo se había dejado engañar, cómo, desde que salió la foto en la prensa, había

vivido igual que un animal de madriguera, temeroso, agazapado.

Ese domingo no volvió a Navarra. En su casa dijo que prefería pasar unos días en Madrid consultando bibliotecas para preparar bien los exámenes. El lunes fue a la hemeroteca, pero el chico de *La realidad y el deseo* no estaba. Edmundo le esperó. No podía faltar más de cuatro días a clase sin exponerse a preguntas incómodas pero en la tarde del tercer día apareció el chico. Edmundo aprovechó uno de sus descansos para interpelarle:

—Hola, me llamo Edmundo. Estudio periodismo. Si tuvieras tiempo me gustaría preguntarte algo, hablar contigo diez minutos fuera de aquí.

El chico tenía que estar en otro sitio a las ocho; sin embargo, se ofreció a salir un poco antes para hablar con él. Se llamaba Enrique y estudiaba Filología.

—Verás —le dijo Edmundo ya en la calle—, te he visto varias veces con *La realidad y el deseo*. Supongo que debes conocer bien el libro.

—Algunos poemas de memoria.

—Quería pedirte tu opinión sobre uno en concreto. Yo no he leído mucha poesía.

—Yo estoy empezando —sonrió el chico.

—«No comprendo a los hombres. Años llevo de buscarles y huirles sin remedio.»

—A un poeta futuro —contestó Enrique con rapidez—. Es buenísimo.

—Sí, a mí también me lo parecía. Pero me ha entrado una duda.

—¿Una duda?

—Es lo que quería preguntarte.

Estaban cerca de Alonso Martínez. Edmundo pidió a Enrique que le siguiera. Le condujo a uno de los bancos de la plaza.

—Siéntate —le dijo—. Mira aquí.

Entre el brazo de metal y la madera del respaldo del banco había un pequeño intersticio.

—Imagínate —dijo Edmundo— que escondo aquí un papel con un mensaje que diga más o menos: «Te he esperado. He esperado a tus dedos, los únicos capaces de hacer que yo me abriera. He esperado tu gesto indolente y la mirada que, lanzada de soslayo sobre el banco, comprendería. Son mentira las botellas mensajeras, pero los bancos a veces son verdad. Ya no nos quedan islas, pero sigue habiendo náufragos.»

Ahora fue Edmundo quien sonrió. El chico había sacado un cigarrillo y no lo encendía, como si temiera interrumpirle.

—Fuma —dijo Edmundo—. No me estoy inventando esto. Lo he escrito antes en la hemeroteca. Falta un poco menos de la mitad.

Enrique encendió el Ducados y Edmundo continuó:

—«Tú no sabrás quién soy, si el sapo a quien tus labios convertirían en rey o acaso una mujer de treinta años que ha visto demasiado y ésta es su despedida. Nunca sabrás quién soy pero desde este instante mi secreto está en ti, y eso te hace más fuerte. Y eso me hace más fuerte.»

—No está mal —dijo Enrique.

—Es una tontería, no te sientas obligado a decir otra cosa. Lo he escrito sólo para que vieras el truco. Aunque las imágenes de Cernuda son mejores, usa el mismo truco.

—¿Qué quieres decir con truco?

—Una estratagema, una trampa, como lo quieras llamar. Supón que en mitad de una película un actor se vuelve hacia la cámara y dice: Te hablo a ti, a ti que tienes diecinueve años, a ti que fumas Ducados y miras esta película pero en el fondo querrías estar en las antípodas, a ti que tienes los ojos revueltos quiero decirte, ¿ves? De eso se trata, ¿qué quiere decirte?

—Que Fortuna sabe mejor —rió Enrique.

—Exacto, no te rías, ¿ves el truco? Como lo primero es

verdad, lo segundo también ha de serlo; como ha acertado (no deja de ser un truco estadístico) en que tienes diecinueve años, en que quieres estar en las antípodas o en que el destino lleva tu mano hacia el volumen donde yacen olvidados sus versos, por contagio te entregas a lo que diga después.
—En el caso de Cernuda es un hermoso truco.
—Sí, pero el verso sigue: «... yo sé que sentirás mi voz llegarte. No de la letra vieja mas del fondo vivo en tu entraña, con un afán sin nombre que tú dominarás». Ojalá lo domináramos. Es un hermoso truco hacer desaparecer un sombrero de copa o un elefante. ¿Y qué? ¿De qué nos sirve el ilusionismo cuando lo que necesitamos es hacer desaparecer las cosas realmente? Quizá todo haya sido culpa mía. Me equivoqué de título. Creí que el libro se llamaba sólo *La realidad*.
—Hay otros poetas —dijo el chico.
—Puede que más adelante. Dentro de unos años.
—Ése es mi autobús. Debo cogerlo. Me llamo Enrique del Olmo.
—Edmundo Gómez Risco.
Se dieron la mano y tuvieron vergüenza de pedirse el teléfono.
—¡Gracias! —le gritó Edmundo al chico que se había alejado unos metros. Enrique, sin volverse, levantó la mano.
Ya eran casi las nueve en Prado del Rey. Nadie nos había interrumpido hasta el momento. Edmundo dijo: «Entonces empecé a recuperar la estabilidad. Primero dejé de hacer caso a las voces. Más tarde, dejé de oírlas.»

Los exámenes se aproximaban y Edmundo los preparó a conciencia. Necesitaba deslumbrar para que le fuera perdonado su error con el hombre del jersey azul. Lo necesitaba y lo hizo. Poco después de que se supieran sus notas, las segundas mejores de la clase, Edmundo recibió una llamada convocándole a su primera entrevista de trabajo en Madrid. Pero a él le parecía que no estaba preparado para entrar en política, en especial después de su experiencia con la asociación de vecinos. No lo descartaba, siempre que fuera más adelante. De manera que rehusó la oferta de la UCD y, a los dos días, por razones semejantes, la del Ministerio de Industria. El laboratorio médico podía ser una buena escuela.

2

CORO

Nos mantenemos a la espera mientras seguimos, Edmundo, tu trayectoria. Si creyéramos en el azar, si pensáramos que hay valor en la garra sombría que estrella el coche del hijo del magnate y le siega la vida en la flor de su edad. Si, al oír la noticia, con gesto grave meneásemos la cabeza, musitando: «¡Qué mala suerte! A cualquiera le sorprende la muerte, la desgracia es común.» Si creyéramos en el azar y contempláramos el boleto de lotería en manos de un asalariado y, al saberlo premiado, se animara nuestro rostro y: «Cualquier vida», dijéramos, «puede cambiar por completo para siempre.» Pero somos el coro.

El coro no puede comprar un boleto de lotería. El coro tendría que comprar tantos y tantos boletos para obtener un premio relevante en función del número de sus miembros, tantos boletos que, en la suma, el coro reconoce la vanidad de la empresa. Al coro de asalariados y asalariadas de renta media, o baja, convencidas y convencidos, o reticentes, jamás le tocará la lotería pues el reparto daría un precio equivalente al del boleto, quizá el doble: dinero para coger un taxi de ida y vuelta una mañana, dinero para pagarse una Coca-Cola con avellanas, eso vale el azar.

Pero a ratos, Edmundo, lo confesamos, seguimos tu trayectoria como si el que tú convirtieras tu reticencia en algo concreto pudiera explicarse por un dato de azar, por un hecho fácil de reproducir. Gracias a que de niño perdiste un trineo, o porque usaste lápices Alpino en tus informes de empresa, o porque un día, al cruzar la calle, llevaste la mirada algo más lejos. Si así fuera la vida, Edmundo, si hubiera magia, compraríamos el boleto de lotería, compraríamos el trineo para perderlo, escribiríamos con lápices Alpino y al cruzar cada mañana la calle levantaríamos los ojos como si detrás de la otra acera hubiera un bosque.

Ella ha dicho: «Ya no hay héroes.» Ella ha dicho: «Un hombre no libre.» Y eso es lo que buscamos. Hemos venido por tu falta de libertad y no por ti, no por tu azar, por tu trineo, por tu pequeño factor humano. Pero tenemos ilusiones. Nos mantenemos a la espera y aunque seguimos tu trayectoria conocemos la contradicción. Querríamos que nos bastara con un instante, con un cajetín de lápices, con un impulso interior que primero podríamos reconocer en ti y enseguida en nosotros y nosotras. Querríamos admirarte, Edmundo, para admirarnos y así fantasear, mas debemos ser pacientes.

A Blas le hablaba de Edmundo de vez en cuando. Era mi descubrimiento, mi excavación ni geológica ni arqueológica. De vez en cuando, al principio, podía ser cada ocho o diez meses: «¿Te acuerdas de aquel chico, el registrador de despachos? Le va muy bien», comentaba o, al año: «¿Sabes que mi nuevo Lucifer se ha ido de la televisión a una empresa de sondeos?» Edmundo nunca tuvo un contrato de empleado público como el mío, se fue varias veces de la televisión y alguna volvió. En todos esos años, antes de que él accediera a relatarme su vida, yo procuré averiguar algunos datos por mi cuenta. Me distraía y además me estimulaba pensar que había encontrado la grieta con frecuentes movimientos a lo largo de sus caras contiguas, mi ángel rebelde.

Acabo de hacer una afirmación melancólica: «Me distraía», apartaba mi atención del curso de las horas desviándome por algún afluente; hacía que dejara a un lado el asunto, fuera cual fuese el asunto: vigilar la leche en el interior del cazo para que no se saliera; anotar los planos válidos de una toma y no desaprovechar el tiempo volviendo a ver la cinta entera otra vez; retener las palabras de Blas, la hora exacta y el sitio donde quería que nos encontráramos para ir al dentista. Y, al distraerme, la leche se salía del cazo manchando la cocina, yo tenía que realizar doble trabajo y ver la cinta por segunda vez pues me faltó anotar uno de los cortes, esperaba a Blas en el bar equivocado y, cuando al fin caía en la cuenta, había que echar a correr y después el dentista nos saltaba el turno.

Pudo ocurrir así. Lo cierto es que hubo un lado principal del asunto y el golpe de una rama en la ventana, o un frenazo, algo que me distrajo. A veces me preocupa saber que si recuerdo la rama es porque casi he olvidado el párrafo que estaba leyendo cuando la oí chocar contra el cristal. La vida son fracciones. Dividimos. Cuatro partido por dos. Diecisiete partido por cuatro. Cinco partido por veintitrés. Todo el mundo habla de elegir como en las oraciones gramaticales disyuntivas: o esto o lo otro, o irse o quedarse, pero la operación más común consiste en dividir: llegar tarde es un poco menos que llegar, es un ir dividido por lo que nos distrajo.

La historia de Edmundo me distraía. Dividí mi vida por el denominador de los pasos que él iba dando: en ocasiones el cociente se incrementaba, otras disminuía porque tanto los pasos de Edmundo como mi elástica existencia cambiaban de valor. Se me ha enfriado el café y todavía no he dicho que el primer día de trabajo de Edmundo hacía un sol deslumbrante.

Abrió los ojos a las ocho menos un minuto. Encendió la lámpara de la mesilla y justo cuando el segundero iba a alcanzar la raya de las doce Edmundo apagó el despertador, evitando el estruendo. Quiso mirar su cuarto de los últimos siete años: la mesa, en ángulo con la cama, causaba una sensación de apelotonamiento. La ventana estaba a los pies de la cama, pegada a la mesa. Se levantó para subir la persiana pero cambió de opinión. Las cortinas junto con la persiana no dejaban pasar una sola gota de luz. La lámpara de la mesilla, lejos de esclarecer el cuarto, contribuía a crear una atmósfera de noche cerrada, como si fueran las tres o las cuatro de la mañana y Edmundo, desvelado, la hubiera encendido para leer. Buscó su ropa ayudado sólo por la luz de la pequeña lámpara y se fue vistiendo.

Recordaba la feliz incertidumbre de algunos principios de curso. Nunca más volvería a experimentar la ilusión de que el tiempo lo componían bloques limpios, cursos incontaminados con su principio, su centro y los exámenes finales, el verano y un nuevo principio. Edmundo se abrochó los puños de la camisa. Al otro lado de la persiana compacta y la pared en sombra ya no habría más números ordinales, sexto, tercero, cuarto. La vida laboral daba comienzo y, con ella, un largo y único periodo hasta la muerte. A no ser que hiciera algo –pero aún no sabía qué quería decir con hacer algo–, las vacaciones, los cambios de empleo, el paro, la jubilación formarían parte de ese único periodo y sus presiones. Unos meses se entrometerían en otros, unos trabajos en otros; trabajar era dejar atrás los compartimentos, abandonar los patios, los manteles de césped, los jardines, para internarse por una única superficie campo a través de la historia y de la Historia. Al otro lado de la persiana compacta le esperaba el día ya comenzado pero, en aquel minuto de las ocho y seis de la mañana, el cuarto en plena noche, Edmundo retuvo su juventud, fue libre o soñó que lo era mientras el minutero del despertador avanzaba por un tiempo que aún no le habían comprado, que él aún no había vendido pero que estaba a punto de vender.

Subió la persiana. El día dos de septiembre el cielo, liso y azul, seguía siendo de agosto. Cuando salió a la calle el frescor de la mañana remitía. Grandes cubas de sol, derramadas sobre las aceras, inundaban la sombra. Edmundo había crecido. No era tan alto como Fernando Maldonado pero entre ambos la distancia había menguado, Fernando ya no le sacaba una cabeza sino cuatro o cinco centímetros. Ahora Edmundo se vestía con el cuidado necesario para que nadie advirtiera cuánta atención ponía en elegir su ropa y los zapatos. Mocasines negros, pantalón gris, camisa azul claro, corbata de rayas diagonales azules y grises, americana azul. Había comprado cada prenda en sitios diferentes, a veces después de cortejarla con su indecisión durante más de un mes. Esperaba acortar las diferencias de status invirtiendo más tiempo en la búsqueda de la ropa adecuada, una ropa que nunca fuera a delatarle, pues había visto caer a más de uno por llevar zapatos tristes.

El autobús le llevaba a la plaza de donde partía la camioneta que iba al laboratorio. Pagó Edmundo y se quedó de pie, cogido de la barra. Su flequillo, semejante a la línea de un dibujo de gaviota, se extendía sobre una curva frontal demasiado prominente, sobre la nariz ancha, sobre la boca como una raya que contuviera el borde de unos ojos levemente achinados color mal tiempo.

La camioneta tenía tiras de plástico en los respaldos de los asientos y, debajo, ceniceros plegables. Edmundo se sentó junto a una chica que fumaba. Había mucho tráfico.

En el laboratorio le recibieron con amabilidad. Dio su nombre en la entrada y una azafata vino a buscarle. Guiado

por ella llegó a la tercera planta. El jefe del nuevo departamento de prensa y publicidad salió a recibirle enseguida, le estrechó la mano, le mostró cuál iba a ser su mesa y le acompañó hasta el departamento de personal.
—Éste es Edmundo Gómez Risco, que va a trabajar con nosotros. Creo que tenéis preparado su contrato.
El jefe se fue discretamente. Cuando termines, vienes a buscarme, le había dicho. En unos pocos minutos, Edmundo terminó. En unos pocos minutos lo firmó todo, el libro de matrícula, tres ejemplares de su contrato de trabajo, y el papel donde figuraban los datos de su cuenta bancaria. En unos pocos minutos entregó las fotos, dio su número de teléfono, leyó por encima las cláusulas de su contrato. Le habían tratado como si estuviera en Correos rellenando un impreso para enviar un paquete. Con algo más de solicitud, pensó. El jefe de personal y su secretaria habían trocado la deferencia del funcionario en un mudo paternalismo. Ella llevaba unas gafas rectangulares que hacían más notable la sonrisa rota por sus dientes. Con él mantendría, al año siguiente, una desagradable conversación y ya sólo era capaz de recordarle de pie detrás de la mesa, los mofletes caídos, las manos en los bolsillos de los pantalones de pinzas, los ojos divirtiéndose, aquel paternalismo inicial convertido en desdén.
Al término de su primer encuentro, sin embargo, Edmundo se despidió forzando un apretón de manos. De un modo aún impreciso, comprendía que había firmado su ingreso en una hermandad amorfa, gigantesca. Amorfa porque no se daba en ella comunidad alguna de propósitos e ideales sino sólo la certeza de que abandonarla, dejar a un lado cualquier vínculo, ya en calidad de parado, ya de trabajador o jubilado, requería una fortuna firme y perdurable.
Recorrió a solas el pasillo que antes había cruzado acompañado. Había marcos metálicos en las paredes con cuadros de distintos pintores en torno a un único tema: bodegones modernos, un yogur junto a la fruta; una botella de cerveza

al lado de una cajetilla de tabaco y de un mechero; un sándwich mixto, un batido y, en un extremo, un frasco de pastillas o, a veces, un cuadro entero de pastillas solas formando figuras como si se tratara de un cuadro abstracto. El suelo era de un material sintético que Edmundo no recordaba haber visto nunca, al menos no en ese tono cereza con vetas blancas. Se fijó en las puertas de los despachos, algunas eran grises y otras rosadas. Una decoración, supuso, dirigida a quitarle al edificio el aire vetusto de reformatorio franquista que, no obstante, seguía presente.

Llegó a la puerta del despacho del jefe del departamento. La golpeó con las yemas de los dedos.

—Pasa, ya has terminado, me alegro. —Martín Díez le invitó a sentarse—. Me alegro de que estés entre nosotros, y lo digo con sinceridad. Me gustaste en la entrevista. Eres de los que saben que tienen una oportunidad y no piensan desaprovecharla.

Martín Díez no le miraba al hablar, así que Edmundo replicó en el tono más neutro posible:

—No, claro que no.

—Ahora voy a presentarte a las personas que trabajarán contigo.

Fue un recorrido de mayor a menor. Primero Gabriel García Guereña, el subdirector de área, el jefe de Martín Díez, quien le dio una bienvenida de formulario aunque cálida. Aquel hombre le recordaba a su padre. Compartía con él la calva breve y satisfecha de sí misma, y unos modales a punto de ser juveniles pero sin serlo.

—Volvemos a vernos —le dijo Guereña en alusión a los cinco minutos de charla dos días después de la larga entrevista con el jefe del departamento. Al parecer, de entre los seis aspirantes sólo habían seleccionado a dos, y el subdirector se decidió por él—. Te deseo mucha suerte.

A continuación Edmundo saludó al encargado de publicidad, a su ayudante y a su secretaria.

En una esquina había un tipo unos diez años mayor que él. Se llamaba Augusto Veril y era el encargado de los boletines que el laboratorio repartía a médicos y distribuidores. Tenía el cuello muy grueso, su mandíbula formaba un triángulo muy abierto, los iris de los ojos eran verdes como caramelos chupados. Después de estrecharle la mano, Edmundo saludó a Pedro, un chico de su mismo rango, y por último, a la secretaria del jefe del departamento. Todos, a excepción de Augusto, le recibieron como si hubiera llegado a un lugar magnífico. Cuando se fue el subdirector, los demás empezaron a explicarle detalles prácticos: dónde estaban los servicios, a qué hora se desayunaba, cómo se utilizaba el teléfono, cómo funcionaban las extensiones, los vales de comida, el aparcamiento.

Edmundo dedicó la mañana a organizar su mesa y visitar el archivo. También inauguró una agenda en donde apuntó su primera reunión al día siguiente con Augusto, Pedro y Martín Díez, a las nueve. De vez en cuando dirigía su mirada hacia Augusto preguntándose si en aquel tipo podría encontrar un aliado para su plan de no pertenecer, de no formar parte y no hacerlo precisamente estando dentro. Era un plan borroso todavía, nacido más de cuanto Edmundo rechazaba, de todo lo que había aprendido a despreciar, que de las cosas que un día estaría dispuesto a perseguir.

Llegó a casa sin ganas de hablar con nadie. Su padre seguía de viaje, su madre había ido a una reunión de la parroquia. Encontró sólo a su hermana Fabiola, dormida en el sofá del salón. Todavía no se había acostumbrado a la presencia física de su hermana. Cuando él tenía doce años y Fabiola siete, la mandaron interna a un colegio en Ginebra, al que era quizá el mejor colegio de Suiza y uno de los mejores de Europa. Vivían los años de esplendor antes de la caída y su padre quería que Fabiola tuviese una educación perfecta.

A los siete años, Fabiola aún creía en los Reyes Magos. Y año tras año, y verano tras verano, para Edmundo Fabiola continuó siendo eso: una criatura llamada a enterarse de los hechos reales más tarde que los demás: la falsedad de los Reyes, la cárcel de su padre, la venta de la casa, las crisis maníaco-depresivas de su padre, la obsesión religiosa de su madre, todo lo había ido sabiendo después. Fabiola era delgada y tenía el cuerpo pequeño. Los tres la trataron siempre con un cuidado especial, no tanto por la hipotética fragilidad de su constitución sino por ellos mismos, porque al poder prepararse para verla, en un viaje, en una vacación, se empeñaban en mostrar lo mejor que tenían.

Pero de pronto Fabiola había vuelto. Se negaba a estudiar la carrera en Ginebra. Quería estar en España y además quería estudiar Derecho. Ni Música ni Filosofía, las dos carreras estéticas que su padre había previsto para ella. La decisión de Fabiola parecía firme y sus padres no estaban en situación de oponerse con especial vehemencia.

Así que Fabiola se había instalado en Doctor Esquerdo. Seguía siendo pequeña, la niña convertida en una adolescente de huesos muy finos, caderas estrechas y baja estatura que probablemente ya no crecería más. En cuanto al carácter, Edmundo lo desconocía por completo. Cuando entró en casa y la vio tendida boca abajo, los brazos en alto sobre el brazo del sofá, su pequeño cuerpo embutido en un vestido corto azul cobalto, Edmundo pensó en una nadadora de mariposa, pensó en el agua de las piscinas, un agua que no es transparente por haber sido filtrada sino, sobre todo, por el efecto químico del cloro. Así, intuía a ratos, de una claridad hecha con sustancias que disolvían lo turbio, podía ser el carácter de su hermana. La dejó en el sueño, nadando entre paredes pintadas de azul.

Él se fue a su cuarto, la mesa en ángulo con la cama, la ventana pegada a ambas. Antes de ponerse a leer los boletines de meses anteriores que había traído del laboratorio, bajó la persiana, corrió las cortinas y encendió la lámpara como si fuera de noche.

Edmundo aprendió despacio. Nadie le decía lo que querían que hiciera y, a menudo, le decían lo contrario. La hipocresía no era sólo un instrumento para relacionarse con el exterior, sino que incluso en conversaciones entre un subdirector y un director, o entre un jefe de departamento y su subordinado, ambos fingían o bien habían llegado a interiorizar por completo el lenguaje del plural: estamos a la cabeza del sector, tenemos que erradicar la burocracia interna, no hemos cumplido un tercio de los objetivos, etcétera. Edmundo confiaba en asistir a unos minutos de franqueza: Mira, necesito que te des a conocer entre estas personas y les ofrezcas tus servicios, por ejemplo. Pero esos minutos no llegaron nunca. Recibía sólo órdenes concretas, le trataban como a un secretario avispado y con estudios. ¿Por qué le habían contratado si nadie quería nada de él, si el laboratorio apenas mantenía relaciones con los medios de comunicación y nadie parecía sentirse inquieto por eso? Y lentamente aprendió lo que él podía darles: haber entrado a trabajar en la empresa significaba tener la oportunidad de desear en su nombre.

Edmundo no debía pretender que otros desearan por él. Tenía que querer para la empresa, se esperaba que pusiera su voluntad de encapricharse al servicio de la empresa. Nadie le había ordenado que se ocupara de montar una especie de oficina de información y turismo pues lo que en primera instancia le ordenaban era ser el órgano deseante de esa oficina. Edmundo lo fue. Aprovechó un pequeño escándalo con la Bayer, un fuego menor, rápidamente sofocado, para escribir varios informes asegurando que las buenas relaciones con las revistas médicas no bastaban: había que cultivar también la prensa no especializada; sólo así, cuando se produjera un fuego sabrían dónde poner el cortafuegos. Recibió una sonrisilla de Martín Díez además de una palmada simbólica y condescendiente del subdirector: Parece que no se te da mal escribir.

Con una rabia que intentaba ocultarse a sí mismo, Edmundo emprendió un estudio sobre las próximas tendencias informativas en el ámbito de la salud. Combinando bibliografía y cálculo con el seguimiento de los periódicos de un semestre, concluyó que la salud estaba destinada a ocupar un lugar preferente en la sección de sociedad; lo que ahora apenas ocupaba media página semanal terminaría por ser una página diaria. Acudió a su teoría de la noticia de granja y contó cómo en otros países se empezaba a ofrecer a los medios un repertorio amplio de medicamentos nuevos, dietas o investigaciones acerca del futuro de las enfermedades. Esta vez se mostraron interesados. Le convocaron a una reunión con todo su departamento en busca de propuestas concretas. Después hubo otra reunión a la que él no asistió pero en donde se comunicó a los miembros de distintas áreas la puesta en marcha de un programa para aumentar la presencia en prensa. Por último Edmundo quedó encargado de mantenerse en contacto con las áreas por si en alguna se generaba información apropiada y se le dio luz verde para comer con periodistas a cuenta de la empresa.

Cinco meses después sus logros eran pequeños pero muy visibles. En un reportaje sobre diseños de medicamentos y sus envases había logrado que un treinta por ciento de las fotografías fueran de envases o de píldoras del laboratorio. Además, el químico encargado del control de calidad había preparado la entrevista con Edmundo, de tal modo que el porcentaje más alto de anécdotas, ejemplos didácticos y frases atractivas sobre el color de las pastillas y su forma procedía de ese químico, pues los que trabajaban en otros laboratorios pocas veces habían seleccionado ideas sugerentes para el entrevistador. Aunque recibió algunas felicitaciones, Edmundo no se engañaba. Seguía siendo un secretario hábil a quien encargar asuntos un poco por encima de su puesto, pero nada más. Ninguna elección pasaba por él, y así vio cómo el laboratorio hacía un gran lanzamiento de un aparato para medir la tensión sin que nadie contara con él, sin que ni siquiera le escucharan cuando, una vez lanzado el producto, propuso algunas estrategias para conseguir que la prensa se interesara. Pero estaba dispuesto a ser un corredor de fondo y siguió trabajando en su pequeña parcela, sin quejarse ni decir que le parecía pequeña.

Como un soplón de la policía Edmundo hablaba con todos, estaba en todas partes y un día pudo realizar su pequeña hazaña. Logró enterarse con antelación de que en la revista de una asociación de consumidores estaban elaborando un dossier sobre los prospectos farmacéuticos. Edmundo había oído la conversación mientras esperaba a un amigo periodista en un pub con billar donde solían verse. Sabía que en el laboratorio estaban preparando la nueva redacción de varios prospectos con los que habían tenido problemas. Además de acelerar el proceso, Edmundo propuso y logró que el laboratorio se adelantara a la asociación con una campaña sobre la claridad en los prospectos promovida por la fundación adscrita al laboratorio.

Aquél fue el punto de inflexión. Edmundo dejaba de ser el becario recién llegado y en varias áreas del laboratorio se reconocía el sentido de esa especie de oficina de información y turismo que él regentaba. Por el contrario, Augusto Veril seguía en su esquina haciendo boletines. También encargaba alguna nota de prensa a Edmundo de vez en cuando. Aunque Veril llevaba seis años en el laboratorio apenas se había promocionado. Cuando comenzaron los éxitos de Edmundo, su jefe le habló de Veril: era eficiente, era aplicado, pero le faltaba garra. Nunca hacía propuestas, tenía alma de botones, le dijo.

Edmundo quería abordarle. Augusto Veril, se decía, no desea en nombre de la empresa, desea en su propio nombre. Algunas mañanas, al entrar, se desviaba hacia la izquierda y pasaba delante de su cuello grueso, de sus camisas blancas aunque, a menudo, con un toque de desteñido del rojo o del azul, camisas ligerísimamente rosas, camisas de un azul pálido imperceptible. Y al pasar le saludaba con timidez pero estaba seguro de que Augusto no advertiría esa timidez porque al fin Edmundo era lo que todos creían: un chico listo, un joven dispuesto a subir deprisa. Su reserva seguía estando dentro, su incredulidad llevaba ocho meses en su interior, si es que aún permanecía allí, si es que no había terminado por desvanecerse de tal manera que el único resto, la única prueba, pensaba, no la constituían precisamente esos dos caramelos húmedos, brillantes, y la perseverancia con que el hombre de cuello de sapo se mantenía fijo en su esquina. ¿Cómo tantearle? No podía decirle: «¿Bajas a tomar un café?», y a continuación: «¿Sabes? Yo no soy lo que parezco.» Sonaba tan ridículo como la frase de los presos en las películas, los que al entrar en la cárcel decían: «Soy inocente» ante la carcajada grosera del funcionario: «Todos aquí sois inocentes.»

Edmundo se había ido de casa. Seguía saliendo con algunos compañeros de estudios y con Fernando Maldonado y sus amigos. Los domingos comía en Doctor Esquerdo con su hermana y su madre, y su padre si aparecía. El dos de junio celebraron el cumpleaños de Fabiola; aunque su padre estuvo presente, fue una celebración apagada y a Edmundo se le ocurrió que podía invitarla a comer fuera otro día, los dos solos. Quedaron un jueves. Edmundo había propuesto adrede un día entre semana para subrayar el cambio de estado de ambos, no eran dos hermanos que salían juntos de casa por la tarde, sino una estudiante universitaria y un periodista del departamento de prensa de un laboratorio, hermanos, que habían quedado para comer juntos.

Edmundo llegó el primero. El sitio se lo había recomendado la hermana mayor de Fernando Maldonado. Era una pizzería de calidad, con servilletas de hilo, altas jarras rectas de cristal, sillas negras, camareros elegantes y, sin embargo, mantel individual. Un sitio dinámico, se decía, pero no demasiado ruidoso ni ajetreado. Los empleados de traje y corbata entraban, comían, tomaban café, salían, y el amplio espacio libre entre las mesas y el discreto paso rápido de los camareros y los trajes de los comensales contribuían a crear un ambiente coreografiado. Le habían dado una buena mesa, separada del resto por el recodo de una ventana.

Fabiola llegó cinco minutos tarde, abrazada a una carpeta clasificadora, con un pequeño gorro de algodón tejido en varios azules, un pantalón abolsado, y una camiseta blanca de manga larga, muy ceñida. Edmundo se levantó, tomó la carpeta y la colocó en una silla vacía. Ella se quitó el gorro y lo puso sobre la carpeta. Se dieron un solo beso en la mejilla. Los dos estaban contentos, era una especie de juego comer allí, y aunque también estaban cohibidos, la carta, los spaghetti a la vongole, el vino, el buen tiempo, hacían menos tensa la experiencia de verse fuera de casa y solos. Empezaron hablando de los profesores de Fabiola:

—El de derecho político es muy bueno. La de historia del derecho tampoco es mala. Pero me da rabia que justo el de derecho romano sea un pesado. Si hemos copiado casi todo el derecho de los romanos, yo quiero entenderlo bien.

—¿Te gusta el derecho? —preguntó Edmundo no sin cierto asombro.

—Mucho. Ya en el internado me gustaba enterarme bien del reglamento del colegio. Luego hacía cosas que parecían infracciones pero que podían defenderse alegando algún artículo en el que nadie se había fijado. Se ponían furiosos. ¿A ti no te gusta el periodismo?

—Sí y no —dijo Edmundo—. Otro día te lo cuento. Ahora déjame que te haga una pregunta de la que estarás harta. ¿Tienes alguna idea de en qué vas a querer trabajar?

—Creo que quiero ser fiscal. Bueno, sé que no quiero ser jueza, ni registradora de la propiedad, ni notaria. Fiscal estaría bien. O inspectora de Hacienda.
—¿Y abogada?
—A lo mejor. Es lo que más dudo. Todavía estoy en primero.
—Has elegido un buen momento para estudiar Derecho —dijo Edmundo. No lo creía del todo. No creía en absoluto en el derecho pero sí podía defender que, con la aprobación de la Constitución, se abrirían habitaciones nuevas, no edificios, no territorios, sólo habitaciones pero al menos habitaciones. Y en todo caso quería tener algo que decirle a su hermana, que los cinco años que le llevaba le sirvieran a ella.
—¿Por qué lo dices?
—Ahora se harán multitud de leyes nuevas, tribunales nuevos, nuevos procedimientos. Es como cuando se monta una empresa. Es un buen momento para entrar, el cuerpo es flexible y los gestos no se han acartonado.
—Cuéntame por qué el periodismo te gusta y no te gusta.
Edmundo dudó. Fabiola no sabía nada de él, de su archivo, de cómo se libró de las voces, de su falta de fe.
—Me gusta porque me gusta que circule la información. No me gusta porque siempre debo trabajar para otros.
Les recogieron sus platos vacíos y les tomaron nota del postre.
—Podíamos hacer esto más veces —dijo Fabiola—. En casa siempre estamos todos un poco más preocupados de lo que lo estamos en realidad. Por lo menos, yo.
—De acuerdo. Podemos intentar comer uno o dos jueves al mes.
—¿Tienes novia?
—Ahora no. ¿Y tú?
—Tengo un novio en Berna. Nos escribimos. Tengo bastante suerte con los chicos.
Edmundo estuvo a punto de decirle a Fabiola que no

quería conocer a una chica, enamorarse y acabar contándole todo lo que le hacía diferente. Estuvo a punto de decirle que él era un incrédulo, que dudaba de la solidez de la tierra y quería construirse una plataforma; que no tenía fe en el amor ni en el poder del amor para instituir la singularidad del amado. Miró en cambio los ojos castaños de Fabiola, atentos al plato de mantecado con chocolate caliente que traía el camarero. Tenía que encontrar la distancia adecuada para hablar con ella. No podía seguir tratándola como a la niña que no sabía que su padre había estado en la cárcel, pero tampoco podía hacerse amigo de su hermana pequeña en una comida, ni podía olvidar que ella estaba empezando la facultad, que salía a la calle con un gorro de algodón de distintos azules, que le gustaba el derecho y confiaba en su buena suerte. Decidió probar con el humor:

—Yo tengo un problema con las chicas. No creo en los amuletos ni en los talismanes.

—¿Y todas las chicas creemos?

—Por lo menos, las que yo conozco. ¿Tú nunca has regalado una canica verde, un azulejo rojo, un mineral de una colección de minerales?

—Sí, es verdad, una vez regalé un trozo de malaquita.

—A mí me han regalado una piedra de río, un tapón de botella, un cristal de cuarzo, una nuez moscada.

—¿Y?

—Siempre los pierdo. Entonces se enfadan conmigo. Entonces tengo que explicar que no me parece bien eso de llevar la nuez en el bolsillo y apretarla y mirar con superioridad a los demás porque esa nuez me hace sentirme invulnerable.

Fabiola ya se había terminado el helado.

—Y entonces te dejan. Eres un desastre.

—Sí, bueno.

—¿Ah? ¿Encima las dejas tú?

Se rieron y Edmundo le preguntó si iba a tomar café. Todavía siguieron hablando un rato de música, de libros.

Edmundo le prometió dejarle algunos discos y un libro sobre los romanos. Ella a su vez iba a pasarle la bibliografía de Derecho Político y le iba a traducir las letras de un cantante francés que le gustaba. Cuando salieron, Fabiola cogió el autobús.

Él la miró subir y se fue andando hasta su parada. Si un día encontraba a una chica, se decía, si le contaba a una chica su desconfianza como se cuenta un episodio de la niñez para diferenciarse, entonces terminaría igual que Sansón, perdería toda su fuerza. Irse a dormir, poner la cabeza en la almohada, recrearse en los labios de la chica, en su forma de moverse pero también en certezas que le desarmarían: ella sabe quién soy yo, me ha reconocido y se ha sentido atraída al comprender que en esta inmensa cárcel yo soy el único recluso diferente. A Edmundo le daba miedo pensar que el amor podía salvarle, pero salvarle por dentro, como salva el capellán al recluso que va a ser ejecutado, lo salva por dentro y no le facilita la fuga, y no le libra de la ejecución.

Le preocupaba tanto renunciar, conformarse, que resolvió pasar a la acción. Mejor, se dijo, el ridículo que la vida interior. Mejor echar a correr y tropezar que permanecer quieto, impasible la cara, el cuerpo amodorrado en la silla o tal vez arrastrando los pies por el pasillo mientras en su pensamiento ese mismo cuerpo imaginado devora los kilómetros, arrasa los estadios, corre los cuatrocientos metros en volandas.

A mediados de junio el calor apretaba en el cuarto piso, situado en los aledaños de la plaza de Castilla, que Edmundo había alquilado. Tenía por costumbre, al volver de trabajo, subir para dejar la americana, la cartera y la corbata. Después cambiaba la camisa por una camiseta grande y bajaba a un bar refrigerado a beber un café con hielo y repasar el periódico. Pero una vez hubo tomado su decisión Edmundo empezó a llevarse al bar algunas de sus carpetas. Ahora necesitaba toda la información que pudiera obtener. Sugirió a uno de sus contactos en los periódicos un reportaje sobre la cualificación de los investigadores médicos, en la línea de futuros trabajos posibles para jóvenes estudiantes. Al chico le gustó la idea, la propuso en el *ABC* y la aceptaron. De este modo Edmundo pudo fotocopiar en la empresa currículums de un gran número de empleados aunque le obligaron a tapar los nombres. No espigó directamente los currículums para dárselos al periodista; Edmundo bajaba primero al bar refrigerado a tomar nota de los colegios y las promociones de cada director de división, de cada ingeniero jefe, de todos los altos cargos; allí también reconstruía para sí el nombre sólo borroso en la fotocopia, luego lo borraba del todo.

A la semana recibió una llamada del periodista. Había tenido una experiencia desagradable al tratar de entrevistar a dos ingenieros de un laboratorio catalán dedicado a la fabricación de instrumental médico. Uno le preguntó de manera violenta quién le enviaba. El otro, *off de record*, en tono burlón, dijo que iba a ser destinado a Barcelona contra su voluntad debido a una crisis de la empresa y que no recomendaba ese trabajo a nadie.

Edmundo simuló no dar importancia a la historia y pidió a su contacto que no se desanimara. Ese día dedicó sus ratos libres a resucitar el episodio del aparato para medir la tensión. A pesar del gran triunfo que ese aparato, preciso y de un precio excelente, había supuesto para su empresa, Edmundo nunca consiguió que le dejaran intervenir en su promoción; ni siquiera le habían informado de que la empresa se ocupaba también de esa clase de productos. Hizo algunas preguntas pero le respondieron que el proyecto se había llevado en secreto porque la competencia lo estaba investigando. Sin embargo, ya entonces, el desconocimiento de unos y la agresividad contenida de otros le habían intrigado. En aquel momento creyó que se trataba sólo de un error suyo, que se había metido donde no le llamaban creyéndose con más atribuciones de las que en verdad le correspondían. Pero ahora, más seguro de su papel, no entendía por qué ese producto quedaba fuera del departamento de prensa. Y, sobre todo, ahora no estaba intrigado sino hambriento. El laboratorio catalán para el que trabajaban los dos ingenieros estaba especializado en aparatos de esa clase. Si tres meses atrás Edmundo pensó que alguien podía haber jugado sucio, ahora deseaba que hubiera sido así.

Su contacto periodista, de puro inocente, le había proporcionado los nombres de los dos ingenieros y los escasos datos sobre su currículum que obtuvo en el laboratorio antes de intentar las entrevistas. Uno de ellos, se fijó Edmundo, había podido coincidir en el colegio del Pilar con un alto directivo de su empresa. Para comprobarlo llamó directamente al colegio del Pilar. Dio un nombre falso, dijo que estaba haciendo un reportaje sobre antiguas promociones. Después de repetir su mentira a varias voces diferentes obtuvo el nombre de un antiguo profesor del directivo y dónde localizarle. Esa misma tarde envió a Fabiola a visitar al profesor. Tuvo que inventarse una historia para que Fabiola no le hiciera a él demasiadas preguntas y sin embargo obtuviera la información. Su hermana hizo un buen trabajo: el ingeniero y el directivo se conocían, compartieron el curso y también la clase.

Había empezado julio. Edmundo llegaba cada mañana a su despacho contento, despierto como si estuviese viviendo una película emocionante. Los días de cansancio, las mañanas en que tenía que fingir ante sí mismo que él era otro en realidad, quedaban lejos. Planeó con el periodista hacer una entrevista al ingeniero más duro, no al que iba a ser trasladado sino al que, según había oído decir Edmundo, estaba despedido. Así su reportaje podría tratar no sólo las expectativas de obtener trabajo sino también las de recuperarlo después de una crisis. Y aunque, como ya se figuraba, el ingeniero se negó en redondo, no obstante un sarcasmo dejado caer sobre el joven periodista sirvió para que Edmundo confirmara el buen rumbo de sus indagaciones. «No voy a dedicarme a nada, me voy de vacaciones», había dicho el ingeniero. Probablemente era mentira. El ingeniero sería contratado primero por una empresa puente para, meses tarde, terminar en el laboratorio de Edmundo. Ése era, al menos, el procedimiento más común en los episodios de espionaje industrial según había averiguado Edmundo. Sin embargo, aquella salida de tono lanzada sobre un periodista inexperto parecía revelar lo mismo que el sentido común: había mediado un pago. Y si el pago no se había realizado en dinero negro, Edmundo tenía recursos para descubrir cuándo se hizo y a nombre de quién.

En efecto, movido por un interés defensivo, desde el principio Edmundo había procurado mantener buenas relaciones con las secretarias. En absoluto se planteaba la posibilidad de pedir a alguna que le dejase ver un papel prohibido, pero en cambio sí podía utilizar la familiaridad con ellas para justificar su presencia en ciertos despachos. Un par de mañanas se demoró hablando con la secretaria del gerente y, mientras, procuraba retener la organización de cajones y archivadores. Le pidió consejo sobre cómo ordenar sus propios papeles, le preguntó si era recomendable hacer copia de cada papel importante y supo que, durante seis meses, ella conservaba una copia de todo cuanto se tramitaba en el despacho del gerente de cierta envergadura: facturas elevadas, presupuestos, pagos, órdenes de compra.

Dos días más tarde, mientras la secretaria tomaba café, Edmundo entró en su despacho a cámara lenta. Se había prohibido lanzar una sola mirada furtiva, y aunque sentía que el pulso iba a estrellarse contra las rocas, sus movimientos eran los de un anciano. Sabía en qué cajón debía mirar. Cogió una carpetilla pero contenía copias demasiado recientes. La guardó y cogió otra siempre despacio, siempre como si estuviera haciendo algo permitido. En la segunda encontró tres pagos posibles, a juzgar por las fechas y la cuantía. Apuntó el nombre de las tres sociedades que los habían recibido, despacio. Puso la carpeta en su sitio, despacio. Había visto tantas películas: ahora la música se intensificaba al tiempo que sonaban voces en el pasillo, pero nada ocurrió. A Edmundo le sobró tiempo para salir del despacho y llegar al ascensor que abrió sus puertas, vacío.

El siguiente paso consistía en sacar un rato libre e ir al Registro Mercantil. Aprovechó la copa que, a última hora de la mañana, ofrecía una revista médica. Aunque el jefe de Edmundo también estaba invitado, se daba por supuesto que llegaría tarde. Edmundo salió con tiempo y se fue en taxi al Registro. Pidió tres notas simples para conocer la fecha de creación de las tres sociedades. Sólo una había sido creada ese año. Pidió la nota integral. El nombre del ingeniero no figuraba entre los dueños de las acciones iniciales, pero sí el nombre de una mujer. Averiguar que se trataba de la esposa del ingeniero fue cuestión de una simple llamada, la asistenta se lo confirmó sin darse cuenta.

Cuatro carambolas, un acierto, poca cosa. Lo más difícil empezaría luego y no ha terminado todavía. ¿De qué sirve tirar de la manta? El conocimiento no existe si no lo sustentan quienes tienen la capacidad de producirlo, difundirlo y hacerlo respirar. Tampoco la vida existe más allá de los cuerpos. El ateo dice: Nada viene de fuera, nada viene a posarse. El ateo dice: Nada es un pájaro que tuviera luz propia y la fuente del movimiento perpetuo. El ateo dice: No estuvo nunca separada la materia de la forma, ni estuvo la forma nunca separada de la materia. Edmundo procuraba no tener dioses y cuando conoció la existencia de un pago fraudulento, de un acto de espionaje industrial, quiso tocar el cuerpo de ese conocimiento y entonces temió por sí mismo si un día llegaba a usarlo. ¿De qué sirve saber sin aliados?

Edmundo estaba solo, era un recién llegado de contactos endebles, un joven con escasa fe en la prensa, con menos fe

81

en la justicia y con ninguna vocación de acudir a la empresa espiada para quedar a su merced. Aquel día se acordó de Augusto Veril, el hombre de ojos de rana, el hombre de treinta y tres años y ojos de caramelo mojado. Yo tengo cincuenta y seis, soy una mujer, mis ojos empezaron a retraerse a los cuarenta y hoy pasan inadvertidos, dos rendijas en la cara tras las que a veces brilla una luz, pero es raro que alguien recuerde su color. Augusto Veril tenía el futuro por delante y, en cambio, hace tiempo que pasó, ya lo dije, mi momento de gloria. Edmundo, se diría, ha salido perdiendo, pero somos tan pocos.

Con Augusto Veril Edmundo no llegó a hablar. Contarle su secreto era arriesgar demasiado, quedar en manos de un hombre casi desconocido. Intentó sondearle, no obstante. Le comentó un día que había leído *El arte de la guerra*, otro día quiso prestarle *El topo* de John Le Carré y otro aún, tomando café, sacó el tema de la clandestinidad. Augusto apenas le prestaba atención. Hasta que una mañana Edmundo madrugó y se detuvo junto al sitio vacío de Augusto. Sobre la mesa había varios papeles unos encima de otros. Edmundo hizo un abanico con ellos y entre los últimos vio una partitura. Ya no volvió a hablar con Augusto de rencor ni de estrategias. Le observaba con disimulo; en dos o tres ocasiones le sorprendió estudiando partituras.

No le insinuó que conocía su secreto, ni fingió interesarse por la música para ganar su amistad. Estaba desconcertado. Le parecía que por mediación de Augusto alguien le había robado un trozo de futuro. Su punto de apoyo hipotético, su posible aliado, pertenecía al grupo de los que están quietos y mientras tanto corren. Si hubiera guerra, pensaba, Augusto estaría en la escuadrilla cobarde de los que no vuelan porque se creen distintos, ellos poseen un don oculto y no deben arriesgar la vida, merecen salvarse, no deben morir. Ahora se alegraba de no haberse puesto en evidencia, habría sido una escena adolescente. Él diciendo: «Augusto, yo no soy como ellos. He entrado en sus archivos, tengo algo que podría hacerles daño si llega el momento.» Y Augusto, comprensivo: «Olvídate de ellos, procura pensar en este trabajo lo menos posible, la vida está en otra parte. Lo de aquí sólo es un trámite para poder dedicarse a algo mejor fuera.»

No, Edmundo no quería la comprensión de Augusto ni su complicidad. Si había soñado mañanas con corbata y a las siete de la tarde el pantalón vaquero, ya no las quería. No quería las mañanas como un oficinista y las tardes como un revolucionario de la nada, visitando grupúsculos políticos y hombres vestidos de azul marino. No quería tocar la trompeta en una calle oscura después del trabajo. Ya no. La vida no estaba en otra parte, la vida estaba en el laboratorio, ocho horas de su vida durante cinco días a la semana pero en verdad mucho más; en verdad sentarse a la mesa de su madre con el laboratorio prendido a su ropa.

Entretanto, había llegado agosto. Edmundo se fue a Norwich, de vacaciones.

CORO

Es el enojo, es el enojo. La cólera dividida por el sueldo es el enojo.

Hace tres días el empleado del accionista mayoritario vino y nos echó los perros. Dos meses antes habíamos recibido una orden inusual: convocar aspirantes para una plaza no creada todavía; ofrecer una venta de acciones ventajosa a los accionistas minoritarios; ampliar el número de colaboradores de una publicación; organizar una prueba de actores; proporcionar a los pacientes un servicio de apoyo telefónico durante la convalecencia.

Hace dos meses recibimos la orden de ofrecer y hace tres días nos han echado los perros. El empleado del accionista mayoritario cambió de idea. Pero no gastó su tiempo en dar explicaciones ni en hacer público su cambio para que nosotros y nosotras pudiéramos enviar una carta, colocar un aviso en la entrada, ofrecer una media disculpa con que cerrar las expectativas abiertas. El empleado del accionista ni siquiera renunció a su idea sino que la aparcó, o acaso la abandonó, no se sabe qué pasa cuando alguien ata a un árbol una moto vieja.

Y hablamos con nuestros jefes, y nuestras jefas llaman al empleado del accionista que está reunido, que promete devolver la llamada pero no la devuelve. Hace tres días que los perros ladran para nosotras y nosotros. La culpa es nuestra, dicen. Creamos la expectativa, debemos responder.

¿Acaso vamos a quejarnos? No nos piden que nos ahoguemos en una fábrica durante trece horas. Oímos ladridos de perros, oímos deseos truncados, gritos de coches cercados por la segunda fila. Es el enojo. Es apenas una incomodidad. Nos duele la cabeza.

Fabiola se fue a Berna invitada por unas amigas del internado. El padre de Edmundo estaba ocupado y ausente o prefería no ir con su madre a un viaje organizado por la parroquia. Su madre se apuntó a ese viaje porque preveía que su padre iba a estar ocupado y ausente y no quería quedarse sola. Edmundo había alquilado desde Madrid una habitación en Norwich y se había matriculado en un curso de perfeccionamiento del inglés.

En el curso conoció a la *maître* de un hotel florentino, a una remesa de ejecutivos del transporte portugueses, a una abogada venezolana, a un economista griego, y conoció también a una chica española recién licenciada en Ciencias Políticas. Se llamaba Cristina Díaz Donado, tenía el pelo cortado a lo chico. «¿Entonces te tambaleaste por segunda vez?» No recuerdo si Edmundo había pronunciado el nombre de Cristina con particular fervor, o si hizo el gesto de quien va a tomarse tiempo para hablar. Sé que mi pregunta era más bien retórica, estaba convencida de que diría que sí y me desconcertó su negativa. Es posible que estuviéramos en su casa. Él podría haberme ofrecido un café en la cocina. Yo estaría esperando a que terminase de hacerlo sentada en una silla blanca. «No, tambalearme no», dijo Edmundo mientras cogía la cafetera con una mano y con la otra apagaba el gas.

Tambalearse no. Cristina, dijo Edmundo, no había sido un desnivel en el suelo, una tentación que pudo hacerle tropezar. Me recordó su primera comida con Fabiola y cómo salió de ella con miedo a enamorarse un día y contarle a una chica todo lo que le hacía diferente, con miedo a creer que el reconocimiento de la chica le armaría caballero, convirtiéndole en un ser especial. Él estaba preparado para tomar o dejar un amor de esa clase como quien, en un cóctel, toma o deja en la bandeja la copa que le ofrecen sin que su gesto le obligue a moverse del sitio. Con Cristina le ocurrió que si rehusaba la copa se quedaba en un bando y si la aceptaba, pasaba a pertenecer a otro bando nuevo. Antes de conocerla, Edmundo había pensado en su reacción ante la copa, pero sin imaginar que esa reacción pudiera enemistarle o reconciliarle con los anfitriones de la fiesta. Cristina Díaz Donado no había sido, repitió, un desnivel en el suelo sino la mañana en que Dios ordenó a los ángeles: Adorad al hombre, y unos tomaron el partido de la lealtad y otros, el partido de la rebelión. Había sido el día en que los tebanos hicieron prisioneros a los lacedemonios y, de entre todos los lacedemonios, uno tuvo que elegir entre arriesgar la vida o someterse. Cristina estaba en el mismo apartado que el padre de Edmundo, que haber nacido en Madrid, o que su primer sueldo hubiera ascendido a un poco más del doble del salario mínimo interprofesional. Una posición, un haz de condiciones objetivas: no la gota que hace rebosar el vaso de lo privado sino un tercio del vaso sobre el que después seguiría cayendo agua hasta rebasar el borde y hacerle tomar el partido de la rebelión.

Pelo corto, familia de clase media culta, le gustaba leer, miraba como quien siempre acaba de llegar, inquiriendo, calibrando, sintiéndose recibida. A Edmundo le gustó porque tenía una belleza opuesta al raro atractivo que él pudiera tener. La cara de Edmundo, ancha en su configuración y en sus rasgos, ancha la boca, los ojos achinados, ancha también la nariz, y con el escollo de una frente demasiado pronunciada, introducía en su imagen el eco de un defecto, de lo extraño. Ningún rasgo era tan desproporcionado como para resultar cómico pero, por así decirlo, una vez que alguien reparaba en él tenía que hacer un molde nuevo para guardar su cara en la memoria.

Edmundo nunca sería uno de esos presentadores de telediarios cuya virtud consiste en poder ser cualquiera, en tener una cara como la de cualquiera, tan sólo un poco más armónica. Pertenecía a la especie, más restringida, de presentadores que sólo se parecen a ellos mismos, y que cifran en su singularidad la confianza que son capaces de ofrecer. Se les recuerda más, pero suelen durar menos. Cristina sería una presentadora del primer tipo. Y para Edmundo la belleza en realidad era eso: no un rostro con personalidad sino un rostro que fuera la esencia de muchos otros. Ojos, nariz y boca, frente y mentón y mejillas equilibrados, que nada fuese demasiado grande o pequeño, agudo o chato. Para Edmundo la belleza tenía algo de anuncio y algo de indiferencia: llamaba la atención, pero no obligaba a mantenerla. Todas las caras de las modelos podían fundirse en una o dos; al mirar a una modelo, lo que Edmundo quería era precisamente no tener que identificarla. El rostro de Cristina permitía mirarlo durante una conversación sin reparar en él y ser capaz, no obstante, de evocarlo horas después a grandes rasgos, como un dibujo trazado sólo mediante líneas. Desde el principio Edmundo se sintió atraído por ese rostro. Tocarlo sería merecer un espacio más allá de lo raro, estar en el lugar desde donde se irradian las normas, las definiciones.

Cristina solía ir acompañada de dos o tres individuos del género masculino. No daban la impresión de ser sus pretendientes sino algo incluso más incómodo para Edmundo, como si se tratara de los miembros de un grupo de música a ambos lados de la vocalista. Él simulaba tener compromisos y después de las clases desaparecía. A veces paseaba con un portugués por los alrededores de la catedral, y a veces se iba a tomar algo con la abogada venezolana y con el economista griego. Pero la mayoría de los ratos los pasaba solo, dentro de un cine, viendo librerías o en su cuarto. Solo y sin hacer nada. Había comprado libros en inglés sobre organización empresarial, *The Golden Book of Management, Executive Decision Making;* además se había traído otros traducidos, *Autoridad y liderazgo* y *El significado del control,* pero no conseguía leerlos. En varias ocasiones repasó los índices buscando un epígrafe que le interesara, y luego los ojos se le iban hacia la ventana y Edmundo se entregaba a una melancolía sutil y placentera. Se alegraba de no haber ido a Londres como le sugirió Fernando Maldonado Dávila. Norwich tenía algo de monasterio; en Londres se habría encontrado con algún conocido, habría salido con gente casi todos los días.

A Edmundo le sorprendía descubrir en él cierta languidez, una propensión a la inactividad: más que a pasear cerca del río con la camisa de pana, pantalones oscuros y zapatos con suela de goma gruesa, a imaginarse paseando, a imaginar el sol y su figura desde el interior umbrío del cuarto. Ni siquiera le apetecía bailar como hacía en su casa cuando ensayaba solo hasta no sentir nada más que el movimiento del cuerpo, porque Edmundo decía a su cuerpo: seduce, o festeja, o álzate, y luego su cuerpo le tomaba la delantera y en cada pisada la vida era más terrestre y más azul. Pero ahora no quería bailar sino tal vez reconstruir con los ojos cerrados otro cuerpo con quien bailaría. Aunque se encontraba a gusto así, al mismo tiempo desconfiaba, era el suyo un estado parecido al de quien atraviesa de noche un barrio solitario y siente el placer de ser el único que está en la calle pero sin olvidar el miedo.

Quiso averiguar si en el origen de su languidez estaba un oculto deseo de que acabasen las tres semanas de estancia de Cristina, ella se marchara y él pudiera entretenerse recordándola. Aunque siguió sin tratarla, la observaba más a menudo, se sentaba en diagonal detrás de ella, participaba en corrillos contiguos a los suyos o en los suyos.

Al tercer día de su cambio de actitud ella se le acercó.

Quedaron para dar una vuelta por la tarde. Él había pensado invitarla después a cenar algo en un pub. Sin embargo, cuando sólo llevaban cinco minutos paseando en dirección al río, Cristina sugirió que fueran a la estación: «Podríamos coger un tren hacia el mar.» A Edmundo no le entusiasmaba la idea pero procuró disimularlo y miró a Cristina con seguridad mientras la tomaba del brazo para cruzar por un semáforo a punto de ponerse rojo.

A eso de las nueve regresaban a Norwich, la noche entraba por las ventanillas y Edmundo admitía para sus adentros que, aun contando con lo tópico y lo cursi, la tarde había sido agradable; el agua gris del mar, las rocas y la tierra le habían permitido mirar lejos en un gesto que llevaba mucho tiempo sin hacer. Seguía pensando que el pub donde él iba a llevarla era mejor que el local turístico de cristaleras y comida en exceso sofisticada pero, a cambio, Edmundo ahora guardaba en su cerebro una postal de sí mismo junto a Cristina con el mar al fondo y la pequeña gesta de ambos daba pie a que Cristina, medio dormida, apoyase la cabeza en su hombro. Y Edmundo le acariciaba el pelo como al descuido, preguntándose qué consecuencias podría tener haber dado con alguien que elegía el encuadre de las situaciones y un paisaje marino para dejar constancia del primer encuentro.

Al día siguiente no fue a clase. Se levantó a su hora, desayunó como siempre pero cuando se disponía a ir a la academia, cambió de rumbo. Tenía algo de dinero español guardado. Subió por él y decidió cambiar casi todo. Luego le dio por comprar. Una gabardina militar de tela mate gris clara en la que se había fijado desde que llegó. Una camisa de Oxford y una chaqueta de lana con bolsillos. Compró también una bufanda blanca, de cachemir, para Cristina. La bufanda valía más que las otras tres cosas juntas. En realidad, esas compras eran una imprudencia porque Edmundo había reservado el dinero para afrontar posibles imprevistos. No obstante, se sintió bien haciéndolas. Volvió a su habitación para dejar la camisa y la chaqueta. Cambió su americana por la gabardina militar y salió de nuevo a la calle. Quería llamar a alguien pero le venían a la cabeza nombres inadecuados. María Vázquez, una compañera de Navarra con quien había salido tres inútiles meses, llamarla para decirle: Esta vez no será una equivocación. También, absurdamente, le habría gustado contárselo a Augusto Veril y, si bien no sabía cómo localizarle, a Fernando Maldonado Dávila. Comprendió que no tenía un confidente. Desde que ocurriera lo de su padre nunca lo había tenido. Ni siquiera su tío Juan; por él se había dejado aconsejar pero nunca trataron temas personales y además se había ido a vivir a Canarias. Entonces pensó en Enrique del Olmo, con quien una vez hablara de poesía y al que no había vuelto a ver. Después pensó que Cristina sería su confidente.

La gabardina militar tenía un poco de vuelo, se ensanchaba en el último tercio y hacía que Edmundo se sintiera mitad teniente mitad ángel. Un teniente sin mili porque alegó una arritmia certificada por un médico amigo de su tío Juan. Un ángel sin religión. Casi no comió. A medida que pasaba el tiempo le parecía más claro que él atraía a Cristina, y quizá tanto como ella a él. Iba a llamarla alrededor de las tres. Estaba matando la última hora bebiendo cerveza en un pub cuando el cielo se entenebreció. Durante todo el día el cielo había amenazado lluvia pero en ese instante la luz solar decreció como si fuera a anochecer pronto. Edmundo había previsto ser el teniente y el ángel que protegería a Cristina. Ahora se vislumbró también dentro de su abrazo, guardado por ella de quién sabe qué amenazas. Fue sólo un momento, después volvió la luz al interior del cielo y el tacto de la bufanda y su mesa de madera y la música alegre de los Beatles le confortaron.

–Cristina, soy Edmundo, ¿paso a recogerte a las tres y media?

Se besaron para saludarse y después para celebrar el roce del cachemir en el cuello de Cristina.

–¿Adónde vamos? –preguntó ella.

–Luego te lo digo.

Echaron a andar. Tras unos segundos de silencio, Edmundo dijo:

–¿Qué es tu padre?

–Es compositor de vanguardia. No vive sólo de eso, claro. Hace arreglos musicales para cantantes de moda. Se las arregla –sonrió– bastante bien. ¿Y el tuyo?

Edmundo no se inmutó:

–Gerente de una empresa de materiales de construcción. Viaja bastante. Yo ahora vivo solo, pero en los últimos años, cuando vivía con mis padres, él no estaba casi nunca en casa.

Edmundo iba guiando a Cristina sin hablarle, con un gesto de la mano o una presión en el brazo.

–Mi madre estuvo fuera de casa un año y medio –dijo ella–. Es profesora de filosofía de la ciencia en la UNED.

Cristina se paró:

–¿Está muy lejos donde vamos?

–No, a cinco minutos de aquí. –La tarde anterior él le había dicho en qué zona vivía; ahora era fácil que ella adivinara adónde iban, a su cuarto alquilado, y así ocurrió. Cristina le miró con gesto de niña y volvió a andar, más pegada a él. Llevaba una chaqueta vaquera. Edmundo pasó el brazo por debajo de la chaqueta y apoyó la mano en una camisa de tela delgada.

–Mi madre no se fue con una beca. Estuvo un año y medio en una clínica. Una depresión.

–¿Por qué?

–La historia es más larga. Yo tenía diecisiete años; iba a verla todas las semanas. Cuando se puso bien volvió a casa y todo siguió más o menos como antes. Entonces me contó lo que le había pasado. Un adulterio. No sé muy bien con quién ni por qué terminó. Ahora mis padres están bien.

–¿Tienes hermanos?

–No, ¿tú?

–Una hermana bastante más pequeña. Le llevo cinco años. Hemos llegado.

CORO

Nos duele la cabeza. Los perros son molestos, las llamadas de teléfono, las reclamaciones. Pero no muerden, tenemos la pantalla de la empresa, nadie nos para en la acera y nos arroja contra el suelo ni amenaza con partirnos las piernas.

¿De qué vamos a quejarnos, de un dolor de cabeza, de una incomodidad? Edmundo nos preocupa, sin embargo. Nos preocupa esa bufanda de cachemir que puede desplegarse como una cinta blanca delante de sus ojos.

Edmundo no había tenido demasiadas experiencias sexuales, podía contarlas con los dedos, y la mayoría había sido en Cárdenas, el pueblo de sus abuelos maternos, como si por tratarse de un pueblo cambiara el significado. Con las chicas de Navarra y las amigas de Fernando nunca había llegado a nada excepto en una ocasión. Habían ido en grupo a

Valencia, a las fallas. La segunda noche una chica no salió porque tenía gripe y él se quedó para acompañarla. Después se habían visto en Madrid con una creciente incomodidad en ambos, hasta que ella dejó de llamarle. Tal vez porque Cristina no parecía una chica de una universidad del Opus, llevaba pañuelos anudados al cuello, pantalones casi siempre, zapatos de suela de crepé. Sin duda porque él se había comprado una gabardina de segunda mano en vez de haber conservado el dinero. Fue, en todo caso, un gesto audaz llevarla a su cuarto pero Edmundo no quería seguir dando paseos o cogiendo trenes sólo por miedo, y a ella pareció convencerle su determinación.

La inercia ahora me llevaría a narrar la escena de sexo puesto que Edmundo lo hizo, él la puso dentro de su historia. Sin embargo el código que elegí no fue ser el magnetofón de Edmundo sino narrar para que podamos todos hablar ahora y en el futuro de cómo ocurrió entonces lo que nos afecta aquí. A veces he narrado lo que he sabido que ocurrió. A veces, lo que tuvo que ocurrir. En ocasiones Edmundo se demoraba describiendo un pensamiento o una forma de reír y yo no los consideré reveladores, ni relevantes.

Narrar para que podamos hablar en plural, en vez de narrar para que tú y yo hablemos. En el para qué se cifra una parte de la responsabilidad. La otra parte está fuera de la acción que realizamos y habita en aquellos a quienes concierne esa acción. Aparece una escena de sexo y, como cuando aparece una escena en el lugar de trabajo, debo elegir si es obvia, si es irrelevante o si por el contrario es pertinente para que podamos todos etcétera.

El actor y la actriz han empezado a desvestirse, en nuestros días se espera que la escena continúe, se espera ver la carne desnuda y cómo se mueve. Desde hace años las escenas de sexo en los relatos y películas cumplen la misma función que los efectos especiales: avivar los sentidos cuando se adormecían. El efecto especial no narra, sólo transcurre.

Tampoco hoy las escenas de sexo narran; también, como el efecto, se dirigen a las terminaciones nerviosas y si el efecto, en vez de narrar, afirma: Esto es espectacular, la escena de sexo, en vez de narrar, proclama: Esto es irracional.

Pero el ateo dice: Nada es un pájaro, nada viene de fuera, la materia no está separada de la forma. No viene de fuera el conocimiento, la inteligencia no viene de fuera ni tampoco el instinto, ni el deseo, vienen de fuera.

Cuando Edmundo me contó su historia no creía que la forma pudiera permanecer paralizada como una copa de un árbol a la espera del gorrión de fuego de la materia o el instinto que la transfiguraría. La cabeza emite sin cesar frases en el sexo, frases que van más rápido que las palabras fetiche dichas como contraseñas. Y esas frases nacen ya mezcladas con una corriente de aire, con la fuerza y la debilidad y la destreza y la piel en los labios y una luz que se enciende para verse.

Ésa era su visión del asunto cuando Edmundo me contó la escena en su habitación de Norwich, pero aún no lo era cuando la vivió. Aquella tarde ambos se comportaron como dos jóvenes torpes y presuntuosos; cada uno soñó que se perdía y, mientras, qué sé yo si procuraba desenganchar un pie bajo la sábana o que el gemido tuviera un deje animal compatible, no obstante, con la ternura. Soñaron que se perdían, se contaron a ellos mismos que se perdían. Y eso fue todo. Quizá también un trozo de letra de alguna canción. Tenían veintidós y veintitrés años. Hicieron el amor a la altura de los mitos que su tiempo imponía sobre hacer el amor. Cualquier intento por mi parte de añadir precisión a la escena sería como decir: La vida de un ateo está al margen de cuanto le empuja a creer. Pero no es cierto. Los ateos se producen porque hay dioses, nacen en épocas de dioses y actúan en su contra.

Respecto a precisar, lo más preciso de aquella tarde fueron las luces rojas de la parte de atrás de los coches que se veían por la ventana de Edmundo, cómo al alejarse perdían nitidez, el rojo se salía de los bordes manchando el aire igual que en los dibujos mal coloreados. Cómo la calle, debido al alumbrado y la humedad, semejaba una habitación encendida, y un barniz amarillo cubría las rayas del paso de cebra.

Durante lo que quedaba de curso Cristina y Edmundo mantuvieron su relación en secreto. Les agradaba esa especie de clandestinidad que nadie les había pedido y que no necesitaban. Cristina se iba una semana antes que Edmundo; en realidad, sólo les quedaban cinco días para verse y se vieron todos. El último volvieron a la costa.

Cerca de la estación de tren un camino subía hacia los acantilados blancos. La otra vez no lo tomaron porque estaba a punto de oscurecer. Pero ahora habían salido con tiempo y aunque era un día desapacible ascendieron por el camino a lo alto de una ladera de hierba. El camino seguía como una cuerda de montaña al borde de los acantilados hasta donde alcanzaba la vista. Ellos se detuvieron en una cornisa verde y ancha. No habían hablado mucho en esos días en los que tuvieron que contarse su historia. El miedo de Edmundo a que el amor le hiciera conformarse con una salvación imaginaria apenas había llegado a salir a la luz.

Aquella tarde dejaron un espacio para hablar de lo no visible, del terror que en vano los amuletos conjuraban, pero fueron los miedos de Cristina los que se adueñaron de la conversación. Los miedos de Cristina eran trágicos y radicales. Cierto que Edmundo podía rastrear un origen concreto en el adulterio de la madre de Cristina, ese episodio seguido de clínica y visitas; no obstante, lo que le atraía de Cristina y, sin saber bien el motivo, le tranquilizaba, era por el contrario la aparente desconexión entre lo que ella decía y su origen social, su trayectoria, su posible futuro.

Cristina habló de morir antes de haber cumplido los cuarenta años. No le asustaba sufrir un accidente ni otra muerte repentina, sino seguir viviendo sin motivo, dijo. Hablaba del suicidio sin nombrarlo pero con seguridad, como si estuviera convencida de que antes de los cuarenta ella habría dejado la vida por su propio pie y no le preocupase tener que defender esa elección ante quien fuera. Edmundo extendió su gabardina en la hierba y los dos se sentaron encima. Cristina con las piernas cruzadas; él, medio recostado, la cabeza apoyada en la mano apoyada en el codo. Aunque no veían el mar porque la cornisa se elevaba suavemente hasta el borde del acantilado, antes de sentarse se habían asomado y ahora el ruido les permitía reconstruir las rocas blancas, las olas y un agua opaca debido a la proximidad de la noche. Cristina dijo que aún no estaba segura de en qué quería trabajar pero que no quería vivir en Madrid.

—Me gustaría vivir en un sitio parecido a éste –dijo.

Se imaginaba un gran ventanal en una casa vieja de las que tenían galerías con la madera pintada de blanco:

—Es más barato alquilar una casa así en un pueblo que un apartamento claustrofóbico en Madrid.

Cristina hablaba a veces de dinero pero como si se tratara de un factor estético, como si la escasez garantizara una vida menos hortera que la vida de quienes gozaban de cierto desahogo económico. Su gran temor era vivir la misma vida que cientos de miles de personas estaban viviendo a la vez que ella, y parecía así que les tuviera miedo a las farmacias, a los escaparates de las tiendas de fotos, miedo a las cajas de cartón apiladas de noche junto a las droguerías, miedo a las ollas exprés, a los ambulatorios, las bodas, los animales domésticos, miedo, decía, a pedir ayuda.

Empezó a soplar el viento. Los dos se levantaron y Edmundo rodeó con su brazo el hombro de Cristina. La hierba se doblegaba. De entre las rocas surgía un silbido que parecía venir de muy lejos. La bufanda de Cristina se extendía y agitaba como la bandera de un barco en la tormenta.

Cristina guardó silencio mientras regresaban pero él podía percibir en ella una suerte de acuerdo con el escenario y con el clima. A lo largo del camino Edmundo apretó con fuerza la chaqueta de Cristina y su hombro. Había empezado a quererla porque la comprendía, porque si él estaba librando sordas batallas inútiles contra sus jefes, Cristina libraba batallas contra el mobiliario del mundo. Él quería actuar contra lo que sucedía mientras que Cristina actuaba contra el escenario en donde sucedía. Él libraba una guerra narrativa mientras que Cristina combatía por la descripción. En aquel momento, sus dos cuerpos recortados contra un cielo gris pálido, la hierba en diagonal, la gabardina desabrochada de Edmundo como si fuera una capa, ellos dos sin un coche ni otra figura humana en los alrededores, era como si Cristina hubiera obtenido una victoria.

En la cantina de la estación hablaron de qué harían al llegar a Madrid, o de qué haría Cristina, quien dudaba. Podía intentar quedarse en la facultad, había un departamento donde tenía posibilidades. También podía buscar trabajo: de hecho, mientras estudiaba la carrera, había colaborado con una empresa dedicada a los estudios de mercado, pero al parecer ésa era la opción que menos le interesaba. Y podía preparar la oposición a técnico de administración civil. Cristina estaba casi decidida a estudiarla. Si la sacaba, dijo, conseguiría acabar trabajando en una ciudad costera, y además había puestos muy diferentes, en justicia, agricultura, educación, industria, pues abarcaba toda la administración. Por otro lado, los trabajos en la administración dejaban más tiempo libre:

—Puedes volcarte si quieres, o limitarte a cumplir el horario y luego desentenderte, y dedicarte a lo que te importe.

—¿Por ejemplo?

—No lo sé todavía —dijo ella sin sentirse intimidada.

Parecía convencida de que el tiempo había sido puesto a su disposición para que ella lo usara. Edmundo se dijo que Cristina tenía ciertos derechos aunque no fuera de buena familia como Jimena. Pero su padre era un compositor de vanguardia y si bien su madre se había recuperado de su depresión, la historia de Cristina estaría siempre unida a aquella tuberculosis del espíritu, un jardín verde, una crisis nerviosa, una adolescente yendo a visitar a su madre ida. Edmundo, por el contrario, nunca fue a visitar a su padre, él no le dejó. De manera que Cristina tenía ciertos derechos porque había luchado, como Edmundo, y porque en vez de ocultar los pormenores de su lucha, como Edmundo, podía recrearlos con belleza. Además, la cultura era otro escalón en el status y aunque el piso en que vivía debía ser del tamaño del piso de Doctor Esquerdo, dentro guardaba un piano y una habitación con estanterías de discos que llegaban hasta el techo, y libros que habían pertenecido al padre de su madre. No era la primera vez que Edmundo chocaba contra la seguridad de Cristina, y entonces sentía rabia y admiración.

Después no dijeron nada. Se besaron, miraron el reloj de la estación. El avión de Cristina salía a las nueve y media de la noche y antes ella tenía que pasar por su casa. En el tren apenas hablaron. Tenían las manos cogidas, aunque cada uno parecía pensar en un futuro que no incluía al otro necesariamente. Edmundo acompañó a Cristina a su casa. Ella le había dicho que no hacía falta que él la acompañara al aeropuerto:

—Nuestra despedida ha sido allí, en el acantilado.

Y Edmundo asintió, aunque no podía evitar pensar que a Cristina le hubiera gustado que él fuese con ella y estuviera a su lado mientras facturaba el equipaje. También él habría preferido estar una hora más con ella. Pero seguramente algo en el código de Cristina era más sabio que ellos. Si hubieran ido los dos al aeropuerto, pensaba, habrían acabado discutiendo por cualquier tontería al mirar las pantallas con las horas o buscando un carrito. Valía la pena aceptar ese código, quedarse con el recuerdo de sus dos figuras recortadas contra el viento. La besó cuando ella ya estaba distraída hablando con el taxista, viendo cómo trataba sus maletas.

La última semana de Edmundo en Norwich fue igual que haber salido por la mañana en camisa de manga corta y descubrir que ha cambiado el tiempo, que uno debería regresar para coger un jersey pero no hacerlo porque es tarde, porque se confía en que el sol termine por templar el aire y, sin embargo, ver que el cielo se va nublando y tener frío durante todo el día y sentirse fuera de lugar, y volver a casa cansado como de un viaje. La echaba de menos pero sin la protección de la nostalgia. No podía apoyar la frente en el cristal y adoptar una mirada melancólica. No podía, no tenía tiempo para eso porque Cristina le sacaba una semana de ventaja, llevaría ya varios días haciendo llamadas, vistiéndose de agosto en Madrid, quedando con sus amigos, hablando con posibles preparadores de oposición. Y a Edmundo le extrañaba su angustia ahora que ya no era un adolescente.

El 31 de agosto regresó a su cuarto de la plaza de Castilla. Cristina vivía a más de diez estaciones de metro, entre la puerta del Sol y la plaza de la Ópera. La llamó al llegar y después fue a comer a casa de su madre.

Ni Fabiola ni su padre habían vuelto aún. Tampoco se habían terminado las vacaciones de la asistenta, pero Edmundo no lo sabía y se llevó algunas camisas para que las planchara. Fue un día muy distinto del que había imaginado.

Cuando terminaron de comer su madre abrió la tabla de la plancha en el salón. Mientras ella misma le planchaba las camisas, estuvieron hablando. El ritmo de la plancha parecía incompatible con cualquier dramatismo. Sintiéndose a salvo de posibles escenas, hablaron con una libertad inesperada.

Su madre dijo que lo había pasado bien viendo iglesias y catedrales en Normandía. Edmundo iba a cambiar de tema como siempre hacía cuando su madre sacaba la cuestión religiosa, pero estaba cansado del viaje. Había apoyado la mejilla contra la oreja del sillón y al mirar a su madre erguida no en una cruz cristiana sino en la cruz de sumar que formaba su cuerpo con la tabla de la plancha, sintió deseos de oírla.

—¿Por qué vas con esa gente?

—Son personas educadas.

—¿No como otras?

Ella sonrió sin decir nada.

—Pero, mamá, que no quieras ir con vuestros amigos de antes es una cosa, y otra estar rezando todo el día.

—Nunca me has oído hablar de esto, ni quiero hablarlo más. Ésta será la única vez.

—Hablar de qué. —Edmundo seguía con la cabeza apoyada en la oreja del sillón, como si estuviera a punto de dormirse. Su madre cogió para planchar la camisa que Edmundo había comprado en Norwich el día de su primera cita con Cristina.

—Yo dejé de ir a misa más o menos al mismo tiempo que tú.

—¿Cuando lo de papá?

—Sí. Al principio no quería encontrarme con nadie en la misa de doce y empecé a ir a primera hora de la mañana. Tu padre se había tomado la denuncia como una ofensa divina y se enfadaba conmigo por seguir manteniendo relaciones con el último culpable de sus males, aunque en el fondo ninguno de los dos dábamos al asunto demasiada importancia. Y tú no ibas porque tampoco se la diste nunca. Supongo que te gustaba el aperitivo de después, pero con la denuncia se había acabado el aperitivo.

Edmundo dio en silencio la razón a su madre. Él había dejado de ir a misa porque en su casa nadie iba ya a la misa de doce.

Su madre puso la plancha de pie en el extremo de la tabla. Levantó los ojos y le miró:

—Cuando metieron a tu padre en la cárcel, nos prohibió que fuéramos a verle. En realidad no quería que fueras tú.

Ante ti aún se sentía obligado a mantenerse en pie. Pero yo iba casi todos los domingos. Te decía que me iba a misa y a la parroquia, y me iba a verle.

Edmundo irguió la cabeza.

–¿Cómo era... –empezó a decir.

–¿Cómo era todo allí? Lo he pensado mucho. He pensado que un día tendría que contártelo y que tú me preguntarías. Estúpido, Edmundo. Sólo he encontrado esta palabra. Allí todo era estúpido.

Su madre volvió a planchar:

–Como sabía que un día iba a tener que hablarte de esto, busqué el significado de la palabra. Para estar segura.

–¿De qué palabra?

–Estupidez. Torpeza notable en entender. A tu padre y a mí, la cárcel nos volvía estúpidos. El fracaso hace que no puedas entender pero crees que sí. Crees que sabes por qué ha llegado tu marido a la cárcel. Y eres una estúpida. Si de verdad lo entendieras, podrías sacarle de ahí.

La plancha sobre la ropa era como un dedo sobre los labios. Su madre continuó:

–Antes has dicho que estoy rezando todo el día, y es verdad. Pero es que si me quedo en casa sería lo mismo que ir con los amigos de tu padre. Yo estaría como la chica de quince años que espera en casa a que la llamen para salir. Muy bien, hablo con Dios, peor sería que me hubiera dado por vender tupperwares.

–Quieres decir que la única forma de no estar en un sitio es estar en otro –dijo Edmundo casi para sí.

–Debo de querer decir eso –dijo ella, y sonrió con los ojos.

Luego empezó a planchar más deprisa y en apenas unos instantes dejó de parecer una mujer de clase media a quien la costura o la plancha distraen de sus preocupaciones. Sus movimientos estaban tan coordinados como cuando bailaba pero traslucían un espíritu violento.

—De todas formas, rezar no es lo mismo que vender tupperwares —dijo.

—¿Por qué no? —replicó Edmundo con vehemencia, dispuesto a discutir.

—El sacrificio les da miedo. Vender a domicilio o hacer tricotosa son cuatro duros. Ellos entienden de duros.

Su madre había ido poniendo las camisas planchadas una sobre la otra en un sillón. Ahora salió de la habitación y volvió con una bolsa de papel de base muy ancha. Metió las camisas de una en una. Desenchufó la plancha pero no guardó la tabla. De una caja de plata que estaba en un estante de la librería, tomó un pitillo. Lo encendió con un mechero de mesa:

—Sigo fumando dos o tres cigarrillos al día.

Se había sentado frente a Edmundo, en el sillón donde antes estaban las camisas. Edmundo sintió que se relajaba al mismo tiempo que ella.

Su madre tenía bastante buen aspecto. Descalza, ella debía de llegarle a Edmundo por el hombro, pero últimamente llevaba unos zapatos de tacón ancho, que no eran llamativos y elevaban su estatura sin estridencias. Lucía también desde hacía dos o tres años unos trajes de chaqueta iguales y distintos, y estaba cómoda en ellos, hasta el punto de hacer partícipe a quien la miraba de su comodidad. Aunque seguía sin ser una mujer con clase, sí había logrado dejar de parecer la eterna aspirante y ahora se parecía más a ella misma. Decían que Edmundo tenía su boca, y que Fabiola había heredado sus pómulos casi perfectos y los ojos castaños, altos y nada achinados, a diferencia de los de Edmundo. En cuanto a la frente, la de su madre era suave, casi recta. A Edmundo le había tocado cargar con la frente exagerada de su padre, aunque al menos hubiera tenido la suerte de heredar también el pelo de su padre, oscuro y fácil de peinar. En cambio el pelo de su madre era su parte más vulnerable, un pelo cobrizo demasiado fino que la hacía ir a menudo a la peluquería pues las lacas no lograban sujetarlo y enseguida se descomponía formando guedejas como plumas mojadas.

Edmundo miraba a su madre sin saber bien si era su turno de intervenir en la conversación. Trató de verla como la verían en la parroquia, como la vería alguien que no hubiera pasado a su lado los primeros veintidós años de su vida y ahora tuviera veintitrés. Quizá en esa parroquia su madre había encontrado una autoridad que ellos, su padre, los amigos de su padre, no lograrían arrebatarle nunca.

—A mí me gusta oír hablar de la vida eterna porque la otra me la han quitado —dijo su madre, pero fumaba con una coquetería serena que le conmovió.

—No digas bobadas —dijo Edmundo.

—No son bobadas. Sólo quiero decirte que tú todavía la tienes, a ti no te han quitado la vida todavía. Que no te engañen, hijo. —Su madre se levantó—. Llámame cuando sepas si vienes a comer el domingo.

La reincorporación de Edmundo al laboratorio trajo lo previsible, algunas caras morenas por las vacaciones, las mismas tareas, partituras en la mesa de Augusto, reuniones periódicas, unas ganas decrecientes de inventar deseos y, en el cajón de su mesa, su secreto de espionaje como una flor sin luz. Volver del verano había sido igual que despertarse y recordar vagamente una historia de pagos a sociedades mercantiles y de aparatos de medir la tensión oída por la noche, que de día se aleja y empequeñece.

A Cristina sólo la vio dos veces. Había encontrado un preparador que no empezaba hasta mediados de octubre y decidió irse de viaje otra vez, coger el tren con una amiga y pasar por París y después ir a Amsterdam. En esta ocasión Edmundo no se sintió mal por su marcha. Cuando él eligió quedarse en Norwich, su angustia nacía de pensar que podría haber vuelto con Cristina, que podría haber cambiado de planes. Ahora la responsabilidad recaía sobre Cristina. Ella se iba celosa de su independencia. Edmundo le deseó buen viaje y, como el tren salía en su horario de trabajo, no fue a despedirla a la estación.

En los días que siguieron se sorprendió varias veces pensando en ella con un agradable sentimiento de fatalidad. Su plataforma, su voluntad de atacar antes de ser atacado, sus ficheros, todo eso estaba en sus manos, pero Cristina no lo estaba. Quizá nada lo estaba, pensó por primera vez en muchos años.

El mes de septiembre transcurría rutinario y vulgar. Pero no como antes. La aparición de Cristina había supuesto la aparición de un punto de vista desde el cual Edmundo contemplaba su trabajo y se hacía preguntas que su plan no le había dejado hacerse: ¿era un trabajo interesante?, ¿de dónde venía la vulgaridad?

A principios de octubre empezaron a llegarle mensajes indirectos. ¿Qué había sido de aquel chico emprendedor y complaciente? En la última reunión se había mostrado hosco y poco participativo. Le habían llamado a las dos menos cuarto y no le habían encontrado. En la mili, le dijeron, se arrestaba a la gente por llevar un botón desabrochado. A Edmundo le intranquilizó que los mensajes procedieran de puntos diferentes, como si ya se hubiera corrido la voz cuando él no había hecho otra cosa que reducir la marcha para reflexionar un poco. Pero en el camino había olvidado abrocharse un botón y ahora, y en vez de arrestarle, le exigían algunas reverencias. Las hizo.

Volvió a la eficacia, a la mirada atenta, al horario estirado con entusiasmo. Su única baza era su secreto, los indicios claros de un acto de espionaje industrial, pero era como tener una pistola, no podía usarla a no ser que antes le apuntaran, de lo contrario él mismo se condenaría. Y nadie le apuntaba, simplemente le sugerían, le invitaban, le daban a entender. Edmundo se dijo que hacer reverencias formaba parte de su estrategia. Debía crecer en la estima que le profesaban sus superiores porque eso le haría menos sospechoso y le ayudaría a ascender. No podía convertirse en un Augusto Veril sin ambiciones dentro de la empresa con veinticuatro años y menos aún ser el eterno descontento. Para que no le engañaran, Edmundo tenía que engañar. Había tenido un leve desvanecimiento, un deseo de ponerse en manos del azar, que había coincidido con la vuelta de sus vacaciones. Edmundo se ocupó de que nadie atribuyera ese ligero malhumor laboral a una crisis de fe, sino a circunstancias externas. Dejó caer detalles inconexos sobre una pasión en Norwich.

Entonces le pidieron algo más que una reverencia. Una mañana, a primera hora, el director del área le llamó a su despacho. Cuando Edmundo llegó la puerta estaba cerrada. La secretaria le dijo que acababa de entrar el director ejecutivo de producción.

—Siéntate. Puede que tarden.

Edmundo se sentó y trató de buscar algo de que hablar con la secretaria. Sabía que le gustaban los toros, pero no estaban en época de toros. Recordó que alguna vez ella le había contado que tenía una hija pequeña.

—¿Qué tal tu hija?

—Está muy bien. La semana pasada me regaló este cenicero por mi cumpleaños. Lo hizo ella en el colegio.

El cenicero, de arcilla mal pintada, tenía forma de pera o de bombilla aunque luego Edmundo se dio cuenta de que debía de representar el ojo de una cerradura. Y le pareció una idea rara y algo perversa, pero dijo que era bonito. Tenía el borde naranja y el fondo negro, y churretes grises en las hendiduras para dejar los pitillos.

—Tú no fumas, ¿verdad? —le preguntó la secretaria.

—Por ahora no.

Sonó el teléfono a la vez que se abría la puerta del despacho del director.
—Que pases —dijo ella.
Edmundo se cruzó con el director ejecutivo, quien le saludó.
—Creo que has tenido una mala racha —dijo el director de área—. Bueno, una racha regular.
—Sí, regular.
—¿Y ahora?
—Ahora todo va bien.
—¿Seguro?
Edmundo se hizo a un lado, se apoyó en el brazo de la silla como queriendo que pasara de largo la pregunta.
—Seguro —contestó.
—Verás, desde arriba me han encargado que haga una gestión contigo. Se acerca el momento de elegir a los miembros del comité de empresa y sería conveniente para todos conseguir un clima de estabilidad laboral precisamente ahora que el laboratorio está en un periodo de crecimiento.
Edmundo no puso cara de póquer sino que puso ojos de profundo interés.
—Hay personas —continuó el director de área— que se preguntan si has pensado presentarte al comité. Eres un chico joven, tienes buenas relaciones con tus compañeros, conocemos a dos o tres empleados a quienes agradaría estar en una lista encabezada por ti.
Aceptó. El director le dijo que a partir de ahora lo que tuviera que hablar de ese asunto lo tratara directamente con el director de producción.

Durante el día Edmundo se distrajo en varias ocasiones, no estaba seguro de su decisión. Tenía de los sindicatos una visión confusa. El año en que diera de lado la poesía había hecho a continuación varias lecturas revolucionarias aunque desordenadas. Leyó la *Contribución a la crítica de la economía política,* de Marx, leyó *Qué hacer,* de Lenin, leyó a Mandel y a Rosa Luxemburg. Fue entonces cuando se formó la idea del papel reformista de los sindicatos a no ser que estuvieran dispuestos a traicionar sus propios fines.

No obstante, flecos sueltos de un idealismo juvenil le hacían pensar que en cada comité podía dormitar un submarino de guerra, un lobo con piel de cordero que atacaría la aldea cuando sonase la señal de alarma. Por último, entre esas dos ideas aparecía como tercero en discordia la figura de un hombre vestido de azul marino y con ella el recelo de Edmundo hacia sus buenos sentimientos, hacia la pereza que delataban: confiar para no seguir analizando o dar algo por bueno para poder dejar de pensar. De esa mezcla de criterios, de esa visión confusa, Edmundo concluía que en algún momento un comité de empresa podría llegar a convertirse en su aliado pero que, para que eso se produjera, necesitaría haber tratado con ese comité durante largo tiempo.

En cambio ahora él mismo había aceptado entrar a formar parte de un comité con el uniforme de infiltrado. Una falta de lealtad pero hacia quién, se dijo por fin. Ser el agente que entrega información veraz al enemigo y permite que vuelen fábricas de armas en su propio país porque el daño es menor que el beneficio obtenido al ganar su confianza. Sólo que Edmundo aún no sabía cuál era su país.

Cristina volvió, y él estaba haciendo campaña por los pasillos. No podía ganarse a los trabajadores del almacén ni a los de la nave de producción, pero sí a los que trabajaban con corbata o tacones, administrativos, secretarias, y a una parte de los visitadores médicos.

Entre semana apenas quedaba con Cristina. Él salía tarde y ella iba a casa del preparador a las siete. No se veían pero hablaban por teléfono a diario más de media hora. Edmundo se propuso hacer frente a esas conversaciones sin acudir a consignas poéticas. Intentaba ser honesto y no volver a decir: Una mano es el ala de un pájaro, un mendigo es un rey disfrazado y la tristeza, un tubo de pasta de dientes que se acaba.

Sin embargo, cada noche, Cristina hablaba de emprender la fuga, vivir lejos y oponer la intensidad a la duración. Cristina decía: No quiero casarme, no quiero ver la tele en el sofá, las zapatillas son el símbolo de la rutina. Después hablaba de su deseo de describir un telón de fondo mejor para los besos, para los viajes, una muerte distinta para el hasta que la muerte nos separe. Edmundo estaba obligado a responder y, para no mentir, decidió sustituir la poesía por el futuro. Si ella hablaba de embarcar como dos fugitivos, Edmundo contestaba contándole un epígrafe de *La organización empresarial*, o una idea de *El significado del control*. Eran los libros que no había leído en Norwich pero sí a su regreso, y ahora Edmundo se sentía capaz de convertir un párrafo sobre unidades operativas en prueba de su pasión.

Le decía frases sobre la jerarquía y era como si le estuviera cantando la letra de un bolero pues, en última instancia, Edmundo no leía esos libros sólo para ascender más rápido uno o dos puestos sino que los leía para ascender y luego poner la ventaja adquirida al servicio de una actitud que estaba fuera de la lógica del ascenso. Y sabía que esa actitud podía asimilarse fácilmente a los boleros, a las afirmaciones radicales de Cristina. Edmundo dejaba que creciera el malentendido y no hablaba con Cristina de las bajezas tristes, del comité de empresa y los pasillos.

Le contaba en cambio cuál era la definición de un líder en una organización empresarial. Le contaba la historia de un gran trompetista que cuando estudiaba en vez de tocar piezas nuevas tocaba únicamente escalas, mil y diez mil y cien mil escalas. Siempre tocaba aquellas escalas diferentes porque conocerlas bien y poder tocarlas a gran velocidad le permitía aprender cualquier cosa que le pidieran. Los líderes, decía Edmundo, hacen escalas, yo estoy haciendo escalas, las escalas me dan más fuerza que practicar los matices de cualquier composición.

Y así, dándose cuenta, sin poder ampararse en la ignorancia, Edmundo dejaba que Cristina se equivocara y creyera que sus párrafos sobre unidades operativas eran una ecuación de amor, la ecuación que Cristina compartía con tantos sin saberlo: me amas porque eres distinta, te amo porque soy distinto; donde distinto y distinta quieren decir mejor.

Edmundo salió elegido para el comité si bien la lista de Comisiones Obreras obtuvo una mayoría tan alta que su papel quedó reducido al de un correveidile sin ninguna capacidad de maniobra. Sólo podía contar a la empresa nimiedades, fechas de reuniones, acuerdos intrascendentes o pequeñas protestas anunciadas. Ninguna medida que requiriese para su puesta en práctica el factor sorpresa, ninguna actuación importante, ningún tema delicado se hablaba con Edmundo delante.

Pronto la empresa se desentendió de él. Difícilmente Edmundo podría haber obtenido más votos para su lista pues era la nueva situación que estaba viviendo el país después de la dictadura la que había propiciado el triunfo de un sindicato de clase en las elecciones. No obstante, él era la prueba de la debilidad de su empresa, él se la recordaba y, además, no tenía sentido perder el tiempo sólo para que Edmundo les contase menudencias. Fueron tres meses en los que se sintió como un payaso, pero a Cristina nunca se lo dijo.

Aquel agente triple que había imaginado, trabajando a la vez para la empresa, para el comité y para sí mismo, se desvaneció definitivamente una tarde agria en el local del comité.

Había terminado la reunión, los demás miembros ya se habían ido y él estaba en la puerta cuando el presidente del comité le pidió que se quedara.

—Cierra la puerta, por favor —le dijo luego.

El presidente, Luis Bergara, era un tipo de unos treinta y cinco años, delgado, con un flequillo muy corto y un discurso bien tramado. Edmundo había estado presente en una de las negociaciones con la empresa. Entonces le había sorprendido verle adoptar la actitud desconfiada de un aldeano viejo que prefiere ir haciendo las sumas una a una, sin mezclar nunca peras y manzanas aunque eso le haga parecer más torpe y más lento.

Cuando Edmundo hubo cerrado la puerta, el presidente ya no estaba sentado junto a las dos mesas pequeñas en torno a las cuales se habían reunido, sino detrás de la mesa ancha con la máquina de escribir y el teléfono.

—Mira, Edmundo. Mi obligación es llamarte cada vez que haya una reunión y lo voy a hacer. No voy a ser tan ingenuo como para celebrar una reunión sin haberte convocado.

—Claro —dijo Edmundo.

—Pero tú sabes que estamos perdiendo mucho tiempo con esta historia. Nosotros, los del sindicato, tenemos nuestras horas. La empresa no gana nada haciéndonos perder el tiempo. Tampoco creo que tú ganes nada.

Edmundo trataba de adelantarse, necesitaba ir mucho más deprisa que Luis Bergara porque él no era sólo un infiltrado. Veía venir lo que Bergara iba a decirle. Que no fuera. Que les ahorrara a todos la insulsa representación y la posterior sorna del «adiós, Edmundo, nosotros nos vamos a hablar de nuestras cosas». Y ya ni siquiera le dolía su amor propio, ni le inquietaba tener que inventarse algo para las escasísimas ocasiones en que el director de producción le consultaba. Pero sí le hacía daño que Bergara no sintiera la menor curiosidad por él, que no le preguntara si, en un futuro, Edmundo iba a llegar a ser un elemento trágico o terrible cuyas acciones revertirían acaso en favor de Bergara y los suyos.

—Entiendo —decía Bergara— que tienes tus obligaciones con la empresa, y aunque a mí no me gustan estoy dispuesto a respetarlas. Yo me comprometo a llamarte después de cada reunión para contarte lo mismo que sacas ahora, la misma clase de datos.

¿Qué podía hacer Edmundo? ¿Guiñar un ojo, delatarse de qué, de haber hurgado en el archivo de una secretaria?

—No te preocupes —dijo—. Voy a dejar esto.

Edmundo se levantó sin dar tiempo a una respuesta. Había hecho un mínimo gesto de independencia para evitar ser licenciado con deshonor, pero no pensaba esperar a ver el resultado. No estaba seguro de que los miembros del comité fueran los dueños de su honor y, por el momento, prefería seguir extrayendo de la empresa los recursos que, en el futuro, pudiera necesitar.

Dimitió en febrero. Él mismo había forzado su papel hasta convertirse no ya en el empleado diligente que cultiva en silencio su proyecto de ruptura, sino en el tonto de la empresa, Edmundito, el recadero. Y aunque en ambos casos representaba, se ponía el disfraz de recadero o el disfraz de empleado diligente, tuvo que reconocer que uno de los dos disfraces era menos soportable que el otro.

Sus jefes aparentaban haber olvidado el episodio, pero Edmundo sabía que se lo echaban en cara, estaba escrito en sus libros de *management:* los fracasos se cuentan por unidades y no se clasifican por sus causas. El fracaso era culpa, y se consideraba de mal gusto, además de una ingenuidad, pretender ampararse en la poca fortuna o en una coyuntura histórica desfavorable. La suerte no existía en la empresa, y la coyuntura debió haberla previsto. Ahora la posición de Edmundo era casi tan débil como en los primeros meses. Había retrocedido, otra vez tenía que ganarse la estima y exhibir sus habilidades. Él estaba dispuesto a ser un corredor de fondo, pero hasta qué punto lo estaba a moverse en círculo, a cansarse, se dijo, sin apenas avanzar. Y, por primera vez, pensó que podía haberle llegado la hora de acudir a Fernando Maldonado Dávila.

Edmundo no aspiraba a trabajar en el banco donde había entrado Fernando, ni tampoco en otro banco diferente. Le interesaba sólo hacer llegar a Fernando que él podría plantearse cambiar de empleo. Tenía que prepararlo con cuidado. Debía correr el riesgo de emitir un mensaje tan indirecto y de tan escasa intensidad que Fernando no alcanzara a captarlo, debía hacerlo para evitar el peligro de perder valor ante Fernando. Hasta el momento había logrado que él le respetara por sus notas, por los efectos de su archivo secreto, por sus ideas en el laboratorio y, sobre todo, por sus circunstancias. Fernando comparaba a Edmundo con un administrador magnífico obligado a administrar una fortuna mediocre. Mientras que Fernando Maldonado estaba administrando una gran fortuna y todos podían admirar sus dotes, aunque también estudiar sus procedimientos, Edmundo permanecía como una energía potencial, una promesa oculta y, por desconocida, imprevisible.

Decidió que dejaría caer en alguna conversación con Fernando su interés por Televisión Española. Edmundo ya sabía lo que era un puesto en la sombra y la televisión siempre le había parecido una réplica del sol. Ahora quería ser él quien proyectara la sombra. Fernando tenía buenos contactos en Prado del Rey; quizá pudiera interesarle dejar caer el nombre de Edmundo.

Si por las mañanas pasaba las horas entre maquinaciones, anticipando su marcha y a la vez haciendo méritos para recobrar el prestigio perdido, por las noches Edmundo asistía a un cambio gradual en su relación con Cristina Díaz Donado. Ella detestaba palabras como novia, noviazgo, novios, pero lo cierto era que las llamadas nocturnas se iban institucionalizando así como las citas los fines de semana de tal manera que si la llamada no se producía, al día siguiente mediaba una explicación, y si cualquiera de los dos tenía dificultades para quedar el fin de semana, debía advertirlo con tiempo.

Pronto estrenaron el contacto físico en público. Se habían atrevido a besarse en los trenes anónimos de Norwich y ahora también andaban por las calles de Madrid con el brazo de ella en la cintura de él, el brazo de él en el hombro de ella o, menos a menudo, cogidos de la mano. Además, la mayoría de los sábados Cristina se quedaba en su casa a dormir.

Cumplieron con el ritual de ser mostrados a los amigos del otro, y no llegaron a congeniar. A Cristina el grupo de los amigos de Fernando Maldonado le pareció demasiado convencional. Le dijo a Edmundo que todos estaban encantados de conocerse entre ellos y cada uno a sí mismo; él no lo negó. Por su parte, Edmundo se sintió muy mayor ante los amigos de Cristina, aun cuando sólo les llevara dos años y muchos de ellos ya hubiesen empezado a trabajar. Lo atribuyó a que la mayoría había estudiado carreras artísticas, Bellas Artes, Filología, Arte Dramático. No era tanto que le parecieran adolescentes rezagados, como le sugirió Cristina, sino que al oírles hablar de pintura, teatro o de literatura tenía la impresión de estarles oyendo hablar de sus juegos, el juego de contar cuentos, el juego de hacer de piratas o el juego de dibujar.

Sin haberlo buscado, su relación se hizo más intensa, como si cada uno hubiera aceptado las críticas del otro hasta llegar a sentirse extraños ahora, Cristina entre su gente, Edmundo con Fernando y los demás. Y el sentimiento de extrañeza reforzaba aquel otro de haber encontrado un alma gemela.

De tanto en tanto Cristina preguntaba a Edmundo por su trabajo. Al principio él le refería pequeños sucesos pero, después de las elecciones al comité, empezó a contestar con frases románticas aun cuando no creyera en el romanticismo. «El trabajo», le decía, «es un sueño, yo me duermo cuando suena el despertador y despierto luego, cuando estoy contigo.» Forzaba siempre la entonación para darle un toque de ironía y escuchaba aliviado la risa de una Cristina que parecía no tomar sus frases en serio. Edmundo advertía, sin embargo, el peligro de decir esas frases pues encerraban el resto de una verdad: su malestar y su esperanza de encontrar otro trabajo distinto.

Empezó a quedar con Fernando no exactamente a escondidas pero sí justo cuando Cristina le suponía en su casa mientras ella iba a clase con el preparador, o los domingos que en teoría dedicaba a alargar la sobremesa de la comida familiar. Con todo, alguna vez surgía la pregunta qué harás mañana y entonces Edmundo respondía sin mentir que iba a salir con Fernando; sólo necesitaba ocultarle la frecuencia de sus citas pues, a instancias de la propia Cristina, habían convenido que ambos procurarían mantener, siquiera en parte, sus antiguas relaciones. Edmundo se acogía interesado a ese convenio pero no, como Cristina, por un prurito de independencia sino por una agotadora necesidad de ofrecerse y por tanto de exhibirse.

Salía con Fernando y sus amigos para recordarles que él era un tipo brillante y a la vez un ser retraído, para recordarles que ellos tenían la oportunidad de descubrir un talento al descubrirle. Alguien que, además, nunca les pisotearía, nunca les haría la competencia, precisamente por ser un individuo raro, aficionado a los bastidores, a los hilos, a la oscuridad. Y cada noche de copas, y en cada partida de backgammon, y cada vez que iba montar con ellos a caballo pero en lugar de montar se marchaba andando solo, o iban todos a esquiar y él en lugar de esquiar se quedaba tomando café con alguna chica para quien el día estuviera demasiado nublado, en cada una de esas ocasiones Edmundo les recordaba su condición de eterno subalterno sin dejar por ello de asistir a las conversaciones como a estudiadas puestas en escena de una obra que sólo él conocía y cuyo tema era: recomiéndame, habla bien de mí, consigue que me hagan una oferta.

Sin embargo, un domingo por la mañana, en el bar que había junto a las pistas de nieve, su maniobra se partió como una rama seca. Edmundo no era un gran esquiador, pero tampoco era malo. Había pasado alguna Navidad en Sierra Nevada, se defendía por las pistas más difíciles y se sentía como en su casa en las pistas fáciles. Aquel día le habían pedido que se ocupara de una chica que estaba empezando y eso le permitió hacerse cuatro o cinco veces la pista más sencilla, una bajada extensa, sin apenas curvas; a ratos se olvidaba de la chica y se entregaba a la sensación de avanzar sin motor, puro impulso en lo blanco, velocidad pura. Quedaron en verse todos a las doce en el bar, pero la chica se encontró con unas amigas y quiso coger el telesilla con ellas. En el bar sólo estaba Fernando, los otros también habían preferido seguir en las pistas.

Se llevaron los cafés a una mesa, se desabrocharon los anoraks, las botas.

—¿Cómo ha ido tu clase? —preguntó Fernando.

—Muy bien, ya lo ves. El pájaro ha aprendido a volar solo.

—¿Sabes que han estado a punto de venir mi hermana pequeña y su novio? Hubieras tenido tres alumnos.

—Hace mucho que no veo a tu hermana —dijo Edmundo.

—Yo no paro de verla. A ella y a su novio, me siguen a todas partes.

Fernando tomó sus gafas de espejo de encima de la mesa y empezó a darles vueltas entre las dos manos como si estuviera liando un cigarrillo.

Edmundo no preguntó nada.

—No sé si conoces a su novio, Jaime, un tipo grandón, más o menos de nuestra edad.

—Creo que no.

—Pues a mí me ha caído encima. Es economista, ha estudiado en el IESE de Barcelona y en Estados Unidos. Tiene buen currículum, puede optar casi al puesto que quiera, pero no consigue durar más de seis meses en ninguna empresa. Ya ha cambiado de trabajo tres veces.

Edmundo se pisó una bota con la otra, sin sentir nada a no ser el ruido que hacían los cierres metálicos al rozar el plástico.

—Ahora se pasa el día en casa con mi hermana, y tengo que oír todos sus grandes méritos.

—Tu hermana quiere que le consigas un trabajo.

—Uno mejor que el que tiene ahora. Yo esperaba que se pelearan, pero parece que la relación va para largo.

—Recomiéndalo a la competencia, de manera indirecta, ya sabes —dijo Edmundo con lentitud.

—No es mala idea —dijo Fernando.

Después se puso a hablar de alta política, era uno de sus temas preferidos. Parecía conocer a fondo las tensiones internas de la UCD, pero a Edmundo le costaba atender. Fernando, se decía, no podía ser tan astuto como para haber elegido esa historia a propósito y así lanzarle una reprimenda. Por otro lado él se había comportado de un modo bastante más sutil que ese tal Jaime; había planteado su operación a largo plazo y estaba aún en la primera fase, sin haber deslizado todavía ni un solo comentario acerca de su malestar en el laboratorio.

A las doce y media volvieron a las pistas. Edmundo estuvo enseñando a la chica a frenar y a dar las curvas. Ya no esquió más. Sólo una vez hizo la pista entera, siempre al lado de ella, sin permitirse coger velocidad. Volvió en el coche de Fernando, porque salía antes, pero se sentó atrás y a los cinco minutos se hizo el dormido.

Aun cuando Fernando no hubiera relacionado su situación con la del novio de su hermana, pensaba, el hecho de haberle elegido para contarle esa historia revelaba otra dificultad: si Fernando se permitía hablar así con él era porque seguía considerándole, como hizo en el colegio, una suerte de autodidacta a quien la formación no le había caído del cielo, alguien que había conseguido un dominio del medio casi equivalente al de Fernando pese a no tener sus facilidades. Pero al distinguirle con ese ambiguo calificativo, autodidacta, Fernando le condenaba a seguir gestionando en soledad sus recursos. No le importaba que Fernando le hubiera hecho el honor de contarle lo del novio de su hermana, y hubiera usado con él el ademán de la señora que condesciende a contarle a su chófer sus problemas con sus hijos. No le importaba que, sin querer o queriendo, le hubiera rebajado al compararle con ese cuñado futuro que pretendía obtener de Fernando lo mismo que Edmundo había pretendido obtener. Para sentirse rebajado es preciso tener en estima la propia dignidad y a Edmundo su dignidad no le importaba, ¿con qué podía compararse la dignidad, con dos telares obsoletos, con diez telares, con seiscientos? Le preocupaba más bien que en cinco minutos de conversación Fernando le había contado lo cara que se vendía su influencia, le preocupaban las noches y los días que tendría que gastar para poder pagarla.

CORO

Muchas son las palabras que no hemos usado. Mas deliberadamente sólo una: humillación. No somos los humillados, no somos las ofendidas. La humillación tiene su origen en la dignidad, y las asalariadas, y los asalariados, no tienen dignidad. No la tienen sino que podrían llegar a tenerla. Dulce trampa la dignidad de uno, la dignidad de una. Dulce trampa el interior incontaminado de uno o de una mientras un agua sucia cubre las calles. La dignidad o es de muchos y de muchas o no será.

Distinta es la venganza. Obedece a razones sin número. Pero la dignidad dañada nos deja fríos y frías. La dignidad malherida no la curaremos. Debemos decirlo, y ver que Edmundo lo ha visto nos complace.

Edmundo empezó a hundirse en un tiempo embarrado. Tenía que recuperar el terreno perdido en el laboratorio y después tenía que seguir viendo a Fernando con asiduidad para que no sospechara que la historia del novio de su hermana le había afectado. Además, tenía que hablar por teléfono con Cristina y quedar con ella sin decir nunca me canso o ayúdame, porque aún no estaba seguro de Cristina, aún no. Sin embargo una tarde Cristina le llevó al último piso del Edificio Torre de Madrid. Había allí una cafetería desde donde se divisaba gran parte de la ciudad.

Era el uno de marzo y aún hacía bastante frío. Cristina tenía puesto un anorak de plumas azul con la bufanda blanca. Edmundo, un chaquetón gris. Salieron directamente a la terraza. Estaban acodados en la barandilla y enfocaban con los ojos una calle en cuesta tratando de distinguir el punto de fuga donde sus dos aceras parecían cruzarse.

—¿Por qué no nos vamos? —dijo Cristina.
—Irnos adónde
—Irnos de aquí. Dónde no importa. Lejos.

Como Edmundo no contestaba, Cristina continuó:
—Tu trabajo de ahora no te entusiasma. Prepararíamos las oposiciones en cualquier parte. Tú también podrías prepararlas: muchas veces sabes más que yo de los temas.

Edmundo saboreó el halago. La madre de Cristina era profesora de filosofía de la ciencia; el padre, músico, y Cristina había estudiado Ciencias Políticas. En cambio la carrera de Edmundo no contenía saber alguno, era una artesanía versada en el barniz de los saberes y en las estratagemas para darlo a conocer. En más de una ocasión él se había sentido en inferioridad de condiciones ante el mundo de referencias de Cristina. Pero, en efecto, a menudo él conocía mejor los temas de oposición que la propia Cristina. Desde que a los quince años empezara con su fichero, Edmundo no sólo había leído cientos de periódicos, de boletines oficiales, de sentencias, sino también libros de derecho, economía y ciencia política, en busca de un contexto para sus fichas. Ahora había empezado con la filosofía, estimulado por las citas que hacía Cristina en los ejercicios de prueba con el preparador.

—Podríamos hacerlo —insistió ella—. Tengo algo de dinero de cuando murió mi abuela.

—Yo podría llegar a un acuerdo en el laboratorio para cobrar el paro, si ellos hacen como si me hubieran echado. Pero no sé si querrán.

—Inténtalo. De todas formas podríamos arreglarnos.

—¿Y qué haríamos?

—Salir de aquí.

—¿Y tu preparador?

—Ya me ha enseñado casi todos los trucos. Tengo los temas. No necesitamos a nadie.

—Pero también podemos irnos después de sacarlas. ¿Por qué tanta prisa?

—No lo sé, Edmundo. Cada vez tengo más prisa.

Cristina apoyaba su cabeza en la de Edmundo. Él cerró los ojos durante unos instantes. Adiós Fernando, adiós comité, adiós director de área y director de producción, adiós comidas en casa de su madre sin su padre, adiós Augusto Veril. Y el frío se mezclaba con el olor de Cristina, ¿por qué no confiar?, ¿por qué no abandonar la plataforma? Echar a andar, irse con ella. Deshacer las maletas en una casona amplia y destartalada, desayunar juntos todas las mañanas un café muy oscuro y tostadas con mantequilla. ¿Por qué no aprobar y librarse de pedir favores?

Cristina había vuelto a incorporarse:

—Supongo que tengo prisa porque lo veo posible. ¿No te

pasa a veces con una gripe o con una visita pesada, con miles de cosas que las estás sobrellevando con paciencia hasta que la visita dice: Bueno, me voy, se hace tarde, o te levantas una mañana creyendo que ya estás bien. Y entonces la visita no se va, se queda veinte minutos que se te hacen insufribles; y a mediodía compruebas que tienes bastante fiebre todavía. Hasta ese momento te habías resignado a aguantar, pero desde que piensas que va a acabarse, todo se te hace mucho más largo.

—Una especie de toma de conciencia —dijo Edmundo en voz baja, y la rodeaba con su brazo.

—Puede ser —contestó ella.

—Dicen que en las fábricas del siglo diecinueve los obreros aguantaban las malas condiciones porque no veían ninguna salida, pero desde el momento en que alguien se la mostraba, todo se les hacía insoportable y encontraban las fuerzas para ir a la huelga. —Edmundo soltó a Cristina para mirarla—. Sin embargo, muchas huelgas fracasaron por no esperar al momento oportuno. Y no sólo no consiguieron nada sino que los obreros se debilitaron.

—Pero no es nuestro caso, Edmundo. Nosotros no tenemos nada que perder.

Un hombre y una mujer salieron a la terraza, recordándoles que esta vez no estaban en un acantilado, que no habían conquistado ese escenario sino que habían pagado una entrada a los dueños del local para disponer de ese escenario junto a otras personas que también quisieran sentirse en la cima del mundo. Cristina se fue al extremo opuesto de donde se había apostado la otra pareja. Edmundo la acompañó.

—¿Qué contestas? —dijo ella.

—Hace falta conspirar mucho, trabajar mucho tiempo en secreto, estar muy bien organizado para que una acción parecida a una huelga del siglo diecinueve no fracase.

—Olvida las huelgas. Estoy hablando de que nos vayamos.

—Voy a pensarlo. Durante la carrera nunca se me pasó

por la cabeza estudiar oposiciones. Y no digo que dejar ahora mi trabajo sea una heroicidad, pero tengo que pensarlo.

Una familia entera, matrimonio, dos hijos, dos abuelos, había entrado en la terraza y se acercaba a donde estaban ellos. Decidieron volver a la cafetería. Todas las mesas estaban ocupadas. Se quedaron de pie junto a la barra y pidieron dos cafés.

–¿Si te digo que yo voy a irme de todas formas, eso te influye? –preguntó Cristina.

–Me imagino que sí, pero prefiero que no lo digas. Prefiero pensarlo con tranquilidad.

Cristina pareció molestarse, estuvo un rato en silencio.

–No te lo diría para presionarte –respondió luego–, sino para que vieras que no es un capricho. Quiero irme y no un fin de semana o un puente. Quiero irme de verdad.

Un taburete quedó libre. Ella se sentó, Edmundo no la miraba. Irse, no hacer más transacciones, ni fingir, ni tener que mendigar una oferta. Irse y ser capaz de dejar a un lado sus reservas, claro que le gustaría.

–Dame un poco de tiempo, Cristina –dijo–. Tengo que pensar en mi madre, en el dinero. Vamos al cine como habíamos pensado. Hoy es domingo, te contestaré dentro de una o dos semanas.

–De acuerdo –dijo ella, e hizo de nuevo señas a un camarero que no respondió–. Vámonos ya. Es tarde y todavía no nos han traído los cafés.

Cristina se levantó. Mientras esperaban el ascensor Edmundo volvió a verse en un pueblo de la costa, lejos de su conspiración imaginaria. Ella le pedía que renunciara a esa conspiración y la cambiara por sus guerras descriptivas, silencio y libros por la mañana, pasear por el muelle al anochecer. Le acarició el pelo corto; Cristina no era consciente, no tenía por qué serlo, de a cuánto ascendería su renuncia, tan secreta era la conspiración que no se la había contado pues acaso no existía. Edmundo llevaba un año y medio en el laboratorio y no había llegado a ser agente doble ni triple sino sólo un espía de sí mismo, un simulador que sabía por qué disimulaba pero no para quién. Cristina le ofrecía un para quién, para mí, para nosotros, sé mi caballero y ráptame.

Entraron en el ascensor. Edmundo pensaba en su plataforma y en su madre, y en los telares abandonados. Al llegar al piso veintitrés el ascensor se llenó de gente. Ellos retrocedieron a una esquina del fondo y Cristina se apoyó en él:

—He leído un juramento en una novela —le dijo casi al oído.

—¿Cómo es? —preguntó Edmundo.

—«Júrame que, mientras la sangre palpite, serás fiel a lo que vamos a inventar.»

A partir de la planta dieciséis el ascensor no hacía paradas. Guardaron silencio hasta llegar abajo. Una vez fuera, pero aún dentro del edificio, Edmundo puso a Cristina frente a él.

—Unos cuantos días —le dijo—. Entonces hablamos de juramentos.

Ella asintió y los dos salieron al aire libre.

El lunes les dijeron que la reunión de rutina de los martes se aplazaba y que en su lugar estaba convocada una macrorreunión de todos los departamentos a la que asistirían altos cargos del laboratorio. Edmundo tenía especial curiosidad y la intuición, fundada en comentarios dispersos, de que el asunto del medidor de tensión podía estar dando algún coletazo inesperado. El martes, media hora antes de la hora fijada, se enteró de que el verdadero motivo de la convocatoria era que el presidente quería dirigirles unas palabras. El acto se celebró en una sala de proyecciones. Delante de la pantalla habían instalado un atril compacto que sólo dejaba ver el rostro y los hombros del presidente.

121

Edmundo había esperado un retumbar de clarines, un despliegue retórico con adjetivos y frases sobre el proyecto, sobre la necesidad de construir el compromiso en la acción, sobre las ventajas de experimentar y asumir riesgos. Esperaba un líder que ejerciera de líder y se encontró con algo más complejo: un presidente hablando como si estuviese tomando un café y quisiera explicarles a sus acompañantes no tanto su visión de futuro como su visión de presente del sector en que trabajaba.

Al parecer se estaba produciendo un desplazamiento en el presupuesto para el consumo individual. Artículos electrónicos y otros destinados al ocio retrocedían frente al avance del gasto en salud, y no sólo en medicamentos considerados de primera o de segunda necesidad. El avance más espectacular recaía sobre aquellos productos cuya función no era curar, productos que bordeaban el efecto placebo y lo superfluo. Complejos vitamínicos pero también champús de tratamiento o aparatos de medir la tensión.

En ese instante Edmundo se sintió observado aun cuando nadie se estuviera fijando en él. Pero él pensaba que alguien, quizá quien había escrito el discurso del presidente, le estaba dirigiendo una advertencia a él en particular, a Edmundo Gómez Risco. ¿Por qué, si no, descender a un ejemplo propio? ¿Por qué pasar de los champús y las vitaminas a un producto específico del laboratorio, sobre todo si luego no se continuaba hablando de lo concreto sino que se volvía a los grandes números? En efecto, el presidente contaba ahora cómo ese desplazamiento en el presupuesto del consumo individual había incidido sobre la competitividad, aumentándola, y cómo la irrupción constante de nuevos productores había acelerado el proceso.

El sector estaba siendo obligado a entrar en la batalla por un tipo de cliente indiferenciado y, en esa batalla, el trabajo tradicional de los visitadores, orientado a los médicos y a los hospitales no servía. Como en la Segunda Guerra Mundial, la infantería perdía protagonismo frente al tanque y al submarino, frente a la gran estructura publicitaria de la prensa, la radio y la televisión. Pero ni siquiera esa estructura bastaba. Con un poder muy superior al de las unidades de publicidad comercial, comenzaba a emerger la llamada publicidad de investigación. Financiar estudios que demostrasen las ventajas de ciertas prácticas de consumo de medicamentos en detrimento indirecto de otras. Ahora bien, para hacer frente a esa clase de inversiones, la concentración empresarial era el único camino.

Y como si aún siguiera hablando de lo general y no de lo concreto, el presidente dijo que se imponía una política de alianzas y que el motivo de esa reunión era comunicarles la integración del laboratorio en un grupo italiano en compañía de otros dos laboratorios españoles. Cuando Edmundo oyó que uno de esos dos laboratorios era su flor sin luz, era el laboratorio espiado, cuando supo que ahora pertenecerían a la misma empresa, no fue desilusión ni rabia lo que experimentó. Mejor dicho, experimentó ambas cosas durante unos segundos. Después le invadió una sensación de alivio, cuanto más amarga más liviana y placentera. Le parecía que por sus venas en vez de sangre corría un gas ligero, y que así como se levantan los castigos, así alguien le había levantado la obligación de distinguirse, el propósito de contradecir algunas leyes humanas. Los diez mil metros de atmósfera ya no pesaban sobre sus hombros, no porque no estuvieran sino porque habían dejado de importarle. Qué absurdo que un hombre quisiera ser artífice de su propio destino. Le diría a Cristina que se fueran; acaso, le diría, un hombre pueda ser artífice de su propio corazón, aun sin creer en el corazón.

A las palabras del presidente siguió un cóctel silencioso. Casi nadie hablaba, como si todos tuvieran miedo de ser escuchados, hasta que de pronto alguien encontraba un tema neutral y las voces se alzaban en un solo corrillo, y luego en otro. Por parejas y entre susurros sí se hablaba en cambio del único tema real, cómo iba a afectar a cada uno la operación en el sueldo, en el puesto, en posibles despidos. El presidente había asegurado que no habría cambios, pero todos comprendían que no los habría en los dos o tres primeros meses, después empezarían los reajustes. Edmundo recorrió la sala con la mirada buscando a algún miembro del comité. Vio a uno a lo lejos, rodeado de mucha gente. En una esquina reconoció al subdirector por su calva y le pareció que estaba solo. Se estiraba las mangas de la chaqueta para que no sobresaliera tanto el puño de la camisa. De pronto fijó sus ojos en Edmundo y él tuvo que saludarle. Se acercaron el uno al otro.

–¿Qué te ha parecido? –preguntó el subdirector.

–Bien –dijo Edmundo–. Me interesa lo que ha contado de la publicidad de investigación.

–Ah, sí. –El subdirector tenía en las manos una copa de zumo de tomate. Bebió un sorbo; en los labios quedaba un rastro de carmín–. Yo conocí a tu padre –dijo–. Hace muchos años.

Edmundo enrojeció y se dio cuenta y no supo qué contestar.

–Fue en Barcelona. En un club privado que intentaba importar el modelo inglés. Nos llevábamos bien, pero él se vino a vivir a Madrid y dejamos de vernos. Cuando yo vine, cinco años después, nos habíamos perdido la pista. La verdad es que una vez le llamé, hace ya tiempo, pero no quiso que habláramos. ¿Cómo está, se ha recuperado...?

–Está bastante bien –dijo Edmundo.

–Mejor que yo, entonces. Acaban de jubilarme. Las condiciones no son malas. –Miró a los lados y puso la copa encima de una silla–. Bueno, me marcho. Te diría que le dieras recuerdos, pero ha pasado demasiado tiempo.

El subdirector ya había echado a andar cuando Edmundo decidió hablarle. Salió detrás de él.

—Perdón... —no sabía qué tratamiento usar; al final recurrió al nombre—, Gabriel, ¿podía hablar con usted unos minutos?

Gabriel García Guereña no se volvió:

—Acompáñame —dijo—. Tengo prisa. Hablamos por el camino.

—Quiero irme de la empresa —dijo Edmundo—. Y no sé si me conviene pedir que finjan un despido para poder cobrar el paro.

—¿No tienes otra oferta? ¿Qué piensas hacer?

—Estudiar oposiciones.

—Tiene sentido.

Habían llegado al pasillo de suelo color cereza. Atravesaron el cuarto vacío de la secretaria y entraron en el despacho del subdirector.

—Siéntate, termino enseguida.

Mientras guardaba el periódico y una carpeta en su cartera, dijo:

—¿Sabes qué es la publicidad de investigación?

Edmundo, desconcertado, iba a contestarle pero el subdirector le detuvo:

—Deja, deja, yo te lo diré. En primer lugar conviene contratar a un número significativo de parientes de periodistas: hermanas, hijos, nueras o yernos. Lo último en publicidad de investigación ha sido un estudio sobre los riesgos de los chequeos. Es un estudio amplio, referido a los chequeos médicos globales, pero tiene un apartado sobre peso, glucosa y presión sanguínea. Tomarse la tensión con una frecuencia inferior a los seis meses puede resultar perjudicial. La hija de un periodista del periódico más influyente trabaja en nuestra sede en Barcelona. Así que ese periódico no hablará del apartado de peso, glucosa y toma de tensión.

—¿Y los demás?

—Está el viejo recurso de la publicidad. No amenazamos con quitarla; la aumentamos. Habrá algún medio que lo publique, pero un medio suelto y pequeño apenas tiene repercusión. Y, mientras, ganamos tiempo para que se termine y salga a la luz el estudio que hemos pagado junto con nuestro socio italiano sobre las ventajas de un seguimiento periódico de las variaciones de la presión sanguínea.

El subdirector se puso la gabardina.

–Vámonos. No voy a Madrid así que no puedo llevarte, pero si quieres te dejo en la parada.

–Yo –dijo Edmundo– siempre había creído que esta visión de las empresas como pequeñas centrales de inteligencia era más bien mitómana.

–Y lo es. Instinto, la gran palabra de este mundo, quiere decir acertar, y acertar es lo contrario del conocimiento. El que sabe no acierta, sabe, y ahí no entra la casualidad. De corazonada en corazonada. De intuición en error y de acierto en repetición, así es como se funciona. –El subdirector abrió la puerta–. Sal –le dijo. Cerró y le miró–. No hay por qué ver un gran cerebro ni estrategias complejas y a largo plazo detrás de lo que te he contado. El mecanismo principal sigue siendo acción y reacción. Las estrategias complejas se reducen a tener algunas teclas preparadas por si surgen problemas.

–Y si se tienen las teclas, ¿no es exagerado montar todo un departamento de prensa?

–Una tecla se aprieta para no salir en un medio; muy pocas veces para salir. Hay que cuidarlas. Si se tocan demasiado, se desafinan.

Camino del garaje coincidieron con dos individuos a quienes Edmundo no conocía. El subdirector les saludó sonriente. Cuando se metieron en el coche, dijo:

–Me esperaba una jubilación anticipada. No la deseaba pero sabía que podía llegar. Pero no me esperaba la patada. Cometí la torpeza de ofrecerme para trabajar tres semanas con quien me va a sustituir y les ha faltado tiempo para decirme que no me moleste, que no es necesario. No es que yo hubiera llegado a creerme imprescindible, pero algún contacto, algún procedimiento, dos o tres consejos. En fin, qué más da. Seguramente tienen razón. Mis tres semanas de trasvase de experiencia han cabido en este cursillo de cinco minutos. Y te ha tocado recibirlo a ti.

La parada de autobús estaba muy cerca de la empresa. El subdirector paró el coche dos metros antes. Edmundo estaba abriendo la puerta cuando Gabriel García Guereña dijo:

—No te van a dar el paro. No te deben nada. Yo ni siquiera lo intentaría.

—Pero

—Pero tú sí. Adelante. Podrás aprender algo.

El subdirector puso el coche en marcha. Eran las siete. Edmundo se dio cuenta de que él no había cogido sus cosas. Tenía que volver al laboratorio.

—Gracias por todo —dijo al salir del coche.

El subdirector asintió con la cabeza y arrancó.

No le dieron el paro. Quince días después de que Edmundo comunicase su decisión de dejar la empresa y su deseo de pactar el despido al jefe de su departamento, Martín Díez, le recibió el jefe de personal. Le hizo toda clase de preguntas innecesarias y le explicó que pactar un despido bajo cuerda era algo ilegal y que, como Edmundo fácilmente comprendería, el laboratorio no iba a hacer nada ilegal. No obstante, en la empresa lamentaban que Edmundo se fuera y ya que no podían satisfacer su deseo pues, repitió, se trataba de algo ilegal, habían decidido aumentar su liquidación pagándole tres meses de sueldo además del dinero que le correspondía. Una palmadita para tenerle contento, pensó él, menos de la mitad del paro que podría haberle correspondido y sin embargo un dinero que, si quería irse con Cristina, no debía rechazar. El jefe de personal le presentó el papel que habían preparado para que lo firmase. Quinientas cuatro mil pesetas netas.

—¿Te parece bien, Raimundo?
Edmundo clavó los ojos en los mofletes fláccidos del jefe de personal. Gabriel García tenía razón. No iban a darle el paro pero él había aprendido mucho pidiéndolo. Había aprendido que por supuesto las empresas nunca hacían nada ilegal, y también que si pasaba por caja recibiría el salario de tres meses a cambio de un vale con su dignidad. Por último, había aprendido que él era un blanco demasiado pequeño para que el jefe de personal pudiera acertar disparándole una sola flecha. Le había llamado Raimundo, ¿y por qué no? ¿Acaso las trescientas noventa y seis mil pesetas de su dignidad, pues las ciento ocho restantes se las debían en concepto de liquidación, acaso se merecían un nombre de pila? En vez de corregirle firmó la liquidación: Raimundo Gómez Risco, con una letra semiininteligible.

Llamó a Cristina desde su mesa de trabajo:
—Ya está. Ya podemos irnos.

Y le juró que sería fiel a lo que iban a inventar.

El domingo le dijo a su madre que había dejado el trabajo y que se marchaba a estudiar oposiciones. Ella no hizo ningún comentario. Fabiola le pidió sus señas, pero él dijo que ya se las mandaría. Rescindió el contrato de alquiler de su piso de la plaza de Castilla; le devolvieron un mes de fianza. En abril se fueron en tren y después en autobús a un pueblo pesquero cercano a Gijón.

3

No tenían coche. Al principio ni siquiera se dieron cuenta. Había una tienda de ultramarinos cerca de la casa y un hostal donde daban comida casera. Alguna vez se hacían bocadillos, se llevaban una botella de vino y sacacorchos y comían delante del mar.

Vivían en el segundo piso de un edificio de tres sin ascensor. Como la casa estaba en una calle en cuesta, sin más calles delante, desde las ventanas del salón se veía el mar igual que si estuvieran en un ático o en lo alto de algún promontorio. Estudiaban por la mañana. Por la tarde se contaban los temas, los cantaban y los discutían. Compraron sábanas, porque las que tenía el piso alquilado eran de fibra con unas flores enormes. También, un poco más tarde, compraron lámparas. Los domingos no estudiaban ni comían. Desayunaban a eso de las dos, daban paseos, oían música, se echaban la siesta. Había una televisión sin segunda cadena. A ellos les parecía bien no ponerla casi nunca pero, alguna vez, dejarse sorprender por el telediario o tumbarse sobre varias mantas y ver una película sin que les importase que fuera cursi o de miedo.

Y el mundo exterior existía, como existe el papel agujereado cuando se hace un agujero en el papel. Ellos eran el agujero, la silueta recortada, el perfil de la tijera y luego el aire y lo que no eran, lo que habían dejado, lo que les esperaba tenía la existencia abrumadora de lo demás: de todo lo demás. No considerarlo hubiera sido tan inútil como no considerar el techo y las paredes de la casa y creer que podían vivir amparados por cada último estricto centímetro de aire pegado a la pared.

Si Edmundo decía que cuando sacara la oposición iba a pedir un destino ligado a las telecomunicaciones, Cristina preguntaba ¿por qué? y en la pregunta estaba incluido todo, a qué aspiraba, de dónde venía, con quién quería relacionarse, qué buscaba en los trabajos, si le gustaba que Cristina tuviera el pelo corto, cuando era pequeño qué quería ser de mayor, cómo se imaginaba dentro de veinte años. Edmundo contestaba filtrando retazos de información. No podía seducir a Cristina con el aire sino que debía hacerlo con la hoja de papel; para alimentar el deseo del otro, sus fantasías, su conciencia del futuro, los dos necesitaban acudir al papel, a las paredes de la casa y aun a lo que estaba fuera del papel y fuera de la casa, más lejos del patio y de la calle. Así, en las respuestas de Edmundo podía aparecer tanto el cuento de Juan y la mata de habichuelas que le contara su madre de pequeño, como un despacho no muy nítido, no demasiado grande, situado en lo alto de algún edificio del centro de Madrid aunque tampoco en los últimos pisos. Pero, en cualquier caso, Edmundo no se demoraba, no quería llegar a decir: «Esto soy yo», sino sólo dar cuenta de algunos de los hechos que le constituían.

Y luego estaba el aire, el agujero recortado, desayunar café muy oscuro y tostadas con mantequilla, al salir de una habitación rozar al otro y tocarse como si estuvieran en un sitio prohibido, ir hasta una baliza de luz roja a ver los barcos. Había un tiempo cada día que parecía presente y nada más, un tiempo sin temores ni proyectos, en donde nada se inmiscuía excepto el café entre los poros del pan, excepto una luz prolongada desde la arena hasta el agua, desde el agua hacia cintas de nubes y el mapa invisible de Francia, excepto despertar y que uno pusiera para el otro algún disco exultante y sin embargo delicado. Y hasta en el aire estaban los hechos, los hechos de fuera. Si parecía que a ratos no tenían temores ni proyectos eso quería decir exactamente que lo parecía, que a veces se daba alguna suerte de prórroga y parecía que una misma ola daba golpes en la playa. A ratos el afuera estaba fuera y ellos tumbados en la cama o bailando en zapatillas.

Edmundo se preguntaba si era eso lo que querían el uno del otro, si era sólo eso o, si no, cuánto más se podían pedir. Ya antes de que sacaran los billetes de tren, antes incluso de contárselo a su madre, se había preguntado si llegaría a dejar su plan atrás. Temía que ser funcionario le impidiera mantener vivo el recuerdo de los mofletes caídos del jefe de personal, el recuerdo y la prueba de su indefensión. Probablemente, pensaba, la seguridad de un sueldo vitalicio aplacaría el rencor, pero él no quería aplacarlo. Edmundo quería llegar a un ministerio y hacerse fuerte, como el traidor guardar una carta de amor del ministro o una foto comprometedora, o una firma, y luego procurar asegurarse el uso futuro de su secreto: contar con aliados. A menudo se preguntaba si Cristina comprendería, si iba a querer estar de su parte.

Él estudiaba con terquedad, y a veces ella sonreía para decirle: Ya sé que estás haciendo escalas, pero una oposición no es un concierto; a lo mejor estás exagerando. Entonces Edmundo tenía que tirarle el capuchón de un bolígrafo o un avión de papel y eso les daba para estudiar media hora más pero luego alguno se levantaba y entre los dos preparaban un aperitivo o salían a tomar algo. Era cuando Edmundo le preguntaba a Cristina: ¿Tú qué quieres, tú cómo te imaginas dentro de diez años? Solían ir a un bar pequeño que estaba en el puerto, aunque desde sus ventanas el puerto no se veía. Allí pedían un vino con aceitunas y leían el periódico. Fue en ese bar donde se dieron cuenta de que no tenían coche.

Habían terminado la sesión de estudio media hora antes de lo acordado. El bar era bastante oscuro. Ellos se sentaban siempre en una mesa cerca de la barra, bajo una ventana alta de una sola hoja. Llevaban ya mes y medio en el pueblo. En el bar, en las tiendas, en casi todas partes les conocían. El del bar les puso el vino y las aceitunas sin preguntar. Aquel día no había llegado el periódico, ocurría de vez en cuando, y Edmundo quiso continuar la conversación empezada con el avión de papel.

–No me has contestado, Cristina. ¿Tú cómo te imaginas dentro de diez años?

–Más o menos como aquí, en un lugar un poco más grande, en Oviedo, por ejemplo. Y en vez de estudiar me dedicaría a hacer política.

–¿Te meterías en un partido?

–No. Me refiero a política teórica. Escribiría artículos y, a lo mejor, libros.

–Ahora que lo has dicho, te imagino muy bien dando un mitin.

Cristina rió:

–No sé cómo tomarme eso.

–Bien –dijo Edmundo–. A mí no me importaría ser político.

–Creo que voy a dejar el vino y voy a pedir un vermut.

–Sí –dijo Edmundo–. Hoy nos ha tocado no la botella de hace dos días, sino la de hace cuatro o cinco. Pídeme otro a mí.

Cristina fue a la barra y Edmundo pensó que seguramente ella quería emborracharse y que él también lo quería. Aunque estaban a mediados de mayo, llovía sin parar. Llevaban cuatro días de mal tiempo y los dos se sentían un poco encerrados, un poco más encerrados.

–¿Así que te gustaría dedicarte a la política? –dijo Cristina aún de pie, con un vaso en cada mano.

–He dicho que no me importaría. De todas formas en mi caso sería bastante complicado.

—¿Por qué? —Cristina se sentó.
—Por lo de mi padre.
—No creo que eso influyera tanto —dijo ella.

Edmundo le había contado la historia de Matesa y la cárcel a la semana de llegar; al final, ella le había mirado con una mezcla de extrañeza y preocupación. Apenas hizo preguntas hasta dos o tres horas más tarde, y fueron preguntas peliculeras: ¿hubo un coche de policía a la puerta de su casa para recoger a su padre o le llevó un amigo, o su madre?, ¿quién pagó al abogado de su padre?, ¿recibió regalos, a su madre la ayudaron como en las historias de la mafia? Edmundo contestó con paciencia y en cierto modo le agradó que Cristina no le preguntara por él mismo ni por las consecuencias familiares de aquel episodio. Ahora, sin embargo, al ver que Cristina quitaba importancia al asunto, le pareció que en la mesa uno de los dos vasos se volcaba. Jimena se creyó que yo era mi padre, quiso decirle, y tú crees que no lo soy, y las dos cosas son mentira. Acarició el vaso que seguía, sin embargo, de pie.

—Siempre me colgarían la etiqueta —dijo—. Algunos querrían sacar partido de ella, y otros me la echarían en cara.

—Uno puede quitarse de encima las etiquetas —dijo Cristina.

Edmundo bebió dos tragos seguidos de vermut:

—Pero hay que querer gastarse en eso. Y, por lo menos a mí, no me parece ninguna forma interesante de gastarse.

Cristina siguió a Edmundo con el vermut.

—Es verdad —dijo—. Pero es que tú das la impresión de no gastarte nunca. —Se rió—. No era un comentario erótico. Aunque sí tiene algo que ver con el cuerpo. Tú eres compacto, pero no triangular como un jugador de rugby; tienes algo de rectángulo. Tienes algo de bloque y eso está en el carácter también. Es como cuando dices en broma que eres ateo. Parece que algo de ti permanece sólido siempre. Como una piedra que no arde y tampoco se quema, ni se gasta.

—Eso no existe, Cristina. ¿Otra ronda?

Edmundo pidió también algo de comer. No tenían más que patatas fritas y un queso muy fuerte. Él pidió las dos cosas. Estaba contento. Le alegraba que Cristina se hubiera atrevido a hablar de él, y ahora ponía en segundo lugar la opinión de Cristina sobre lo de su padre. Puso el plato de queso en la mesa, luego la cesta con el pan y el plato de patatas:

—¿A qué hora sale el autobús que va a Gijón? —preguntó.

—A las dos y diez, ya debe de haber pasado. ¿Tenías ganas de ir a Gijón?

—Se me ha ocurrido ahora. Cogernos el día libre.

—Si quieres lo intentamos —dijo Cristina—, pero tendríamos que salir corriendo y llegar empapados a la parada y es casi seguro que ya habría salido.

—No, déjalo. Cuando no llueva lo hacemos.

Cristina se acabó su vermut:

—Estaría bien tener un coche —dijo.

—Y un helicóptero.

—Un coche no es lo mismo que un helicóptero. Un coche de segunda mano puede costar noventa mil pesetas, o menos.

—Yo tengo el carnet, pero casi no he conducido.

—Yo sí. Podríamos practicar. Un sitio como éste es muy bueno para coger confianza.

Edmundo percibía el optimismo del alcohol, un paño de agua tibia alrededor del cuerpo.

—Lo pensaremos —dijo—. Cristina, ¿cuando empezaste a estudiar ya querías escribir libros de política?

—No. Se me ocurrió en cuarto, con aquel profesor que te conté.

—¿Con el que tuviste una historia?

—Sí, bueno, llevaba dándole vueltas desde antes. En realidad, creo que salí con él por eso.

—¿No te gustaba?

Cristina echó la silla contra la pared, apoyándola sólo sobre las patas traseras. Recostada, las piernas colgando, sostenía con los dedos de la mano izquierda el vaso de vermut y lo balanceaba.

–Me atraía, sí. Pero fue una historia muy corta, lo dejamos a los tres meses. Germán conseguía hacerte creer que tú eras una gran persona. A mí me convenció de que yo iba a inventar una nueva corriente política como mínimo. Sólo que era muy vanidoso. Te hacía creer eso para que no pareciera que él estaba teniendo un rollo vulgar con una alumna.

–Y tú te diste cuenta.

–Sí, algo en su actuación no le salió bien. Tenía una sonrisilla bastante falsa, a lo mejor fue un detalle así de tonto. El caso es que pensé que nunca haría nada, que dentro de veinte años volvería a la facultad y me lo encontraría diciéndole a otra alumna las mismas cosas que me decía a mí, con su misma sonrisilla, sin haber publicado un solo artículo interesante.

Edmundo dibujó con el dedo una hoz y un martillo en el pantalón de Cristina, sobre el muslo.

–De todas formas le buscaste para que te convenciera de que podías ser el nuevo Marx del siglo veintiuno.

–Sin exagerar –rió ella–. Digamos que le busqué porque quería que alguien viera que yo no me iba a limitar a hacer muestreos electorales. ¿El último? –dijo señalando el vaso casi vacío de Edmundo. El suyo estaba por la mitad.

–No, gracias, beberé un poco del tuyo. Cristina, ¿tú también tienes un plan?

–¿Qué quieres decir?

–Una vez te pregunté qué harías después de sacar las oposiciones y me dijiste que no lo sabías, pero ahora veo que sí.

–Ah, por lo de los libros. Eso no es un plan, Edmundo. Supongo que todos queremos hacer algo más que ir a una oficina de ocho a tres hasta que nos muramos. Todo el mundo tiene la fantasía de ser alguien.

—Ser alguien. Yo no sé si quiero ser alguien.
—Pero cuando me has preguntado has dicho tú «también» tienes un plan. Has dicho «también».
—El plan de que nos echemos una siesta, creo.
—Sí, yo no voy a tomar ni café —dijo Cristina aunque Edmundo estaba seguro de que ella había recogido la palabra plan y volvería sobre el tema más tarde.
La lluvia seguía cayendo. Eran las tres menos cuarto de la tarde y parecía de noche. Se echarían la siesta, harían el amor con un deseo vuelto contra ellos mismos, lo harían para negar que estaban algo perdidos, que se aburrían, que dudaban del otro porque habían empezado a dudar del futuro y, algo más tranquilos después, se dormirían para despertarse a las cinco y media o tal vez a las seis, y que siguiera lloviendo, y tener toda la tarde y la cena y la noche por delante.

Fue Edmundo quien se despertó primero. Preparó una merienda con galletas y café con leche. Mientras la tomaban, le dijo a Cristina que lo del coche podía ser una buena idea. Ella le dio un beso en el cuello y estuvo convencida de que encontrarían un coche de segunda mano en condiciones. Le aseguró que no perderían horas de estudio. Luego, mientras mojaba una galleta en la taza, preguntó:
—¿Qué era eso del plan, Edmundo? ¿Tú tienes uno?
—Atracar un banco y marcharnos a vivir a Japón.
—Eres capaz de hablar en serio.
—Claro. —La miró—. El plan es sólo una forma de hablar. Dejémoslo en que yo no quiero tener que ser alguien. No quiero tener que vivir con esa necesidad.
—¿Y cómo vas a conseguirlo?
Edmundo se bebió el café con leche.
—No lo sé. Librarse de la necesidad de hacer lo que sea es bastante más complicado que librarse de hacerlo.

—¿Entonces?
—Tendremos que inventar algo, ¿no?

Edmundo sonrió. Miró a Cristina, su cara que ya empezaba a conocer al milímetro, y se dijo que iba a pedirle que ese resto de tarde no se contaran los temas ni los cantaran porque él quería estudiar, quería sentarse a la mesa de la cocina mientras Cristina leía o estudiaba en el salón. A él no le importaba que la cocina estuviera más fría, que la ventana diera a una calle sin mar. No le importaba estudiar con una manta sobre las rodillas sino que quería hacerlo, estudiar, leer cada párrafo y notar que ahí había una puerta entornada, que la empujaba e iba a parar a un pasillo que conducía a distintos lugares indestructibles. El título segundo de la Constitución era el título segundo de la Constitución, la visión que Garin ofrecía del Renacimiento italiano era la que Garin ofrecía, el año en que Montesquieu publicó *El espíritu de las leyes* era 1748, y al margen de que uno no estuviera de acuerdo con el contenido del título segundo, con la visión de Garin sobre el Renacimiento, con la interpretación que se había hecho de Montesquieu, uno podía decir que conocía fechas, visiones, artículos, podía sentirlo, saber que no tendría que inventarlos.

Mejoró el tiempo. Parecía que ya las noches se acortaban, sólo porque había más luz y menos nubes. Un día sí y otro no hacían una excursión a Gijón, a Colunga o a Avilés en busca del coche de segunda mano. Encontraron un Seat 127 de dos puertas y un color verde raro, verde malva decía Cristina y Edmundo lo llamaba verde medicina para hacerla rabiar. Más luz y más espacio. Con el coche los días se expandieron. Edmundo fue un buen alumno, se rieron mientras practicaba. Visitaron playas nuevas, faros nuevos, nuevas panaderías. Pero cada vez que llegaban a una de esas postales momentáneas, a una playa de rocas, la marea subiendo, ellos dos solos como si hubiera toneladas de silencio que les pertenecieran, cada una de esas veces Edmundo no podía dejar de acordarse del coche aparcado unos cuantos metros más allá, y entonces quería decirle a Cristina: La intensidad no importa, importa la duración. Un día se lo dijo.

–Cristina –le dijo–, qué vas a hacer con la publicidad. ¿No te preocupa que nos convirtamos en un anuncio de coches con pareja en la playa desierta?

Ella rió y, conservando la risa en la boca pero con un principio de seriedad en los ojos, dijo que sí le preocupaba:

–Pero no por el coche –precisó–. Tampoco me gustaría que fuéramos un anuncio de Nescafé.

Aquél fue el mejor de los días que pasaron juntos. Recorrieron la larga playa semejante a un pueblo abandonado de un extremo a otro. Decían una frase y luego nada, minutos de moverse por la arena y las rocas, pisar algas. Hablaban de lo concreto, la convocatoria para el examen de oposición se había aplazado, ya no sería en noviembre sino en marzo. Eso favorecía a Edmundo, quien había empezado a estudiar siete meses después. Cristina, en cambio, estaba un poco decepcionada, sobre todo porque se rumoreaba que aún podría retrasarse dos o tres meses más. Edmundo habló de su casa, de su hermana, de su madre. Quizá debiera ir a verlas en verano. Cristina le miró sorprendida:

–Sí, es verdad –dijo–. Y, con el examen en marzo, también estarán las navidades.

Y enseguida:

–¿Tú crees que va a ser demasiado tiempo para estar aquí?

Edmundo cogió a Cristina y la sostuvo en vilo frente al mar unos segundos. Ella le besó en la frente, en los párpados. Después siguieron andando.

–¿Y si en vez de tres meses se retrasara tres años, diez años, y si se retrasase toda nuestra vida? –dijo Edmundo.

Volvieron al coche. Vieron ponerse el sol desde la carretera. Cuando llegaron a casa era noche cerrada y aunque no hacía calor Cristina abrió un momento la ventana para que entrara, dijo, el mar.

El gran aplazamiento no existía. No había ningún irse, sino sólo marcharse una temporada. Cada uno lo había comprendido durante el trayecto en coche o mucho antes, un poco en cada desayuno o al acostarse cada noche. Ahora Edmundo se puso a preparar dos tortillas francesas con queso dentro, mientras Cristina cortaba un tomate en rodajas, le echaba sal y aceite y ponía la mesa.

—Así que hay que ser alguien a toda costa —dijo Cristina.

La bombilla del techo se reflejaba en el agua de la jarra y de los vasos.

—¿O si no? —contestó Edmundo—. Algunas cosas no se pueden inventar. Un sueldo todos los meses, por ejemplo.

—Imagínate que se pudiera inventar andar muy despacio, o tardar más de dos minutos en contestar a cualquier pregunta que te hagan.

—Lo imagino.

—Pues algo así, Edmundo. Otra velocidad, otros ritos. Nosotros a veces lo hacemos.

—¿Quieres manzana de postre?

—Yo no quiero volver —dijo Cristina.

—Ni yo he dicho que volvamos.

—Pero lo has pensado, y yo también. A lo mejor la equivocación ha sido venirnos a estudiar. Tendríamos que haber venido sin nada.

—¿Y acabar vendiendo cuadros del mar en Oviedo?

—¿Por qué no?

Edmundo se levantó y tiró de Cristina, quien aún estaba sentada. Fueron hasta la cama. Allí durante diez o quince minutos se tocaron sin apenas creencias. Fueron más jóvenes de lo que eran, casi dos adolescentes, y bastantes más viejos. Se tocaron sin películas, sin el amor y el futuro, más parecidos a niños en una bañera, niños sin la niñez. Se tocaron las piernas que habían andado cientos de kilómetros y que podían romperse con un golpe y pegarse con una escayola. Se mordieron un hombro y los pezones. Se abrigaron. Se tocaron abrazados sin soñar que se perdían, encontrados y tranquilos. Pero muy lentamente volvieron los dioses a la esquina de la cama.

Ninguno de los dos habló y sin embargo, en la manera que tenía Cristina de apoyar la cabeza en el pecho de Edmundo, en la manera en que Edmundo pasaba el brazo por el cuerpo de Cristina, estaba todo lo que se esperaba de ellos. Permanecieron medio dormidos, cambiando de postura, a ratos dormidos de verdad durante algo menos de una hora. Luego Cristina se levantó. Se puso sobre el cuerpo desnudo el batín de lana azul marino de Edmundo y se sentó en una butaca del comedor, junto a la ventana, a leer. Edmundo la siguió diez minutos más tarde. Buscó en el armario los pantalones rayados de un pijama, se puso encima una camiseta granate de manga larga y fue a la mesa de la cocina. Al poco oyó que Cristina le llamaba:

—Ven, anda.

Edmundo acudió.

—¿Qué hacías?

—Estaba escribiendo a Fabiola.

—¿Has pensado algo de nuestra conversación? ¿Quieres volver?

—No. —Edmundo supo que tenía que decir algo más—. Quiero seguir aquí contigo hasta que sea el examen, intentar aprobarlo y luego a ver adónde nos mandan.

—Tengo miedo, me da miedo que todo sea tan concreto —dijo Cristina.

La pantalla de la lámpara estaba a la altura del pecho de Edmundo. Él tomó la mano de Cristina y la apretó. Seguía de pie, la pierna contra el brazo duro de la butaca donde estaba Cristina y la cara vuelta hacia el cristal. Apoyó en él la frente sólo para notar el frío; no quería ver las otras ventanas y al fondo la masa negra del mar. No quería ver tampoco el pelo fino de Cristina, ese mar en miniatura del color de las monedas. Cerró los ojos. Si nadie fuera a morirse nadie tendría miedo a la vida, pensó, pero no era lógico.

CORO

Estábamos en nuestras camas, o en nuestras mesas de trabajo, estábamos en nuestras oficinas que no son nuestras, en nuestros salones que no son nuestros, en nuestras calles que no son nuestras, estábamos y oímos correr la voz de una historia.
Entonces yo que soy el coro, que a todos pertenezco, a la familia, a los bancos y a las instituciones, a los que usan mi trabajo y a los que lo compran, a los que me pagan, a los que me visitan, a los que voy a ver, entonces yo, que no soy mío ni mía, presté oídos a la voz y tomé asiento, y puse la mejilla levemente orientada hacia el lugar de donde viene el mundo. Y es que tiendo a creer que el mundo viene.
Hoy que no hemos abierto la cartera todavía, ni la nevera, ni siquiera las manos, reconocemos que tendemos a creer que el mundo viene de fuera. Y tendemos a creer que le esperamos, que somos esta piel, y la saliva dura de los ojos, y la línea que va desde la sien, se ensancha en el pómulo, baja hacia el mentón y cada vez que se mueve corta el aire.
Somos la mejilla levemente orientada hacia el lugar de donde viene la historia del ateo, somos zapatos, pies y cuerpo entero, y aquel jersey de lana de color amarillo, somos o tendemos a creer que somos este estremecimiento distante, compasivo, con que escuchamos la vida de un ateo, y nos miramos las manos extrañadas, extrañados, de que alguien pudiera tomar nuestra vida un día y referirla como si fuera una historia.

Julio fue un mes lluvioso en Asturias. Del tres al doce de agosto Edmundo estuvo en Madrid. Durmió en casa de su madre y, aunque seguía estudiando, salía con ella y con Fabiola al cine o a tomar helados. Luego Fabiola se fue a Portugal y su madre a Roma. Él aún se quedó dos o tres días solo antes de volver al pueblo. A su padre no le vio. Cristina pasó dos semanas en El Espinar, en el chalet de sus padres. Hacia el veinte de agosto los dos estaban otra vez en el pueblo y un día discutieron por la calefacción. Cristina quería comprar radiadores eléctricos, a Edmundo le parecía un gasto excesivo y decía que si iban a estar ahí hasta diciembre tendrían que adaptarse al frío y que llenando la casa de radiadores no lo conseguirían. Uno se acostumbra a vivir en casas sin calefacción, decía. Llegaron a un pacto, compraron radiadores pero dos en vez de cinco, y una pequeña estufa de aire caliente.

A finales de septiembre el cielo se hizo gris. De cada siete días, cuatro o cinco eran de lluvia, y las ventanas no cerraban bien, y el frío húmedo de la casa les entumecía. La basura había que bajarla al portal del edificio por la noche. Era Edmundo quien solía hacerlo, aunque a veces se olvidaba y cuando Cristina iba a recordárselo él estaba estudiando o en bata y le decía bájala tú. Cristina le miraba con ojos de derrota, luego revolvía la casa para encontrar sus guantes, su gorro, su plumífero, unos calcetines altos y gruesos, y él oía sus pasos rápidos por la escalera, la oía entrar de nuevo en la casa y meterse en el dormitorio, donde permanecía acuclillada junto al radiador cinco o diez minutos. El cristal de la ventana del primer piso estaba roto y hacía frío en aquella escalera.

Habían cogido el ritmo. Lo atribuían a la sensación de principio de curso. En octubre llegaron a estudiar siete horas diarias con sólo una interrupción para un café. Estudiaban por la tarde y por la noche, se levantaban pasadas las once y a menudo comían en casa porque aquel restaurante casero que tanto les gustó con el otoño había perdido la luz y se sabían los platos de memoria. También en la convivencia habían cogido el ritmo. La compra, el agua de los espaguetis, inventarse una salsa, el café, la siesta, fregar, a eso de las seis cada uno a su mesa, otro café, después una sopa caliente a eso de las once.

Pero un día Cristina tiró la cafetera mientras fregaba. No se le había resbalado entre las manos. La puso debajo del grifo para desenroscarla, sacó el filtro con el café y lo golpeó contra el borde del cubo de la basura para vaciarlo. Y luego lanzó el filtro contra la pila y el filtro rebotó y rodó por el suelo. Entonces cogió las otras dos partes, la del mango de plástico negro y el recipiente de aluminio, y las tiró con fuerza. Edmundo estaba sentado a la mesa, de espaldas a ella. No se había vuelto al oír el ruido del filtro; tampoco lo hizo con el estruendo de las piezas, pensó que se habían caído y sin mirar dijo: ¿Te ayudo? Sólo cuando Cristina no contestó él levantó la cabeza. Cristina estaba de pie, y al ver que Edmundo la miraba se fue de la cocina. Edmundo la siguió.

Cristina llegó hasta la ventana del salón y se apoyó en el marco blanco.

—La odio, la odio —dijo en voz baja.

Edmundo se dio cuenta de que estaba a punto de echarse a llorar.

—Odio esa cafetera, y me odio a mí por haberla tirado. —Cristina ya estaba llorando.

—¿Qué ha pasado? —preguntó Edmundo.

—Nada, ya lo sé. Nada, la cafetera no tiene la culpa. —Cristina le miró con los ojos brillantes.

—¿La culpa de qué?

—De todo, de nada, déjame sola ahora.

Había un sofá muy estrecho, con patas de madera en forma de conos recortados. Edmundo fue a sentarse allí.

Cristina volvió a la cocina y Edmundo oyó el ruido de las piezas que esta vez chocaban no contra el suelo sino contra el metal del fregadero, algo más suavemente.

Permanecieron quietos, Edmundo en el sofá del salón, Cristina apoyada en el canto de la mesa de la cocina.

Edmundo oyó que Cristina decía para sí pero también para que él la oyese: «No era esto, así no era.» Y se preguntó qué era entonces, qué quería Cristina que inventaran, adónde tendrían que escapar esta vez. Y dice que fue esa tarde cuando empezó a entender qué es aquello que puede salvar una huida o la vida privada. Pero no estaba seguro y prefirió la duda. También a los ateos, dice ahora, les cuesta imaginar otro futuro desde el comienzo. Y dice ahora, me lo dijo hace un año, que las guerras descriptivas terminan por construir el sueño de una vida con servicio.

Ver el mantel planchado y la vajilla sobre la mesa pero no ver las tazas sucias del café, no lavar la cafetera y que así la descripción de los días no contenga el poso del café, el golpe del filtro contra el cubo de la basura, la cal dentro del aluminio, el ruido, el agua, la repetición. Una casa con criados, con la ropa planchada y las camas hechas pero sin la visión de la tabla de la plancha que se pliega y se despliega una y otra vez. Edmundo llamó a mi casa a las doce y media de la noche. Sabía que Blas estaba de viaje y que, entre semana, los chicos se acuestan pronto. No es que llamara a escondidas, pero resulta extraño recibir una llamada pasadas las doce cuando no se vive solo y el que Blas no estuviera me eximía de dar explicaciones. Supongo que lo tuvo en cuenta. Llamó justo después de que acabara «La fábrica de sueños». «No lo has dicho», me dijo, «no lo has dicho.» Se refería a mi artículo «La mirada del criado». Trata de la importancia que tiene esa mirada en el cine, Edmundo quería que hablara de él. Sin embargo el programa no era el lugar oportuno para contarlo, y hoy tampoco es un día adecuado para hacerlo. Es pronto, todavía. Volvamos pues a las tres partes sueltas de la cafetera. Cristina las tiró. Después, apenas discutieron. Hablaron, en cambio, de que habían estado demasiado encerrados desde el final del verano.

Edmundo dijo que podían ir más a menudo a Gijón, incluso alguna vez a Oviedo, al cine, a comer. A Cristina le pareció una buena idea y se apoyó en el hombro de Edmundo, y volvieron cada uno a estudiar a su mesa, aunque Edmundo tardó en concentrarse. Pensaba que la riqueza describía un mundo con vistas panorámicas, con jardinero en el jardín y la bolsa de basura depositándose sola en el contenedor, cocinas que nunca se ensuciaban, calefacción en todas las habitaciones. Pensaba que no era la descripción de la riqueza sino su narración la causa de su cólera, el fiel de su venganza. La narración, el antes y el después y el fundamento. Pensaba que casi nadie lucha contra sus señores, que casi todos luchan contra sus iguales.

Llegó un periodo de calma. Cristina había decidido que no le importaba conducir más tiempo, que incluso le gustaba. Compraron un radiocassette para el coche y ella se iba tres días por semana a la antigua biblioteca de la Universidad en Oviedo, un lugar literario con mesas de madera, lámparas de metal y poca gente. Edmundo le alabó la idea aunque él siguió estudiando en casa. No podía permitirse perder casi dos horas entre la ida y la vuelta, además a él no le agobiaba la cocina ni la cafetera, y Cristina lo entendió. Fue un buen acuerdo, el tiempo parecía dar más de sí. Cristina estaba menos tensa aunque, de vez en cuando, volvían a surgir crisis leves, cuando había que tender la ropa lloviendo, poner un incómodo plástico y conformarse con que las prendas estuvieran siempre húmedas; o cuando se estropeó el coche una tarde al volver de Gijón y hubo que pagar una grúa y entrar en la cabina tiritando. «¡Temo el invierno porque es la estación del confort!»

A Cristina le gustaba Rimbaud. Le había dejado a Edmundo dos libros. En los dos encontró frases subrayadas a lápiz: «Escribía silencios, noches, anotaba lo inexpresable», a veces sólo trozos de frases, palabras: «Subid (...), ascended y reanimad los diluvios», a veces pequeñas historias: «Una noche, senté a la Belleza en mis rodillas. Y la encontré amarga. Y la injurié.» Leyó los dos libros con desconfianza pues seguía sin creer en la palabra poética, ese refugio, esa plegaria dirigida a un dios imaginario: Concédeme, señor, una vida secreta en el interior de mi vida.

Pero Edmundo había encontrado aquel verso no subrayado: «¡Y temo el invierno porque es la estación del confort!» y el verso le había parecido muy concreto, no había nada infinito, nada separado de las cosas en ese verso. Sentar a la Belleza sobre las propias rodillas o reanimar los diluvios eran acciones abstractas, tan abstractas como los verbos solos, «temer», «sentir», qué significaban.

Cristina podía explicarle luego el sentido simbólico de los diluvios, pero Edmundo sólo veía palabras mezcladas, el santo y seña que tiene significado para quienes se proponen custodiar un fuerte y no para quienes viven ajenos a él. Reanimar dónde, cuándo, cómo, cuántos diluvios, sobre quién, por qué. La poesía que Edmundo conocía, algunos libros de los últimos ciento cincuenta años, lo que él llamaba las voces, se prestaba especialmente a esa operación de convertir un poco de lenguaje en un código secreto, en una condecoración invisible, y había gente que aprendía un poema de memoria o que llevaba uno escrito dentro de la cartera igual que otros rezaban oraciones y guardaban estampas y escapularios. Cada poema un dios doméstico, y el hombre que lo había leído creía salir a la calle escoltado por ese dios pero, como siempre, ese dios no le hacía más fuerte sino más débil. Cuando se acercaban los desastres, el hombre buscaba cobijo bajo las alas del dios invisible y en vez de resguardarse quedaba más expuesto, porque las alas invisibles no paran una denuncia, no detienen desastres, no son nada. Si a su madre, pensaba, la religión no la había debilitado era porque su madre en realidad no creía, porque ella usaba la religión, y Edmundo lo comprendió aquel otoño que cedía el paso a un invierno de la comodidad.

De todo eso hablaron una tarde de frío de febrero. El examen había sido pospuesto de nuevo. El día que se enteraron, fueron a Oviedo a comer. Después, pensaban ir a un cine donde ponían *Lo que el viento se llevó* en una copia nueva. Pero se les pasó la hora, se encontraban a gusto en ese restaurante tradicional algo caro, con camareros recogedores de migas, un ruido pausado de tenedores, copas, conversaciones. Cuando salieron eran casi las cinco y el día estaba muy oscuro. La película habría empezado hacía media hora. No sabían adónde ir.

—Como dos fugitivos —dijo Cristina, y parecía inquieta.

Cogieron el coche, Edmundo propuso hacer una parada en Gijón para comprar y tomar un té. A Edmundo le desazonaban los cambios de humor de Cristina, durante todo el trayecto esperó que ella le dijera algo, que tirara alguna cafetera verbal contra la ventanilla. Pero Cristina iba callada y apenas habló tampoco mientras hacían las compras. Por eso, una vez en la cafetería más grande y solitaria de Gijón, Edmundo recurrió a algo que fuera del gusto de ella y le dijo que ya había leído los dos libros de Rimbaud. Le habló del verso del invierno.

—¿Sólo te ha gustado un verso? —preguntó ella.

—Me ha llamado la atención.

—¿Y qué más te ha gustado?

—Cristina, ¿estás bien?

—Es el frío —sonrió ella—. Pero sólo un verso de dos libros enteros parece muy poco.

—Sabes que nunca me he fiado de la poesía. Sirve para lamerse las heridas, pero no las cura porque ni siquiera las toca.

—¿Y ese verso que dices?

—Ése no engaña. No es intercambiable, vale para una situación concreta y no permite que cada uno imagine lo que quiera. Si se cambia la situación resulta absurdo o falso.

—Bueno, ¿cómo es?
—«Y temo el invierno porque es la estación del confort.» Sólo un pobre o un obrero de nuestro mundo puede decir eso. Dicho por un millonario se convierte en una frase falsa. Dicho por un pobre la ecuación encaja, si eres pobre temes a esa estación en la que es conveniente tener una casa cómoda y protectora. La poesía valdría la pena para mí si siempre pudiéramos verificar el sentido de cada verso.
—Puede ser.
Callaron.
—Me da igual la poesía, Edmundo. Voy a marcharme.
—¿Adónde?
—Voy a marcharme de ti. He conocido a alguien.
—¿En Oviedo?
—Bueno, vive en Madrid. Dio una conferencia en Oviedo. Yo estaba en la biblioteca y vi que todos salían. Pregunté por qué y me dijeron que había una conferencia sobre política y educación y fui a oírla.
—No me contaste nada.
—Fue un día que llegué a las ocho. Él, se llama Adrián, me invitó a comer. Yo me acerqué a preguntarle por algo que había dicho, charlamos un rato y me dijo que su avión salía por la tarde. Iba a comer solo, me pidió que le acompañara.
—¿Cuándo dices que fue?
—En noviembre, Edmundo. Han pasado tres meses. Pero él ha vuelto a Oviedo una vez por motivos de trabajo, y otras dos veces por mí. En Navidad nos vimos en Madrid. Quiero intentarlo.
—¿Y...?
—Él está aquí, quiero decir en Oviedo. Mañana hay un avión a las diez de la mañana.
—¿Es un profesor?
—Es profesor y también diputado.
—Muy bien, muy bien.
—¿Muy bien qué?

—Hablaba para mí. Bueno, tendremos que ir a casa para que hagas tus maletas.

—¿No vas a decir nada?

Y el silencio se derramó por la mesa y cada segundo era una gota que se escurría y chocaba contra el suelo.

—Gracias —dijo por fin Edmundo.

Cristina le miró con una mezcla de compasión y asombro. Parecía emocionada.

Edmundo luchaba contra su confusión: había jugado a dejar a un lado su plataforma y había estado a punto de perderla para siempre. Levantó los ojos hacia Cristina, dijo:

—Gracias no por los meses vividos, sino por lo que empieza para mí a partir de ahora.

Cristina, que había acercado su mano a la de Edmundo, la retiró.

Varios días después de que Cristina se fuera, Edmundo encontró un sobre para pagar el alquiler de marzo. Le pareció menos grotesco aceptar el dinero que hacerse el ofendido y llamarla o enviar el dinero por giro postal. En cierto modo era justo; Cristina había roto el pacto por propia voluntad antes de que terminara no sólo el contrato imaginario entre ambos sino también el contrato de alquiler. Y fue el día que encontró el sobre cuando Edmundo decidió que dejaría la casa. Se iría a vivir a Gijón y buscaría trabajo allí. Previamente, en las tres primeras noches de insomnio que siguieron a la marcha de Cristina, Edmundo había resuelto abandonar las oposiciones. Once meses perdidos, podrían decirle, pero él sabría que se equivocaban. Once meses había necesitado para librarse de un juramento, del consuelo de pensar que si el hombre no podía ser artífice de su propio destino, tal vez pudiera serlo de su propio corazón.

Ahora ya no volvería a andarse con medias tintas. Se le había muerto el azar, y él era el viudo: ya nunca más caería en la tentación de dejarse llevar y cada día, de ahora en adelante, lo gastaría en construir su plataforma, su itinerario. Y jugaría tan fuerte como quisiera pues Cristina se había llevado con ella el por si acaso. Por si acaso existía una vida normal, por si acaso le habían sido asignados una casa con un árbol a la puerta, un criado y a la vez la legitimidad y el dinero para pagarlo, un trabajo que le retribuyera, que exactamente le retribuyera y compensara por la vida vendida; por si acaso en algún sitio le esperaba el aturdimiento, la fe con que asomarse al día y repetirse que los dioses existían, que la igualdad de oportunidades era real y la tierra, redonda y azul.

Para empezar nadie diría de él que había perdido once meses estudiando oposiciones. No iba a darles tiempo. Proyectó hacer un último viaje a Madrid de despedida. Se proponía ver a su madre y llamar a Fernando pero justo cuando Fernando no estuviera para dejarle sólo un mensaje. Quizá viese también a Fabiola y a su padre, y a todos les diría que le había surgido un buen contacto, que había conocido al director gerente de una cadena regional norteamericana y éste le había invitado a trabajar con él en un programa combinado con una universidad. Incluso les daría a entender que gracias a los temas estudiados pudo responder con su conversación a los intereses del americano. Les diría, además, que mientras estaba en el pueblo había empezado a darle vueltas a la posibilidad de trabajar un día en televisión, que se le habían ocurrido algunas ideas curiosas acerca del medio y que el americano las había encontrado frescas, originales. En casa de Fernando sólo dejaría un recado para que él le devolviese la llamada y fuera Fabiola quien le explicara la historia sin tener que responder a preguntas concretas cómo cuál era el nombre de la universidad. Fabiola podría no acordarse, podría remitirle al día en que Edmundo les enviara sus señas como había quedado en hacer cuando estuviese instalado.

Edmundo pasó treinta y seis horas en Madrid. No quería encontrarse con nadie. Empaquetó su fichero, sus notas, compró un montón de libros, deambuló una mañana por la Escuela de Periodismo haciendo extrañas preguntas y todavía tuvo tiempo de averiguar dónde vivía un tal Adrián Arcos, el único Adrián en la lista completa de diputados del PSOE. No sin satisfacción advirtió que a su madre parecía gustarle más la idea de Estados Unidos que el pueblo pesquero con oposiciones. Y a las nueve de la noche Fabiola y su madre le acompañaron a coger un taxi al aeropuerto, aunque al entrar Edmundo dijo al taxista que le llevara a la estación de tren. Había dejado el coche de segunda mano aparcado junto a la estación de Gijón. Llegó a las ocho de la mañana, guardó sus maletas en el coche y se fue a un bar a desayunar.

En Madrid había cancelado la cuenta del banco retirando las ciento ochenta mil pesetas que le quedaban. Con eso más el sobre del alquiler de Cristina tenía para vivir algún tiempo si encontraba un piso modesto. Se compró el periódico y estuvo mirando alquileres baratos. Mientras recorría la ciudad de un anuncio a otro, pasó delante de una academia de mecanografía. El curso intensivo había empezado hacía tres días pero aún podía incorporarse si no le convenía esperar al siguiente. Edmundo pagó la matrícula. Encontró un piso barato y habitable a eso de las tres. En la academia había dado un nombre falso: Adrián, por el diputado de Cristina, Gómez todavía por su padre pero también por lo indefinido, y Guereña por Gabriel García Guereña, el subdirector del laboratorio a quien le dieran la patada y cuya honestidad para con él venía a menudo a su memoria.

Al firmar el contrato de alquiler le pidieron su carnet de identidad. Edmundo se limitó a contar que en su casa le habían llamado Adrián desde pequeño por un tío suyo que se murió, y firmó el contrato como Adrián Gómez. Llevó sus bártulos, hizo la cama, y se fue a la peluquería más cercana para que le cortasen el pelo con maquinilla, casi como si fuera un quinto. Se dijo que también tendría que cambiar su forma de vestir. No era probable que nadie conocido fuera a coincidir con él en Gijón pero, si ocurría, sin duda la gabardina de Norwich o sus dos chaquetas buenas actuarían como llamada de aviso por encima incluso de su pelo o su nariz. Edmundo fue a una tienda de ropa barata. Se compró una pelliza azul plomo con forro naranja, unos pantalones vaqueros hechos en España de color uniforme, unas chirucas marrón vino con cordones negros. Y cuando llegó a la academia comprobó con agrado que no se acordaban de él.

El curso duraba tres semanas. Cómo poner las manos sobre el teclado, cómo memorizar la posición de las teclas, y luego un dictado progresivo por auriculares: ele, a, ce, i, ge, u diéresis, e, eñe, a... Hora y media de no pensar absolutamente en nada y por fin alcanzar doscientas ochenta pulsaciones por minuto. En la academia había un tablón con anuncios de gente que se ofrecía a copiar tesis y otros documentos a máquina. Edmundo colgó uno suyo: Adrián Gómez Guereña, doscientas cuarenta pulsaciones, eficiente, se ofrece para mecanografiar tesis, tesinas y otros documentos de larga extensión.

Un día llamó a su madre desde una cabina, imaginó para ella una atmósfera hogareña junto con otros compañeros extranjeros que compartían la casa con él. Luego se puso su padre:
—¿Cómo te va, hijo?
—Bastante bien, papá.
—Puedo mandarte dinero.
—No hace falta. Tengo un trabajo bien pagado, gracias.
—Tu madre me dice que nos des las señas.
—Ahora estoy en el piso de unos amigos, pero voy a mudarme. En un par de semanas os llegará una carta. Tengo que colgar –dijo.

A finales de marzo Edmundo ya había planeado cómo sería su próximo año. Nadie le necesitaba. No le necesitaban en el laboratorio, lo había comprobado en carne propia pero también a través de la experiencia de Gabriel García Guereña. No necesitaban a Edmundo o a Gabriel sino a uno como Edmundo, como Gabriel, a lo mejor algo más joven, más entregado, algo más cualquier cosa. Tampoco Cristina había necesitado a Edmundo Gómez Risco sino a uno como él, con patrimonio y con autoridad política. Ni siquiera su madre podía permitirse el lujo de necesitarle a él, a Edmundo, sino a un hijo que la resarciera en vida del engaño, del fracaso, de la estupidez.

No le necesitaban y ahora Edmundo iba a diseñar a un tipo como el que necesitaban. No sería auténtico y, sin embargo, quién creía en la autenticidad, quién creía en el suelo firme, quién en el consuelo de la tierra que no se hunde. A Edmundo ya le habían entregado la primera tesis para pasar a máquina. Con una dedicación como la suya, sin amistades ni familia ni televisión, podría hacer el trabajo a una velocidad muy superior a la media. Supuso con acierto que eso repercutiría en el volumen de encargos. Podría por tanto vivir de su trabajo y, al carecer de gastos extraordinarios de cualquier tipo, invertir el excedente en construir su formación imaginaria. Se pagaría a sí mismo una especie de viaje de estudios de cinco días a Londres. Allí compraría libros y visitaría la famosa London School of Economics para hacerse con bibliografía y tratar de establecer algún contacto que le mantuviera al corriente de las últimas publicaciones. En algún lugar encontraría un censo de universidades norteamericanas, elegiría una y daría con el modo de que le remitieran desde allí las cartas enviadas por sus padres. Y no fingiría que le habían dado la beca Fullbright ni nada parecido sino que llevaría su impostura más lejos: construiría una mentira donde nadie pudiera penetrar. Diría que había formado parte de un curso experimental de cierta universidad no muy conocida, un curso utilizado como centro de pruebas de una gran cadena y cuyo funcionamiento exigía discreción. Aunque Edmundo estaba seguro de que ni siquiera iba a tener que dar esas explicaciones: le bastaría con imaginarlo él, con dedicar unos días a ver dentro de su cabeza las aulas, los temarios, el lugar.

Pasó el mes de abril escribiendo a máquina. Era como apretar tuercas en una cadena de montaje y sin la tensión, suponía, de una cadena real. Después de leer tantos temas para memorizarlos, y tantos libros para organizar su propio pensamiento, ahora leía sin preocuparse por el significado, una letra detrás de otra, y sentía que la cabeza descansaba. En los ratos libres trazó el programa de un año. La hermana mayor de Fernando Maldonado había estado dos en Stanford y le había contado cómo funcionaban los cursos: poca gente, un alto nivel de participación, frecuentes trabajos en grupo y numerosos trabajos individuales, *papers* de unas diez páginas que había que escribir todas las semanas. Él lo haría todo. Se acordó con aspereza de Cristina: si vieras lo que voy a inventar, y seré fiel, yo sí que seré fiel.

Inventaría los temas de los *papers* y los escribiría uno a uno, inventaría el perfil de sus compañeros y algunas intervenciones y la procedencia de cada profesor. Y aún haría más, inventaría un plan de estudios innovador, una mezcla avanzada de economía, psicología, marketing, literatura y sociología. El plan de estudios idóneo para los nuevos altos cargos de las empresas de comunicación. Aprendería a crear programas televisivos y a presupuestarlos, estudiaría a los teóricos más progresistas y a los más conservadores, estaría al tanto de la evolución de la tecnología pero sin descuidar por ello la supuesta formación humanista que según le contara la hermana de Fernando había irrumpido en las escuelas de negocios. Le costaría más familiarizarse con las máquinas, con los equipos informáticos que empezaban a entrar en los periódicos, con la industria audiovisual. Pero tendría que encontrar el modo de hacerlo y, como le sobraba tiempo, Edmundo pensó que lo encontraría.

El veintinueve de abril llegó a un Londres soleado. Había pasado tres horas medio escondido en el aeropuerto de Madrid, con su nuevo peinado y un vulgar gorro de lana y una barba incipiente. No se encontró a nadie. En Londres, además de los libros y además de suscribirse a tres revistas con su dirección de Gijón y el nombre de Adrián, compró dos gorras, dos sombreros y alguna ropa osada, chalecos con dibujos, un abrigo largo, zapatos militares y también un par de zapatos elegante y una elegante americana para ir a la escuela de economía.

Desde que Cristina se fue, Edmundo ponía todos los días un curso grabado de inglés de bajo nivel que sólo usaba para perfeccionar su pronunciación. Pidió una cita con el director de la biblioteca, le dijeron que debía esperar dos días, Edmundo lo aceptó con una sonrisa y se fue. Regresó el día fijado con una discreta carpeta negra que contenía un informe muy breve, escrito en inglés, sobre su plan de estudios inventado. Se presentó como un becario de una Universidad de Madrid y dijo que estaba haciendo la tesis sobre formación especializada de economistas de medios de comunicación de masas. Había falsificado dos cartas de recomendación de sendos catedráticos.

Por el aspecto del director de la biblioteca vio que podía establecer cierta complicidad política e improvisó una historia de lucha de lo nuevo frente a lo viejo. Él, Adrián Gómez, quería imaginar su propio país lleno de cuadros jóvenes, inteligentes, nuevos, pero en la universidad el peso del estamento franquista era todavía muy fuerte y por eso había querido hacer su gestión personalmente pues desconfiaba de la maquinaria institucional. Lo único que pedía era el nombre de un interlocutor con criterio, alguien con quien mantener correspondencia acerca de las últimas adquisiciones relacionadas con las materias que figuraban en su informe, sobre los lugares en donde adquirirlas y, en algún caso, considerar la posibilidad de que ellos mismos le enviaran una copia.

El director se brindó a ser él ese interlocutor, aunque fijó la condición de que la correspondencia fuera bimensual pues, de lo contrario, no podría atenderla. Edmundo le explicó que vivía en Asturias, que se había retirado allí con la beca para realizar su trabajo con total dedicación, le dio sus señas, le invitó a su casa si alguna vez el director quería visitar esa región de España y se estrecharon las manos con fuerte cordialidad.

Dedicó la última mañana a consultar un directorio de universidades norteamericanas en la embajada de los Estados Unidos en Londres. Y mientras lo hacía recordó que la *maître* del hotel florentino a quien conociera en Norwich salía con un chico que estaba haciendo un doctorado en relaciones internacionales en una universidad de Massachusetts. Buscó en su agenda la dirección de la joven italiana y su teléfono. Salió de la embajada para llamarla desde una cabina. Después de presentarse y recordar viejos tiempos le contó que quería pedirle un favor en nombre de un amigo suyo. Le preguntó si su novio seguía en Massachusetts. Ella contestó que sí pero que no estaba en ninguna universidad famosa y Edmundo dijo que no importaba, que no era un favor académico. Luego se inventó una historia de amor para ella: su amigo se había enamorado de una chica mayor que él que trabajaba en una zapatería y la familia se había opuesto. Con el propósito de alejarle le habían enviado a estudiar a Estados Unidos, pero su amigo había cogido el dinero del billete y se había marchado con la dependienta a una ciudad del norte de España. Ahora necesitaba ganar tiempo y dar unas señas a sus padres para que le escribieran.

–¿Quieres que mi novio recoja las cartas y se las mande a tu amigo? –preguntó la italiana.

–Exactamente, y que envíe desde allí las cartas de mi amigo a su familia.

La *maître* se mostró encantada de hacer el favor, apuntó las señas de Adrián Gómez, el amante de la dependienta, y le dio las de su novio, en la Universidad de Clark, en Worchester.

Edmundo volvió a la embajada y esta vez pidió directamente información sobre la Universidad de Clark. Le dijeron que era una universidad pequeña, que su reputación provenía de la carrera de Geografía. A Edmundo no le preocupó. Se conformaba con que tuviera un edificio destinado al periodismo donde algún excelente profesor hubiera podido llegar a un acuerdo con una cadena de televisión para montar un curso experimental. Llamó luego a su casa desde una central pública para que una voz inglesa estableciera primero la comunicación. Le dijo a su madre que él iba a tener que viajar bastante y que un amigo iba a recogerle el correo. Le dio las señas del italiano y le dijo que pusiera entre paréntesis para Gómez. «Si hay algo urgente pon "urgente" en el sobre, él me localizará.»

Aquella tarde cogió un avión a Madrid y se fue del aeropuerto a la estación de tren. Llegó a Gijón a las ocho y media de la mañana, se duchó, cambió la extravagante ropa inglesa por su indumentaria de mecanógrafo y se fue a la academia a ver si tenía más trabajo. Lo tenía.

Edmundo pasó diez meses mecanografiando por las noches y estudiando durante la mañana y parte de la tarde. Hacía la compra para dos semanas, no tenía televisión, muy de tarde en tarde ponía la radio. De vez en cuando salía para entregar un mecanoscrito y aprovechaba para llamar por teléfono o enviar cartas. El novio de la *maître* florentina terminó su doctorado, pero tuvo la amabilidad de buscarle un sustituto. Edmundo comunicó a su madre el cambio sin que ni ella ni Fabiola sospecharan nada.

Casi desde el principio el director de la biblioteca de la Universidad de Londres contestó a sus cartas con una frecuencia mayor que la pactada. En septiembre le envió una carta para informarle de que en octubre estaría ausente, pero además en ella quedaba patente una voluntad de acercamiento que antes sólo se adivinaba. En efecto, en las cartas anteriores había ido ampliando sus opiniones sobre libros con comentarios cada vez más personales. Edmundo respondía lleno de entusiasmo, pues aquel hombre era la única persona con quien podía compartir sus conocimientos. Sin embargo, intentaba a la vez mantener la distancia para no comprometerse, para que el Adrián ficticio no le creara deudas que un día Edmundo no pudiera pagar. Así que fingió no haber recibido aquella última carta semejante en todo a una declaración y le escribió en septiembre una normal. El director contestó apenado por la pérdida de la carta y proponiéndole un nuevo encuentro pues, en enero, él debía ir a España.

Como quien corta el suministro de luz por temor a un cortocircuito o a un incendio, Edmundo tuvo que renunciar a su único interlocutor y también a su mejor fuente de información. Él no había querido inventar con Adrián una nueva identidad sino sólo negar la relevancia de la suya y, por tanto, también la relevancia de Adrián Gómez. Dejó de contestar las cartas del director de la biblioteca. Aún le llegaron dos más en las que seguía habiendo referencias de libros pero donde los mensajes personales eran más apremiantes. En la última decía que un viaje de trabajo le obligaba a visitar Madrid en enero y que pensaba desplazarse a Gijón por si se hubiera dado el caso de que todas las cartas se hubiesen perdido.

Fue entonces cuando Edmundo decidió matar a Adrián. Escribió una carta con la letra algo desfigurada diciendo que había ingresado en un hospital con un pronóstico irreversible. Se despedía de George para siempre, le agradecía tanta ayuda y le aseguraba que esa ayuda no sería inútil, que antes de morir encontraría el modo de trasladar su proyecto a otra persona. Una carta no era un acto, se dijo Edmundo. Una serie de cartas no era más que un principio falto de nudo y desenlace. Y Edmundo fue a la vez cortés y cauteloso y dulce en aquella carta. Sabía que, más allá de la transmisión de información, la relación que había establecido con George estaba sobre todo en la mente de George y trató de dibujar en la carta un poema o un dios diminuto que pudiera disolverse, un terrón de azúcar que al cabo de unos meses no fuera más que un melancólico relato y después el olvido.

No hubo respuesta pero, por prudencia, Edmundo cambió de casa y, por interés, cambió de ciudad. Buscó un apartamento en Oviedo algo menos vulgar que el piso que ocupaba. Se registró como Jorge Gómez, se afeitó la barba, guardó sus ropas más feas y llamó a la academia para decir que quitaran el anuncio. También llamó a la Universidad de Clark para hablar con su contacto y pedir que remitieran las cartas a una nueva dirección y a nombre de su primo, dijo. Después él mismo, algo mejor vestido, fue a distintas facultades, habló con un profesor aquí, un administrativo allí y les entregó una cuartilla fotocopiada con un nuevo anuncio. En vez de un mecanógrafo anónimo ofrecía a Jorge Gómez, un individuo cultivado que por razones circunstanciales debía hacer ese trabajo: garantizaba en ciertas materias un nivel de comprensión superior al de la mayoría de los mecanógrafos y por tanto mayor rapidez y menor cantidad de dudas y de erratas. Mientras paseaba por los pasillos, oyendo hablar a los estudiantes, Edmundo se preguntó si su encierro no estaría prolongándose demasiado y, aunque sabía que debía resistir hasta el verano para terminar su formación, se dijo que iba a costarle hacerlo solo, completamente solo.

Había redactado el anuncio con la esperanza de que al menos le llegaran manuscritos interesantes. El descanso de la mente que experimentaba al principio copiando los textos hacía tiempo que le había abandonado. Muy pronto se le hizo imposible no prestar atención a lo que copiaba. En cada nuevo encargo buscaba algún conocimiento útil o siquiera curioso, pero rara vez lo encontraba. Por eso cuando en marzo le llegó un futuro libro que debía tener terminado para Semana Santa, Edmundo no pudo dejar de celebrar el interés de casi todas sus páginas y aún fue más lejos: quiso jugar, dar una mínima señal de vida en medio de su aislamiento.

Aquello no era una tesis más; era un libro sobre un tema cercano a su curso imaginario. Psicología social aplicada al consumo, con una parte dedicada a los medios de comunicación y al análisis de contenidos. Y a Edmundo le ilusionó la idea de dejarse ver. Sería sólo un momento, sólo el perfil bajo la luz de una ventana que alguien enciende y enseguida apaga de nuevo. Trabajó como nunca. Mantenía sus clases inventadas, sus *papers*, sus lecturas, repasaba cada página mecanografiada, y aún tuvo tiempo de consultar sus archivos para, una vez leído el texto en cuestión, pensar sobre las dos partes que más le concernían y encontrar alguna idea nueva, alguna crítica acertada, alguna referencia bibliográfica reciente y poco previsible.

Ningún aspaviento. Sólo el perfil bajo la luz un instante. Fue brillante y fugaz, con la elegancia de quien finge que no le importa perder toda su fortuna o llegar tarde. Sabía que cualquier gesto ostentoso entrañaba peligro. Le bastaba con dejar intrigado al autor de ese texto. Y le convenía que el autor no llegara a pensar que había sido Edmundo quien había buscado el contacto. Así que no puso las ideas al margen como si fueran ideas, sino que al hilo de una errata, o de una grafía confusa en el manuscrito, él sugería una perífrasis que de algún modo mejoraba el texto o, en el caso contrario, una perífrasis que ponía de manifiesto el error al soslayarlo. Sólo mencionó una referencia bibliográfica, las demás prefirió reservarlas para una posible conversación.

En Semana Santa, cuatro días después de que Edmundo entregara el mecanoscrito a una mujer mayor y recibiera el dinero a cambio, llegó a su casa una carta del profesor Jacinto Mena dirigida a don Jorge Gómez. Se presentaba, lamentaba no haber tratado con él personalmente. Vivía en Madrid, había encargado a su hermana que se ocupara de su manuscrito y ahora, al leer la copia con alguna anotación, estaba interesado en conocerle, pero tenía previsto regresar enseguida a Madrid así que le rogaba que se pusiera en contacto con él y le dejaba su dirección y su teléfono.

Edmundo supo que esta vez debía darse a conocer y no como Adrián Gómez ni como Jorge Gómez sino como Edmundo Gómez Risco. Sacó del armario un atuendo mezcla de prendas distinguidas y prendas extravagantes que le diera un aire cosmopolita. Se afeitó, se lavó el pelo, se peinó de un modo diferente y se puso su nueva indumentaria. Después bajó a una cabina y marcó el número de la carta:
—¿Jacinto Mena, por favor?
—Soy yo.
—He recibido su nota. Verá, en realidad es mi primo Jorge quien la ha recibido. Yo ahora vivo en Estados Unidos, y había venido a pasar dos semanas en España. Mi primo me pidió que le ayudase a mecanografiar las dos últimas partes. Él iba muy apurado de tiempo y sabía que a mí esos temas me interesan. Ya le ayudé en otra ocasión. Copiar textos a máquina puede ser un descanso. No me extiendo. Mi primo me entregó su nota. Ambos supusimos que era conmigo con quien quería hablar.
—Usted es entonces el autor de las observaciones, claro. Sí, me gustaría conocerle. Podría venir esta tarde a mi casa. Le invito a un café, a las cuatro y media, si le parece.
Edmundo dudó. Temía encontrarse con la mujer con quien había estado tratando. Pero ella no se había fijado en él cuando le consideraba un mero operario y si bien ahora, con el prejuicio de que era alguien llamativo para su hermano, tal vez le observara con atención, lo haría sin buscar parecidos.

—De acuerdo —dijo mirándose los pantalones de cheviot y los zapatos londinenses.

Edmundo tocó el timbre a las cinco menos veinticinco. Llevaba la cabeza descubierta, su sonrisa era apenas una declaración de amistad.

Fue el propio Jacinto Mena quien abrió la puerta. La mujer tampoco estaba dentro y Edmundo pensó que eso le favorecía. Si ella llegaba y le veía con una taza en la mano, sentado en un sillón, el cambio de contexto sería aún mayor y su identificación más difícil. También debía pensar en la voz, pero no recordaba haber intercambiado más de tres palabras de trámite con la mujer.

Jacinto Mena le condujo a un cuarto lleno de libros.

—Era el despacho de mi padre. La mayoría son textos legales, pero hay algunas obras curiosas —dijo en respuesta a la mirada de Edmundo.

—Sí, debe de haber joyas aquí —dijo Edmundo.

Aún no se habían mirado de frente. Lo hicieron en ese momento y Jacinto le pareció un tipo agradable. Llevaba un jersey demasiado grande y un corte de pelo infantil, aunque le calculó algo más de cuarenta años. Andaba un poco encorvado, como esos altos que se avergüenzan de serlo, y ni siquiera era muy alto sino de una estatura media, más o menos como Edmundo. Un hombre que parecía tener algo en su cabeza, una especie de historia, como si en su pensamiento estuviera el volumen de las cosas, no la parte frontal de una lavadora, pensó absurdamente Edmundo, sino el tambor, la caja esférica que gira.

El despacho comunicaba con un pequeño salón. Jacinto lo señaló y ambos pasaron. En una mesita de mármol había una cafetera de puchero, dos tazas y un azucarero.

—Mi hermana lo ha dejado preparado antes de irse hace sólo unos minutos. Espero que no esté frío.

Jacinto se sentó en un pequeño sofá de madera tallada y tapicería color crema. A Edmundo le correspondió una butaca a juego.

—Como quizá hayas leído en el manuscrito, soy profesor de psicología social en la Universidad Complutense de Madrid.

Edmundo asintió y quiso corresponder a la presentación:

—Yo me licencié en periodismo en Navarra. Ahora estoy haciendo un curso experimental en una pequeña universidad norteamericana. Una especie de doctorado en marketing, centrado sólo en medios de comunicación.

—Edmundo, ¿podemos tutearnos?

—Sí, por supuesto.

—Te seré franco, tus comentarios me han parecido espléndidos.

—Gracias. Eran sólo dos o tres observaciones. En el curso donde estoy, estudiamos distintos enfoques sobre los temas de la última parte del libro.

—Sí, yo suponía que se trataría de algo así. Pero no te he llamado por eso. Cualquiera puede estar a la última en bibliografía.

Cualquiera no, pensó Edmundo dolido, pero aguardó en silencio a que Jacinto le sirviera el café y continuara hablando.

—Lo que me ha interesado es tu estructura, cómo tienes estructurado el pensamiento. A eso le llamarían otros inteligencia.

Edmundo miró a la cara de aquel hombre y le sostuvo los ojos sin disimulo aunque sin forzar la situación. Cinco segundos de desafío, una mirada de interrogatorio. Jacinto Mena se mostró tranquilo. Tal vez no le estaba tratando de un modo paternalista.

—El lunes vuelvo a Estados Unidos —dijo Edmundo, pese a todo con frialdad.

Jacinto Mena no pareció advertir la frialdad, como si no hubiera oído el aspecto sino sólo el volumen de las palabras: lunes, volver, Estados Unidos.

—¿Cuánto tiempo?
—Al menos hasta julio.
—¿Estás contento allí?
—Estoy aprendiendo.
—¿Tienes idea de quedarte a trabajar allí?
Edmundo decidió arriesgarse un poco.
—No. Quiero trabajar en Madrid. Quiero ocuparme de mi madre y de mi hermana.
—Entonces ven a verme cuando vuelvas. Yo no estoy metido en el mundo de la comunicación, pero además de las clases trabajo en una empresa de investigación de mercado. Nos interesaría hablar contigo. —Jacinto le dio una tarjeta.
—¿Sólo por cuatro líneas, por cuatro comentarios en un par de capítulos?
—Yo me dedico a esto. Veo los datos y decido si son significativos. No es sólo por cuatro comentarios, es también, precisamente, porque son sólo cuatro. Eran como una frase en morse. Tú querías llamar mi atención y lo hiciste muy bien.
Edmundo notó que se ruborizaba. Para mantener baja la cabeza, se sirvió más café y más azúcar.
Jacinto dijo:
—Perdona, acabo de darme cuenta de que no he encendido el horno. Mi hermana me pidió que lo encendiera a las cinco, creo que quiere hacer algo de repostería cuando vuelva.
Jacinto se levantó con prisa y su rodilla golpeó contra la mesa, las tazas se movieron sobre los platos. Edmundo vio que eran las cinco y veinte, el momento perfecto para irse. Sin embargo, quería dejar la conversación en otro punto. Se bebió solo el café que se había servido. Se levantó.
—¿Te vas ya? —dijo Jacinto al entrar y verle de pie.
—Sí. No me gusta sentirme descubierto. —Lo dijo muy serio, con la seguridad que le daba estar refiriéndose a bastantes más cosas de las que Jacinto podía imaginar. Después sonrió—. Creo que iré a verte cuando vuelva. Muchas gracias.
—A ti por venir.

Hasta julio, ¿por qué había dicho eso?, pensaba Edmundo en el umbral de la casa de Jacinto Mena. Atravesó los cuatro metros de jardín y echo a andar a buen paso. Aunque no había nadie que pudiera reconocerle, su identidad recobrada, su nueva vestimenta y el hallarse fuera del diámetro de su casa le hacían sentirse desprotegido. Su padre, Fernando Maldonado, Cristina y Adrián Arcos, cualquiera podría haber ido a Oviedo por mil razones imposibles de prever. Anduvo deprisa aunque no demasiado para no llamar la atención. Se calmó en cuanto vio de lejos la esquina de su calle, el escaparate de la vieja ferretería. Era posible que algún conocido estuviera en Oviedo, pero sería muy improbable que debiera pasar por esa calle no céntrica y algo suburbial. Y aún más extraño sería que entrara en el bloque de cuatro pisos adonde se había mudado.

Edmundo vivía en un apartamento con una sola ventana a la calle. Subió las escaleras y ya se iba quitando la chaqueta sobria, y se desabrochaba el moderno chaleco estampado. Guardó la chaqueta dentro de su funda, metió el chaleco en un cajón debajo de dos jerséis lisos. Su camisa, de un gris muy leve y un tejido que se movía como las ramas de un árbol, la puso en un barreño para lavarla a mano. Él se vistió con un jersey azul marino y un pantalón vaquero.

Al verle ahora, al ver a Edmundo allí en su piso de una sola ventana exterior, me he acordado de mi momento de gloria. Debió de durar tres años. Calculo que el último coincidió con la travesía de soledad de Edmundo encerrado en Gijón y en Oviedo. Es posible que aquel día, cuatro o cinco horas después de que él se desabrochara su camisa buena y buscase el pantalón vaquero, yo estuviera, como suele decirse, arreglándome. Es posible que su mano que extrae el botón del ojal pudiera superponerse en fecha exacta aunque no en exacto segundo a mi mano que deposita una joya discreta sobre la piel y se une luego a la otra mano para abrochar la cadena en la nuca.

Durante mi momento de gloria yo solía ser invitada a las fiestas de todo el sector, televisión, cine, radio. Con frecuencia llamaban jefes de prensa o secretarias para recordarme el día y la hora y preguntar si asistiría. Yo no era tan famosa, no era nunca la estrella pero sí uno de esos nombres que añaden calidad y ponen nombres propios a la concurrencia: acudieron tal y cual, vi a no sé quién, mira, ésa es Irene Arce, la directora de la serie documental sobre la guerra civil española. Estamos hablando de 1981. Lo recalco porque a veces se producen encrucijadas en la vida de un país o en la vida de una parte de Radiotelevisión Española y da la impresión de que los rumbos no están trazados. Y es que supongo que los momentos de gloria no son ajenos a las tendencias históricas. Habrá, sin embargo, quien piense que si mi momento no se prolongó, si no pasé de ser alguien que ha hecho cosas interesantes a ocupar uno de esos cargos altos que asisten a los consejos de administración, o a ser esa celebridad con quien es imposible dejar de contar en un festival o en la nómina de gente que ha hecho que se hable de nuestro país fuera de sus fronteras, habrá quien piense, decía, que yo si no di el salto fue por motivos personales, porque mi edad era un poco superior a la de la media de la generación triunfante, porque mi carácter tenía ángulos no redondeados sino cortantes; porque, en el fondo, me faltaba ambición. Sí, algunos creen que lo general no incide en lo particular y viceversa. Allá ellos, pero también allá nosotros pues terminarán por hacernos la vida imposible. En todo caso no pretendo rehuir mi parte de responsabilidad. Digo tan sólo que en la primavera de 1981 mi momento de gloria empezó a declinar y digo que no fue debido a un único hecho. Sería demasiado fácil pensar que sólo por haber ofendido a alguien o por haber querido hacer una cosa declinó mi momento.

Yo fui la primera en advertir el fin del resplandor. Lo

supe incluso antes que aquellos enemigos deseosos de que sucediera. Mi opinión seguía, por así decir, valiendo dinero. No sugiero que nadie fuese a pagar dinero por un juicio mío; sin embargo, mi visto bueno sobre un proyecto podía ser decisivo a la hora de que éste se convirtiera en un programa; y mi recelo ante las dotes de un aspirante a cierto puesto de trabajo podía mermar sus posibilidades de resultar elegido. En fin, se me respetaba de forma real y no con las simbólicas declaraciones que suelen ser indicio de lo contrario: Esta persona es muy respetada, se dice, es seria en lo que hace, no se vende, no utiliza a los demás como peldaños. Y lo que no se dice: A esta persona no la tememos, luego no necesitamos incorporarla a nuestros planes: es así que por ser muy respetada no la respetamos. Pues bien, todavía mi situación no había devenido en esta que acabo de describir. Tan sólo mi momento empezaba a declinar pero yo era la única que se daba cuenta.

Había, por ejemplo, palabras que los demás usaban y que nunca entrarían en mi vocabulario, diré acaso el verbo «motivar», yo no iba a motivarme ni a motivar a nadie a mis cuarenta y cinco años como tampoco ahora, a mis cincuenta y seis, voy a preocuparme de ser un «elemento valioso para el grupo» en donde grupo quiere decir agregación de empresas. Hay también palabras que los demás han olvidado, y ya no ven en ellas una ocasión para el desacuerdo ni tampoco la señal de cierta posición política; ven algo obsoleto, gastado, cuyo significado desconocen porque no les importa, digamos proletariado, digamos revolución, en su lugar ellos dicen tolerancia, dicen solidaridad. Yo renuncié a las viejas palabras sin asumir las nuevas, renuncié porque es distinto declinar que suicidarse.

Había otros síntomas, por ejemplo películas, libros o movimientos, que en muchos despertaban un entusiasmo místico y que a mí me dejaban fría. No sigo, el mecanismo se repite: la normalidad ha empezado a dar vueltas y hemos quedado fuera del círculo. Pero es posible que eso que gira, gire sólo sobre su eje, gire consumiéndose, mientras que fuera del círculo algo se esté moviendo en línea recta. Los que giran no están del todo seguros de lo que pasa fuera, no pueden estarlo. Por el momento los de fuera somos menos, aunque quién puede asegurar que no hemos escogido el modo de desplazamiento más adecuado. A lo mejor la nuestra no es una posición residual, un resto que se extingue, y sí es en cambio lava que emerge del volcán y se lleva consigo sedimentos, grupos empresariales, momentos de gloria. Quién puede asegurar que el próximo periodo geológico no se cimentará sobre nuestras muy pocas verdades emergentes.

El hecho es que yo iba a las fiestas en 1981. Veo a Edmundo ahora con su cambio de ropa y recuerdo cómo me vestía. Aunque tenía cuarenta y cinco años, mi cuerpo maduro no era triste; recuerdo que la elegancia del vestido resucitaba el eco de quien fue joven como un muchacho, como un príncipe valiente. Se diría que yo disfrutaba por tener todavía mi momento, mi pequeño poder, mi vestido de actriz y los árboles inclinándose en torno a la terraza de algún chalet. Y ahora diré que es cierto: disfrutaba. También quienes hemos ido saliendo fuera del círculo fumamos en silencio cuando cae la noche.

Pero Edmundo aquella tarde era ante todo un caballo de carreras. No podía pararse. Corría para llegar a Madrid con armas suficientes. Tenía pendientes libros y asignaturas. Debía ingeniárselas para conseguir pasar unas semanas en una emisora de televisión y familiarizarse con ciertas máquinas. El miedo a ser descubierto aumentaba mes a mes y la oferta de Jacinto Mena, su única oferta, el único orificio de luz en el cuarto donde Edmundo se había encerrado, hacía que su encierro pareciera más duro y gratuito.

Fue a buscar un calendario. Por lo menos cien días pasarían hasta que terminara su cuenta atrás. Estaba a punto de venirse abajo y quiso evitarlo con la redacción del plan de los diez siguientes. Donde Jacinto Mena habría imaginado un viaje en avión y siete horas de cielo y un autobús o un amigo yéndole a buscar en coche y mañanas con aulas y parques como bosques, Edmundo veía una casa oscura, una máquina de escribir, libros, visitas al estanco para comprar sellos y sobres.

Se había suscrito a la edición internacional del *New York Herald Tribune;* en cambio, sólo leía prensa española cada tres o cuatro días. Aquella tarde, no obstante, añoraba entretenerse con alguna noticia local, siquiera con la crónica de la actuación de un cantante o de la inauguración de una fuente por un político. Pero no bajó de nuevo a la calle en busca de un periódico, de una revista. Permaneció en casa, se impuso ese pequeño ejercicio de disciplina y así volvió a su cerco de mentira y tenacidad.

CORO

Hemos visto que tenías, Edmundo, una pequeña mancha de vino en el jersey y te la hemos señalado. Tú ya te ibas. Has hecho el gesto de quitarle importancia, la mano ha apartado un poco de aire dos veces. Ya te ibas. Y nos preguntamos si acaso era inventada tu cita de trabajo, si tú no ibas a donde nos habías dicho.

¿Y si mentiste? Si mentiste ¿cuál fue la soledad mayor? ¿La tuya por el miedo a que te descubrieran? ¿La tuya por no poder entregarte, descansar, mirar sin la mirada vigilante, dormir sin la amargura de saber que no es ésa la almohada que dijiste, el cuarto que dijiste, la vida que dijiste? ¿La tuya o, di, la nuestra? Porque nos había dado ternura ver tu mano y cualquier cosa, cómo te sacudiste el barro de los zapatos en el felpudo al entrar, tosiste cuando ibas a llevarte la taza a los labios y la dejaste con prisa en la mesa, te preocupaba verter el café. Nosotros y nosotras pudimos ser Jacinto Mena, o Fa-

biola, o el enamorado de Londres, y quién se preocupa de nuestra soledad cuando se nos ocurre que aquel que se había muerto, aquel cuyo recuerdo nos sobresaltaba en un parque y después nos hacía compañía, aquél no se había muerto pues ni siquiera nos dio su verdadero nombre. Pudimos ser Fabiola y quién se preocupa de nuestra soledad cuando se nos ocurre que aquel a quien enviamos nuestras cartas no está ni estuvo nunca en la dirección que reza el sobre como si el hermano se escondiera de la hermana. Fuimos Jacinto Mena y quién, quién se preocupa de nuestra soledad cuando se nos ocurre que aquel a quien ofrecimos un puesto en nuestra empresa vino desde la mentira, vino para mentirnos, ya nos había mentido incluso antes de conocernos.*

Yo soy el coro. He visto los faros de los coches reflejarse en el cristal de grandes edificios, y el cielo cuando pasa del rojo al negro. He visto a veces una lámpara o un cuerpo que se asoma en la ventana de un octavo piso. Yo soy el coro y me pregunto si debo ser quien disculpa la mentira de Edmundo y la comprende. ¿Es cierto que Edmundo no elige la mentira? Tal vez sea cierto que a Edmundo la mentira le ha tocado, como toca el rencor. Por eso, vestido con un jersey azul marino y un pantalón vaquero, en un tercer piso de la ciudad de Oviedo, Edmundo se levanta, contempla la calle en donde vive ahora sin que nadie, nadie, lo sepa, y maldice la ilusión de libertad.

Aguantó hasta finales de mayo. Pero ya antes había enviado una carta a Belfast solicitando la oportunidad de pasar un mes en una especie de emisora local para familiarizarse con el día a día de la televisión. Fabricó el currículum que ellos querrían leer. Redujo el curso norteamericano de tres semestres a uno solo. Cambió su año y medio de trabajo en el laboratorio por dos años en una emisora de radio en Gijón. Prefirió decir que había estudiado periodismo en la

Complutense y no en un centro privado. Se inventó el diseño de un programa de radio que dijo haber puesto en antena junto con otras dos personas, y añadió varias pinceladas más a fin de crear la imagen de un periodista vocacional que se hallaba en la fase más alta de entusiasmo hacia la profesión. Había enviado la carta un lunes y recibió la respuesta el lunes siguiente. Aunque no hablaban de sueldo, mencionaban una gratificación final y la posibilidad de facilitarle alojamiento.

A Blas le irritan estas cosas. Dice que no aguanta a la gente que siempre da en el clavo. Blas detesta a los que entran en una fiesta como si entraran en un yate, pero con Edmundo se equivoca. Edmundo no es de los que siempre caen simpáticos. Su única astucia en el caso de la emisora de Belfast no fue tal, no fue astucia sino el pequeño valor de quien rehúsa ver primero lo que las cosas dicen que son y en cambio ve lo que son. Un currículum es una historia. Alguien compone una narración que debe interesar, eso vio Edmundo. Pero al fin no era un frívolo sino que se imponía la obligación de estar a la altura. Él impugnaba sólo el requisito de que fuese oficial el relato que debía encandilar al hombre irlandés de la emisora. Más allá de eso, si Edmundo no tenía el Proficiency sí debía tener un nivel de inglés suficiente como para haber aprobado el examen que le diera el título, y si no tuvo nunca lo que pasa por ser la auténtica vocación del periodista que desea empezar pateando las calles y poco a poco abrirse camino y aprender a investigar, si no la tuvo haría como que la tenía.

El treinta de mayo se presentó en la emisora a la una del mediodía con una pequeña maleta y una bolsa azul marino. El periodista que había respondido a su carta no estaba. Le recibió un hombre mayor quien le explicó la cuestión del alojamiento: una habitación en un edificio regentado por una orden católica, con cocina y sala de estar comunes.

—Ve a dejar tus cosas, come algo y vuelve a las tres.

Fueron días de humildad. Edmundo llevó sobres y los trajo, acompañó a periodistas para quedarse luego dentro del coche y que ellos no tuvieran que aparcar, ayudó a buscar datos en documentación, aceptó, como si se tratara de un gran favor, la oportunidad de colaborar en la redacción del guión de una entrevista, cosa que le aburría, y luego volvió a aceptar con el mismo agradecimiento que le permitieran ir en una unidad móvil, cosa que sí le interesaba. Procuraba aprovechar cualquier rato libre para meterse en una sala en donde se podían ver varios canales a la vez y así los comparaba y veía la realización de algunos programas americanos importados de los que sólo había tenido noticia por sus lecturas.

Más que una emisora aquello era un punto de apoyo para la emisora central. Tenían poco personal y pocas máquinas. Pero no había mal ambiente y como a Edmundo todo parecía gustarle, muchos se sentían halagados mostrándole lo que hacían. Además, Edmundo no tuvo inconveniente en representar el papel de español tercermundista, refirió quince o veinte veces la historia del grotesco golpe de Estado del teniente coronel Tejero, habló del retraso de la televisión española con respecto a los demás países europeos, fue el pariente pobre a quien daba un cierto placer ayudar.

Del trabajo en común había ido surgiendo la camaradería. No con aquellos a quienes preguntaba cosas, sino con los que compartía tareas, correr para llegar a tiempo a una noticia, correr para editarla a tiempo y enviarla a tiempo sin haber comido, sin haber cenado. Los días en que todo salía bien se iba después a un pub con ellos y el beber y el reír les aproximaba. Pero Edmundo se esforzó por volver cada noche a la habitación con un estado de ánimo de último día, quería ser recordado sólo como una presencia amable que pasó por allí.

El 28 de junio le llamaron para darle la gratificación y le preguntaron si pensaba quedarse sólo hasta el final de julio, como había dicho al principio, o si quería prolongar su estancia al mes de agosto. Él respondió que le gustaría pero que no podía hacerlo. No dio ninguna explicación.

Diez días más tarde, sobresaltado, encontró en una carta la explicación. Su padre estaba enfermo. Los médicos habían empezado a hacerle pruebas y no descartaban que se tratara de un cáncer. Su madre lo escribía con más delicadeza, en una carta larga y pausada en donde le contaba: «Tu padre está viviendo con nosotros, está más delgado, parece que ha invertido en Bolsa y tenemos algún dinero para enviarte si lo quieres.» Después su madre le hablaba de Fabiola, de la casa, del tío Juan, y otra vez volvía a su padre: «Me pregunta mucho por ti, quizá puedas escribirle una carta sólo a él, aunque sobre todo sería bueno que nos llamaras.» Había luego una frase muy triste: «Vas a encontrarle muy cambiado. Imagínate, dice que cuando consiga más dinero le gustaría comprar una casa en el pueblo de su padre, y un poco de tierra, para irnos él y yo.» A continuación, como siempre, le preguntaba por sus cosas, por las clases, el trabajo, sus planes para el verano y el futuro y añadía: «Es probable que sea un tumor benigno, tu padre no se encuentra mal, sólo está más delgado.» Edmundo se preguntó si su madre se habría dado cuenta de que había repetido que su padre estaba más delgado dos veces y quiso saber cuánto más delgado. Leyó la despedida de su madre ya con miedo: «Un fuerte abrazo y hasta muy pronto», cuándo era muy pronto.

Su madre ni siquiera se había atrevido a enviarle una carta urgente y Edmundo vio no sin horror que la carta estaba fechada el doce de junio. Habría tardado, calculó, una semana en llegar a Estados Unidos, un par de días en ser remitida a su dirección de Oviedo y de nuevo otra semana.

Debieron de pasar tres días hasta que la vecina de arriba, una señora con quien Edmundo se había puesto de acuerdo antes de irse, miró su buzón, metió la carta en los sobres con sello que Edmundo le dejó preparados y la envió. Ahora Edmundo se sentía tan idiota leyendo la petición de ayuda de su madre tres semanas después que ella la escribiera. Se preguntaba si habría habido más cartas y quería creer que todo iba bien pues, de lo contrario, su madre habría enviado un telegrama y el mensajero de Estados Unidos no habría dudado en abrirlo y remitirlo con urgencia y la vecina de arriba le habría telefoneado al encontrar el resguardo en el buzón. Edmundo el clandestino, el de las múltiples direcciones y los múltiples nombres ahora sólo tenía en el pecho un crujido de culpa cada vez que pisaba sus pensamientos. Llamó a Madrid media hora después de haber leído la carta. Fue su hermana quien cogió el teléfono:

—¿Sí?

—Fabiola, soy yo. ¿Cómo está papá? Salí de viaje, pensaba que serían cinco días pero el reportaje se alargó. Tenía que haberos avisado, lo siento. Acabo de llegar y he encontrado la carta.

—Le operaron hace dos semanas. Parece que todo ha salido bien, aunque él está muy hecho polvo.

En la voz de su hermana había cansancio, un cansancio neutro, sin calificativos, mucho más acusador que cualquier asomo de enfado, reproche o burla. Él aún no había acertado a contestar nada cuando Fabiola preguntó:

—¿Con quién quieres hablar primero? ¿Te paso a mamá?

—¿Qué tal lo lleva?

—Más o menos.

—¿Y tú?

—Hemos estado buscándote. Te mandamos un telegrama pero nos lo devolvieron.

—Seguramente mi compañero de piso hizo algún viaje esos días. Todavía no he hablado con él.

—Te paso a mamá.
La voz de su madre le intimidó:
—Edmundo, ¿vas a venir?
—Sí, ya le he dicho a Fabiola que acabo de llegar y me he encontrado tu carta. Intentaré salir mañana, en cuanto arregle las cosas aquí.
—Eso es. Tu padre está durmiendo. ¿Puedes volver a llamar dentro de media hora?
—Sí, claro.
—Bien. Llámame para decirme cuándo llegas. Un abrazo.
—Un beso —dijo Edmundo mientras su madre colgaba el teléfono. Después se quedó quieto. Le sorprendía la sequedad de su madre y se le ocurrió que tal vez durante el episodio del telegrama había llegado a hablar con el contacto que le enviaba las cartas; éste podía haber metido la pata sin querer y haber dicho algo que hubiera permitido a su madre descubrir si no el engaño completo al menos sí que había un engaño. No podía ser, su madre no hablaba inglés, y si Fabiola también estuviera enterada, Edmundo lo habría notado. Una adolescente golpeó en el cristal de la cabina. Edmundo salió; ahora pensaba que quizá Fabiola se había limitado a transmitirle a su madre alguna información equívoca y que sería su madre quien habría ido atando cabos en soledad, sin contar sus sospechas a nadie.

Abrió la puerta enrejada de la residencia, subió hasta su habitación: quedaba una posibilidad. A lo mejor, se dijo con alivio, la sequedad de su madre no obedecía a nada relacionado con el telegrama sino que estaba motivada por la situación en Madrid; a lo mejor no era cierto que su padre fuera a recuperarse y no se lo habían dicho a él ni tampoco a Fabiola todavía; a lo mejor la sequedad de su madre delataba el peso del secreto, quince días de secreto y dar por fin con quien podía liberarla y sin embargo tener que esperar día y medio más hasta ver a Edmundo cara a cara. Todo encajaba ahora, el primer «¿Vas a venir?» de su madre, el

aparente desinterés por lo que hubiera podido pasarle a él.
Edmundo se tumbó bocabajo en la cama, más tranquilo. Pasaba los dedos por la colcha de ganchillo industrial como quien acaricia a una mujer vestida y toca el relieve de una trabilla, de un bolsillo. Los adornos de la colcha debían de estar dejándole un leve marca en la mejilla, se dijo, y él acababa de vender la vida de su padre por un poco de tranquilidad. Vender el alma al diablo, qué fácil era. Sin embargo en el instante las cosas no tienen valor. Firmar en un instante pactos eternos, vender la primogenitura, desear la muerte a otros, no resulta siquiera dramático. El peso de la acción recae tan sólo en quien tiene el poder de hacer cumplir el pacto, recae en el enano saltarín que aguardará tres años para llevarse al hijo que ofreciera la joven a cambio de un deseo. Tantas veces vendieron hombres y mujeres su alma a Mefistófeles y Mefistófeles no apareció. Sólo cuando lo hizo existió un Fausto, sólo entonces. Edmundo se dio la vuelta, puso las manos en la nuca y no quiso dramatizar. Había preferido que su padre se fuera a morir antes que ser descubierto, pero lo había preferido un instante y no iba a juzgarse ahora y a condenarse por un instante, tenía otras cosas que hacer: mirar la hora, calcular cuándo debía regresar a la cabina, tratar de imaginarse a su padre y pensar qué le diría. En cuanto a los pactos con el diablo o con Dios, los peligrosos eran los otros: los pactos que se firmaban y luego se renovaban cada semana, cada hora, porque al faltar la intención de traicionarlos se renovaban; el pacto de entregar la fuerza de la vida, el pacto de perderla. Contra ese pacto él iba a rebelarse.
Eran las siete y veinte. Disponía de diez minutos antes de volver a la cabina. Su padre estaría en la cama. ¿Qué aspecto tendría? Se lo representó con un pijama granate que se ponía a veces cuando él era pequeño. No era probable que siguiera usando ese pijama. Además, a los enfermos se les solían poner pijamas claros. Y fue al decirse la palabra enfermo

cuando Edmundo vio a su padre, algo pálido y a la vez con la sombra de la barba al final del día. Sintió vergüenza al imaginarle recostado sobre dos o más almohadas y cogido al teléfono. A Edmundo le avergonzaba la debilidad dondequiera que la viese, aunque no siempre había sido así. Su abuela, la madre de su padre, andaba a pasos muy cortos y tenía voz de pajarillo. Parecía la niña con muletas de los cuentos aunque antes había sido una mujer fuerte. Pero tuvo una enfermedad y «perdió mucho», decía su padre. Edmundo sólo podía recordarla con su voz de pájaro y los pasos de quien siente que se le está olvidando andar. Sin embargo siempre la respetó, ni siquiera ahora le turbaba el recuerdo de alguien tan débil.

Edmundo había empezado a avergonzarse de la debilidad después que hundieron a su padre, porque había visto todo cuanto arrastra un espíritu al hundirse, había visto el daño que hacen los vencidos. No podía condenar a su padre exigiéndole una fuerza sobrehumana. Aún más, estaba seguro de que él mismo y muchos mejores que él también se habrían hundido en esa situación. Sin embargo, la ausencia de condena moral, la comprensión, no libraba a nadie de las consecuencias, así tampoco la mala suerte de encontrar un adoquín hundido en la acera y tropezar libraba de la risa de los otros. Por eso había que existir fuera del campo de la debilidad. Para no necesitar nunca fortaleza ni templanza ni resignación.

Edmundo no podía despreciar a su padre por los efectos del fracaso, no podía hacerlo pues conocía las causas, y las causas le hacían comprender. Sin embargo sí podía odiar los efectos y los odiaba. Sabía que en la vida los efectos tenían su propio tiempo y él odiaba ese tiempo. No aspiraba a ser más valiente ni a resistir más que su padre. No aspiraba a responder a las mismas causas con distintos efectos. Pretendía, en cambio, quedar fuera del alcance de las causas, a él no le engañarían, a él no le explotarían, él no pagaría por nadie. Con respecto a la enfermedad, eso era bien distinto. No había planes que permitieran quedar al margen de la enfermedad. Y aunque sentía vergüenza y también pudor de hablar desde un teléfono público en un Estados Unidos falso con su padre tendido en la cama, Edmundo trató de ver las mangas del pijama, sus manos, y se dio cuenta de que le echaría de menos si se fuera.

Bajó a la calle, entró en la cabina, trató de imaginarse la ternura.

—¿Edmundo? —Era la voz de su madre.
—Sí, soy yo.
—Ahora se pone tu padre.
—Hola, chico.
—Hola. Se perdió la carta
—Sí, ya me lo han contado. No importa.
—¿Qué tal te encuentras?
—No muy mal. Creo que vas a venir unos días, ¿no?
—Llegaré pasado mañana.
—Pero haz las cosas con calma. Yo tengo cuerda para rato. No quiero crearte trastornos.
—No me crea ningún trastorno. Te lo prometo. —Edmundo cerró los ojos dentro de la cabina. Eso era la ternura: decir te lo prometo con una convicción que su padre debía forzosamente de haber notado. Qué diría su padre si supiera que la convicción, aun siendo cierta, también nacía del engaño, de no estar en América sino en Irlanda, de no tener que dejar ningún trabajo ni curso para verle.
—Me piden que cuelgue. No quieren que me canse.
—Tienen razón. Nos veremos muy pronto.
—Adiós, hijo. Que tengas buen viaje.
—Hasta el miércoles.

Edmundo se despidió de la gente de la emisora. Mintió de nuevo, sin necesidad, aunque suponía que ya siempre iba a necesitar cubrirse. Dijo que habían atropellado a su hermano y que aún estaba en peligro, todos comprendieron.

Llegó a Oviedo a las nueve de la noche. Desmontó su casa, empaquetó los libros en dos grandes maletas compradas en Irlanda junto con algunos regalos para todos. Al día siguiente revendió el coche de segunda mano. Luego rescindió su contrato de alquiler y con él su pequeña base de operaciones. Volvía a Madrid, terminaba su vida ficticia pero en realidad no había hecho sino empezar.

Su tren llegó a las ocho de la mañana. Desde la estación llamó a su madre:

—Estoy en el aeropuerto. Cojo un taxi y voy para ahí.

4

A los tres días de la llegada de Edmundo murió Julio Gómez Aguilar. Edmundo apenas había tenido tiempo de compartir la rutina de la vida con un enfermo cuando, la segunda tarde, mientras Fabiola cogía la bandeja de la comida y él ahuecaba las almohadas, los dolores se intensificaron. Su madre hablaba por teléfono con el hermano mayor de su padre. Fabiola corrió a buscarla mientras Edmundo se quedaba de pie junto a la cama, viendo cómo las dos manos de su padre se aferraban a su brazo hasta que al minuto se soltaron y su padre quedó medio desvanecido. Su madre estaba detrás de él y Fabiola en el umbral del cuarto.

—Llama al médico —le dijo su madre—. El teléfono está apuntado en una hoja debajo del cenicero. Di que eres mi hijo.

Salió con Fabiola de la habitación.

El médico se mostró extrañado y prometió acercarse en el plazo de una hora. Le dio el nombre de un calmante inyectable:

—Tu madre debe de tener alguno en casa, se los di el día de la operación.

Edmundo volvió al cuarto. Fabiola le seguía y le apretó la mano desde atrás. Cuando entraron vieron el miedo en los ojos de su padre. No miraba a nadie. Edmundo dijo:

—El médico va a venir antes de una hora. —Le tendió a su madre un papel—: Ha dicho que le des este calmante.
Al poco su padre pareció volver en sí:
—Carmen —dijo—, di a los chicos que salgan un rato. Quiero dormir.
Su madre les miró y ellos salieron. Por el pasillo oyeron decir a su padre:
—Coge la carpeta azul que hay en el primer cajón de mi armario. Debes saber algunas cosas.
Edmundo vio que Fabiola se adelantaba. Ella dijo:
—Vamos a mi cuarto.

El cuarto de Fabiola estaba al otro lado del pasillo, justo enfrente del suyo. Edmundo todavía no había vuelto a entrar allí. Lo recordaba desordenado, con fundas de discos por el suelo y muñecos en las estanterías. Ahora vio los discos colocados, las estanterías sólo con libros y en la pared un póster de una exposición de pintura: un cuadro de Mark Rothko, recto, liso. Debajo había un corcho con fotos de amigas sobre fondos azules de cielo o de mar. Había también una fotografía de un chico que sería su novio y una de Edmundo a los diecisiete años, la Navidad en que fue con su madre a Suiza. Pese a todo el cuarto seguía produciendo cierta impresión de desorden, sólo por la presencia de un jersey en el respaldo de una silla, dos libros encima de la cama, un par de zapatillas en el suelo y un vaso sobre unos folios. No era desorden, se dijo, era la falta de espacio que adoptaba forma de desorden. Fabiola quitó el jersey de la silla, se la ofreció. Ella puso la almohada contra la pared y se sentó en la cama.
—¿Va a morirse? —preguntó.
—Sí, pero le habían dado al menos seis meses más. El médico dice que esos dolores podrían significar que todo se adelante.

—¿Por qué tú no disimulas conmigo?
—Mamá iba a decírtelo. No es que disimulara; cuando estabais las dos solas prefirió no decírtelo para sentirse más útil, le daba fuerzas pensar que tú no lo sabías. Te lo iba a decir hoy o mañana. No contaba con esto.
Fabiola miró hacia un lado.
—Yo casi no he estado con él. No he vivido con papá. Había empezado a hacerlo ahora. Sólo voy a recordar médicos, el hospital, verle comer en la cama.
—¿No te acuerdas de cuando éramos pequeños, de la otra casa?
—Muy poco. Me acuerdo de una vez que yo jugaba a hacer judo con papá y los dos nos tirábamos al suelo. Me acuerdo de que el salón era muy grande. Del día de Reyes, de que poníamos el nacimiento en una mesa que se abría pegada a la pared. Creo que de nada más. —Ahora miró a Edmundo— ¿No ves que yo siempre estaba fuera? —Bajó los ojos y dijo—: ¿Cuánto tiempo dicen que puede quedarle?
—No lo sé. A mamá le habían contado que esos dolores espasmódicos, tan fuertes, serían justo al final.
—¿Tú sí te acuerdas de la otra casa?
—Sí, sí me acuerdo —contestó Edmundo, pero no siguió hablando. Estaba preocupado, y nervioso, y seguramente asustado. Su hermana había terminado el cuarto año de facultad y aunque en ese momento necesitara la protección de un hermano mayor, ya no era aquella niña, tal vez incluso también quisiera quedarse sola, o llamar a su novio. Y si no era así, al menos entendería que él lo necesitaba. Podía pedirle eso a Fabiola, pensó—. Creo que voy a irme un rato a mi cuarto. ¿No te importa?
—No, no... Bueno, sí, pero no. Venga, vete.
Edmundo apretó entre sus dos manos la mano de su hermana. Empujó la puerta que estaba enfrente y su cuarto entero se le cayó encima. Se sentó no obstante en la única silla, los codos apoyados en la mesa de estudio, las manos en

los oídos y en el pelo. «Debes saber algunas cosas», le había dicho su padre a su madre después de pedirle la carpeta. Estaría refiriéndose a seguros, al dinero en el banco, a Hacienda y asuntos así. Edmundo se preguntaba si no debía también él, el hijo de Julio Gómez Aguilar, saber algunas cosas del pasado, los actos, los motivos, y si ya no sería tarde para preguntar. Un silencio de doce años había usado su padre para decirlo todo. No le había envenenado con detalles y nombres de personas. Se había eclipsado en vida, renunciando al posible y pertinaz «mira lo que me hicieron». Había pasado a ser una presencia sin sonido en el extremo de la pantalla: ni odio ni reconciliación, ni perdón ni venganza, como si rehusara dar a Edmundo una herencia de enemigos o una herencia de favores pendientes. Y ahora el hijo recibía del padre una historia robada, sin sonido, sólo eso, extraordinariamente eso.

Llamaron al timbre. Edmundo fue corriendo a abrir y acompañó al médico hasta el cuarto. Se cruzó con Fabiola, quien bajaba a tomar un café. Salgo media hora, dijo ella. Él esperó detrás de la puerta. Oía la voz de su madre y la del médico. De su padre, oía la respiración. Salió el médico seguido de su madre. Edmundo entró sin saber por qué lo hacía, porque Fabiola estaba tomando café, por no dejarle solo, por miedo. ¿Acaso podía un hijo darle a un padre su bendición?
Julio Gómez Aguilar le miraba sin verle.
—Tengo planes, ¿sabes, papá? Planes para el futuro.
—Vaya, me alegro.
—Estos años te he echado de menos.
—Tú tampoco has escrito mucho.
—Me refiero a todos estos años. Estos doce años.
—Once, once años y nueve meses. Parece que no queda mucho más.

Edmundo le cogió la mano. No había podido oír con claridad las palabras del médico pero a juzgar por el tono de su padre ya no hacía falta fingir. Notó que la respiración del enfermo se regularizaba, debían de haberle dado un calmante.

—¿Quieres que baje un poco la persiana? —preguntó.
—No, no. Oye, me gusta esa camisa que llevas. —Su padre hizo un amago de sonrisa—. Bueno, así que tienes planes.

La mano de su padre había permanecido agarrada con fuerza a la suya desde que él la cogiera. Pero la presión se iba aflojando y aunque Edmundo pensaba que sería bueno para su padre dormir un poco, intentó retenerle aún. Decidió preguntarle cosas:

—Papá, ¿te acuerdas de un tipo que conociste en Barcelona, Gabriel García Guereña?

Su padre le miró con gratitud.

—Sí, me caía bien. Creo que nos caíamos bien. Hicimos una apuesta y él la perdió. Los dos queríamos que nos trasladaran a Madrid en nuestras empresas. Yo dije que yo sería el primero en conseguirlo, él que no. Y gané yo.

—¿Le seguiste viendo?

—No. Aunque me cayera bien, era un poco hormiguita, ya sabes, como tu abuelo. Iba guardando, guardando, haciendo las cosas despacio. No era mal tipo, pero no nos hubiéramos entendido más allá de unas copas. Me llamó una vez por teléfono.

—¿Hace poco?

—Hace bastante. No quise verle, no estaba de humor. Parecía que le iba bastante bien. Lento pero seguro. Debe de ser un gran jefe ahora.

—Creo que no.

—¿Le conoces?

—Coincidí con él una vez, hace tiempo.

Su padre había cerrado los ojos y respiraba sin brusquedad. Edmundo salió del cuarto. Después todo fue triste y demasiado corto, y demasiado largo. Según el médico, el desenlace ocurriría en esa semana o en la siguiente. El dolor iría aumentando progresivamente, los calmantes lo mitigarían sólo en parte aunque tal vez al final el propio organismo se debilitara hasta perder también la conciencia del dolor. Esa noche su madre no durmió. Los dolores habían aumentado de tal modo que todos pensaron que había llegado el final. Si el médico se había equivocado en cuestión de meses, por qué no iba a hacerlo en días. Sin embargo, al día siguiente su padre amaneció sereno, con la serenidad que le daba la ausencia del dolor hasta que el dolor comenzó de nuevo. Edmundo llamó a un practicante de urgencia. Hubo más calmantes. Le pareció que su madre y su padre intercambiaban una mirada de inteligencia. Luego su padre volvió a dormirse. A veces le oían gemir pero dormido, suavemente. Así pasó la segunda noche.

A las siete, cuando Edmundo entró en el cuarto después de dormir un par de horas y darse una ducha, su padre ya había muerto.

Su madre estaba sentada con la espalda muy recta. Edmundo puso una silla a su lado y acarició la cara de su madre apenas unos segundos. Después permaneció a su lado, sin hacer alarde de la pérdida. La esposa perdía al esposo, el hijo perdía al padre y ambos estaban allí, en el albor del día como niños extraviados en un gran almacén. El afecto que aquel hombre pudiera haberles inspirado les sobrevendría más tarde, estando solos, al abrir una puerta o cortar un solomillo. Ahora empezaban a notar que aquel que fuera el guía sin haberlo buscado, ya nunca, ya desde parte alguna, indicaría si el camino iba derecho, el norte de los mapas, la línea que separa la vergüenza del éxito, la raya que, al cruzarse, nos lleva del fracaso al honor.

Los muertos, los fantasmas no sujetan nuestro brazo ni lo llevan a la espada, tan sólo en la explanada en donde hacemos la guardia una voz imaginaria a veces nos incita, pero incitar es poco. La mañana anterior, Edmundo se quedó un rato solo con su padre; primero le había preguntado si quería agua; su padre dijo que no, quiso saber a qué hora iba a llegar el médico; a las diez, había contestado Edmundo; su padre dijo que tenía sueño y ésa había sido su última conversación. Las promesas que pudieron haberse hecho dejaron para siempre de existir. Y Edmundo, perdido frente a ese rostro muerto, comprendía que ya no iba a vengarse nunca de los enemigos de su padre y que eso significaba que tampoco se vengaría de los agravios cometidos contra él mismo. Mas no sería la suya una venganza sin destinatario fijo, como esos perturbados que matan a dieciséis personas al azar. La venganza de Edmundo contemplaría las uñas pintadas de su madre, uñas color de labio, y el recuerdo de sus pendientes, dos perlas incrustadas en plata, dos banderas estériles a las siete de la mañana. Contemplaría también a los que entienden de duros y a los que, sin entender, aceptan como algo natural que unos cuerpos sean como minas, y cada día durante años se extrae el mineral, y queda luego la mina ya explotada que deja de existir. Su venganza contemplaría la inútil libertad de someterse, la única que conocía.

Esa misma mañana, mientras su madre recibía a familiares apenados junto a otros que sin pudor le sonreían como diciendo de buena te has librado, Edmundo fue a ver a Jacinto Mena. En una habitación estaba el cadáver de su padre, en otra Fabiola llenaba una bandeja con tazas de café. Prometió volver a las dos para que también ella pudiera escaparse. Besó a su madre en la frente, supuso que ella entendía por qué se marchaba, y mientras esperaba el ascensor la oyó mentir sin miedo, segura de sí misma:

–Va a arreglar los papeles del cementerio.

En la calle estaba el mes de julio. Edmundo casi se había olvidado del verano desde que volviera, como si el calor insano de su casa fuera exclusivamente fruto de la enfermedad.

Se quitó la chaqueta, dejó de ser un joven cuyo padre acababa de morir. Cuando le viera, Jacinto Mena no encontraría ni un resto de la orfandad que cuando cogía aire le abatía; si aún era perspicaz, quizá Jacinto Mena se diera cuenta de que Edmundo parecía más mayor.

La empresa de Jacinto Mena se llamaba Décima. Estaba en la calle Juan Álvarez de Mendizábal, muy cerca de la plaza de España. Edmundo llegó en taxi y entró en el ascensor después de saludar al portero con naturalidad. Una secretaria le condujo a la sala de espera. Jacinto Mena llegó al momento. Atravesaron un pasillo largo lleno de puertas. Pasaron después junto a una sala donde al menos doce secretarias mecanografiaban los informes de los técnicos. A continuación había cuatro puertas entornadas. Jacinto empujó una. Entraron en un despacho en ele con dos mesas.

–El tuyo es un caso especial –dijo Jacinto Mena detrás de la primera mesa–. El noventa por ciento de los técnicos que contrata Décima los traigo yo, y los saco de mis clases. He estado con ellos un curso entero, conozco su formación, y puedo tener una idea aproximada de por dónde van.

Edmundo arrimó la silla a la mesa.

–Entiendo –dijo, pero pensaba hasta qué punto su caso sería en verdad especial, no por ser él licenciado en periodismo sino por llevar quince años ejercitando su astucia para dar la impresión de que iba por donde no iba.

–En tu caso la competencia puedo suponerla. Pero he visto tu currículum y necesito algunos datos extra sobre tu formación. ¿Qué sabes de técnicas de investigación de mercados, en especial de la investigación cualitativa? ¿Tienes conocimientos de estadística, aunque sean rudimentarios?

Edmundo sabía lo que era la investigación cualitativa, y si bien no la había estudiado a fondo, había hecho varios ejercicios prácticos imaginarios.

–Tengo nociones elementales de ambas cosas –dijo.

–¿Has estudiado dinámica de grupos?

De nuevo dijo su verdad:

—Tuve una asignatura de organización formal e informal. Casi medio curso estaba dedicado a la dinámica de grupos.

—¿Estás dispuesto a viajar a Barcelona, Bilbao, Valencia, una o dos veces al mes?

—Sí —dijo Edmundo—. Sin problemas.

—Bien. Ahora te hablaré de lo que ofrecemos. En cuanto al sueldo, empezarías ganando unas doscientas treinta mil y, si todo va bien, creo que llegarías a las trescientas a partir del próximo año.

Era más del doble del sueldo que dejara en el laboratorio. Edmundo miró a los ojos a Jacinto Mena indicando que le parecía bien. Hubiera sido fatuo, pensó, dar a entender que estaba acostumbrado a esa cantidad pero, con su máster imaginario a las espaldas, tampoco podía mostrarse muy agradecido.

—¿Cuándo podrías incorporarte?

—Mañana.

—De acuerdo. Te conviene llevarte informes a casa y leerlos esta semana. Así adelantaríamos bastante. Yo te dejaré estar en alguno de mis grupos de discusión. Voy a ponerte a prueba: serás mi ayudante, harás los estudios conmigo. Cuando empieces a tener los tuyos, veré las grabaciones y te diré qué me parecen.

Edmundo pensaba que además de leer los informes tendría que buscar libros recientes sobre investigación cualitativa, y asistir al entierro de su padre, y estar con Fabiola y con su madre. Serían días de no dormir.

—Gracias —dijo Edmundo—. Quedaba algo —añadió—. Por dónde voy.

Jacinto le miró como si no estuviera seguro de querer preguntarle nada. Luego dijo:

—¿Tienes sentimientos de culpa? Quiero decir: ¿te parece o podría llegar a parecerte mal trabajar para ayudar a imponer un producto que es igual o peor que otro, para manipular las necesidades de la gente, la percepción social de realidad?

—Creo que no —contestó.
—Habría otras preguntas pero voy a dejarlas. Contratarte, en definitiva, es un riesgo que yo corro. Pediré que me traigan dos informes para que te los lleves.

Mientras Jacinto llamaba a la secretaria, Edmundo cruzó las manos por detrás del respaldo de la silla. Las últimas palabras de Jacinto le turbaban. En ningún momento él se había planteado la posibilidad de establecer con Jacinto Mena una relación que fuera más allá de lo circunstancial. No quería que nadie se arriesgara por él, no se lo había pedido. Tendría que pensar qué suponía eso para su plan. Pero antes debía volver a su casa, dar la noticia de su trabajo y relevar a su hermana.

—¿A qué hora vengo mañana? —preguntó en cuanto se fue la secretaria.
—A las nueve.

Edmundo cogió un taxi y, cuando bajaba, vio entrar en su portal a Fernando Maldonado. Por lo menos no le había cogido por sorpresa. Esperó a que Fernando subiera, luego subió él y dejó los dos gruesos informes que le había dado Jacinto en un armario del hall. Adoptó una expresión grave.

—Fernando, gracias por haber venido.
—No digas tonterías. Me he enterado hoy a las doce. He venido derecho desde el banco, por eso estoy de uniforme. —Fernando hizo un ademán con la cabeza para señalar la corbata formal, sus pantalones azules, sus zapatos impecables.

Edmundo interpretó sus palabras como una disculpa velada por producir, acaso, la impresión de que consideraba esa visita un compromiso empresarial adquirido por su familia en vez del gesto de afecto hacia un amigo. Se encogió de hombros y le dijo:

—Ven a ver a mi madre.
Fernando hablaba con la madre de Edmundo y era su

gentileza una pluma por el aire, tan lenta en su caída, tan suave cuando roza las puntas de la piel. Edmundo sintió orgullo al ver a su madre fría y algo ausente. Trató a la perfección el pésame de Fernando, igual que antes había tratado las rudas felicitaciones mal disimuladas de algún pariente, pero ni tan sólo durante un brevísimo instante se dejó seducir: no se ablandó su cara y tampoco se endureció en exceso, como si Fernando no pudiera obligarla ni siquiera a la severidad.

Edmundo dejó a Fernando solo mientras iba a decir a Fabiola que ella ya podía irse. Volvió luego, le llevó junto a una de las ventanas.

—¿Cómo va todo por aquí?

—Animado —dijo Fernando—. Un partido político que se hunde, un golpe de Estado que hace reír, socialistas preparándose para el abordaje. ¿Y a ti cómo te va?

—Han sido dos años —Edmundo buscó la palabra con una pausa— formativos.

—Creo que Cristina y tú rompisteis.

—Rompimos —Edmundo sonrió—. Sí, rompimos filas, supongo. Y tú, ¿te vas a casar?

—No vayas tan deprisa —dijo Fernando riendo—. ¿Quién te ha contado que tenía novia?

—Habrá sido mi hermana. Aunque no sé quién se lo ha contado a ella. Está muy cambiada, ¿sabes? Se ha metido en no sé cuántas asociaciones y coordinadoras de apoyo a drogadictos y delincuentes, se reúne con ellos, ayudan a los abogados de oficio.

—Ya se le pasará.

—Seguramente.

—Oye, ahora no puedo quedarme, tengo una comida. ¿Por qué no vienes a verme mañana al banco? ¿A la una?

—Mañana es mi primer día de trabajo.

—No sabía nada. ¿Dónde? —preguntó Fernando, y en su voz se transparentaba una ligerísima ansiedad.

—En una empresa de investigación de mercados, Décima.
—Sí, creo que he oído hablar de ella.
—De todas formas te llamo mañana.
—Avisaré a mi secretaria.

Edmundo le acompañó a la entrada. Cuando el ascensor cerró sus puertas, él permaneció aún en el descansillo. Dentro y fuera la misma muerte, pensaba, así el sol era el mismo en el descansillo, de par en par abiertas las ventanas de la escalera, y en la casa, corridas las cortinas de todas las habitaciones. Hacía sol, había muerte, y no contra el sol ni contra la muerte se rebelaba Edmundo, no contra los raudales junto a la puerta abierta, contra esas franjas de luz en la barandilla de madera, en los peldaños blancos, en las paredes horadadas por rectángulos de aire dando al cielo. No contra el sol que desdeñaba los deseos de Edmundo, quien hubiese preferido la discreción de un día nublado y poco caluroso, no contra el sol que se imponía como la mala suerte, como la gripe y las edades o despertarse con frío en la oscuridad. No contra el punto de partida que unos llaman destino, contingencia, fortuna, necesidad, no contra el sol, no contra el siglo, no contra la minucia de las horas, la duración del viaje, el color de los taxis, la cuchara que cae a la basura sin querer, no contra el sol ni contra la minucia, ni contra haber nacido se rebelaba Edmundo sino contra los hombres.

Él puede, mientras pueda, hacerse cargo del sol y de morir, y de la mala suerte pero, en el descansillo, cierra las manos y promete que no será señor mas dejará de ser criado.

CORO

Por lo visto es posible. «Que no será señor mas dejará de ser criado.» ¿Cuántos antes de ti lo intentaron? Edmundo, respóndenos. Y callas todavía. Y nos preguntamos si callas porque no sabes qué decir o porque no te interesamos. Es así que tú no buscas asalariados y asalariadas reticentes: buscas, ay, a los que están hartos y hartas. Ellos harán, te figuras, otro juicio sobre tu trayectoria. Quizá tengas razón. ¿Pero no eres, dinos, no eres tú muy joven para estar harto?

Un padre prostituido, el agravio de la clase media, una madre despojada, una rescisión de contrato no amable, un desengaño con una muchacha y al punto hacías un acto peligroso, tu mentira, quince meses de mentira meditada: ¿no obraste con precipitación?, ¿no era un poco pronto para quemar tus naves con currículums falsos, con estancias ficticias y cartas inventadas? ¿O eso quisiste hacer?

¿Es que la cólera sólo así se sostiene? Como quien profiere un juramento y a la venganza se obliga o a la obstinación, tú siembras de explosivos el terreno avanzado para no volver atrás.

¿A qué vienes ahora? Estábamos tranquilas, tranquilos. Reticentes, con enojo quizá, pero tranquilos. Ahora estamos inquietas e inquietos. «Estábamos tranquilos y tú vienes a herirnos / reviviendo los más temibles sueños / tú vienes para hurgarnos las imaginaciones.» Oh, sí, ya te hemos oído antes, desconfías de la poesía. En cambio el coro acude a la poesía, remeda unos versos quitando aquí un adjetivo, cambiando un nombre allí para adaptar los versos a su estado de ánimo. Y bien, seguramente desconfías de la poesía porque no dice lo que somos sino lo que creemos que somos. ¿Mas qué hay en ello? ¿No es importante también saber lo que creemos? Documéntate. Tú, rara primavera que desordenas nuestra resignación, documéntate. Mira que a veces es más grato no sostener la cólera sino inclinar la frente, no quemarse las naves sino derramar lágrimas.

En Décima Edmundo se divertía. Después de haber pasado más de un año en una isla desierta, hacer estudios con un destinatario real y poder comentarlos con otras personas resultaba agradable. Su trabajo habitual consistía en establecer los motivos y los frenos del consumo de cualquier cosa. Motivos y frenos del consumo de acondicionadores de pelo, de automóviles deportivos, de leche desnatada.

Aunque en Décima había una sección encargada de hacer estudios cuantitativos, encuestas a un número elevado de sujetos sobre todo tipo de asuntos, Edmundo se dedicaba en exclusiva a los estudios cualitativos: grupos de discusión cuidadosamente elegidos y entrevistas a fondo para determinar actitudes y motivaciones con respecto al consumo de una bebida o de una propuesta electoral. Jacinto Mena dirigía esa sección. El periodo de prueba había sido un éxito y cuando el técnico que compartía despacho con Mena dejó la empresa, Edmundo fue llamado para ocupar su mesa.

Pronto empezó a ser visto por todos como una especie de paje de Mena que también sería su heredero. Edmundo aceptó el papel sin violentarse. Le gustaban los estudios cualitativos: asistir al proceso por el cual se iban deshojando las intenciones, los motivos, las ideas que los individuos tenían de ellos mismos para dejar espacio a que emergiera cuanto ellos habían pensado que debían esconder. Las encuestas estaban bien para preguntas del tipo: qué marcas de lavavajillas recuerda usted, pero cuando de una pregunta podía deducirse algo sobre el carácter o la imagen de la persona que contestaba, entonces las encuestas hacían agua, entonces los encuestados siempre querían quedar bien y si se les pedía que puntuaran de uno a cinco cuáles eran las cosas que habían ocupado durante más tiempo su pensamiento en el último mes, nunca nadie colocaba antes una obra doméstica que la educación de sus hijos. Ah, pero si se les dejaba hablar, si se les invitaba a explicar alguna frase hecha, si se les preguntaba «por qué» en el momento adecuado entonces esos adolescentes que habían empezado con enunciados del tipo «los coches contaminan la ciudad», terminaban diciendo que no soportaban ir detrás en el coche y que su padre o su madre siempre condujeran, que contaban los meses para poder dar el salto al asiento de delante, que no aguantaban más. A Edmundo le gustaba ver los titubeos de la gente, el «bueno sí pero», y el «claro que también a veces», y cómo en el tópico encontraban protección y allí se demoraban, y qué fácil era que se indignasen, y qué pronto se les pasaba la indignación.

Le habló de ello a Fabiola una tarde sin pensar demasiado lo que hacía, dejándose llevar por su estado de ánimo, por la sensación de que él se desplazaba pero el mundo estaba quieto. Sin embargo Fabiola no estaba quieta. A la militancia en una cordinadora de barrio había seguido el trabajo como pasante en un despacho de abogados laboralistas y penalistas. Sus visitas a la cárcel, su relación con las familias de los delincuentes la habían radicalizado y empezaba a mirar los trajes de Edmundo y a oír sus comentarios con desconfianza.

Edmundo no podía permitirse el lujo de comportarse como si no supiera que ninguna conversación era neutral sino que siempre el otro esperaba algo, temía algo, sobre todo si el otro era su hermana. Pero aquel día se lo permitió, había bajado la guardia y esa distracción le costó un compromiso que no hubiera querido adquirir.

Era un viernes a mediodía. Su madre se había ido a una especie de retiro con la parroquia. Como a ninguno de los dos les apetecía cocinar, fueron a una cafetería cercana en donde daban platos combinados. El local tenía un aire triste pues la luz del día nublado no lograba iluminar las mesas y todo lo envolvía la luz artificial. Edmundo le contó a Fabiola la historia del grupo de adolescentes, y también el ejemplo de la obra doméstica y la educación de los hijos.

—Así que os dedicáis a destapar la hipocresía de la gente. No debe ser un espectáculo muy edificante.

—¿Qué quieres decir con eso de espectáculo edificante?

Fabiola reaccionó con rabia:

—Oye, no vayas a analizarme a mí.

—No, Fabi. —A Edmundo le incomodaba usar el diminutivo con su hermana, pero sabía que a ella le gustaba y a veces se esforzaba por complacerla–. Verás, es que yo no creo que los espectáculos edifiquen. Ellos solos, quiero decir. Tienes que estar dentro, de alguna forma. Y yo estoy dentro de los grupos, dentro de las entrevistas. El espectáculo por el espectáculo me da igual. Incluso cuando veo los vídeos de otros estoy dentro, porque los veo con un fin muy concreto.

–Ves las debilidades de la gente –dijo ella, todavía con dureza.

–No, no. Es como esos muñecos del cuerpo humano. Había uno al que se le veían las venas, las arterias, el hígado, el corazón. ¿Te acuerdas?

–Sí, lo tenías en tu cuarto. Me impresionaba mucho.

–Bueno, pues es lo mismo. Cada vez que miras a la gente no ves sus venas y sus arterias. Pero si se hacen un corte sabes por qué sangran.

–¿Y para qué quieres saber tantas cosas? Además, ¿qué tiene de malo que a alguien le haga ilusión pensar que le preocupa más la educación de sus hijos que la obra del cuarto de baño?

Ahora fue Edmundo quien cambió de tono:

–Yo no juzgo a nadie, Fabiola. Son otros los que les juzgan, los que dan por hechas las cosas y deciden que aunque te hayas pasado un mes discutiendo con fontaneros lo normal sería que al hablar con tus amigos o al cerrar los ojos y pensar, hubieras tenido en mente antes que nada lo que estarán haciendo tus hijos en el colegio.

–Para ti lo normal es vivir pendiente de los azulejos del cuarto de baño.

–Para mí no hay lo normal, hay lo que hay. Y si algún día trabajara en un colegio y convocara reuniones de padres, procuraría no creerme las encuestas, no perder el tiempo preguntándome qué hago mal, por qué viene tan poca gente a las reuniones si les importa tanto la educación de los hijos. Dedicaría ese tiempo a preguntarme si se puede cambiar algo para hacer que a alguien le importe bastante lo que sólo le importa un poco.

Fabiola dejó caer el tenedor sobre el plato, los guisantes se mezclaron con el resto de carne y el mango del tenedor quedó apoyado sobre una croqueta intacta:

—¿Y si tuvieras que actuar? ¿Si tuvieras que hacer una huelga de hambre o jugarte la vida por tus principios? Ahora vas a decirme que los principios también son una forma de engañarse.

—¿Qué te pasa?

—No quiero que te conviertas en uno de esos tipos inteligentes que disfrutan viendo lo mal que está todo.

—Claro que no. Yo estoy aprendiendo. A lo mejor un día puedo seros útil a ti y a tu grupo de abogados.

—Venga, no te rías de mí —dijo ella, pero lo dijo de buen humor.

Desde aquel día Edmundo fue bastante más cuidadoso. Le seguía gustando su trabajo, pero no exteriorizaba su entusiasmo. Sobre todo le atraía la especie de fiabilidad a que podía llegarse en una materia tan esquiva como las actitudes. Un estudio cualitativo con un grupo de discusión en Valencia, en Bilbao, dos en Barcelona, dos en Madrid y quince entrevistas a fondo tenía que proporcionar una suerte de ley. En su informe, Edmundo debía estar dispuesto a sostener: Conozco el noventa y ocho por ciento de las cosas que los españoles ven en el café, conozco la percepción social del café, si en lugar de cuatro grupos hubiera trabajado con diez, a partir del quinto los temas empezarían a repetirse, y sólo un dos por ciento de temas nuevos, de excepciones que confirman la regla, podrían sorprenderme.

Le interesaban menos las otras zonas de los informes: contar la metodología, las muestras estudiadas, la imagen de marca y, menos aún, tener que escribir para otro una síntesis, el resumen que tal vez sería lo único que leerían y, por último, las conclusiones, ese territorio en donde había que mostrarse esquivo pero a la vez ofrecerse como una doncella, todo esto es lo que tengo, todo esto es lo que sé y te lo insinúo pero no te lo digo pues entonces podría perder mi virginidad de investigador a quien nadie paga por tomar decisiones. Edmundo se aburría en esas zonas del informe tanto como le gustaba dejar establecidas las motivaciones y frenos del consumo de un producto en general y de una marca de ese producto en concreto.

 Su primer informe, de ciento ochenta folios, lo leyó Jacinto Mena página a página. No le hizo ninguna corrección relevante aunque sí decenas de correcciones menores que afectaban a los usos y costumbres del gremio. Expresiones que convenía usar, palabras traídas de otro mundo y que podían resultar chocantes, secuencias explicativas demasiado bruscas. Le pedía que en vez de decir lugar que ocupa con respecto a los otros productos, dijera posicionamiento, o hablara de señalizar divergencias en un grupo y no de marcar diferencias. Edmundo agradeció esa labor como agradecería el nuevo rico comentarios sinceros sobre su ropa y sus maneras. Sus quince meses de Robinson Crusoe le habían creado cierta inseguridad que no podía confesar a nadie. Jacinto Mena, sin embargo, calmaba día a día esa inseguridad atribuyéndola simplemente a que Edmundo no procedía de las carreras habituales, psicología, sociología.

 Sin darse cuenta o acaso, pensaba a veces Edmundo, dándosela muy levemente, advirtiendo una singularidad, una sorprendente minusvalía en su comportamiento, Jacinto Mena le enseñaba a cumplir con los requisitos de su personaje, a actuar como si realmente hubiera pasado quince meses en Estados Unidos rodeado de gente y no escondido en un recinto solitario. De su segundo informe Jacinto hizo tan sólo tres o cuatro observaciones. Y un proceso semejante ocurrió con los grupos de discusión. Jacinto vio los primeros vídeos sobre pan de molde y gastó una mañana en instruir a Edmundo:

—Antes del encuadre, del como saben ustedes esto es un grupo de discusión para hablar de tal cosa no durante unos minutos sino en una sesión larga, hay que saludar y dejar que la gente hable de lo fácil o difícil que le ha resultado aparcar. Sin miedo a influir. Más bien al contrario. Así se deja que piensen en otra cosa unos minutos, tampoco muchos para que no se crean que era una estrategia. Los suficientes. Se trata de romperles la secuencia. Luego tendrás toda la sesión para hacerles olvidar lo que han traído de casa, pero ése es un buen momento para que simplemente lo dejen encima de la silla.

Siguieron hablando de cómo mejorar la sesión, de cuál era el mejor momento para introducir la pregunta sobre marcas concretas, de cuál hubiera sido la duración ideal. Cuando Edmundo ya se iba, Jacinto le comentó, como si se le acabara de ocurrir:

—Esa chaqueta, la del vídeo. Yo la llevaría desabrochada.

Desde la puerta, Edmundo le miró un momento y sonrió.

En noviembre Jacinto Mena cogió doce días de vacaciones. Edmundo se había trasladado a su despacho en octubre y se encontró bien a solas allí, consciente de que había dejado atrás esa especie de torpeza social. En cuanto a sus conocimientos, se consideraba ya un técnico de la empresa, y además, alguien a la altura del privilegio de ser el escogido por Jacinto Mena, capaz de llegar a convertirse en uno de los mejores.

¿Era el suyo un sentimiento de soberbia, era apetito desordenado de la propia excelencia, como la definieran nuestros clásicos? Me atrevo a decir que no, pues la soberbia excluye el desapego y Edmundo no lo excluía. Si hubiera tenido que renunciar en quince minutos a Décima, a su valedor, al reciente prestigio que le habían proporcionado los informes, Edmundo lo habría hecho. Habría renunciado a cambio del poder que perseguía. ¿Cómo asegurar esta hipótesis, cualquier hipótesis? En la ciencia es precisa la demostración, pero en la vida basta con el futuro. Así el conocimiento narrativo muestra, por lo que el héroe hizo, a qué daba valor, qué desdeñaba. En Edmundo la soberbia era inferior a la desconfianza. No tenía ninguna fe en que su propia excelencia pudiera defenderle de los embates de los hombres, resarcir a su madre, darle a él la libertad. ¿Habría llegado a tenerla si hubieran sido otros los hechos sucedidos? Y esta pregunta, ¿qué fantasía nos calma?

Aquel noviembre, habiendo ya adquirido cierta seguridad en Décima comenzó a buscar un piso para irse de casa de su madre junto con un piso secreto, un domicilio al margen. Empezó también a trabajar en el diseño de un empleo clandestino: cómo sería ese empleo, qué tendría que hacer y para quién, pues el porqué ya lo sabía. El soberbio cree que se basta a sí mismo, cree que su valor, su precio en el mercado, proviene del dominio de una habilidad, de una profesión o de un conjunto de facultades.

El soberbio semeja al periodista que piensa que es su aptitud para encontrar y referir noticias lo que le hace periodista y no el medio en que trabaja, y piensa que una noticia escrita por él en un periódico de un pueblo vale tanto como esa noticia escrita por otro periodista menos hábil en un periódico de difusión nacional. Semeja al biólogo y al pintor que piensan que es su inteligencia y su habilidad para el dibujo lo que les hace buenos y que son buenos al margen de sus laboratorios, sus galeristas, su momento histórico, sus relaciones sociales. Edmundo había aprendido que las relaciones sociales se miden por metros de garaje con telares abandonados, como también sabía que la inteligencia, el arte o la competencia profesional no eran un pájaro, no venían a posarse sobre los individuos para que al fin en un laboratorio médico contratasen precisamente al individuo que tenía el pájaro de ser competente, útil, imaginativo. No le necesitaban a él sino a uno como él, y sería lo mismo en Décima como fue lo mismo en Matesa o con Jimena, o en el laboratorio, o en la Universidad de Navarra. No a él sino a uno como él, a uno que rellenara el hueco, que cumpliera la función.

El soberbio hace su gran concesión y dice «Yo soy yo y mis circunstancias», pero Edmundo vigilaba sus circunstancias, yo soy mi padre, mi rencor, mi universidad, mi máster imaginario, mis mentiras; soy mi madre, la venganza, la frente pronunciada, el mentón abrupto: soy Raimundo, Julio, Gregorio, mi contrato, mi jefe de personal; soy bailar y no creer y Cristina y soy criado por otros, siempre criado por otros. En cuanto a ser yo, qué predicado aceptaría, puede el preso decir: yo soy quien se levanta a las siete y media de la mañana o ése es el reglamento de la prisión; en cuanto a ser, el yo exigía libertad, mas no la inútil libertad de escoger entre un jersey azul y un jersey amarillo sino la libertad de que sus circunstancias no le impusieran el participio de criado, el predicado de señor.

Si Edmundo se levantaba por la mañana y la perspectiva de sentarse en el despacho junto con Jacinto Mena y escribir los informes le satisfacía, entonces procuraba recordar a Gabriel García Guereña, no le debían nada que él pudiera cobrarse y en las deudas morales de los otros Edmundo no tenía fe. No era soberbio Edmundo. Por eso, cuando empezó a sentirse seguro en Décima buscó un piso adonde su madre pudiera telefonearle pero, una vez lo hubo encontrado, buscó otro, más pequeño, para escribir un nombre distinto del suyo en el buzón. Y mientras buscaba ese segundo piso incógnito, clandestino, Edmundo se preguntaba cuál sería su trabajo secreto, su forma de no necesitar tanto a la empresa porque al menos tendría un segundo lugar, un segundo sueldo, una segunda existencia puesta a buen recaudo de quienes podían dañar la primera.

El piso oficial, el que mostraría a su madre y también figuraría en sus documentos, lo encontró en la calle Baltasar Gracián, bastante cerca de Décima y bastante bien comunicado con Doctor Esquerdo. Se mudó allí un fin de semana. Fabiola y su novio le llevaron en coche con dos maletas de ropa y varias cajas de libros.

Era un piso bastante amplio para una sola persona, con tres dormitorios, dos cuartos de baño y un salón comedor con terraza que daba a un solar exento. Edmundo lo iría amueblando poco a poco, al principio todo parecía semidesierto. Puso algún cuadro, una sola escultura: sobre un cubo de madera un cuenco de zinc. Era una casa elegante por su claridad vacía y era, al cabo, una prolongación de su plataforma, un instrumento no en mucho diferente de sus archivos, de su currículum, de sus zapatos elegidos para cada ocasión. Nuestra casa, la de Blas y mía, se parece más a esas viejas chaquetas de lana que no están llamadas a ser vistas por nadie sino sólo a confortar nuestro cuerpo y nuestra imagen de nosotros mismos en las tardes nubladas: una vieja chaqueta con coderas que nunca sacaríamos a la calle pero que, cuando metemos las manos en sus bolsillos, nos permite imaginar un perro de largo pelaje y una chimenea. No había nada de lana, por así decir, en la casa de Edmundo, ni una cursilería que abrigara, una figurita, o un oso mordido de cuando Edmundo era pequeño o una lámpara fea pero con historia. Nada a la vista, me refiero. Edmundo había ido metiendo su debilidad en una caja, incluso había embalado un pequeño pupitre que le comprara su padre cuando cumplió siete años. Pensaba llevar ambos bultos, junto con numerosas carpetas y ficheros, al piso franco. Y allí no le acompañaría nadie.

Gastó bastantes días, y semanas, en buscar ese otro piso. Al principio no estaba seguro de lo que buscaba. Sabía, sí, de cuánto dinero podría disponer sin condenarse a una vida ascética y decidió guiarse por ello. Marcaba en las secciones inmobiliarias de los periódicos pisos y apartamentos de entre treinta y cinco y cuarenta mil pesetas mensuales. Vio cuatro buhardillas antes de decidir que no quería techos inclinados.

En la calle de Moratín, cerca ya de la plaza Platerías Martínez y, por tanto, del paseo del Prado, se alquilaba un bajo pero el anuncio insistía en que estaba casi a la altura de un primero y tenía bastante luz. Edmundo pensó que podía convenirle, en cierto modo estaba buscando un término medio entre un local comercial, unas oficinas y una casa para vivir. Acudió al lugar a las ocho y media de la mañana. Había ya seis personas esperando al hombre de la inmobiliaria. Edmundo se apoyó en la pared del edificio y abrió el periódico. Entonces oyó su nombre con una interrogación:

—¿Edmundo?

Miró soprendido pues al de la inmobiliaria le había dicho que se llamaba Raimundo.

—¿Te acuerdas de mí?

Un chico flaco, con gafas, le estaba mirando. Edmundo se había acordado de él alguna vez, aunque en su memoria no era flaco ni tenía gafas.

—Enrique, Enrique del Olmo.

Enrique sonrió:

—«No comprendo a los hombres / ¿O acaso les comprendo demasiado?» —recitó—. *La realidad y el deseo*. Tú creías que el libro se llamaba *La realidad*.

—Me acuerdo —dijo Edmundo—. Tú no llevabas gafas.

—No, me las han puesto hace dos años. ¿Vienes por lo del bajo que es como un primero?

—Bueno, estoy empezando a mirar. Todavía no busco nada concreto. Quiero hacerme una idea de los precios, ver sitios.

—Me alegro, porque yo estoy harto de buscar. Llevo tres meses y como he llegado el primero, la verdad es que si me gusta voy a decir que sí, la zona me viene muy bien.

—¿Trabajas por aquí?

—Tengo un contrato de un año para catalogar archivos sonoros. A mí me han asignado la parte cultural, rescatar voces de poetas, viejos formatos de radio. Voy de sitio en sitio, pero esta zona me gusta. El Botánico, el Prado, bares agradables, metro, autobuses. Por treinta y cuatro mil pesetas o te metes en un cuchitril de treinta metros cuadrados, o en un séptimo sin ascensor y con goteras, o te tienes que ir al extrarradio. Ya lo comprobarás. Aunque tú vas muy elegante. Seguro que puedes pagar algo más al mes.

—Sí, podría. Mira, ése debe de ser el de la inmobiliaria. Que tengas suerte.

—Pasa conmigo, te servirá para hacerte una idea.

El hombre de la inmobiliaria echó un vistazo a Edmundo y pareció sentirse molesto por la presencia de aquel joven bien vestido. Después siempre habló directamente a Enrique, como si Edmundo no existiera. Atravesaron un pasillo estrecho de techo alto, umbrío y algo húmedo. En aquel día invernal la humedad sólo aumentaba la impresión de intemperie, pero Edmundo trató de decirse que en verano resultaría agradable. Subieron luego cinco escalones de madera y se detuvieron en un descansillo. El bajo tenía una distribución circular: la puerta daba a otras cuatro puertas, un dormitorio, un cuarto de estar, un pasillo corto hacia una cocina y un cuarto de baño. Cada una de esas pequeñas habitaciones tenía luz, en dos ocasiones daban a la calle y en otras dos a un patio silencioso con ropa tendida.

Enrique parecía contento con el sitio. Edmundo se puso a mirar por una de las ventanas enrejadas que daba a la calle. Más que un primero aquello era como estar subido en un taburete alto, y ver a las personas que pasaban desde el taburete. Oía a sus espaldas a Enrique preguntar si había una toma de agua para la lavadora y en qué estado estaba la instalación de gas. Luego dejó de prestar atención. Tenía frío, en la calle había empezado a llover y su traje no le protegía de las corrientes de aire. Sin embargo, mantuvo la ventana abierta, las manos en los barrotes. Su relación con Enrique no era como su relación con Fernando: ninguno de los dos estaba obligado a desconfiar del otro; tampoco era como su relación con Jacinto Mena, Enrique no le había contratado, él no tenía que valerse de Enrique, no tenía que valerse de él a costa incluso de sus sentimientos. Enrique ni siquiera tenía cinco años menos que él como Fabiola sino sólo uno o dos y, al contrario que Fabiola, no esperaba nada de él. No había motivos para fingir ante Enrique, pero él iba a fingir en cualquier caso, menos por miedo que por precaución. Y Edmundo vio que estaba solo.

Enrique le tocó en el hombro:

—Vamos a la cocina, quiero enseñarte algo. Un momento —le dijo al de la inmobiliaria.

Luego, en la cocina:

—Creo que voy a cogerlo.

—Está bien —dijo Edmundo—. Es curioso.

—A ti no te gusta, ¿verdad?

—Bueno, supongo que estoy un poco malacostumbrado. Pero no me parece mal, ni mucho menos. Y la zona es muy buena.

—Yo creo que puedo estar a gusto aquí.

Edmundo recordó su primer piso en Gijón, un lugar bastante más mortecino que aquel bajo.

—Pues entonces cógelo —dijo, más convencido ahora—. Estoy deseando que me invites a tomar un café cuando estés instalado.

Vio que Enrique agradecía su frase y eso le hizo sentirse bien al tiempo que aumentaba su frío.

—Bueno, voy a negociar lo de la fianza y todo eso. No hace falta que te quedes, tendrás prisa. Pero dame un teléfono o algo. Tengo que invitarte.

Edmundo anotó el teléfono del trabajo en un papel.

—Estoy por las mañanas. No te doy el teléfono de casa

porque vivo de prestado con unos amigos hasta que encuentre un piso, y espero que sea pronto.

Aquel día Edmundo decidió fijar su residencia oculta fuera del centro geográfico y también social de Madrid. Tendría que irse al sur para que no resultara fácil encontrarse a conocidos. Un estudio urgente sobre bollería industrial le obligó a suspender su búsqueda. Trabajó mucho, quedó satisfecho de los resultados aunque cada vez que estaba fuera y luego regresaba pedía con cierta ansiedad la lista de llamadas en espera de aquella de Enrique del Olmo. Poco a poco fue dejando de esperar.

El mismo día que entregó su informe volvió a los anuncios de alquiler de pisos. Al fin encontró uno por Delicias, en la plaza de Luca de Tena. Dispondría de un dormitorio por si algún día necesitaba quedarse a dormir y un despacho por si quería recibir a alguien. En una semana llevó allí todos sus materiales. Abrió una cuenta bancaria en otro banco con su nueva dirección. Ahora ya tenía un lugar, un despacho, un buzón donde escribió dos nombres, Edmundo y Eduardo. Lo que no tenía era una segunda ocupación.

He estado pensando que debería darme a conocer un poco más. No demasiado, nos ha reunido aquí la cólera de Edmundo, pero la musa, canta, oh musa, ella no debe escurrir el bulto. ¿Musa yo? Qué jactancia. Y sin embargo musa, con minúscula, porque mía es la voz y la elección, ya lo dije, de los hechos relevantes. Otra cosa es pensar, como así pienso, que mi elección consiste en descifrar lo que ya ha sido escrito, pues no hay ambigüedad en lo narrado cuando se trata de que podamos hablar ahora y en el futuro.

Dice la musa: También para mí debió de haber un tiempo en que los veranos tuvieron cada uno noventa días. Debió de haber un tiempo en que los meses transcurrían como si nada fuera a repetirse, nada, ni las desgracias ni las oportunidades. Y dice que ayer cumplió cincuenta y siete años. Los cumplí, sí. Tengo el pelo gris cruzado por algunas hebras medio naranjas de lo que un día fue una cabellera castañorrojiza. Todavía diré dos cosas más de mí. Una, que hace tiempo cierta joven aprendiz de montadora que trabajaba conmigo me dijo: «¿Por qué tienes siempre un poco de retranca?» Yo estaba distraída y pregunté: «¿Retranca?» Ella dijo: «Cuando hablas da la sensación de que al final de las palabras, sobre todo de las que terminan en vocal, hubiera carcajadas contenidas, como alguien a quien se le escapa de repente por la boca una rosquilla de humo.» Fue su forma de expresarlo y, aunque ninguno acabamos de oír nunca del todo nuestra voz, creo que no andaba desencaminada: la voz se me atrombona, qué le vamos a hacer, al final de algunas palabras, de las que terminan en vocal decía ella, y entonces parece que va a darme la risa. Esto no sucede exactamente igual cuando escribo, aunque es posible que pase alguna vez. Segunda cosa que voy a decir de mí y no, aunque también, porque me haya venido el capricho, sino porque callar empieza a ser descuido en la medida en que Edmundo me ha convertido en narradora y parte o me ha impedido creer que existen narradores que no sean parte siempre, por ahora.

Segunda cosa: desde hace cinco o seis semanas, o más, ya debe de ir para dos meses, Blas no me pregunta por estas páginas. No es que las desprecie. «Ella a su infierno», dice, «y yo a mis minerales.» Lo dice con afecto. Se lo cuenta a nuestros amigos y yo no me ofendo, ni río, ni tampoco le llevo la contraria. «A mi mujer le ha dado por escribir un libro sobre don Lucifer Gómez y el infierno de la industria de la telecomunicación», dice y sonríe, y me mira con un cariño no exento de extrañeza, pero de la extrañeza sólo yo me doy cuenta. Dos de nuestros hijos ya se han ido de casa, el más pequeño quizá lo haga el año que viene. No se han emancipado del todo. Quiero decir: una siempre tiene la impresión de que en vez de la casa de ladrillos del cuento del lobo y los tres cerditos, ellos tienen su casa de madera o de paja, no por su voluntad sino porque no hay mucho ladrillo en el mercado. Esto puede parecer otra historia pero no sólo es eso si se cometen actos. Sin embargo dije que serían dos cosas. Termino con la segunda. Blas ya no me pregunta. Él cumplió sesenta y cinco hace dos meses, está jubilado y una editorial de libros de texto le ha encargado una colección de minerales comentada para niños. Parece casi feliz. Sospecho que se imagina nuestra vejez como si esa colección y el libro mío fueran a durar siempre; sospecho que nos imagina como esos matrimonios medievales en donde, al llegar a una edad, cada cónyuge se retiraba a un convento de monjes y de monjas respectivamente. Y él nos imagina juntos, en el mismo convento, en nuestra casa, saliendo a cenar con los amigos, viendo películas juntos pero, en el horario laboral, por así decir, «ella a su infierno y yo a mis minerales».

Por eso no me pregunta. No porque no le importe, no porque le diera igual que hubiera decidido gastar mis últimos veinte años en hacer puzzles o una Giralda con palillos. Le importa pero piensa que mi libro va a durar siempre, que el tiempo corre menos ahora que él se ha jubilado y yo empiezo a acercarme a los sesenta, y escoge preguntarme, en lugar de cada tres semanas, cada diez meses; le importa pero quiere pensar que no habrá desenlace o que él no lo verá.

Como la mayoría de los técnicos en Décima, Edmundo había empezado a relacionarse con los clientes. El director de productos de la empresa que encargaba el estudio solía invitar al técnico a una comida y, si congeniaban, no era raro quedar a tomar copas con más gente o, a veces, recibir una invitación para alguna celebración de la empresa primero, después acaso para una fiesta privada de cumpleaños. Un técnico halagado era a menudo un técnico contento, y un técnico contento suponía una buena inversión para el director de productos de cualquier empresa. El técnico podía irse de la lengua después de varias copas, podía dejar caer algún dato curioso de la competencia. Pero, aun sin contar con el error, el técnico de investigación cualitativa iba acumulando unos conocimientos que no podía rentabilizar en un puesto directivo aunque sí intercambiarlos por mínimas prebendas en esas ocasiones. Regalos hechos con tacto, invitaciones, recomendaciones, futuros contactos que el jefe de producto ofrecía a cambio de ideas. Edmundo había aprendido a moverse con soltura en ese tráfico amable y más o menos legal. Pero cada tarde, antes de salir, pasaba una o dos horas en el séptimo piso de la plaza Luca de Tena y se preguntaba con qué podría comerciar él para obtener a cambio un poco de la libertad que nadie le ofrecía, una mínima parte, conquistarla toda le llevaría mucho más tiempo.

¿Qué podía tener él que otros desearan y a cambio de lo cual le fuera concedida la parte de libertad del renegado, del que abjura y abandona unos ideales para adherirse a algo distinto? En esos ratos Edmundo añoraba haber sido iniciado en una destreza manual. Tal vez si conociera el modo de arreglar lámparas de pantalla de pergamino, o si él fuese uno de los pocos hombres capaces de reproducir con soltura ciertas caligrafías, o si tan sólo fuera un ebanista virtuoso. Pero no conocía esas habilidades, ni aun conociéndolas conseguiría ser indiferente al poder de quien requiriese sus servicios. Y además él no buscaba ser el único, permanecer fuera, ser el rincón adonde no llegan las cosas. Él no quería un segundo trabajo para salvarse sino para estar en contra. No ser, se decía, quien encuentra la tabla en el naufragio sino ser el enemigo.

Por fin, en vez de comerciar con una suma, Edmundo resolvió comerciar con una resta. Vendería su falta de aprensión y de temor a que ciertas acciones que pudiera realizar no fuesen morales, o justas, buenas o lícitas. A diferencia del mafioso, no rompería las reglas para instalar su propia relación de vasallaje sino para alejarse de ella y se movería con lentitud, observando cómo se comportaba la realidad cuando se aplazaban algunas reglas. Había conocido a varios directores de marketing y a algún asesor de imagen. Se dijo que estudiaría las necesidades y ofrecería al hombre idóneo los servicios de un asesor de imagen clandestino. Sabía que en Estados Unidos existía el hábito de que los publicistas se infiltraran en fiestas, en desfiles de moda, en juntas de accionistas para correr la voz sobre el triunfo o el fracaso seguro de ciertas iniciativas; también él actuaría de ese modo pero no a sueldo de ninguna empresa sino con un contrato privado entre un directivo y él mismo. Ese contrato sería la forma de garantizar un vínculo algo más igualitario en sus relaciones de trabajo; quedaría en manos del empleador, sí, pero en la misma medida en que el empleador quedaría también en sus manos.

Desde aquel día Edmundo amplió su presencia en fiestas, comidas y demás eventos sociales. Además, y sobre todo, amplió su disposición, sus comentarios, sus movimientos. Ya no iba a las fiestas sólo porque le conviniera no destacar demasiado, no adquirir fama de bicho raro, aislado y demasiado independiente. Ahora tenía un objetivo muy preciso y la languidez ligeramente atenta que antes mostraba en los corrillos se había convertido en perfecta curiosidad. Detrás de cualquier comentario podía hallar el tropiezo, el lance de fortuna que su nueva profesión de asesor de imagen clandestino modificaría. Y apenas había pasado un mes cuando Edmundo dio con su empleador furtivo.

En aquellos días se citaba a menudo con el director de marketing en España de una compañía discográfica que había encargado un estudio a Décima. Edmundo no participaba directamente en el estudio pero le habían presentado a Víctor Braulio y decidió cultivarle pues estaba bien relacionado con el mundo del espectáculo, mundo que se prestaba mejor a sus propósitos que el más cerrado de los productos alimenticios. Edmundo pasó varias tardes en su piso franco hojeando revistas musicales y oyendo la radio para poder después dar alguna sugerencia útil y así hacerse valer. En sus conversaciones, halagaba la vanidad del director de marketing insertando además leves críticas que aumentaran su credibilidad. Hasta que un día se acercó él con una pregunta para Víctor Braulio.

Edmundo había leído en la prensa que el director de un programa musical estaba acusado de emitir publicidad encubierta obedeciendo a propuestas y presiones de multinacionales del disco.

—¿Qué opinión tienes tú de ese asunto? —le dijo a Víctor Braulio.

Estaban en un bar de copas eléctrico, decorado con planchas metálicas y neones azul charol. Dos chicas acompañaban a Víctor Braulio, una dirigía una pequeña compañía discográfica independiente y la otra trabajaba en Décima, aunque Edmundo apenas la conocía. Víctor Braulio las miró, luego miró a Edmundo y éste entendió que Braulio prefería hablar sin que ellas estuvieran delante.

La noche se alargaba. A las dos María, la técnica de Décima, se retiró. La joven directora de la compañía parecía dispuesta a aguantar toda la noche, pero Víctor Braulio dejó primero de contestar a sus gestos y luego a sus frases. Sólo cuando la chica dijo que se marchaba, tuvo un ademán afectuoso para con ella, le pellizcó la barbilla:

—Adiós, Aida. Mañana tengo un día duro, ¿qué te parece si te invito a cenar el jueves?

Cuando ella salió ambos dejaron la barra y fueron a una mesa:

—Ese tipo se ha metido en una buena —dijo Víctor Braulio—. No le harán nada, no van a tocarle, pero le van a dejar fuera.

—¿Le conoces? —preguntó Edmundo con ojos ingenuos.

—Le conozco y he tratado con él. Todos hemos tratado con él, a cubierto, claro. Este pequeño escándalo no va a salpicar a nadie. Lo que todavía no sabemos es por qué han ido contra él.

—¿Crees que ha sido una maniobra dirigida contra él en particular?

—Puede que no; ya sabes, hay políticos novatos que entran como elefantes en las cristalerías. Al parecer es uno de esos tipos el que ha sacado todo a la luz, una forma torpe de hacerse notar. Pero no sabemos quién le ha proporcionado la información. Sería raro que la hubiera encontrado él solo tirando de un hilo.

Edmundo podía oler el aroma de colonia mala en el aliento de Víctor Braulio. También él había bebido bastante durante la noche, aunque en general siempre procuraba controlarse y pedir él las copas de tal modo que cuando su interlocutor empezaba con el segundo gin tonic él pedía para sí una tónica sola sin que el otro se diera cuenta. Lo había hecho una vez esa noche. Cuando Víctor Braulio se levantó para ir al baño Edmundo vació en el suelo una parte de la cuarta copa que el camarero acababa de traerles. Procuró además poner la noche en orden. Le interesaba el caso de ese director de programa bastante más de lo que había previsto.

A lo largo de la conversación Edmundo había procurado permanecer muy tranquilo, que su actitud rozara la indiferencia, casi como si estuviera atendiendo sólo porque Víctor Braulio parecía estar seguro de que estaban tocando un tema interesante. Necesitaba que al día siguiente Víctor olvidara esa parte de la conversación, y más aún dentro de cinco días. Víctor regresó a la mesa y dijo:

—¿Por qué me has preguntado por esto? ¿Conoces tú a alguien?

Sin embargo Edmundo ya había pensado una contestación:

—No, es sólo que leí la noticia y bueno, lo que en realidad me pregunté es cómo lo habíais estado haciendo hasta ahora con las radios para que no hayan saltado historias parecidas.

—La radio es otro mundo. A mí me interesa bastante más. Los musicales de televisión nacen y mueren en unos meses, con una radio puedes planificar lanzamientos, practicar estrategias contrarias en diferentes programas. Tienes tu flota, ¿entiendes? La tele es una cadena y las migajas de la segunda.

Edmundo se había relajado. Haría que Víctor hablase de la radio hasta acabar la copa y, cuando volviera a verle, seguiría preguntándole por el mundo radiofónico. Entretanto, él iniciaría su aproximación al director del programa musical.

En esta ocasión Edmundo no se valió de cenas, de fiestas o de contactos. Como un ángel malo, debía aterrizar ante Gonzalo Sánchez Val solo y sin ligaduras. Buscó documentación sobre aquel hombre y sobre el político que había hecho la denuncia. Después de una semana de averiguaciones fue a los alrededores de Prado del Rey. Desde una cafetería, llamó por teléfono. Conocía el nombre del despacho de abogados que se había hecho cargo de la defensa de Gonzalo Sánchez; a la secretaria le dijo que llamaba de ese despacho. Cuando el director se puso al teléfono, Edmundo sólo dijo:

—Creo que me necesita. ¿Puede usted recibirme dentro de un cuarto de hora.

—¿Con quién hablo?

—Mefisto Gómez —dijo Edmundo procurando que su sonrisa se escuchara.

—No tiene gracia. —La voz de Gonzalo Sánchez no traslucía, sin embargo, demasiada irritación.

—Tengo veintiséis años. Dentro de diez seré un publicista genial, aunque no voy a pedirle una oportunidad en la televisión. Sólo le pido diez minutos. Quiero contarle algo sobre el expediente abierto contra usted. Mi juego es limpio. Quizá sea precavido, pero hay nobleza.

—Ahora tengo cosas que hacer. Podría recibirte a las doce y cuarto. Diez minutos.

—Perfecto.

Edmundo se había puesto un traje claro y una camisa azul claro. El pelo recién lavado, aunque fuera oscuro, reflejaba la luz. Llevaba unos zapatos de ante color corteza de álamo y en la mano una carpeta de cartulina blanca. Si el demonio era un ángel, él había tratado de acercarse a esa imagen del demonio. Pero quiso también desconcertar y, junto a la carpeta, puso una edición inglesa de la obra de teatro del holandés Joost Van Vondel titulada *Lucifer*. Era un libro muy delgado, con la portada de un rojo oscurecido por dibujos geométricos negros y el título y el autor en un recuadro blanco.

Le pidieron el carnet en la entrada; la secretaria que acudió a buscarle preguntó sólo por el señor Gómez.

Gonzalo Sánchez Val no se levantó para recibirle. Edmundo le ofreció su mano, de pie, al otro lado de la mesa:

—Me llamo Edmundo, Edmundo Gómez Risco, pero si acepta el trato convendremos un nombre para nuestra relación.

Gonzalo Sánchez le había estrechado la mano:

—Nueve minutos y veinte segundos —dijo sin poder evitar un asomo de sonrisa.

—No soy un loco. Trabajo en una empresa de investigación de mercados y me interesa el mundo de la imagen. Sin embargo, vengo a título personal, absolutamente personal. Su imagen ha sufrido varios golpes. La gente es perezosa. Por eso se cansa con los matices. Le gente, la mayoría, quiere etiquetar las cosas para poder quitárselas de encima: esta marca no es de fiar porque una vez aparecieron yogures contaminados. Cuando las personas se forman una opinión cuesta mucho trabajo que la cambien, no porque sean obstinadas sino porque les cansa volver dos veces sobre un mismo asunto.

—Yo que usted resumiría. No es el único aquí que ha estudiado publicidad.

–Por eso los dos sabemos que he conseguido interesarle.
–¡Vaya por Dios!
–Usted ganará el juicio, pero ha perdido su imagen de marca. Cada vez que le presenten a alguien nuevo tendrá que soportar cinco segundos de silencio en los que el otro buscará en su memoria y asociará su nombre a aquella historia de compañías discográficas.
–La gente olvida.
–Alguna, pero usted no. Aunque en esos cinco segundos el desconocido esté pensando que ha olvidado comprar tabaco, usted temerá que esté acordándose de esta historia.
–Una molestia.
–Con consecuencias económicas. A partir de ahora le van a contratar por menos dinero. Y no van a necesitar darle explicaciones. Porque usted no se va a atrever a pedirlas. Quizá se atreva una vez, pero cuando vea el resultado preferirá callarse.
–Le divierte pintar las cosas de negro.
–Me divierte más pintarlas de blanco, y no con la palabra sino con hechos.
–Estoy impaciente.
–No sirve de nada intentar rectificar una imagen, hay que poner otra encima, y luego otra. Rectificar significa argumentar: le acusaron de esto, después el que hizo la acusación se retiró, luego seguramente le acusaron sin pruebas. Pero la gente es perezosa. No rectifica, cambia una cosa por otra. Fulanito el acusado de hoy puede convertirse en Fulanito el amigo de Paul Newman de mañana.
–¿Me va a presentar a Paul Newman?
–Me ofrezco para llevar a cabo una campaña de imagen sobre usted, una campaña secreta, por supuesto. El secreto abarata el precio y triplica la credibilidad.
–Se ha ganado otros nueve minutos.
–No necesito tanto. Mi trabajo consistiría en preparar alguna noticia llamativa, en filtrar un par de ofertas falsas

que usted habría recibido, en insinuar a una discográfica que debe mover pieza a favor de usted, en proporcionarle algunos contactos nuevos.

—¿Qué le hace suponer que yo no he hecho todas esas cosas?

—Supongo que usted habrá hecho la mitad, demasiado cerca del momento de su caída, y demasiado directamente.

—¿Por qué habría de aceptar su oferta?

—Por lo mismo que yo se la estoy haciendo —dijo Edmundo. Había abandonado su actitud vigilante y buscaba un asiento con los ojos.

Gonzalo Sánchez Val hizo un gesto de invitación con la mano; ambos se sentaron en dos sillones de tela.

—Yo soy —dijo Edmundo— un individuo normal. Llevo una vida normal. Si hiciera averiguaciones descubriría que soy lo que le he dicho: técnico de una empresa de investigación de mercados. Se ha muerto mi padre. Tengo una hermana. Heredaremos para los dos un piso discreto quizá cuando tengamos cincuenta y muchos años. Ahora gano lo suficiente para vivir, para estar a la altura de un ascenso, pero no para dar un salto. Y yo quiero dar un salto. Por eso necesito este trabajo. Porque no quiero conocer mi destino con cuarenta años de antelación. No quiero saber que viviré lo bastante para conseguir tener un piso de mi propiedad y un poco de dinero de más en el banco, lo suficiente tal vez para comprarle un coche a un hijo mío dentro de treinta años, a un hijo que heredará un piso discreto y tendrá un trabajo como el mío, con suerte. No quiero jubilarme siendo técnico de investigación de mercados y tampoco quiero jugarme la jubilación persiguiendo ofertas en otras empresas, dando golpes de efecto que, de salir bien, beneficiarían sólo a las empresas y, de salir mal, terminarían con mi horizonte profesional. Acabo de describir la fe en el futuro, y he aquí que yo abjuro de esa fe. Por eso, de momento, necesito unos ingresos extra. Una segunda cuenta bancaria que me dé cierta tranquilidad y acabe siendo mi pista de despegue. Si nuestro pacto sale a la luz yo lo pierdo todo, pierdo más que usted. Pero usted y yo estamos aquí por lo mismo, nos enfrentamos a los ciclos del trabajo y a su duración. Por esos ciclos usted debería gastar diez años en reponerse por completo del golpe recibido, y yo debería gastar mi vida entera en dejar de vivir para otros. Dentro de trescientos años acaso vuelva a haber una revolución, y los nietos de los nietos de los hijos de mis hijos, si un día llegan a tenerlos, sean entonces semejantes a los nacidos después del feudalismo que no conocieron la servidumbre sino que conocieron la mal llamada libertad de vender su vida a los más fuertes. Tal vez eso pase dentro de trescientos años pero yo no acepto el plazo.

—Bonito discurso, que me trae sin cuidado —respondió Gonzalo Sánchez Val aunque Edmundo sabía que había logrado su propósito: tranquilizarle, dar a Gonzalo Sánchez una etiqueta, soñador, iluso, rojo tal vez, un lugar donde dejar relegado al Edmundo vivo para ocuparse ya sólo del Edmundo contratado, in vitro bajo el microscopio de su sueldo—. Lo que quiero saber es qué pasa si hace algo mal —continuó Gonzalo Sánchez—, si se descubre el fiasco de sus filtraciones, por ejemplo. Entonces yo quedaría en ridículo y usted, sin embargo, no perdería nada.

—Soy muy bueno. Me interesa serlo. Detrás de cada movimiento siempre habría un falso culpable a quien poder atribuir el error. Ni a usted ni a mí llegaría a rozarnos. Pero en cualquier caso yo le tendría informado de todo. Si alguna jugada le da miedo me lo dice y yo no la hago.

—Puedo probar. ¿Cuánto cobra?

—Cien mil hoy, un millón cuando hayamos terminado.

—¿Cien mil a cambio de nada?

Edmundo señaló su carpeta de cartulina:

—Aquí tiene un pequeño plan de acción. Si quiere se lo leo, aún quedan cuatro minutos.

—Adelante.

—Filtrar el rumor de que un estudio de cine norteamericano. —Edmundo hizo una pausa—. Los nombres —dijo— y las formas de encubrimiento después de las cien mil. Filtrar el rumor, decía, de que se han interesado por usted para el rodaje de un documental promocional del flamenco en Estados Unidos. Carta falsa con membrete real de ese estudio y falsa llamada de tal modo que ciertos cargos tengan noticia de ambas. Entrevista en una publicación inglesa del mundo del espectáculo y, después, en una española. Invitación para asistir a una cena con miembros del partido socialista, otros representantes del mundo de la comunicación y algún empresario.

—¿Una cena falsa? —preguntó Gonzalo Sánchez.

—Por supuesto que no. La cena y las entrevistas serían reales.

—Voy a probar. Pero no puedo pagarle hoy, ¿viene por aquí mañana?

—No sería conveniente, y no tengo tanto tiempo. Le daré una dirección para que dejen allí el dinero. Si no hay nadie, que lo metan en el buzón, a nombre de

—¿Mefisto, quizá?

—No, vamos a dejarlo en —Edmundo miró su libro de Lucifer— Eduardo, Eduardo Gómez.

Edmundo escribió las señas en un papel y salió sin decir adiós.

Los tres primeros puntos del plan salieron bien y en bastante poco tiempo. Edmundo disfrutaba redactando notas de prensa falsas, haciendo llamadas cruzadas falsas también pero intercalando además alguna real que apuntalaba su montaje. Había recuperado sus contactos de cuando estuvo en el departamento de prensa del laboratorio. También había reconstruido la lista de sus compañeros en Navarra y había ido localizándoles uno a uno. La peculiaridad de su trabajo en Décima solía hacer que ellos se interesaran. Luego Edmundo atribuía sus peticiones a clientes imaginarios: estamos haciendo un estudio sobre el consumo de cosmética por adolescentes y el director de la empresa que nos lo encarga me ha estado preguntando por revistas de cine y de música. Quiere proponerles un par de reportajes sobre el tema. ¿Podrías darme algún nombre y alguna referencia? No era un trabajo pesado, sólo exigía tiempo y organización. Pero Edmundo pasaba las tardes en su piso secreto y allí tenía carpetas tamaño din A3 con grandes cartulinas donde iba dibujando redes y organigramas con nombres, con números de teléfono y direcciones, con los contactos facilitados y con los falsos contactos establecidos. Antes de cada nueva gestión, Edmundo repasaba las anteriores para evitar la menor interferencia.

CORO

Quisiéramos decir:
Edmundo, retrocede. Aún estás a tiempo. Actuaste hasta hoy en solitario, falsificando tu propia historia, poniendo en peligro tu reputación. Te salió bien. El coro lo concede y se hace cargo de que una cierta audacia sería conveniente, perder un poco el miedo a los certificados. Pero si falsificas para otro, Edmundo, si mientes con el consentimiento de otro, si faltas por un trato a la verdad y encubres, y te encubren, tu infamia toma cuerpo.
Quisiéramos decir:
Edmundo, no rehúses el destino previsible que aguarda a los honestos, porque ellos son legión. Miles de asalariados no robamos a no ser artículos pequeños que nos resarcen en especie de la melancolía, dos rotuladores, sobres, papel, un mechero. No robamos, no malversamos, no cruzamos la frontera de la ilegalidad.

Quisiéramos decir:
Nuestra vida es suficiente. Comprar una casa con una hipoteca de quince años, cobrar las pagas extraordinarias, hacer un viaje, cohabitar con el miedo a volvernos desagradables o redundantes y que la empresa se canse de nosotras y nosotros. Este destino apurado es suficiente, siempre haciéndonos seguros por si nos pasa algo y entonces los hijos y entonces los padres y entonces el sueldo.
Quisiéramos decir:
En noches numerosas, apagada la televisión, mientras fumamos el último cigarrillo, vamos a la cocina a beber agua, o nos servimos unas gotas de whisky en el café descafeinado, en noches numerosas las sombras se esparcen tras el cristal y sentimos esperanza.
Quisiéramos decirlo pero llegó la primavera y también el coro se imagina que le visitarán.
Porque no nos visitan. Porque acontecimientos repentinos, poderosos, porque aventuras que vienen de proa y obligan a ceñir el barco y causan los embates del mar contra la costa, porque acontecimientos así no nos visitan el coro sueña con la tentación.
Quisiéramos decir: Edmundo, retrocede, mas en cambio decimos que si no retrocedes acaso el coro salga en pos de ti.
Llegó la primavera pero esta vez no es el flechazo ni el adúltero amor lo que esperamos, sino seguir los pasos de quien comete actos ilícitos y quizá falsifica lo que nunca fue verdad.

A finales de marzo Edmundo discutió con una captadora. Así llamaban a las mujeres, el noventa y nueve por ciento eran mujeres, encargadas de buscar sujetos adecuados para los grupos de discusión y las entrevistas a fondo. Era un trabajo singular. Debían encontrar a hombres y mujeres de cierta edad y ciertas profesiones que no se conocieran entre ellos, que no hubieran estudiado psicología ni sociología y tuvieran tiempo para desplazarse y hablar durante dos horas a veces por un dinero que oscilaba entre las tres mil y las cinco mil pesetas, a veces sólo por la certeza de que su opinión sería considerada y quizá retribuida con un regalo no exento de elegancia. Edmundo había recriminado a esa captadora por haber introducido en un mismo grupo a un profesor y a una profesora de instituto que se conocían entre sí. La captadora les dijo que disimularan pero, en un momento en que Edmundo salió debido a una llamada, ellos intercambiaron una frase cómplice y él la oyó desde la puerta.

—Lo siento —dijo la captadora sin afectar el menor arrepentimiento. Se llamaba Almudena Lorente.

Edmundo se enfadó. Esos días estaba nervioso porque aún no había podido cerrar la gestión más difícil y en la que se jugaba su empleo clandestino: la cena con miembros del partido socialista y algunos representantes del mundo de la comunicación. Antes de proponerla, Edmundo había tenido varias conversaciones con Fernando Maldonado Dávila para comprobar que era viable. Pero últimamente Fernando nunca tenía tiempo para hablar, y Edmundo descargó su malhumor en la captadora.

—Y más que vas a sentirlo —dijo.

La captadora le miró a los ojos. No parecía sorprendida cuando preguntó:

—¿Vas a ir a por mí?

Almudena Lorente era una chica de estatura media aunque en ese momento Edmundo se fijó en que debía de ser un poco más baja, pues llevaba tacones altos cubiertos por los pantalones vaqueros. Se peinaba con un moño medio deshecho. Ahora ya había dejado de mirar a Edmundo y miraba enfrente pero un poco hacia la izquierda, como si la llamaran desde allí. Edmundo miró también hacia ese lado.

—No creo —dijo—. Estoy cansado.

Almudena propuso que fueran a tomar un café.

Bajaron a desayunar a la cafetería más cercana, pidieron

un cruasán a la plancha para los dos. Ella no se mostraba enfadada por el anterior episodio con Edmundo, si bien tampoco quiso saber por qué él estaba cansado. Edmundo pensó que Almudena tenía algo de la indiferencia del animal salvaje, así un lince infiltrado en una cafetería de gatos domésticos, y aunque hacía los mismos movimientos que el resto de los clientes, daba la impresión de mantener siempre el oído atento a algo que estaba fuera de la cafetería, como si pudiera oír ruidos entre los árboles situados a más de cien kilómetros, como si presintiera con días de antelación el momento en que la nieve desaparecería de las montañas.

—¿Eres de aquí? —le preguntó por cortesía pero también con la idea de que alguna extraña nacionalidad, haber nacido en Manila, se le ocurrió, o en Alaska, podría explicar su actitud.

—¿De Madrid? —dijo ella con desgana—. Sí, nací aquí. Y mi padre también. Mi madre es de un pueblo del norte de Burgos.

Guardaron silencio.

—Oye —dijo ella al cabo de un rato—, a ti no te interesa esto.

—¿Es una pregunta?

—En realidad, no —sonrió ella.

—¿Tan mal lo hago? —dijo él sin ofenderse, pues aunque no entendía por dónde iba la chica, se sentía seguro de su profesionalidad.

—No, no es eso. Pero tú no quieres quedarte aquí, se te nota. Bueno, no digo que todo el mundo tenga que notarlo. Yo lo he notado. Este trabajo no es el sueño de tu vida.

—La verdad es que no. Me figuro que a ti te pasará lo mismo.

—Sí, yo estoy aquí de paso, pero lo mío es más normal. Una captadora que se lo monte bien puede sacar bastante dinero y se acabó. Quiero decir que si has estudiado algo... Yo he estudiado psicología. Cogí esta profesión en un momento en que necesitaba buscarme la vida. En cambio los técnicos de aquí, la mayoría tiene esa cara de haber encontrado su sitio.

—¿Hacia dónde estás de paso?
Ella volvió a mirarle a la cara.
—Ahora estoy de paso hacia el pueblo de mi madre. Pensaba ir este fin de semana. Allí no hay casi nada. Cuatro casas viejas, entre ellas la de mis abuelos. Podías venir.
Edmundo vaciló. La invitación le resultaba prematura y extraña. Ella no le estaba invitando al cine sino a algo bastante más comprometido a pesar de que apenas se conocían.
—¿Y si no me aguantas un fin de semana entero?
—¿Por qué no? De todas formas el pueblo es grande, y la casa también. Si fuera necesario podríamos perdernos de vista muy fácilmente.
Mientras ella respondía Edmundo había estado imaginando el pueblo. Se daba cuenta de que le apetecía descansar de sus dos casas, de su familia, de sus relaciones.
—Lo pensaré —dijo—. Podríamos ir hoy o mañana al cine, para ir probando.
—Bueno. Llámame.

Ahora era viernes, y desde el piso de Luca de Tena veía un Madrid turbio, el cielo no anegaba los vahos de color ceniza ocasionados por la contaminación. El sábado a las diez Almudena pasaría a recogerle en su coche, le sacaría de Madrid para llevarle a un pueblo del que nunca había oído hablar; pero antes Edmundo quería dejar solucionada la cuestión de la cena de Gonzalo Sánchez.
Fernando Maldonado le había dicho por fin el nombre y el teléfono del subdirector de una agencia de comunicación que estaba gestionando algunos actos de precampaña del partido socialista; sin embargo, aún no le había dado luz verde para llamar. Edmundo se dijo que llamaría pese a todo, porque tenía la impresión de haber embarrancado y prefería equivocarse, fracasar antes que seguir quieto. Preguntó por Anto-

nio Molinero; soportó el tono desconfiado de la secretaria al oír su nombre y se rebajó a decir:
—Llamo de parte de Fernando Maldonado.
Antonio Molinero se puso enseguida:
—Fernando me habló de ti hace unos días. No me aclaró demasiado pero creo que tenías buenos contactos.
—Él me dijo que estabais organizando cenas.
—Tenemos una el lunes y ha habido dos bajas. Estás relacionado con el mundo del cine, ¿no?
—No exactamente. Hay un realizador de televisión que está trabajando para unos estudios norteamericanos. Se mueve con soltura en el mundo de los programas en directo.
—O sea, que sobre todo es un hombre de televisión.
—Sobre todo.
—No importa, acaba de fallarnos José Luis Balbín. ¿Cómo se llama?
—Gonzalo Sánchez Val.
—Sí, sé quién es. Veo que no es tonto.
—A él le interesa este tema. Pero también a vosotros. Tendríais a alguien muy agradecido de vuestra parte. Alguien con mucha información y con ganas de que se la pidan.
—De acuerdo. Incluso alguien así en este momento nos viene bien. ¿Cómo lo hacemos? Yo prefiero darte los datos y que termines tú la gestión.
—Yo también —dijo Edmundo en lo que era un reconocimiento explícito de su posición de intermediario.
Antonio Molinero se dio por enterado y dijo:
—¿Cómo podemos ponernos en contacto contigo, si otra vez...?
Edmundo les dio el teléfono de Luca de Tena.
—Horario de tarde —dijo.

Viajaron hasta el pueblo de Almudena sin apenas hablarse. Él iba pensando en su relación con Gonzalo Sánchez

Val. Le ofrecería temas de conversación para la cena y alguna información confidencial, pero tendría que reclamarle el dinero el mismo lunes. Intuía que sus relaciones con los clientes debían ser rápidas, y mientras pensaba en ello casi no veía los coches de delante ni el paisaje árido a los lados.

Llevaban dos horas y media de viaje cuando se desviaron hacia una gasolinera. Sólo allí, pisando la tierra camino del bar, Edmundo reparó en el gran cielo que se curvaba de un lado al otro del horizonte, y en la extensión de suelo ahora menos seco, cubierto con arbustos, algún prado. En un extremo había un largo macizo de chopos junto al probable curso de un río. Almudena dijo que llegarían en una hora; él la miró y de pronto le dio las gracias por haberle llevado hasta allí.

En la casa de la madre de Almudena faltaba un cristal. Taparon el hueco con cartón y cinta aislante. Encendieron una vieja cocina de carbón y fueron a la única tienda del pueblo a comprar lo que hubiera, leche, cecina, sopa de sobre, pan. Dejaron las cosas en la casa y luego Almudena le llevó a ver el pueblo, muchas casas abandonadas, un arroyo, en la plaza cuadrada la iglesia y una casa donde daban cafés y carajillos, aunque no se podía decir que fuera un bar. Cayó sin tardar la noche. Edmundo no recordaba haber tenido nunca esa percepción de la noche como un tejido, como si la noche no fuera privación de luz ni tampoco un techo de oscuridad sino que tuviera consistencia de abrigo puesto sobre los hombros, de jersey de cuello alto cuando toca la cara y la cubre y queda luego sobre la camisa y el pecho pero en el cuello sigue tocando la piel.

A eso de las ocho salieron otra vez, algún perro ladraba, se había calmado el viento. Las estrellas, muy gruesas, parecían emitir un poco de calor. Cuando regresaban Edmundo vio el coche y, sin pensar lo que hacía, dijo:

—Sube. Déjame las llaves.

Condujo él durante diez minutos hasta encontrar un recodo separado del pueblo con espacio para el coche y para ellos dos. Dejó un momento los faros encendidos mientras comprobaba que no había piedras ni zanjas y otras cosas con que pudieran tropezarse. Después los apagó. Almudena había salido del coche; él la cogió por el talle para bailar.

–No tengo radiocassette en el coche –dijo ella.

Edmundo empezó a silbar un vals y luego a tararearlo más alto. Cerró los ojos, estuvo bailando con Almudena Lorente.

Almudena era zurda. Edmundo lo descubrió al día siguiente cuando, después del desayuno, ella se puso a hacer una lista con las cosas que quería comprar en Madrid para la casa. Él estaba de pie y como si la viera completamente desnuda, sorprendida en algún acto cotidiano y solitario, tal vez medir con la mano la temperatura del agua de la ducha, Edmundo la vio vestida y escribiendo en la mesa, vio el muñón que formaban sus nudillos sobre el papel cuando la mano, en vez de alejarse, avanzaba con el bolígrafo hacia el cuerpo y, entonces, Edmundo experimentó una sensación de amparo. Supo que habría podido creer en las señales sólo para interpretar la forma de escribir de Almudena como un buen augurio, como el anuncio de que si un día Edmundo le hablaba de su plan, tal vez ella no encontraría raro ni singular lo que tan sólo era necesario.

Desde aquel viaje estuvieron juntos, aunque los dos se empeñaban en tratarse con cautela y en el trabajo ocultaban su relación. Pero en junio Almudena le contó que había pensado irse seis meses a la India y Edmundo le pidió que no lo hiciera. Almudena combinaba el trabajo de captadora con el de guía turística de viajes especiales, viajes organizados por una agencia para gente que no quería ser turista. Almudena siempre hacía dos viajes largos con ellos, pero ahora le habían ofrecido poner en marcha la agencia en la India junto con otra persona y organizar los viajes desde allí. Le pagarían muy bien. Ella estaba ahorrando para poder montar un pequeño gabinete de atención psicológica a escolares y Edmundo le dijo:

—No te vayas. Yo tengo dinero.

—Luego hablamos —dijo ella porque estaban en el café adonde iba todo el mundo en Décima y acababa de entrar un grupo de cinco personas.

Esa tarde no pudieron verse. Almudena tuvo que ayudar a otra captadora con un estudio atrasado y Edmundo aprovechó para ir a Luca de Tena. Había puesto en marcha su tercera operación como asesor clandestino; tenía muchas gestiones que hacer. A las nueve y media llamó a Almudena por teléfono:

—Hola, ¿ya has llegado? —dijo ella—. Acabo de llamarte.

Edmundo no le había hablado de su segundo trabajo ni de su segunda casa y evitó contestar.

—No te vayas —dijo—. Seis meses son demasiados.

—Te escribiría. ¿Crees que yo no te voy a echar de menos?

—Vamos a cenar. Paso a buscarte dentro de media hora.

—Es que estoy muerta. Y he tenido que quedar mañana a las ocho para terminar de buscar gente.

—Dime que no te irás. Almudena, no te llamo desde mi casa. Tengo un piso secreto porque tengo un trabajo secreto. Hasta ahora he ganado más de dos millones de pesetas en tres meses. Yo puedo dejarte dinero para tu gabinete. Puedo dártelo.

—¿Un piso secreto?

—Mañana te lo enseñaré. Es un trabajo legal, no te asustes. Oye, imagina que no estamos hablando por teléfono. Estamos dando un paseo, yo voy a cogerte las dos manos. Almudena, cásate conmigo.

Ella rió y dijo:

—Tú ganas. Te espero a las diez.

Hicieron pública su relación. Almudena decidió irse sólo un mes a la India. Quería a Edmundo pero no había pensado en casarse tan pronto. En realidad, tampoco él lo había pensado, sólo se había dado cuenta de que no podía perder a Almudena Lorente porque era zurda y azul como una naranja. Los días se le hicieron más amables desde aquella conversación. Salían juntos, dormían a menudo juntos, ella le hizo preguntas, pero no demasiadas, sobre el piso de Luca de Tena. Quedaron en que a la vuelta del verano hablarían de vivir juntos y del gabinete para escolares de Almudena Lorente.

Yo conocí a Almudena; en cambio, Blas y Almudena no se conocieron nunca. Hablé con ella, quiero decir ella y yo solas, en una ocasión. Nos entendimos bien. Lo afirmo en la medida en que otros podrían pronosticar un cambio de tiempo. Almudena Lorente vino, se diría, para remolcar el barco que arrastraba las redes y no sólo para arrastrar las redes. Almudena Lorente ató la cuerda al barco y luego condujo el remolcador. No tuvo mucho tiempo, aunque sí el suficiente para hacer ver a Edmundo que el proceloso mar no es el único terreno, a veces debe el barco salir del agua, subir a tierra.

En la cólera de Edmundo puso Almudena el día que sigue al día. Y si al principio Edmundo la creyó atenta a la llamada de los bosques salvajes, ella dijo: Estoy atenta a tu plan.

Edmundo había ido subiendo sus tarifas. Después del director del programa musical tuvo como clientes a un alcalde, una arquitecta y dos altos cargos de empresas estatales. Sin embargo, tras la victoria electoral del PSOE en octubre de 1982, decidió suspender el segundo empleo temporalmente. Necesitaba esperar a que la nueva situación política se asentara para volver a moverse sin riesgos. A finales de enero encargaron a Décima un estudio sobre un programa de televisión. Edmundo, viendo que allí podría estar su entrada en televisión española, su cambio de mundo, consiguió que Jacinto Mena se lo adjudicara. Hizo un informe brillante donde no sólo insinuaba las claves para perfeccionar el modelo de programa que había estudiado sino que, en las conclusiones, arriesgaba varias propuestas, en absoluto improvisadas, de estrategias posibles para toda la cadena.

Jacinto reparó en el interés especial que se había tomado y quiso hablar con él. Empezó la conversación cerrando la puerta del despacho sin disimular su malestar:

—¿Qué es esto? —le dijo.

—Me gustaría entrar en televisión. Estudié para eso, es mi territorio —dijo Edmundo.

—Creí —contestó Jacinto despacio— que ibas a negarlo. Quiero decir, suponía que ibas a decirme que habías hecho un informe como otro cualquiera, sólo que éste te había salido mejor.

—No. He hecho este informe mejor que ningún otro.

—Para que te vean. Igual que en Oviedo conmigo. La historia se repite en forma de farsa, claro.

—Tú sabes que no. A ti te mandé un mensaje en morse. Lo de ahora es un ofrecimiento descarado.

—Así que piensas irte.

—Es mi mundo. Yo no estudié para dedicarme a averiguar los motivos y frenos del consumo de patatas fritas.

—Sí, claro, son mucho más interesantes los motivos y frenos del consumo de concursos de televisión.

—No he querido ofender. Ya sé que no todo son patatas fritas. Este trabajo es muy interesante, yo he tenido muchísima suerte por poder trabajar aquí y contigo.

Jacinto se sentó. Estaban otra vez como el primer día, él detrás de la mesa y Edmundo en la silla de los visitantes.

—Sabes perfectamente que además de los alimentos —dijo Jacinto— están los estudios electorales, la educación, la salud. Estamos trabajando con la percepción social de toda la realidad.

—Sí, pero sólo existe la percepción de los estudios que nos encargan. En ese aspecto es lo mismo que en todos los trabajos. No me voy buscando un trabajo mejor, sino un campo más favorable para mí, para lo que yo quiero hacer.

—También sabes que yo he invertido en ti.

—Me gustaría poder darte yo algo dentro de unos años, esté donde esté.

—Gracias, pero no es una respuesta.

—No tengo respuesta. Tú corriste el riesgo. Yo dejé que lo corrieras. ¿Tenía que haberte avisado? No podía tirar por la borda la oportunidad de que me enseñaras.

—El director de programación de la primera cadena me ha llamado después de leer tu informe. Quería que tuviéramos una reunión los tres. Le diré que es mejor que la tengáis vosotros dos.

—Como quieras.

—Joder, Edmundo. Te he cogido cariño. Pero eres un traidor.

Edmundo desvió la mirada. En realidad no era un traidor, ¿cómo puede ser un traidor quien no tiene causa, quien no tiene ninguna causa, ni la causa de Jacinto Mena ni la causa del pirata o la causa del ejército contrario? Ni siquiera su plan era una causa, era la voluntad de vivir fuera de las causas, fuera de los sentidos.

—Soy un ateo —dijo mirando esta vez a los ojos de Jacinto Mena.

—Creí —dijo Jacinto— que ya no tendría que empezar con nadie otra vez. Tú ibas —añadió disgustado y casi para sí— a enseñar a los siguientes.

La entrevista con el director de programación tuvo lugar en marzo de 1983. Por aquel entonces Antonio Molinero había abandonado la agencia junto con su jefe y trabajaba con él en el gabinete del presidente del Gobierno. Edmundo le llamó sin pasar ya por Fernando pues se había ocupado de alimentar la relación y, en dos ocasiones, Antonio le había pedido que prestara sus servicios de asesor clandestino a ciertas personas. No quiso cobrarse favores, aunque sí obtener información semiconfidencial sobre algunos de los cambios que se estaban haciendo en televisión. Una vez obtenida, dijo sin vacilar:

—Mañana tengo una cita con Ramón Peñalba. Quiero que me dé la dirección de un programa y es posible que deje caer tu nombre.

—Gracias por avisar —contestó Molinero irónico aunque halagado.

El director de programación había encargado el estudio porque estaba interesado en hacer cambios que le dieran a conocer a la opinión pública y revalidaran su nombramiento. Por ese motivo deseaba también servirse de la asesoría informal del joven técnico. El hecho de que Edmundo demostrara además algún conocimiento del aparato del partido socialista y le hiciera partícipe de un cese en televisión que él sólo barruntaba acabó de decidirle. Aquel día, Edmundo llegó a casa con una oferta en firme para dirigir lo que él deseaba, una revista de sobremesa, media hora de entrevistas, reportajes y alguna actuación. Empezaría en abril

Llamó a Almudena para contárselo. Ella también iba a inaugurar su gabinete de atención psicológica a escolares en abril, justo cuando él entraría en televisión. No les hizo falta decirse que, con sus dos trabajos nuevos y el tiempo que llevaban saliendo, sería bueno empezar a pensar en vivir juntos.

5

Se acerca ya el momento en el que se aproxima el desenlace aunque falten todavía siete años. Un momento no es sólo un punto en el tiempo. Su mejor momento, decimos, ella está en su mejor momento y ese periodo puede durar tres años. O también, el momento de máximo esplendor de un país llamado España, y es casi un siglo. Decimos, es verdad, espera un momento, pero la cantidad de señales horarias no es entonces en absoluto semejante a cuando decimos estoy pasando por un mal momento. Se acerca ahora el momento en el que se aproxima el desenlace. Edmundo entró en Televisión Española y registró el despacho de Silvia del Castillo; yo tuve aquel encuentro tirante con él. Esperé dos semanas. Pero después fui a verle. No se dejan pasar así las oportunidades. No se deja pasar a quien podría venir a nuestro lado en el camino de la insubordinación. Para increpar, para romper convenios.

Decimos, en fin, momento de gloria y no en vano se suele comparar la fama del humano con la estrella, murió la estrella, murió la fuente de gloria pero llegan destellos todavía de aquella luz que fue. Yo sabía que había partido el último autobús. No habría más para mí; cuando empezara el día siguiente serían forzosamente otros quienes ocupasen mi lugar. Pero entretanto destellos, comentarios, un par de citas, el lento declinar de una reputación y pensé que tal vez ese jovencito no se había dirigido a mí como a cualquiera. «He entrado aquí aprovechando que no había nadie», había dicho, y también: «quería cerciorarme de ciertos datos.»

Me llevó varios días aceptar que el nuevo recomendado podía haberme leído; quizá no un manual completo pero sí una entrevista o, casi seguro, el artículo de un monográfico sobre cine en el cual yo hablaba de la función del criado. Catorce días hasta comprender que Edmundo podía haberme desafiado en el pasillo y no para que me batiera con él sino para que combatiera a su lado.

En aquel entonces el hacinamiento en Prado del Rey hacía que no resultase fácil estar a solas con otra persona. Apenas había espacio en los despachos para todas las mesas, muchas veces la puerta de entrada chocaba con un mueble, abundaban los despachos sin ventana y, por supuesto, sin armarios. Dada la situación, empeorada por la promesa de un edificio nuevo en Pozuelo que no hacía sino postergar cualquier mejora provisional, Edmundo había conseguido para quienes hacían su programa un lugar bastante digno con un pequeño cuarto destinado en exclusiva al director, al cual se accedía desde el despacho general. No me hizo falta, por tanto, sacarle de allí, invitarle a la cafetería delante de todos. Entré en el cuarto después de llamar.

—Pasa y cierra —me dijo—. Bueno, si no te da claustrofobia estar en esta especie de caja fuerte.

En efecto, el recoveco transformado en despacho individual no tenía siquiera una ventana interior o un respiradero. Pero al menos era bastante amplio y en cuanto hube cerrado la puerta reinó el silencio.

—Me alegra mucho que hayas venido —dijo Edmundo.

Yo le miré divertida. No había preparado una excusa. Al fin y al cabo mi edad y mi conocimiento del medio debían permitirme, siquiera, ir a ver a un flamante director de veintisiete años sin otra explicación que mi curiosidad.

Así que me quedé mirándole, alegre yo a mi vez en la televisión como no lo había estado en días y semanas sin ningún aliciente.

—Tu artículo era muy bueno —dijo Edmundo.

—¿Cuál? —pregunté con cómica inmodestia.

—«La mirada del criado» —contestó él sin captar la broma, sólo podía ser ése, yo no tengo apenas artículos y los demás son técnicos.

—Lo imaginaba —dije.

—¿Harás algo conmigo? —En su voz había aparecido la urgencia.

—Hacer qué. Aunque ni siquiera sé por qué te lo pregunto. —En aquellos tiempos, llevaba ya dos años relegada a los peores programas, dos años sin ver otra cosa que planos anodinos, cuando no repugnantes, durante todo el día—. Cualquier cosa será mejor que seguir viendo cómo se me embota la mirada y se me va muriendo.

—Hacer algo —dijo— para que no nos tengan en sus manos. Cuando empecé la carrera yo quería ser un periodista en la sombra, que me dejaran vivir tranquilo. Vanidad de vanidades. Necesitas ser un rentista para que te dejen en paz. Yo no lo soy. Y creo que tú tampoco.

—Crees bien —dije.

—Tal vez alguno de los dos pueda llegar a serlo al final de nuestra vida, pero sólo a costa de años de transacciones humillantes.

—¿Por qué dices que tal vez alguno lo consigamos? Es el destino de todos los que tenemos trabajo: ser rentistas del árbol marchito de la jubilación.

—Poca renta es ésa. E incluso entonces tener que seguir sonriendo a quien no quieres, haciendo reverencias para que le den un trabajo a tu hijo o para que te lo ofrezcan a ti, un trabajillo, unos ingresos adicionales.

—En tu caso es diferente, Edmundo. Te conozco poco pero, a tu edad, ya tienes un buen puesto. Lo normal es que sigas subiendo. Tú puedes prepararte una buena salida, aquí hay mucha gente que lo hace. Acumulas favores y te montas tu propia productora, y vendes tus productos mucho más caros de lo que te cuestan.

–Es mejor ser mayordomo de una mansión que la mujer que limpia las escaleras del edificio. Pero hay menos puestos de mayordomo y una vez que has conseguido el tuyo también tienes que defenderlo. Con las corruptelas uno vive mejor, pero sigue estando vendido, sigue con la obligación de halagar a quien no quiere, sigue teniendo que invitar a comer y dar palmadas en el hombro, sigue pasando miedo cada vez que cambian las personas que le dan trabajo.

–¿Entonces qué propones?

–Actuar a largo plazo. No queremos ser criados. Nos gustaría retirarnos a los cincuenta a un sitio en donde no tuviéramos que rendir pleitesía a nadie. No creo que sea tan difícil conseguirlo si uno dedica a ello veinte años de su vida laboral.

–Bueno –dije entre halagada y melancólica–. Me parece que te he encontrado un poco tarde. Para mí los cincuenta están a la vuelta de la esquina.

–Era una forma de hablar. La otra persona con quien quiero trabajar se llama Gabriel, y le jubilaron anticipadamente en un laboratorio médico hace cuatro años. Creo que tiene sesenta y dos. Quizá él no llegue a tener nunca un sitio adonde ir, pero el árbol de su jubilación estará un poco menos marchito, y es agradable no tener que servir.

–¿Cómo vamos a hacerlo? –pregunté disfrutando del plural.

–No lo sé, todavía no lo sé. Por el momento se trataría de conseguir dominar un sector de la televisión.

–¿Para qué?

–Para imponer la condición de que no nos impongan condiciones.

–¿Y en cuanto al cómo?

—Bueno, tendremos que tocar palos muy diferentes. Y hacerlo muy despacio. «*Non manifeste, sed quasi in occulto.*» No con publicidad sino ocultamente, es de *Camino;* yo estudié con el Opus, sabes. Pero no lo ha inventado el Opus, el débil siempre ha tenido que esconderse, el Opus sólo dijo lo que muchos poderosos ya sabían, que era estúpido que el fuerte no aprovechara también los beneficios del ocultamiento. Y lo puso en práctica.

—Desde ese punto de vista, estás corriendo un riesgo inútil al hablar así conmigo.

—Podía haber esperado. Pero no tenía tiempo. Quiero pedirte un favor.

Edmundo se levantó. Como no había ventana donde apoyar la frente hasta que pasaran de largo los primeros segundos embarazosos, se miró las manos y volvió a sentarse:

—He leído demasiadas historias y he visto demasiadas películas en donde el malo cae porque en el último momento se le ablanda el corazón y decide salvar a su amigo. Este asunto, el favor que voy a pedirte, está muy lejos de los grandes gestos. Es un favor pequeño; sin embargo, aun así, sé que no puedo pedírselo a alguien que no esté de mi parte.

—Bueno —dije con lo que un observador que sólo pasara por allí no habría dudado en calificar de ligereza—, creo poder afirmar que estoy de tu parte.

—Tengo un amigo —dijo Edmundo—. Es filólogo, le gusta la documentación, ha catalogado archivos sonoros. Se llama Enrique del Olmo. Necesita trabajo.

—Los de documentación se llevan bien conmigo. A lo mejor puedo conseguirle algo. Me hará falta un currículum.

Edmundo me entregó un sobre:

—Aquí lo tienes. Se lo pedí hace unos días y me llegó ayer. Si hoy no hubieras aparecido, te habría llamado yo. Seguiremos en contacto —dijo luego—. Yo te buscaré.

Edmundo se mantuvo en contacto conmigo mediante notas breves que dejaba en mi mesa. De tanto en tanto nos cruzábamos en los pasillos, en un par de ocasiones tomamos un café. La segunda vez que hablamos frente a frente fue Edmundo quien vino a mi despacho. Era septiembre. El asunto de Enrique del Olmo se había solucionado con un contrato de prueba. Creí que Edmundo venía a darme las gracias en persona. Sin embargo, ni siquiera lo mencionó. Me cogió por sorpresa. Vino para contarme que iba a dejar de ser el muchacho o el joven para pasar a ser un hombre casado. Vino para invitarme a su boda.

CORO

Como en un palco sin sillas de terciopelo asistimos, Edmundo, a tus conversaciones. Y tiembla nuestra voz cuando te acercas.

El coro quería un vengador. Lentamente ahora el coro se da cuenta de que quiere, en ocasiones quiere, un vengador y un sueño. Que la libertad no deba soportar cada vez el precio de su conquista, quiere. Que la inmadurez también nos haga un poco libres, libertad de una tarde. Que quien a los diecisiete años inventaba amores al teléfono porque estaba solo, porque era feo o fea o cobarde quizá, no deba esperar a los treinta para seducir con estratagemas, para suplir con el poder lo que no consiguió la fantasía. Que no todo sea venganza; que los sueños tengan verdad.

Como en un palco sin sillas de terciopelo asiste el coro, Edmundo, a tus conversaciones. Y pide el coro que tus palabras dejen al pasar en nuestras manos briznas de hierba.

Actuar a largo plazo, de acuerdo; pasar ocultos, es cierto y también el instante. Pues a veces, al oírte, en el cuarto cerrado con luces fluorescentes tus ojos, sin embargo, reflejan, se diría, la lupa de los escolares, el sol que da en la lupa, y el incendio.

Pero tú dices: La verdad de los sueños es haber sido soñados.

Unos días antes de la boda, Edmundo tuvo un altercado sordo con Fernando Maldonado. Recibió una llamada de su secretaria pidiendo, pero en realidad exigía, que en el programa de Edmundo entrevistaran a cierto empresario del mueble. La secretaria había empezado a dictarle el nombre y el número de teléfono cuando Edmundo la interrumpió:

—No creo que sea posible. Tendré que discutirlo con Fernando directamente.

Edmundo programaba su revista de sobremesa con precisión milimétrica. La había diseñado de acuerdo con su experiencia en publicidad. Hacía investigaciones privadas periódicas, y una vez pidió ayuda a Almudena y organizaron dos grupos de discusión completos que Edmundo pagó de su bolsillo. Introducir en esa mezcla exacta de emoción y seriedad a un empresario del mueble significaba alterar el equilibrio, con grave riesgo de que todo el producto se contaminara. Fernando sin duda no había contado con eso, pues a menudo se reía de la ambición de exactitud de Edmundo aplicada a terrenos que Fernando juzgaba inexactos por naturaleza.

Desde muy pronto, quizá no desde el día en que Fernando le pidió que le enseñara a bailar, pero sin duda mucho antes del pueblo pesquero, y antes del laboratorio médico, Edmundo supo que su relación con Fernando tenía como soporte principal un malentendido. Al principio el padre de Fernando debió de recomendar a su hijo que fuera amable con ese chico, Edmundo Gómez, recordándole también de esta manera al hijo su posición de superioridad, así se dice a un niño no te rías de la ropa fea de la señora de la limpieza. Fernando cumplió las instrucciones de su padre y vio en Edmundo un vasallo que podría prestarle buenos servicios. Vio también lo que acaso su padre había visto en el padre de Edmundo: un enemigo en potencia, si bien un enemigo en inferioridad de condiciones al que, no obstante, convenía desgastar o mantener bajo control. Y porque Edmundo era menos débil que Julio Gómez, porque tenía menos que perder y más que ganar, porque era, en definitiva, un poco más peligroso, Fernando nunca le perdió de vista.

Bajo la forma de la amistad ambos se vigilaban. Mientras tanto, crecía el malentendido: la muchacha rica enamorada del muchacho pobre, el hijo del guardés que juega con el hijo del dueño de la finca, el equívoco atractivo de las relaciones desiguales. Pues, a su modo particular, él y Fernando se atraían. Nacidos en la era de la ilusión democrática, atravesaron la adolescencia creyendo en la personalidad y así Fernando confiaba en ganarse a Edmundo sin violencia, en ganar su adhesión gracias al magnetismo de su persona, semejante en ello a su padre cuando decía tener una relación de camaradería con su sastre; Fernando aspiraba a fascinar a Edmundo con su carácter y no con su carácter encarnado en la materia de sus relaciones, su apellido, su patrimonio, su posición.

Al principio también Edmundo, el ateo, había experimentado esa ilusión, había fantaseado con la idea del descubrimiento, de que Fernando viera el príncipe bajo la figura del sapo, de que Fernando reconociera un poder fundado en el valor y la inteligencia. Y así la mutua atracción se sostenía pues cada uno entregaba al otro un espacio en donde poder seguir imaginando que eran, que Edmundo y Fernando eran ellos mismos. Como si la puerta disimulada con un tapiz fuese en el fondo tapiz o fuera puerta en el fondo y no ese tenso objeto constante, condenado a una doble utilidad. Y cuanto más distintos, Fernando de Edmundo, Edmundo de Fernando, mayor era el papel del yo de cada uno en esa relación.

Ahora Edmundo ya no creía, pero alimentaba el equívoco. Sabía que la persuasión era la cara amable de la fuerza y se fingía persuadido por Fernando, y fingía creer que confiaba en sus propios recursos al margen de la fuerza para mantener vivo el interés de Fernando, así en la caza pocas veces los animales están tan vivos como cuando acechan y parecen estar petrificados.

¿Por qué entonces Edmundo dio un paso, por qué, perdiendo una parte de su discreción, quiso hacer visible el enfrentamiento? Llegué a preguntárselo varios años después. Porque hay hombres y mujeres que se escondieron, me dijo, y cuando desapareció aquello que les amedrentaba ya habían olvidado qué era, y esos hombres y mujeres murieron escondidos después de todo. Porque, a fin de cuentas, con la llamada de su secretaria Fernando había roto el sutil equilibrio, la ficción democrática, y así como se alimenta la cólera también se alimenta la debilidad. Si Edmundo no hubiera reaccionado contra esa orden mal medida, habría empezado a creer que en verdad Fernando podía doblegarle, y era cierto que Fernando podía, pero también lo era que Edmundo llevaba años preparándose para atacar por sorpresa. Se enfrentó, me dijo, a Fernando porque no quería caer en la tentación de pensar que la cara era lo real y la máscara tan sólo un complemento voluntario. Quiso en cambio acariciar el peligro, tenerlo cerca y verse entonces obligado, necesitar la fuerza que a veces sólo deseaba y, a veces, hasta dejaba de desear, era cuando decía: Si ya no van a descubrir que mi máster fue mentira, si ya gano lo suficiente para poder prescindir de mi segundo empleo, y decía: ¿Tanto importa acatar los mandatos de Fernando Maldonado, es que mi madre no ha de conformarse con el olvido y la tranquilidad, es que no hay otros que a mí me guardan obediencia sin que yo se lo pida, es que no tengo una casa agradable?

Fernando Maldonado tardó dos días en devolver la llamada. No se rebajó al enfado pero en el exceso de desprecio Edmundo vio un descuido imperdonable.

Fernando dijo:

—He hablado con Ramón Peñalba. Sacaréis al empresario el jueves. Pensé que tenías más autonomía. Siento haberte molestado. La próxima vez le diré a mi secretaria que hable directamente con Peñalba.

—Sin duda será lo mejor —contestó él impostando un orgullo que ya no sentía. Después sirvió a Fernando una venganza personal, a propósito para introducirle de nuevo la tierra común del malentendido—. Fernando, me caso el sábado. No te lo había dicho porque he estado intentando convencer a mi madre para que me permitiera invitarte. Pero ya sabes cómo es, se ha negado a dar una contestación. Sé que si lo hago le amargaré el día. Tú eres mi amigo; es absurdo tener que elegir entre un amigo y una madre. Aunque espero que, porque eres mi amigo, sabrás entender mi elección.

Frente al lógico recelo, Edmundo volvía a recurrir a la personalidad: ellos mismos por encima de sus situaciones. Daba un vuelco al conflicto del empresario del mueble, como si no hubiera sido un conflicto de poder sino una intromisión de la vida privada, un arranque de malhumor del hijo del guardés motivado por su dignidad herida al haber visto que el padre de su amigo reprendía a su padre en público, y era como si Edmundo dijera lo importante somos nosotros, aunque tu padre sea señor y mi padre sea guardés, nosotros estamos por encima y más allá de todo eso.

—Lo entiendo —dijo Fernando—. De todas formas, enhorabuena. ¿Dónde váis a vivir?

—En mi casa de ahora, en Baltasar Gracián.

Al día siguiente llegó a la casa de Edmundo un hombre con tres cajas remitidas por Fernando Maldonado Dávila. Contenía el mejor equipo de música del mercado. El hombre le dijo que tenía orden de instalarlo donde Edmundo decidiera, orden de dejarlo a punto y funcionando ese día u otro que a Edmundo le conviniese más.

—Ahora es buen momento —dijo Edmundo.

Cuando el hombre se fue, Edmundo vio que había colocado un disco. Lo puso sin buscar la funda. Sabía que se trataba de un fox. Lo puso y toda la casa se llenó de gotas de lluvia que al caer.

De las pocas cartas recibidas cuando murió su padre, Edmundo había conservado una. Un sobre de papel tela, elegante caligrafía y, en el interior, un tarjetón sobrio con tres Ges en la esquina superior derecha. Gabriel García Guereña hablaba de su padre como de un caballero, se ofrecía para lo que pudieran necesitar dando sus señas y su número de teléfono, hacía llegar un abrazo para la esposa de Julio Gómez Aguilar y para la hija y un saludo muy cordial para Edmundo, a quien esperaba tener ocasión de volver a ver algún día. Mientras dejaba que sonara la música en el equipo de música de Fernando, Edmundo buscó la carta. Telefoneó a Gabriel y éste le invitó a su casa. Vivía en el cuarto piso de un edificio ni muy nuevo ni muy antiguo, en la parte más alta de don Ramón de la Cruz, casi lindando con Manuel Becerra.

El propio Gabriel le abrió la puerta. Edmundo tardó en reconocerle. Parecía más alto, quizá porque andaba más erguido. Se había dejado crecer, detrás de la calva, una melena liviana. Vestía una camisa de color rojo pálido, pantalones beige y unos zapatos de cuero.

—Pasa —le dijo—. Mi mujer ha salido y mis hijos no están así que, si quieres, podemos irnos nosotros también, a tomar un café. Los días como hoy en esta casa hace mucho calor.

—Como quieras. —Edmundo había echado a andar detrás de Gabriel por el pasillo.

—Voy a coger mi sombrero —dijo Gabriel.

Llegaron a una habitación pequeña y rectangular:

—El cuarto de la plancha. Lo convertí en mi despacho. No es que haga nada, pero el día que te jubilan llegas a casa con tus cosas, tus bolígrafos, tu reloj de mesa, tus carpetas, y tienes que dejarlas en algún sitio.

—Claro —dijo Edmundo.
—Gracias. En realidad no está tan claro. Podía haber metido las cosas en un cajón, o en el armario del dormitorio. La cuestión era dónde meterme yo. Mi hijo y mi hija todavía viven en casa, tienen sus cuartos. Mi mujer me ayudó. No ha quedado mal a pesar de ser pequeño. Y a veces me ocupo de algún asunto. Me hacen encargos. Bobadas, pero no vienen mal.

Gabriel descolgó del perchero una chaqueta clara y un sombrero claro. Recorrieron el pasillo en sentido inverso. Gabriel se había puesto la chaqueta. En el ascensor se puso el sombrero y Edmundo pensó en un cónsul americano. Salieron a la calle. Gabriel andaba con la lentitud y la firmeza de quien se apoya en un bastón sólo por gusto. Un cónsul retirado.

—Estás pensando que no me parezco a mí mismo, ¿verdad?

Entraron en una de esas cafeterías que se agrandan detrás de la puerta y se oscurecen hacia el fondo formando un arco. El color de las mesas de formica le recordó al óxido de hierro.

—Sí, lo pensaba —dijo Edmundo.
—Me entretengo saliendo a pasear como si fuera un extranjero, como si tuviera mi verdadera residencia en un país lluvioso. No hay que darle importancia. Háblame de ti.
—Las cosas me van bien. Aproveché tu consejo. No inmediatamente, lo reconozco.
—Perdóname, no recuerdo qué te dije.
—Dijiste que no me necesitaban.
—Eso es, tú ibas a pedir el paro.
—No me lo dieron. Pero aprendí mucho. Ahora tengo un buen puesto en televisión, y además tengo una especie de asesoría. Vengo a proponerte que trabajes conmigo.
—No sigas. Estoy bien como estoy. Teníamos algún dinero, hemos comprado Deuda Pública. Mis dos hijos trabajan.

Mi mujer hace yoga. Lo hacía antes de que me jubilaran, no creas. Soy un buen marido. No molesto. Leo la prensa en el cuarto de la plancha, doy mis paseos, ya te he dicho, me encargan algún informe.
    –Necesito a alguien como tú, no se trata de hacerte ningún favor.
    –Yo suelo tomar coñac con soda. ¿Quieres probarlo?
    Edmundo asintió. Gabriel se entendió por señas con el camarero. Luego dijo:
    –Yo nunca tomaba coñac. Forma parte de la representación. Tener una bebida, llevar sombrero.
    –Siempre nos toca a nosotros la carga de la prueba. Si la vida no es suficiente es porque fuimos cobardes, convencionales, poco imaginativos. Siempre nos toca comprarnos el sombrero, inventar fantasías sexuales o viajes de aventura. Yo no acepto esa carga, Gabriel. Que me demuestren ellos que trabajar es dulce. No hay que conformarse, dicen, no hay que resignarse a ser un burgués aburrido que limpia su coche. De acuerdo. No seamos convencionales: inventemos el interés de la hipoteca a nuestro capricho, cumplamos nuestras fantasías pero, además de las sexuales, la fantasía de irnos de vacaciones en el coche del consejero delegado, ¿es que eso no es un comportamiento poco convencional, poco reprimido?
    El camarero había depositado dos copas de balón del tamaño de un puño sobre el tablero de formica.
    –No me avergüences –dijo Gabriel–. Yo discutía a menudo con mis hijos. Les dije que la vida privada no estaba separada del trabajo. Que no arreglarían nada llevando el pelo largo si no conseguían cambiar sus contratos, sus sueldos. Y ahora, después de cuatro años de vacío, soy yo quien se ha dejado melena.
    –La culpa, la culpa, la carga de la prueba. En absoluto pretendo avergonzarte. Ni a tus hijos. ¿Por qué iban a tener ellos la culpa? No estamos en un momento en que se pueda presionar cuando te hacen un contrato.

—¿Entonces qué pretendes?

—Lo mismo que tú. Otra vida, pero sin el como. «Como si yo tuviera mi verdadera residencia en un país lluvioso.» ¿Te gustaría tenerla?

—Mi casa está llena de desconchaduras. Las casas de las personas mayores son como nuestros cuerpos, hay cosas que ya no se reparan. Tener otra residencia no me importaría, no. Una casa en el trópico. —Gabriel adelantó el torso y su cara recibió un poco de luz de una lámpara mortecina situada a su izquierda—. Ya basta —dijo—. ¿Qué es ese trabajo? ¿Es legal? ¿No te habrás metido en negocios de tráfico?

—No, no quiero que me obliguen a correr a mí con el riesgo y la infracción. No les concedo ese derecho, supongo que lo entiendes.

—Perfectamente. —Gabriel calló y Edmundo supo que él también pensaba en su padre.

—Tengo una asesoría de imagen clandestina. Para gente que se sentiría mal si tuviera que contratar a alguien abiertamente. Es limpio. Me pagan bien. Serás mi intermediario.

—Necesito que me lo expliques un poco más, pero gracias por pensar en mí.

—No me las des. Yo sí te necesito. Con lo que ganes no vas a tener para una casa. Pero, más adelante, quién sabe. Una casa o, por lo menos, no tener que imaginar que somos cónsules.

—Veo lo que quieres decir. ¿En qué consiste el trabajo, qué tendría que hacer yo?

Al amparo de las paredes pintadas de amarillo y oscurecidas por la escasa iluminación, Edmundo le describió el trabajo y las condiciones. Por hacer de intermediario y, a veces, alguna gestión más, recibiría el treinta y tres por ciento de las ganancias. A Gabriel el porcentaje le parecía excesivo, pero Edmundo le hizo ver que sin él no podría ampliar su negocio, y un negocio que no puede crecer está condenado a morir en poco tiempo. Aún estuvieron un rato más hablando del goteo de los grifos y de ventiladores. Antes de irse, Edmundo le dijo a Gabriel que se casaba. Le gustaría mucho que Gabriel pudiera asistir con su esposa.

CORO

La vida se juega allí donde no queremos y cuando salgamos del círculo quedaremos a la deriva, fuera, llegaremos a la deriva a las tiendas, a la deriva leeremos el periódico y veremos caer la tarde; ya anochece, seguimos a la deriva pues nos impusieron la obligación pero también el deseo de vendernos, así impone todo círculo la existencia de un entorno.

El fin de semana de la boda Blas estaba en Sierra Morena. Fui yo sola. Esperaba la clásica ceremonia de clase media en ascenso, una mezcla de familiares y cargos, jefes pasados o futuros e incluso alguna celebridad, y me vestí con esa idea. Era una boda por lo civil. Eligieron el juzgado de un pueblo cercano a Madrid, Robledo de Chavela, y después invitaron a los presentes a una comida en un restaurante pequeño, de paredes de piedra, situado en medio del campo. Un total de veintiséis personas invitadas. Eso yo no lo había previsto.
Por lo que pude distinguir, entre tíos, primos, padres y dos hermanas de Almudena había nueve familiares de la novia, y un grupo de siete amigos y amigas suyas. Eso significaba que había diez invitados por parte de Edmundo. Quitando a su madre, su hermana, el novio de su hermana, su tío Juan y un sacerdote amigo de su madre, quedaban sólo otras cinco personas escogidas por Edmundo. Y yo era una de esas cinco. Había tomado dos cafés con él, había estado una vez en su despacho y él había venido a verme una vez. ¿Qué criterio había seguido Edmundo para elegir a sus invitados? Al llegar al restaurante, Edmundo mismo me lo explicó en un

aparte, mientras me indicaba mi lugar en la mesa. «A Jacinto Mena le he pedido que venga porque le estoy agradecido. A Enrique del Olmo porque es mi amigo, aunque él no lo sabe. A Gabriel García Guereña y a ti os he invitado porque sois mis aliados.»

Me tocó sentarme al lado de Enrique del Olmo. Entonces sólo le conocía de nombre y de currículum. Era el documentalista por quien Edmundo se había dirigido a mí. Parecía tímido y a la vez reconcentrado. Aunque yo me esforzaba en darle conversación, él casi no me hablaba. Sin embargo, sus pocos monosílabos y alguna de sus preguntas indicaban que sentía vergüenza. Le dolía haber tenido que pedirle a Edmundo una recomendación y se sentía incómodo por haber caído precisamente al lado de alguien del medio; temía que yo fuese quien era en realidad, la persona que había mediado para que le dieran el trabajo. Así que cuando torpemente intentó averiguar si yo sabía quién era él, si sabía que había pedido un favor, si conocía a su jefe de documentación, le di a entender que en absoluto estaba al tanto de los hechos. Sólo entonces volvió por completo su cara hacia mí y, detrás de sus gafas, me saludaron sus ojos.

Supe que sus padres habían emigrado a Bermeo antes de que él naciera. Él se había criado allí, pero luego le mandaron a vivir con una tía suya a Madrid, a él y a otro de sus cuatro hermanos. Había estudiado la carrera con la idea de opositar para ser profesor de instituto. No obstante, como le gustaba la documentación, desde el principio colaboró con algún profesor en la búsqueda de material del pasado. Así le fueron saliendo trabajos que le ayudaron a cumplir el deseo de dejar la casa de su tía, pero también le crearon la obligación de seguir trabajando. Todavía confiaba en poder sacar tiempo para preparar las oposiciones, aunque, cada día, ese horizonte se alejaba. Era un joven amable, sin embargo a veces su mirada y su boca adoptaban expresiones de gran severidad. Aquel día pensé que podía ser una impresión errónea, un simple efecto de la montura metálica y el brillo en los cristales redondos de las gafas: con el tiempo he llegado a verle ejercitar el rigor y la aspereza en el trato con sus superiores.

Cuando terminó la comida, retiraron las mesas y pusieron música. La esposa de Gabriel García Guereña bailó un par de piezas con Jacinto Mena, quien había venido solo; yo, mientras, bailé con Gabriel. Hablamos de Edmundo pero sin mencionar el plan; cuando le conté mi profesión él quiso saber si yo podría conseguir que pusieran en televisión más películas del Oeste. Luego me retiré un rato a las sillas. Se me acercó un chico joven, muy moreno, quien según me dijo era indio de la India. Me describió algunas danzas hindúes. Después quiso convencerme para que fuera con Blas a Laponia.

Jacinto Mena estaba en una silla aparte, con las manos dentro de los bolsillos. Dejé al indio y me acerqué a saludarle, sin saber quién era, sólo por tratarse de la única persona de mi edad. Nuestros respectivos trabajos nos interesaron, el tiempo se hizo más corto y acomodadizo. Al cabo de un rato, Edmundo y Almudena vinieron para decir adiós. Se iban a Dinamarca. Yo apenas había visto a Edmundo en todo el día. Llegué tarde a la ceremonia en el juzgado, justo cuando Edmundo y Almudena salían rodeados de gente. En la comida me senté en un extremo, ellos estaban en el otro junto con sus familias. Les vi venir hacia Jacinto y hacia mí y pensé que si Blas me hubiera acompañado, habría tenido tendencia a representármelos como a mis hijos, pese a que dos de ellos aún estaban en el colegio y el otro en el segundo curso de la universidad. Al haber acudido sola, sin embargo, recordé mi viaje de bodas con Blas. Habíamos ido a Italia en un pequeño coche de color blanco. También me pregunté por qué me había casado con Blas. Como a algunas niñas, a mí me gustaban las películas de vaqueros; como algunas niñas, cuando las veía jamás soñaba con ser la mujer que aguarda haciendo tartas de manzana, ni siquiera la mestiza cuya melena negra arranca corazones. Nosotras soñábamos con ser el pistolero. Es cierto que Blas es un hombre considerado, aceptó que yo fuera a trabajar en unos años en que no era tan frecuente que la mujer casada lo hiciera. Pero él nunca quiso imaginar que algunas niñas no estuvimos enamoradas de Gary Cooper ni de Gregory Peck, y fue nuestro deseo cabalgar, imponer la justicia, ser el viento sin raíces, disparar el revólver y morir una tarde a la intemperie, caer en una calle de tierra o en mitad del monte, abatidas a lomos de nuestro caballo.

Ya se habían despedido de todos los invitados. Les vi partir. Edmundo dejó pasar primero a Almudena, cerraron tras de sí la puerta y la gente siguió bailando. También yo bailé un poco más, con el cura una vez, y con el indio, estaba algo ebria. Jacinto Mena me miraba con simpatía desde la silla. Gabriel García Guereña y su mujer, Mercedes, me acompañaron al coche en la oscuridad.

Tiempo después Edmundo me contó que aquel día había estado al principio preocupado por su madre, pendiente luego de los padres de Almudena y también de Fabiola; que durante la ceremonia apenas atendió al significado de las palabras porque había creído olvidar los billetes de avión en casa; luego Almudena tuvo que repetirle el contenido de los artículos del código civil y él renovó su promesa: respetarse y ayudarse mutuamente y actuar en interés de la familia y guardarse fidelidad y socorrerse. «¿Qué le pasaba a tu madre?», pregunté, y Edmundo me dijo que, poco antes de la boda, cuando supieron la fecha y él se la comunicó, notó en su alegría una especie de pena, un abatimiento que no parecía concernir a Edmundo sino a ella misma. Varias veces, en días consecutivos, quiso hablar con ella, saber qué le ocurría, pero ella insistió en negar cualquier cambio y le ayudó a preparar la boda, le enseñó el restaurante de paredes de piedra que pertenecía a uno de sus amigos de la parroquia, se mostró ilusionada como una niña, tan ilusionada y a la vez tan sin poder esconder por completo una debilidad nueva en su modo de ser, como si la hoguera de antes fuese brasa y estuviera más cerca el momento de la extinción. Así Edmundo llegó a pensar que su madre había enfermado y lo ocultaba. El día de la boda estuvo pendiente de su cuerpo, quería ver si comía, si bailaba, si se cansaba demasiado pronto. Lo cierto es que la vio feliz y vigorosa, y terminó por olvidar su preocupación.

Cuando volvieron de Dinamarca, sin embargo, su madre le llamó por teléfono y, después de preguntar por el viaje, le dijo:

—Me gustaría hablar contigo un rato.

—Cuando quieras —contestó él—. Tengo toda la tarde libre. ¿Quieres que vaya a verte?

—No —dijo su madre—. Hay una reunión en la parroquia. Termino a las seis. ¿Por qué no vienes a buscarme?

—¿No querrás que me confiese? —bromeó Edmundo.

—Bueno —dijo ella siguiéndole la corriente.

La iglesia de su madre estaba muy cerca de la plaza de Cuzco y de la casa donde vivieron hasta que su padre fue a la cárcel. Era moderna y un poco pretenciosa: varios tejados de ladrillo de inclinación muy pronunciada, una torre delgada y alta con una cruz de hierro; en el interior, crucifijos de algún metal pesado con un Cristo geométrico en cada columna. A la izquierda de la nave principal había dos capillas más pequeñas, separadas entre sí y de la nave por una pared hecha de cristal traslúcido y cemento. Edmundo había llegado con diez minutos de antelación y había entrado en la iglesia esperando encontrar a su madre en misa. Pero al verla desierta recordó que su madre había hablado de una reunión.

Salió en busca de otra puerta. No estuvo seguro de cómo llamar a su madre, viuda de, o su nombre de soltera, o la señora de su padre, así que se limitó a dar su propio nombre por el telefonillo y le abrieron. Aquel lugar era más parecido a Décima que a un colegio, una asociación de vecinos, una sacristía o cualquiera de los demás sitios que Edmundo habría colocado como posible punto de comparación. Un chico joven le señaló una puerta metálica con el montante de vidrio.

—Tu madre está reunida, creo que ya no tardará.

Luego le llevó a una pequeña sala de espera sin revistas donde Edmundo estuvo preguntándose por qué su madre le había citado allí. Desde su asiento la vio salir. Vestía con elegancia y había recuperado esa serenidad violenta que era ya casi un rasgo de su temperamento. Algunos hombres y mujeres salieron detrás de ella; se despedían y se saludaban en medio de un ambiente de eficiencia. Edmundo abandonó su habitáculo y permaneció en el fondo del pasillo; esperaba un gesto de su madre para acercarse. Ella lo hizo al final, cuando sólo quedaban tres personas:

—Marisa, Javier, Juan Luis, os presento a mi hijo Edmundo.

Edmundo saludó, satisfecho del ademán de orgullo de su madre y también de que sólo le hubiera presentado a quienes parecían sus más íntimos colaboradores. Ellos se despidieron y ella le dijo:

—Ven un momento.

Entraron en una sala pequeña con algunas sillas de convención, una pizarra y dos armarios metálicos. Su madre tenía la llave de uno de ellos. Cogió su bolso del interior y su abrigo. Dejó dentro una carpeta.

—Voy a llevarte al sitio donde conocí a tu padre.

Salieron juntos del edificio. Su madre zigzagueaba por pequeñas calles en dirección al paseo de La Habana. De vez en cuando hacía algún comentario intrascendente:

—¿Has visto ese perro? Parece un conde húngaro, o polaco.

Edmundo entonces asentía. No había nada especial en el perro y sin embargo la mezcla del pelo largo y rizado de las orejas con las finas patas largas sí podía hacer pensar en las polonesas de Chopin o en un conde húngaro de principios de siglo en el exilio.

Llegaron a la calle de Concha Espina y bordearon el estadio de fútbol. Cruzaron en dirección a la esquina con el paseo de La Habana. Su madre le señaló un kiosco de periódicos.

—Ahí le conocí —dijo—. Más o menos. Durante muchos años hubo ahí un pequeño chiringuito. El tranvía paraba justo enfrente.

Edmundo trató de componer el escenario. Su madre dijo:

—Vamos a tomar una Coca-Cola, en la calle paralela a ésta hay un sitio.

Llegaron a un bar con grabados en las paredes. Además de la Coca-Cola les trajeron patatas, aceitunas y pequeñas galletas saladas. Su madre pidió al camarero un cigarrillo, y fuego.

—¿Cómo fue? —preguntó Edmundo—. ¿Cómo os conocisteis?

—Él estaba en el chiringuito con unos amigos. Yo me bajé del tranvía y me di cuenta de que él me miraba. No era la primera vez que nos saludábamos, él vivía a una manzana de mi casa. Aminoré un poco el paso y él se levantó. «¿Vas muy lejos?», me dijo. «Te puedo acompañar.» Yo pensé que era una bonita forma de declararse.

—Y lo era.

—Sí. —La madre de Edmundo extendió un brazo para coger el cenicero de la mesa contigua—. Aunque no nos dejaron ir tan lejos como habíamos imaginado.

—A mí no me lo impedirán.

La dureza que desde hacía años había revestido los actos y las expresiones de su madre, sin abandonarla siquiera los días en que Edmundo la creyó enferma o debilitada, ahora pareció evaporarse. Por unos instantes, sentada junto a él en aquel bar, Edmundo no vio a su madre sino a la abuela de los hijos que podían venir, solidaria, dulcificada. Ella dijo:

—Pero una mujer, y los niños. Edmundo, ¿lo has pensado? ¿Vas a poder con todo?

—Claro que lo he pensado. «Que no te quiten la vida», tú me lo dijiste. Si peleo solo, si renuncio a la continuidad, a formar parte de algo, entonces ya me la habrían quitado. No quiero ser un francotirador.

—Me alegro de que lo veas así. —Su madre había apagado el pitillo. Parecía segura de sí misma y, sin embargo, su voz tenía un último timbre vacilante cuando dijo—: Aquel día tu padre me cogió de la cintura. Todavía recuerdo el peso de su mano. Verás, Edmundo, tenía miedo de no haberte contado que la vida está bien.

—Sí lo has hecho. Por eso, porque está bien, no quieres que me la quiten.

Su madre no había escuchado el final de la frase. Se había llevado el vaso frío a las mejillas y, como si no hablara con él, decía:

—¿Verdad que hace calor?

CORO

Por eso, porque la vida está bien, no quieres que te la quiten. Pero en nuestros colegios aprendíamos las canciones de los héroes solitarios: «Y si caigo, / ¿qué es la vida? / Por perdida / ya la di, / cuando el yugo / del esclavo, / como un bravo, / sacudí.» Dar la vida por perdida y después a navegar, y que rindan sus pendones cien naciones.

Sin embargo dar la vida por ganada y no querer ganárnosla por eso, y no querer recuperarla sino decir: Es nuestra, es nuestra y está bien, y nos negamos a ganarla porque nos pertenece.

En otoño de 1983 Edmundo puso en marcha una estrategia de protección. No tuvo que improvisar. Igual que en sus primeros años de estudiante, se limitaba a actuar bajo vigilancia, libre, sin embargo, de las cortapisas del colegio mayor. Él sabía que no le vigilaban, pero sabía que un día podrían llegar a hacerlo y, en consecuencia, procuraba no dejar huellas. Si quería tener acceso a un documento interno, desde la lista de los trabajadores en plantilla hasta un informe sobre las televisiones autonómicas, jamás lo solicitaba directamente. Su labor empezaba más atrás, podía consistir en la creación de la necesidad de ese documento en alguna área a la que él tuviera acceso indirecto. Por lo mismo, cuando deseaba advertir a alguien de un peligro, construía primero una cadena de mensajes en la cual él actuaría sólo como intermediario, como segundo eslabón en una serie de cuatro a fin de que nadie llegase a establecer nunca con claridad su posición en el tablero de apoyos y enemistades.

Fuera de la televisión, Edmundo había recuperado su empleo de asesor de imagen clandestino, sólo que cambiando el perfil de sus asesorados. Muy de tarde en tarde, y haciéndose de rogar, aceptaba algún caso procedente de Antonio Molinero, pero sólo si le parecía fácil y siempre después de aclarar que hacía una excepción, que si bien el dinero nunca sobraba, él era ya un hombre casado y no quería complicar su existencia. Así pues, aunque mantuvo el contacto con Antonio Molinero, fue reduciendo su disponibilidad y un día le contó que se había retirado de la asesoría para siempre. No le interesaba tener a Molinero al tanto de sus actividades.

Siguió, sin embargo, por su cuenta en la profesión. Cuando, a través de periódicos o por el comentario de algún conocido, tenía noticia de personas que pudieran necesitar sus servicios y que no mantuviesen relaciones con el partido socialista, Edmundo se dejaba caer. Ahora ya no se ofrecía abiertamente, como cuando fue a ver a Gonzalo Sánchez Val. Gabriel García Guereña actuaba en su nombre, era la cara visible, el contacto con un hipótetico Eduardo o Raimundo. Se hizo más exigente con respecto al secreto.

De este modo, creamos un nuevo circuito al margen de Antonio Molinero y también de Fernando. Edmundo trabajaba con tarifas más baratas. Sus clientes no solían ser cargos institucionales a excepción de una bala perdida de la UCD o de Alianza Popular, y en esos casos la condición de bala perdida era imprescindible para que Edmundo les abordara. Médicos agraviados por una aplicación sesgada de la ley de incompatibilidades, ingenieros víctima de una campaña de desprestigio, criaturas sin relación directa con la banca o los partidos, tal era el perfil de sus asesorados y también un aspirante a cátedra injustamente preterido, un guionista rencoroso entrado en años, un cura salpicado por una acusación de abuso de menores. Edmundo les hacía salir a flote.

El aspirante a dirigir el departamento jurídico de una empresa estatal que fue relegado por otro más joven era de pronto invitado a comer por el consejero delegado de una empresa privada del sector; más tarde era elegido para asistir a una convención europea y, en distintos despachos, llegaban a los oídos de altos mandos de la empresa comentarios sobre algunas de sus últimas gestiones. Por fin el aspirante acababa siendo propuesto para hacerse cargo de una negociación delicada, acababa haciéndose cargo realmente y llegaba a tener bajo sus órdenes al joven que ocupó su sitio.

De vez en cuando sucedía que ese mismo aspirante, o el guionista que se había visto obligado a aceptar un precio irrisorio por su guión, o cualquier otro, pedía a Edmundo un trabajo extra. No se conformaban con brillar en lo alto, querían proyectar además una leve sombra sobre sus enemigos. Una sombra anónima, perecedera pero capaz de provocar instantes de regocijo para los maltratados. Era entonces cuando Edmundo les servía en bandeja pequeñas venganzas. Las cobraba aparte, aceptaba pocos de esos trabajos y sólo si la venganza se le solicitaba en el ámbito de lo trivial. Edmundo conocía el poder del rumor, del ingenio pervertido. Sabía que una sola frase podía poner en cuestión el prestigio de un hombre sobre todo cuando, como en la mayoría de los casos, el prestigio se asentaba sobre bases movedizas. Evitó que le pagaran por ser detective. Se negó a buscar en sus archivos por dinero, no juzgó prudente practicar la amenaza, sacar a relucir papeles o conexiones. No lo juzgó prudente, no lo necesitaba. Se vengaba por encargo con un trabajo semejante al de un creativo que acuñara lemas contra la competencia. Y si el mote común suele quedarse en los aspectos físicos, sus lemas, sus acciones, debían parecer igual de obvios y al mismo tiempo incorporar un trabajo previo de análisis que quien ha sido herido es incapaz de hacer pues le ciega la rabia, y quien ya se ha repuesto deja de hacer, pues no le pagan por eso. Pero a Edmundo sí le pagaban; y el lema se difundía, o la acción tenía lugar y el político municipal era puesto en ridículo, o el director de una empresa era desmentido en público por una mentira que él no tenía conciencia de haber dicho; entonces los agraviados sentían que en el mundo había un poco de justicia, aun cuando fuera frívola y silenciosa.

En abril del 85 nos llegó la confirmación de que en las altas esferas estaban comerciando con el programa de Edmundo. Al parecer se había producido una compraventa de favores y el pago era entregar el programa de Edmundo para que un recomendado pusiera en marcha un programa de propaganda cultural, el arte en la calle, los niños en los museos, las nuevas medidas del gobierno en todos los campos del ocio y el entretenimiento. Gracias a nuestra red, y digo nuestra, de Edmundo, Gabriel y mía, porque entonces yo ya colaboraba con asiduidad en su pequeño servicio secreto, gracias a nuestra red supimos lo que se avecinaba con diez días de antelación. Hasta ese momento habíamos usado los datos que teníamos para frenar pequeños golpes, hacer también nuestras venganzas mínimas, protegernos. ¿Hubiéramos podido evitar que Edmundo perdiera su programa? Creo que sí; no obstante, los tres estuvimos de acuerdo en que el coste era demasiado alto. En televisión, como en cualquier otro sitio, la gente tiene sus camarillas. Pero la alianza entre Edmundo, Gabriel y yo, y los apoyos inconscientes con que contábamos, no miraba al interior de la televisión, a nuestras posiciones. No queríamos protegernos de las agresiones que recibíamos sino de la ilusión de que era posible protegerse sin invertir las reglas o quebrarlas. Y Edmundo prefirió permanecer en la oscuridad.

Le apartaron sin una explicación convincente. Su programa iba bien, no era el programa más brillante y llamativo de la primera, pero proporcionaba temas de conversación. Aunque entonces la actual dictadura de la audiencia era inimaginable, empezaban a hacerse estudios debido a la incorporación de las televisiones autonómicas. Por los estudios se sabía que el programa de Edmundo era masivamente seguido; por los medios de comunicación, que había creado señas de identidad y que, casi todas las semanas, era el punto de partida de algún debate, noticia o reportaje. Un programa, en fin, perfecto para cualquier director de cadena: no daba problemas, rendía, cubría un horario comprometido. Sin embargo a Edmundo le dijeron que la fórmula estaba anticuada y, como compensación, le dieron un programa semanal de variedades los miércoles, semejante al suyo aunque con la cuarta parte de interés debido a la falta de continuidad.

Se lo comunicaron oficialmente a finales de mayo, el mismo día que un colegio privado y laico firmó con Almudena un contrato de colaboración. El gabinete de Almudena perdía dinero, si bien las pérdidas disminuían mes a mes. Habían calculado que en mayo del 85 quedaría amortizada la entrada del local que habían comprado y Almudena ganaría lo suficiente para cubrir la hipoteca y los gastos generales, aun cuando debiera esperar más tiempo para obtener un sueldo. Fue justo entonces cuando ofrecieron a Almudena, a cambio de una cantidad fija, hacerse cargo de los niños de un colegio, una media de diez niños al mes, que podía subir a quince. Ésa había sido la oferta inicial. Almudena la había corregido introduciendo variaciones según la duración del tratamiento de cada niño. El colegio corrigió a su vez las correcciones de Almudena y al final llegaron a un acuerdo no exento de inconvenientes pero que permitía a Almudena hacer de su gabinete un puesto de trabajo real.

Almudena llamó a Edmundo para contarle que a las seis iba a firmar el contrato.

Después de la firma compraría vino y embutidos, le dijo. Aunque por la noche habían quedado para cenar con Fabiola y con su novio, ella quería preparar un pequeño aperitivo de celebración para los dos.

Cuando llegó Edmundo ella aún estaba en la ducha. Se puso un pantalón vaquero limpio y una camiseta color tejado; él notó que olía a sábado por la mañana, a levantarse e irse a desayunar a una terraza con sol y mesas blancas. Recordó entonces la buena noticia de la colaboración con el colegio, la besó con fuerza aunque no por eso dejó de estar desalentado. Almudena era sólo un año más joven que él, pero esa tarde él se sentía cinco o seis años mayor. Se sentó en el sofá con su pantalón gris y la camisa de manga larga. Brindaron y luego él dijo:

—Hay un poco de equilibrio en el calendario. Media hora después de hablar contigo por lo del colegio me comunicaron oficialmente que me quitan el programa.

—Mira que no decírmelo hasta ahora. —Almudena le miraba con ojos de recién despertada—. ¿Entonces ya es seguro?

—Sí, lo que habíamos oído. Una compraventa de favores. Aunque no me lo han dicho así, claro. Pero todo encaja.

—¿Qué vas a hacer?

—Como premio de consolación me han dado un semanal el miércoles por la noche, las sobras.

—De todas formas, ese programa ya había empezado a aburrirte.

—También lo he pensado. Pero no importa. Quiero decir que no es lo más importante. La cuestión es que somos demasiado pocos y no veo la forma de ser más sin ponernos en evidencia.

Edmundo se hizo un pequeño bocadillo con dos rodajas de pan y una de lomo.

—Sin embargo, siendo tan pocos conseguisteis saberlo con antelación.

—No es suficiente. Irene y yo no damos abasto.

—Tienes a Gabriel.

—Pero Gabriel no está en la casa.

—¿Por qué no hablas con los del comité de empresa?

—Es justo lo que no puedo hacer. Mi caso les parecería un lujo y tendrían razón, en cierto modo —dejó la copa en la mesa, como dando por concluido el aperitivo—. Ni siquiera puedo darme a conocer, decirles que cuenten conmigo cuando necesiten información.

—¿Y a escondidas, sin que sepan quiénes le proporcionan la información?

—Sí, a veces lo hacemos. Lo malo de un comité es que se le ve venir. Es lo contrario de una guerrilla. Cuando luchas a pecho descubierto sufres demasiadas pérdidas. Nuestra mejor baza es la sorpresa.

—Y el tiempo.

Edmundo miró a Almudena. Era tan raro tenerla allí. Zurda como una naranja, su confidente porque podía comunicarle cosas en secreto, pero a la vez la materia real de su confianza: él esperaba que ocurriera algo, y si esperaba obtener por ello tranquilidad, Almudena constituía la materia, el lugar y las horas de la tranquilidad. Algún día él, Edmundo Gómez Risco, viviría sin rendir cuentas a superior alguno, viviría sin temor a represalias que le impidieran alimentarse, alimentar a los suyos, cobijarlos y tener felicidad. Algún día él viviría tranquilo con una mujer zurda, huésped de la fortuna que abate los árboles y hace temblar el suelo pero libre de las intromisiones, libre del mando y la obediencia, libre también de la emulación, del deber de desear la aprobación de aquellos a quienes no estimaba. Miró a Almudena, apoyaba sobre sus pantalones la copa de vino, la sujetaba cubriéndola con la mano y sabía, o parecía saber, que ese día iba a llegar. Edmundo dijo:

—Tienes razón. Contamos con la sorpresa y con el tiempo. Debo calmarme. No será mañana ni pasado cuando pueda controlar los resortes, sino dentro de años.

—Nos saldrá bien —dijo Almudena—. Haremos que cosas como lo del contrato del colegio o tu programa no nos marquen la vida.

Edmundo retiró la copa de sus muslos y se tumbó en el sofá apoyando allí la cabeza. Tras unos minutos de silencio, Almudena volvió a hablar.

—A lo mejor necesitas contar con gente de fuera —dijo.

—¿Lo dices por los de mi segundo trabajo? He estado dándole vueltas. Alguno nos ayudaría, pero tengo que ser muy prudente.

—No, no lo decía por eso. Jacinto Mena lleva llamándote toda la semana. Me ha dicho que esta vez tiene entre manos un asunto que va a interesarte. Ya le dijiste que no el año pasado. A lo mejor ahora te viene bien trabajar una temporada con él.

Aunque Edmundo esperó a después del verano para despedirse, mentalmente salió de televisión aquella misma tarde. Sus ratos vacíos dentro de la casa y su tiempo libre fuera los dedicó a Jacinto Mena pues ya no se trataba de patatas fritas o bebidas refrescantes sino de la salida de España de la OTAN.

A Jacinto Mena le habían pedido que trabajara a partir de un estudio cuantitativo según el cual el cincuenta por ciento de la población española en 1984 no sabía lo que era la OTAN. En cambio, un cuarenta y cinco por ciento que sí lo sabía estaba en contra de que España estuviera en la organización. El partido socialista, el mismo que hiciera su campaña en contra de la OTAN, se lo había pedido a Jacinto Mena y no a Décima. Era un encargo remunerado pero aún no podía ser un encargo institucional. Querían que Mena, confidencialmente, estudiase las características de ambos grupos con la vista puesta en la posibilidad de obtener una mayoría favorable a la permanencia en la OTAN.

¿Problemas morales? Edmundo no creía en la moral, que era siempre consecuencia de las relaciones de servidumbre. Pero Jacinto Mena sí creía, era un hombre de principios y así se halló indefenso ante los principios. A tenor de sus principios no dejaba de ser sarcástico que el partido más votado de España, el que parecía romper al fin con el pasado régimen, con la continuidad de ideas y de nombres, asentara su éxito en su capacidad para teñir de negro lo que antes fuera blanco. Sarcasmo, burla, escarnio, y también la creación de un penoso precedente. Eso le preocupaba, aun cuando semejante vuelco de opinión fuera un experimento impagable para su pequeña ciencia. Los principios, sin embargo, no estaban sujetos a ninguna realidad concreta. Donde antes se decía neutralidad ahora se decía responsabilidad, donde antes se decía paz ahora también se decía paz. Paz, Europa, modernidad, una generación, la de Jacinto Mena, que se sentía llamada a cuidar de los españoles y españolas. Les conozco, son todos entre cinco y diez años más jóvenes que yo. El sarcasmo que consternara a Jacinto Mena quedó sepultado por el paternalismo.

Y Edmundo se fue a trabajar con Mena, y yo entendía la posición de Jacinto Mena y la de Edmundo pero también tenía que entenderme a mí, no se renuncia a la moral en un instante, no se renuncia a la moral sólo con el deseo de renunciar a la moral. Yo estaba de parte de Edmundo: le dije que seguiría a su lado, me quedaría al mando de nuestra red secreta, aunque le pedí que me mantuviera al tanto de su actividad, de las consecuencias que pudiera tener su actividad en una campaña a favor de la permanencia de España en la OTAN.

Estábamos en 1985. Después todo se precipitaría, los mítines del PSOE contra la OTAN se convertirían en el referéndum del doce de marzo de 1986 para pedir el Sí. Sin embargo, cuando llamaron a Jacinto Mena nadie pensaba que las cosas fueran a ir tan rápido. Ni siquiera Jacinto, ni tampoco Edmundo, ni yo misma. Edmundo empezó a trabajar mano a mano con Jacinto, como en los viejos tiempos sólo que, para lo relacionado con el asunto de la OTAN, procuraban no citarse casi nunca en Décima. Hacían las entrevistas en cafeterías, y los grupos eran convocados en diferentes locales, desde un aula vacía de la facultad a la propia casa de Jacinto Mena.

En septiembre Edmundo pidió una excedencia de seis meses o algo parecido a una excedencia, pues él tenía un contrato bastante singular. Y no se fue del todo. Me dejó, sí, al mando del barco, al mando de nuestra red clandestina, tan clandestina que ni siquiera ella misma sabía que era una red, sólo nosotros lo sabíamos. Habíamos elegido proteger a unas personas y poner dificultades a otras pero sin que mediaran pactos. Protegíamos y obstaculizábamos interviniendo en el caudal de información, extrayendo de él algunos asuntos, poniendo otros a circular, a veces ciertos, a veces falsos.

En especial nos habíamos ocupado de diversificar nuestros métodos: traspapelábamos carpetas de tal modo que alguna secretaria terminara mostrando a su jefe el material que había encontrado sin querer; metíamos sobres anónimos debajo de la puerta del comité de empresa; atribuíamos rumores a fuentes ajenas al rumor mismo; hacíamos salir a la luz algún secreto por el procedimiento de exagerar el disimulo y, muy a menudo, distribuíamos la información previamente troceada en sílabas que alguien oía de distintas bocas con la ilusión de haber reconstruido él mismo la palabra completa. Muchos pensarán que luchábamos por el poder, sin embargo el poder no es otra cosa que lo que se hace con él, esto es, lo que se produce como resultado. ¿Qué producíamos? Por el momento sólo una posibilidad o siquiera el anhelo de una posibilidad de existir, en el futuro, sin dueños; en el presente, trozos de escudos o el fragmento que cubre la rodilla en la armadura producíamos.

Edmundo se preocupaba por nuestro servicio de información, quedaba conmigo para ayudarme a repasar los pasos dados, buscar ideas, atender algún peligro que nos hubiera podido pasar inadvertido. Pero era de mí, en última instancia, de quien dependía. Debo reconocer que me gustaba. Por primera vez en más de veinte años llegué a experimentar el placer de no ser vulnerable a los inconvenientes, placer éste muy distinto de la pequeña calma que a veces da el prestigio y que yo sí había conocido. El prestigio no es más que una acumulación de coincidencias. Se acumulan, entonces nuestro trabajo torna a ser valioso y podemos ponerle un precio aceptable en forma de salario, en forma de pequeñas peticiones que se ven cumplidas, el despacho, el fichaje de cierta persona, días libres para un congreso con figuras de la televisión norteamericana al cual, en aquel tiempo, me invitaban una vez al año. Pero el prestigio, como el valor de nuestros títulos, lo fijan otros: basta con que cambien sus intereses para que cambie la cotización. El valor de nuestro servicio secreto, en cambio, residía en nuestra desaprensión, en cuán hábiles fuéramos y cuán taimados.

Sí, por primera vez en bastante tiempo yo me sentí como uno de esos pistoleros a quienes nadie se atreve a contradecir y no porque posean el rancho más grande: nada poseen, no les sirven matones ni capataces, pero son rápidos. La aristocracia del pistolero no es una aristocracia de sangre, de mera fuerza, es una aristocracia de sangre y mérito: haber practicado mucho, haber disparado miles de veces no sólo para acertar a una lata oxidada en la distancia sino para acertar a tiempo, para desenfundar y apuntar y apretar el gatillo cuando el otro aún está llevándose la mano al revólver. El pistolero no se prueba sólo con latas. El pistolero debe probarse con hombres aunque no porque necesite medir su velocidad, para eso basta una moneda al aire. Necesita probar y probarse que no teme matar a un hombre, como tampoco teme jugarse la vida.

Y bien, no estamos en el Oeste. Nadie lleva una pistola a la vista. No es lo común que se sieguen las vidas a pleno sol y, cuando así sucede, dura apenas un instante, enseguida la pistola se tira y huye aquel que disparó. El pistolero pertenece a un tiempo en que la ley luchaba contra la voluntad. Hoy la ley ha vencido. El terrorista quiere una nación con otra ley o con la misma ley. El criminal infringe una ley que sin embargo reconoce. El pistolero quiso oponer a la ley su voluntad. Edmundo era un ateo del bien y era por tanto un ateo de la ley que apela siempre al bien. Mas ni Edmundo ni yo queríamos retroceder al tiempo de la voluntad.

No queríamos retroceder, sino avanzar. Hicimos nuestra red. Parecería que estábamos sometidos pero sólo hasta un punto y, una vez rebasado, no nos someteríamos: morderíamos la brida hasta cortarla, la correa morderíamos, la mano que nos daba de comer morderíamos para ser libres.

Edmundo se fue a trabajar en los estudios de opinión sobre la OTAN, aunque nadie sabía que era a eso a lo que se dedicaba, y yo me sentía segura al mando de nuestro servicio de información flotante. Con todo, Edmundo, a su manera, había ido disparando balas contra los hombres, bien que sin apuntar nunca a la cabeza o al corazón. Su máster falso y su empleo de asesor de imagen clandestino eran disparos, actos con que decir estoy dispuesto a saltarme las reglas, otros me han visto desenfundar en una calle de tierra, acepto no ser parte de la gente de paz. Mi caso era distinto. Iba a cumplir cincuenta años. Una mujer de esas que llaman emancipadas, aunque tampoco tanto. Casada y fiel, con tres hijos, con una trayectoria profesional brillante aunque no poderosa, y la luz declinaba. Yo no estaba en el bando de los pistoleros sino en el de las tartas de manzana.

¿Qué había hecho yo? Abrirme camino debiendo siempre algo, abrirme camino llegando siempre tarde porque, cuando empecé a trabajar, las mujeres llegábamos siempre tarde, se nos reconocía el acierto del producto elaborado pero la audacia nunca. Las mujeres estábamos para refrendar un mundo ya firmado. Y digo las mujeres, inútil abstracción. Odié a mis jefas tanto como a mis jefes, en ocasiones más. Pero al fin fue mi vida y sé que en mi vida muchas veces quise decirle a Blas: ¿No escuchas el cansancio? ¿No ves cómo todo lo que consigo está manchado de polvo, sudor, es fruto del saqueo, concesión de los señores de la guerra y cómo, por el contrario, lo que consigues tú te pertenece, te cae tan natural como un buen traje a quien pueda ponérselo y a mí me queda siempre un poco grande, un poco corto o ancho como ropa prestada? Un cansancio de años, una clara insolencia que había ido creciendo sin mostrarse, a ratos dejando ver ese nudo minúsculo en el árbol, la yema de una hoja. Entonces Edmundo dio conmigo, mi Lucifer privado.

Me uní a él, acepté el mando de un escuadrón de ángeles que ni siquiera tenía conciencia de serlo. No obstante él, Edmundo, había disparado, había mentido, había falsificado. Y yo sólo espiaba, pero todos espían; espiar no es un acto, es apenas un método. Resolví que debía cometer un acto ilícito para quemar mis naves, mi fe en el bien, el regreso. Edmundo había mentido; dispuse que yo misma cometería un robo. Le quitaría dinero a un compañero, arriesgándome al fin a desertar del respeto a la norma, a la creencia.

CORO

Nos miramos las manos, y las palmas vacías se levantan como si alguien estuviera aparcando el coche al hilo de nuestras indicaciones; se levantan las palmas y decimos: Alto, Edmundo, no sigas. La mentira, la traición, ahora el robo de tu aliada, ¿qué más vas a traernos?

Iba el coro a decir que tiene miedo, porque el miedo se vence, pero no es miedo: no siempre cuando uno o una deja de robar, deja de hacerlo por miedo. A veces el coro desaprueba un comportamiento. Y se retrae. Duda de ti nuevamente.

No quería el coro un héroe. Ir contigo quería, pero bebe cerveza el coro, frecuenta las casas de sus amigos sin hurgarles los cajones, llora en el cine con las escenas de promesas cumplidas, de consuelo y felicidad. ¿Es esto una contradicción?

Edmundo llevaba cinco meses trabajando con Jacinto Mena cuando, una noche del mes de enero, Fabiola le llamó y le propuso que quedaran los dos a comer. Era una propuesta inusual pues los dos hermanos ya casi nunca se veían a solas. Coincidían en casa de su madre cada dos semanas y también, como Almudena y Fabiola habían congeniado, a veces salían a cenar Almudena y Edmundo con Fabiola y su novio y pasaban noches agradables, aunque esporádicas. El novio de Fabiola se llamaba Pedro y había aprobado las oposiciones de inspector de trabajo. Trabajaba en Cáceres pero pasaba los fines de semana con Fabiola, en un piso pequeño que habían alquilado en la Latina.

A Edmundo le caía bien Pedro, veía con agrado el curso que parecía seguir la vida de su hermana. No obstante, era como si ella estuviese muy lejos, en otra ciudad, fuera de sus círculos y fuera, desde luego, de su plataforma. Edmundo no echaba de menos otra clase de relación: quería que Fabiola fuese feliz, que pudiera contar con su ayuda si alguna vez

267

atravesaba una mala época en cuestiones de salud, dinero o afecto. Estaba dispuesto a desempeñar su papel de hermano mayor, pero le daba miedo cualquier otra forma de promiscuidad, de cercanía. En cierto modo él había elegido hacerse cargo del pasado y, a cambio, esperaba ver a Fabiola echar a volar sin lastre, como una hermana cualquiera, como una hija cualquiera en cuya infancia hubo un episodio familiar oscuro ya olvidado.

Edmundo esperaba que Fabiola nunca llegase a tener noticia del pacto tácito entre su madre y él; no sólo rehuía la intimidad con ella y las conversaciones sobre el pasado sino que había pedido también a Almudena que no hablara con su hermana de su plan, ni de su segundo empleo, pues, a veces, de vuelta de los juzgados, Fabiola pasaba cerca del gabinete de Almudena y, si Almudena podía, tomaban un café. «No hace falta que mientas», le había dicho Edmundo, «sólo déjala pensar que me concentro en lo que hago, que he encontrado mi sitio.» Por eso aquella noche, cuando Fabiola le llamó a casa y quiso quedar con él al día siguiente, Edmundo se preocupó. Fabiola parecía alegre, no daba la impresión de estar metida en un lío, pero entonces ¿de qué quería hablarle? Una comida los dos solos suponía una incursión en la intimidad. Tal vez quisiera, se dijo, contarle algo de Pedro. Sin embargo en ese caso a Fabiola no le habría importado quedar con Almudena y con él, seguramente lo habría preferido.

Se citaron cerca de casa de Fabiola, en un restaurante de comida casera que ella conocía. Fabiola llevaba un impermeable azul con la capucha subida, unas botas catiuscas. Edmundo la vio entrar desde su mesa. Él había llegado cinco minutos antes, había colgado el abrigo, cruzado las piernas: la esperaba. Debajo del impermeable Fabiola llevaba un jersey de cuello alto, de rayas blancas y amarillas, y un pantalón de pana azul muy oscuro, casi negro. Hacía dos años que había terminado la carrera. Trabajaba en un despacho colectivo de cinco abogados. Tres se dedicaban al derecho laboral, y otro chico y ella a los temas penales. Fabiola le dio un beso en cada mejilla y se sentó frente a él.

—Te recomiendo las lentejas —dijo—. Pero son muy contundentes. Yo las tomo de segundo.

—Es buena idea.

Pidieron berenjenas rebozadas de primero, y una jarra de agua, y vino de la casa. Edmundo reparó en el cristal rayado de la jarra. El olor a limpio de las manos de la camarera también era un olor a jabón, a suciedad borrada. Hacía al menos dos años que no iba a comer a un sitio así. Sin embargo, se encontraba a gusto. Una estufa de butano daba un calor palpable frente a la lluvia de fuera. Edmundo miró a Fabiola pero no le hizo ninguna pregunta. Tampoco introdujo ningún tema rutinario en la conversación. Ella le había llamado, parecía decir con su mirada. Fabiola respondió:

—Quiero pedirte ayuda —dijo—. Incluso podemos contratarte, sólo por horas, claro, si no cobras muchísimo. —Se la veía excitada, y muy contenta.

—¿Tenéis algún caso en que os pueda ser útil?

—Ah, no me refiero al despacho, sino a la comisión anti-OTAN. En realidad, todavía no lo hemos propuesto oficialmente, pero seguro que lo aceptarían. Se nos ocurrió hace poco a Pedro y a mí y, primero, quería preguntártelo. Se trata de que nos ayudes con la campaña anti-OTAN. Ayuda profesional, estudios, informes, como si fuéramos una empresa de pan de molde o algo así.

Edmundo sostuvo la mirada de Fabiola y le vino a la cabeza la imagen de cientos de personajes de las películas asesinados por quien nunca imaginaron, el gánster por la chica, el atracador por su mejor amigo, el padre por el hijo. Esos personajes abren mucho los ojos, miran a su asesino con asombro, como si fueran a decir algo, como si la bala sólo les hubiera rozado y ellos estuvieran vivos; luego, al instante, se desploman. Fueron pasando los segundos. Edmundo dijo:

—¿Os parece tan importante? ¿De verdad pensáis que cambiaría algo si el Gobierno pierde el referéndum? ¿Cuánto tardarían en darle la vuelta?
—Todo es importante. Cada cosa que se conquista da fuerzas para la siguiente.
—A veces no. A veces pone tus fuerzas en evidencia. Consigues ridiculizar a tu jefe delante de todo el mundo y, a las dos semanas, tu jefe te despide.
—Pero eso crea un precedente. Los demás han visto que te puedes burlar.
—Y han visto que te han despedido.
—Entonces, quedémonos sentados sin hacer nunca nada.
—No digo eso. Digo que las victorias simbólicas son muy peligrosas. Espartaco se convirtió en un símbolo, pero cuántos miles de esclavos dejaron de sublevarse por culpa de Espartaco, porque habían visto lo que les esperaba al final de la sublevación.
—El hijo de Espartaco nació libre.
—El hijo de Kirk Douglas, en la película. Y porque su madre miente, disimula y se lo enseña a Espartaco a escondidas, sin exhibirlo. Pero los hijos de otros miles de esclavos ni siquiera nacieron o fueron esclavos además de huérfanos.
—No puedes echarle a nadie la culpa de haber sido vencido.
—No, claro, no está bien visto hacerlo. Pero por lo menos puedo criticar su estrategia, o intentar mejorarla.
—Vamos a comer —dijo Fabiola—. Se nos está quedando frío.
Comieron en silencio, frías también ilusión y complicidad. Fabiola quería decirle a Edmundo que no le interesaban sus argumentos, que sólo necesitaba saber si iba a ayudarles o no. Sin embargo, Edmundo se adelantó a la pregunta:
—No puedo trabajar para vosotros. Sabes que he vuelto a Décima, y Décima está muy ligada al PSOE. Si lo hiciera, perdería el empleo.
Entonces fue Fabiola quien quiso volver a los argumentos:

—Lo entiendo, Edmundo. Lo malo es que no acabo de creérmelo. No creo que sea por eso. Tú podrías encontrar otro trabajo si quisieras. El motivo es que te da igual quién gane. Pero tú no eras así. Y no me digas que no se han conseguido cosas a costa de muchas luchas, luchas que se perdieron.

—A veces te atacan y no tienes más remedio que defenderte, aun sabiendo que vas a perder. Pero eso no quiere decir que la elección del momento no forme parte de la estrategia. Son las guerras que se han ganado las que de verdad han cambiado las cosas.

—No me extraña que en el fondo quieras seguir en la OTAN. ¿Y qué pasa con la guerra civil, que se perdió?

Edmundo se restregó los ojos.

—¿Queréis ganar vosotros el referéndum? De acuerdo. Diles a todos los de la comisión que se quiten las camisetas de colores, las cazadoras rotas. Diles que vayan a la peluquería, se hagan la manicura y se compren corbatas caras. El PSOE va a jugar con la credibilidad. Lo tiene muy fácil. Ni siquiera necesita robar demasiado espacio en la televisión. En cuanto saque a tres rockeros y a dos chicas con zancos y les dé la palabra, ¿a quién crees que va a votar la gente, la mitad de los votantes que no sabe lo que es la Alianza Atlántica, señoras y señores de más de cuarenta años? ¿A esos chicos caóticos para que garanticen ellos la paz, la modernidad, la permanencia en Europa?

—Veo que en Décima te tienen muy informado sobre la campaña.

—Lo leerás pronto en algún sitio. Jacinto Mena va a ser uno de los responsables.

—¿Y tú no?

Edmundo supo que ya no lo retrasaría más. Un instante en la película, entre cinco y diez minutos en la vida y, ahora, el muerto de los ojos muy abiertos se desplomaba.

—Yo también. Mi nombre no va a aparecer en los periódicos, pero soy el segundo de Jacinto Mena.

Era bonito el jersey de cuello alto amarillo con rayas blancas. La estufa del local, o el vino, o las lentejas calientes habían enrojecido las mejillas de Fabiola. Le brillaban los ojos. Pero Fabiola volvió un momento la cabeza hacia un lado, se quitó con las manos aquel principio de llanto, y se puso a comer el resto de lentejas.

—Puedo pasaros información —dijo Edmundo—. Os seré más útil que si trabajara con vosotros.

—No. Muchas gracias. —Fabiola se contenía para no resultar brusca—. Roma no paga traidores. Ya sé que la comisión anti-OTAN no es Roma, no es más que un grupo de indocumentados sin corbata, pero da igual.

—Allá vosotros —dijo Edmundo tratando de aferrarse al orgullo, como si a los muertos el orgullo les importara—. Si lo que intentáis es luchar a cuerpo gentil, ganar sólo con vuestros medios, allá vosotros, porque vais a perder.

—Es posible. Pero si nos vestimos como ellos, y hablamos como ellos, y nos movemos en su círculos, y utilizamos sus medios, ¿en qué nos distinguiríamos? ¿En el alma? Tú siempre me decías que no había alma.

—Y no la hay. Os distinguiríais en que pediríais el No, mientras que ellos pedirán el Sí.

—Creo que no. Seguramente empezaría a parecernos bien el Sí. O empezaríamos a quitarle importancia.

—Como hago yo —dijo Edmundo en voz neutra.

Hacía rato que Fabiola no comía. Edmundo llamó a la camarera y pidieron dos cafés.

El azar le estaba jugando una mala pasada. No podía volver del revés diez años, la relación con su hermana ni su propia trayectoria. Si Fabiola se hubiera metido en la asociación de lucha contra la droga, o en un grupo de alpinismo. Pero se había metido en la comisión anti-OTAN y era inútil intentar explicarle en cinco minutos una estrategia de diez años, decirle en cinco minutos que siempre había mentido pero decirle también que el fondo no negaba la superficie o viceversa, decir: como la puerta disimulada con un tapiz no es tapiz en el fondo ni es en el fondo puerta, así nosotros Fabiola, y tal vez hemos vivido equivocados, y tal vez hemos librado equivocados las batallas cuando queríamos evitar que el disfraz se nos pegara al cuerpo sin saber que eso era precisamente lo que jamás sucedería. Porque la vida no estaba en otra parte sino que estaba al mismo tiempo aquí y en otra parte, y contra eso no nos sublevamos nunca. Decir: Fabiola, yo he querido que la vida estuviera solamente aquí. He querido ser solamente esclavo para no morir siendo al mismo tiempo esclavo y un hombre con el sueño de la libertad bajo los párpados. He querido ser tu hermano solamente, tu hermano sin un alegre jersey amarillo de rayas, tu hermano con este traje caro y planchado y sin dos vidas, ser sólo un asalariado y un día, cuando me juzguen por estafa, por fraude, por desilusión, cuando me acusen de partir antes de tiempo, descubrirán que Edmundo Gómez Risco fue su sueldo, que no soñó jamás con haber elegido.

Guardó silencio. Durante diez años Fabiola había construido la pared donde ahora rebotaba la conversación y él no había estado allí, sólo se había asomado de visita algunas tardes. Miró con respeto la cara de mujer de su hermana pequeña. Él no creía en Dios ni tampoco en la omnipotencia, ocuparse de otras cosas le había supuesto dejar de pasar tiempo con su hermana y ahora el juicio de su hermana no era injusto. Fabiola le juzgaba con justicia desde una posición que él no podía cambiar en cinco minutos, con palabras.

Entre los dos cafés quedó tendido el cadáver del hermano mayor, el amigo admirado, el chico de la fotografía que Fabiola colgó en el corcho de su cuarto. Fabiola revolvía su café sin querer mirarle. Hay cosas que se pierden, se dijo Edmundo. Esa comida y las que no iban a seguirla, o que dentro de diez años Fabiola viviera en Canadá o Edmundo hubiera muerto o que tampoco el acto que Edmundo realizase

Fabiola lo entendiera, o quizá Edmundo estuviera cansado dentro de diez años y ya no hiciera nada. Algunas cosas se pierden y eso es todo, se dijo, ni siquiera se trata de pagar un precio.

Edmundo se bebió el café marrón y negro como una medicina. Después el hermano vendido, el infiltrado que había acabado hablando como ellos, no dijo nada de su plan ni de su plataforma. Hizo mención de aquello que Fabiola sí podría entender.

–No es una excusa, como mucho sería un atenuante con respecto al riesgo de quedarme sin trabajo, aunque un atenuante mínimo, lo sé. No te lo cuento como atenuante, pero sé que quieres a Almudena y que a tu hermano le quieres un poco todavía. Almudena está embarazada. Lo hemos sabido esta semana. Queríamos esperar a ir al médico para dar la noticia.

Fabiola sonrió:

–Dale un beso. Voy a llamarla en cuanto llegue a casa. –Luego, más seria–: No es ninguna excusa ni atenuante. No tiene nada que ver. –Y de nuevo sonriendo–: Pero me alegro mucho. Siempre he querido ser tía.

Pagaron a la salida. Edmundo ayudó a Fabiola a ponerse el impermeable. Ni siquiera le preguntó si la acompañaba a casa. La vio alejarse triste. Triste ella, triste él que la miraba.

Días después se abría oficialmente la campaña del referéndum sobre la permanencia de España en la OTAN. Si bien la campaña a favor del Sí había sido encargada a una agencia de comunicación a partir de los informes de Jacinto y de Edmundo, ambos siguieron colaborando en el diseño de estrategias laterales. Los eslóganes, espacios televisivos, los mítines se hacían bajo la supervisión de la agencia. En cuanto a los pilares secretos que no salían en los periódicos, las negociaciones con los bancos, el interés de los préstamos, el papel de la embajada americana, ahí ni Jacinto Mena ni Edmundo tenían voz ni voto. En sus manos dejaron un terreno intermedio, el de la sugerencia, el de la promesa apuntada.

Por medio de un director general o de algún otro cargo se convocaban, por ejemplo, cenas para profesionales. Un buen restaurante, un número limitado y selecto de asistentes de un mismo gremio, la medicina, la educación, la administración o la industria. Durante la cena el subsecretario o el director general relacionado con el sector dialogaba con ellos, y también un cargo medio alto del partido. Se pasaban la palabra mutuamente para explicar las razones que habían llevado al partido socialista a defender la permanencia de España en la OTAN.

Sin embargo, razones y criterios ocupaban un segundo lugar frente al acto de la cena en sí. Jacinto Mena y Edmundo se ocupaban de decidir el número de asistentes, el tipo de restaurante, y establecían pautas de comportamiento relativas al uso de nombres propios, insinuaciones sobre el estado del sector, filtraciones de información privilegiada o acortamiento de distancias. Pues el objetivo de esas cenas era más ambicioso que obtener el voto afirmativo de los asistentes. Se esperaba crear en cada invitado una sensación de pertenencia. Ellos formaban parte del proyecto, sus nombres figuraban en una lista. Recibían el trato de un interlocutor directo, su futuro estaba ligado al futuro del PSOE, ascenderían con él. Por encima del voto afirmativo se buscaba al individuo con conciencia de futuro perjudicado si vencía el No en el referéndum.

Edmundo tuvo que asistir a dos de esas cenas para verificar el funcionamiento y considerar la introducción de innovaciones. En la primera, con urbanistas de las diferentes administraciones, prefirió distanciarse de los convocantes y se sentó en los últimos puestos. Dijo que estaba allí porque era amigo personal del director de relaciones institucionales del partido y éste le había pedido su opinión sincera sobre el acto; dijo que se dedicaba a la publicidad. A su izquierda había un individuo dispuesto a no perder una sola palabra de lo que contaran los convocantes y que, una vez abierto el diálogo, intervino para animarlo y para hacerse ver. Edmundo trató a su vez de mantenerse atento, pero se aburría. Jacinto Mena había diseñado a la perfección el funcionamiento del grupo y él tenía poco que observar, poco que hacer. Por fortuna, enfrente de él estaba un arquitecto municipal que parecía haberse dado de baja de la reunión sin sentirse por ello obligado a abandonarla. No intentaba convencer a los demás de sus posturas antiotanistas, aunque no las ocultaba. En vez de polemizar, se limitaba a ser una especie de hemeroteca andante, y eso a Edmundo le inspiró simpatía.

—Vamos a perder —le decía a la experta en derecho urbanístico que estaba sentada a la derecha de Edmundo—. ¿No ves todo lo que han montado? Y lo que harán.

La experta respondió:

—Hay que oír los motivos de todo el mundo.

—«Si hemos entrado en la OTAN por mayoría simple, saldremos por mayoría simple.» ¿No te acuerdas de esa frase de Felipe González?

—Sí, han cambiado de opinión, eso está claro.

—No tanto. La verdad es que siempre tuvieron bastante cuidado en poner el acento sobre el referéndum y no sobre la salida. Pero a veces no les quedaba más remedio. Cuando tienes a un cuarto de millón de personas delante, se te hace la boca agua.

—El día del mitin en la ciudad universitaria. Eso fue especial.

—Felipe se presentó a sí mismo como «quien próximamente, y que sea muy pronto, nos saque de la OTAN». Han pasado cuatro años.

Edmundo habría querido intervenir, mantener con ese arquitecto la conversación que no pudo tener con Fabiola, pero no debía llamar la atención en ningún sentido. Se esforzó por seguir el curso general de la cena y, de vez en cuando, trataba de oír los comentarios del arquitecto. Éste dejó de hablar de la OTAN antes de que trajeran el segundo plato. Tan pronto criticaba la política en materia de urbanismo del partido socialista como se refería a cuestiones de su vida privada. A Edmundo le caía bien porque no tenía los tics de quien ha elegido para sí mismo el papel de perdedor, los tics que ojalá no llegaran a tener nunca Fabiola o Pedro.

«Resisten los que no permiten modificaciones», me diría más tarde, «pero el arquitecto municipal hacía algo más difícil que resistir: persistía.» No se hacía la víctima, no se hacía el traicionado y tampoco era un cínico. «Creo», me dijo, «que era el único que no esperaba sacar nada de ellos, nada en absoluto, ni siquiera una imagen reforzada de sí mismo.» Edmundo no pudo hablar con él. Se despidió sin repetir su nombre ni preguntar el nombre de los demás. Y aquél fue ya en nuestras conversaciones «el hombre que persistía». ¿Era, me preguntaba Edmundo, la condición de funcionario un atributo esencial del hombre que persistía? Y yo le contestaba que quizá fuera condición necesaria pero no suficiente, hacía falta que el trabajo no resultara duro en exceso, tuviera algo de interés y, quizá, también fuera preciso un cierto acuerdo entre la vida y las edades.

Edmundo me preguntaba entonces si no le imaginaba presentándose por fin a unas oposiciones, y yo le decía lo siento pero no te imagino. Se ven cruzar los barcos, o se ve a los chicos con gorra de visera a la salida del colegio, y ésa no es nuestra vida. Un solo tiempo el nuestro, la línea de los días y los años. Y hubiéramos podido ser el joven que terminó la carrera, que enseguida sacó las oposiciones, que tuvo ya para siempre un nombramiento legal y logró persistir sin perder los papeles a cambio de prebendas no incluidas en su condición de funcionario. No fuimos ese joven, no eres, Edmundo, el hombre que persistía, no estudiamos una oposición sino que dimos tumbos de un trabajo a otro, no fuimos soberanos de un destino pactado hasta el final.

Edmundo acudió a una segunda cena. Los invitados eran profesores universitarios. En la entrada del restaurante, Antonio Molinero le presentó a un hombre unos diez años mayor que él:
—Uno de nuestros principales colaboradores en la campaña, Edmundo Gómez Risco.
Antes de que Molinero dijera a Edmundo el nombre de su interlocutor, éste le habló con familiaridad:
—Vaya, me alegro de conocerte.
Edmundo hizo un gesto ambiguo de asentimiento.
—Vengo a sustituir a Julio Feo —continuó la cara sin nombre—. Le ha surgido un compromiso de última hora. Me llamo Adrián Arcos. Soy diputado.
—Diputado por Oviedo, ¿me equivoco?
—Veo que tienes buena memoria.
—Encantado —dijo Edmundo.
Aquella noche no pudo sentarse en una esquina. Antonio Molinero le había convocado expresamente. Estaban preocupados con los resultados de las encuestas. Algo iba mal, necesitaban pistas. Él en persona iba a asistir a la cena y quería quedarse después con Edmundo para hablar.
Edmundo tuvo que ser uno de ellos. En muchas otras ocasiones había pasado por lo que no era, pero nunca la mirada de Fabiola le persiguió como entonces, pues era como si Fabiola pudiera oírlo todo, lo que Edmundo decía y lo que estaba pensando. Estoy aquí al servicio de aquel por quien Cristina me cambió.
Después de la cena Adrián Arcos se sumó a la copa con Antonio Molinero y el secretario de Universidades. Adrián y el secretario se quedaron sólo a una primera ronda. Aun así, hubo tiempo para que saliera a relucir el nombre de Fernando Maldonado. Adrián le había conocido y trataba con él a menudo. Con discreción, con elegancia, Adrián le contó

además que se había casado con Cristina y que ella estaba trabajando en el Ministerio de Justicia. Cuando supo que Edmundo también estaba casado, le sugirió que sería bien recibido en su casa junto con Almudena, pero lo hizo sin crear en ningún momento algo semejante a un compromiso.

No hubo descanso. Una vez Adrián Arcos y el secretario se hubieron ido, Edmundo tuvo que hacer para Antonio Molinero, para Jacinto Mena, para Fernando también, en última instancia, lo que no había hecho para Fabiola. Señaló algunas debilidades de la campaña a favor de la adhesión de España a la OTAN, señaló también debilidades de la acción de los grupos en contra, dio ideas y aquella noche bebió tanto como Antonio Molinero. Por una vez no necesitaba estar más lúcido que Molinero, no quería sacarle ninguna información extra aunque seguramente, de proponérselo, lo habría logrado. Edmundo se limitó a dar lo que Antonio le pedía, y bebió al ritmo de Antonio y entró con él en el terreno de las confidencias profesionales. No temía irse de la lengua, a sus espaldas pesaban muchos años de adiestramiento. El exceso de alcohol sí le impedía reaccionar con rapidez, cruzar los datos de sus ficheros y hacer la pregunta adecuada, pero aquella noche Edmundo necesitaba librarse de Edmundo y bebió hasta la torpeza de movimientos, bebió hasta el borde de la agresividad o la tristeza y allí permaneció, como quien, sentado en el primer peldaño de una escalera, no se decide a bajarla.

Algunos días después de la segunda cena, Edmundo me llamó por teléfono. Aún no le había contado a Almudena su discusión con Fabiola. No había hablado con Fabiola, con Fernando, con su madre, con Gabriel García Guereña; tampoco se había sincerado con Jacinto Mena, siquiera con una frase irónica: Jacinto en absoluto podía imaginar las dudas de Edmundo, su disgusto.

Conmigo sí que habló. Estaba cansado, empezaba a perder lo que no quería perder, y a ganar lo que no quería ganar. Me contó la comida con Fabiola. Me habló de la segunda cena. «¿Y tú?», preguntó luego, «¿cómo lo llevas tú?» Hubiera podido decírselo pero no se lo dije, no le confesé que había cometido un robo.

Las monjas de mi colegio repetían eso de que tu mano derecha no sepa lo que hace tu mano izquierda. Haced, niñas, de puntillas las buenas acciones, sin pregonarlas. ¿Y las acciones malas? No le hablé a Edmundo de mi mala acción. Yo había robado para quemar mis naves, para decir en alta voz que el bien que nos pedían era un cuento, para que Edmundo no estuviera solo. Pero hacérselo saber ¿de qué valdría? Había robado, me había cortado la retirada, ésa era mi narración y no la de quien dice he robado por ti.

Aquella tarde escuché a Edmundo de muy distinto modo que si no me hubiera atrevido finalmente. Y fue preciso que robara para darme cuenta de que no había escapatoria. Robé primero veinticinto mil pesetas a Javier Manzano, el director de un programa cultural, luego veintitrés mil a Silvia del Castillo, luego otras veintitrés mil a Mario Ríos. Con ese dinero pagué casi la mitad de una fotocopiadora de segunda mano. Antes de hacerlo lo pensé bastante. No robaría a un jefe ni a un bedel ni a la señora de la limpieza. Robaría a un igual, a un empleado con un cargo igual al mío. Y elegí primero a Javier Manzano, buen compañero desde hacía muchos años, hombre cabal igual que Mario Ríos. Lo de Silvia del Castillo lo pensé menos. Ella dejó el bolso sobre la silla y ella también era mi igual. Cierto que no me caía bien, pero si quería robar sin legitimaciones, también en la elección debía ser ecuánime. No sólo a los cabales, también a los mezquinos robaría, mas sin ánimo de venganza. Robar porque en el nombre del bien marcaron nuestras vidas. Robar para acabar con ese nombre.

He vacilado un instante. No volvería atrás; sin embargo

esto es concreto y qué dirán mis hijos. Blas va esperar a la última página, el científico puede siempre refugiarse en la posibilidad de un cambio de comportamiento que modifique la hipótesis de partida. Pero nuestros hijos. El mayor tenía diecinueve años cuando compramos la fotocopiadora, el mediano, diecisiete, el pequeño trece. Los tres la usaban a menudo. Cuando, en un primer momento, dije que por mi cumpleaños quería un tercio del valor de una fotocopiadora, ninguno lo entendió. Después me felicitaron muchas veces, sobre todo el mediano y el pequeño. Juan y Benjamín eran los únicos chicos del colegio en cuya casa había una fotocopiadora. En cambio Tadeo, el mayor, no llegó a emocionarse con la idea. Estudiaba Económicas, con frecuencia tenía que fotocopiar apuntes y, a no ser que fuese domingo o le corriera una prisa especial, siempre prefería bajar a la tienda. Cuando me veía usarla a mí para fotocopiar un comunicado, un artículo o, lo más habitual, documentos que luego Edmundo y yo archivábamos, solía preguntarme qué estaba haciendo. Yo nunca le mentí, pero tampoco le dije la verdad.

Han pasado seis años, la verdad es que su madre fotocopiaba, a veces, documentos comprometedores. Pero hay otra verdad menos romántica, su madre robó, su madre fue por unos días una ladrona vulgar y esos días se prolongaron en los años que tuvimos la fotocopiadora en casa. Así ha sido, y puedo decirles que su madre eligió cometer un acto sin romanticismo porque el romanticismo nos catapulta, nos lleva más allá de lo que somos a un lugar primigenio en donde, sin embargo, nunca estuvo nadie aun cuando muchos soñaran que estuvieron, lo sintieran. Yo quise sancionar mi rebelión con un acto no romántico, porque es aquí donde sucede la vida: no estamos por encima de las limitaciones, no estamos más allá de lo que ocurre, nuestro espíritu no se despega sino que forma parte.

La primera vez merodeé por los alrededores del despacho de Javier Manzano, entré un momento para pedirle unas tijeras, vi dónde tenía colgada la chaqueta y distinguí el bulto y el peso de su cartera. Minutos después que Javier saliera para grabar, me metí con decisión en su despacho. Descolgué su chaqueta como si estuviera cumpliendo un encargo y tomé de su cartera todos los billetes. No ocurrió nada. Al parecer Javier Manzano no se lo había dicho a nadie. Algunos días después, mientras esperaba junto a la máquina del café le oí comentar que estaba disgustado consigo mismo y preocupado por su memoria, que en el cajero automático había olvidado coger el dinero y no era la primera vez que le ocurría.

El robo sin el miedo, sin la sospecha y la incomodidad, estaba incompleto. Por eso cuando, la semana siguiente, vi el bolso de Silvia del Castillo olvidado en el despacho del programa concurso que yo había empezado a realizar, no lo dudé. Propuse a mi ayudante que saliéramos a tomar un café. Después dije que iba al servicio y volví corriendo al despacho. Si alguien me veía diría que estaba buscando una aspirina. Pero no me vio nadie; esta vez tomé el fajo completo de billetes menos uno. Silvia sí habló. Escandalizada y sibilina, primero lo comentó con algún jefe y sólo más tarde, cuando apareció aquel comunicado de la empresa pidiendo a los trabajadores que mantuvieran en lugares cerrados sus pertenencias porque se había producido un robo dentro del edificio, sólo entonces Silvia del Castillo reclamó su papel de protagonista. Contó varias veces su aventura exagerando, por cierto, la cantidad de dinero que le habían robado.

El ambiente cambió, la gente miraba cada vez que alguien nuevo aparecía por los pasillos, un par de guardias recorrían las plantas dos o tres veces al día. Las sospechas nunca pronunciadas recayeron sobre los hombres que reparaban la máquina del café y si no se habló de las mujeres de la limpieza fue porque el robo había ocurrido entre las cuatro y las seis de la tarde. Nadie sospechaba de los cargos medios. Nadie sospechaba de mí.

Entonces decidí robar a Mario Ríos. Mario había sido desterrado al edificio NODO de comercial, le habían condenado a hacer insulsos informes debido a una desavenencia grave con el director de un centro territorial. Pero el nuevo director de Radiotelevisión se caracterizaba por su voluntad conciliadora y por su empeño en rehabilitar a los castigados. Mario regresó a su puesto de técnico para integrarse en el equipo que supervisaba la instalación de los primeros audímetros. Algunos viernes, a las doce, solía haber una reunión de todos los que trabajaban con los audímetros. Aquel viernes la hubo. Mario había adoptado las nuevas medidas de seguridad, aunque sin demasiada aplicación. No dejaba la cartera dentro de la chaqueta. Sin embargo, tampoco la llevaba en el pantalón o la metía en un pequeño armario con cerradura que había en su despacho. Se limitaba a guardarla en el cajón de su mesa, lo comprobé un día que fui a buscarle para que comiéramos juntos. Él abrió el cajón, cogió la cartera y luego la chaqueta. Dejé pasar un tiempo desde esa comida y le robé un viernes a las doce y cuarto. A las dos fui a buscarle para comer con él.

Mario usaba unas gafas amplias de montura negra, tenía el pelo gris abundante y despeinado y arrugas nítidas en su rostro, como las marcas que dejan las sábanas al levantarse. Sonrió al verme, hacía tiempo que no comíamos juntos. Cogió la cartera y la chaqueta. Se dio cuenta en el restaurante, mientras esperábamos la mesa, al ir a sacar el vale de las comidas.

—Vaya mierda —dijo, y yo sabía por qué.
—¿Qué te pasa?
—Los robos. Me han quitado veinte mil pesetas.

Veintitrés, pensé, y dije:

—Creí que sólo habían robado a Silvia.
—Yo también, pero puede que haya más como yo.
—Sí, no se me había ocurrido.
—Ahora tendré que pasar por el departamento de perso-

nal y encima tendré que dar explicaciones, por qué no cerré el cajón con llave, a qué hora fue, qué sé yo.

—Te entiendo, pero es que no te han desaparecido cinco duros —dije.

Mario entonces me miró de tal modo que temí su sospecha, por otra parte improbable en extremo. La suya era, sin embargo, una mirada de reproche:

—Mi hijo, que acaba de empezar a trabajar, gana ochenta y cinco mil pesetas; ha alquilado una casa, mi mujer quería que le compráramos los electrodomésticos, está mirando lavadoras. Sé el dinero que es. Mi mujer lo sabe más que yo. Hemos tenido bastantes gastos ahora, es ridículo que su marido llegue a casa y le diga que ha perdido veinte mil pesetas.

—Lo siento —dije.

—Yo también siento haberte hablado así. Ese ladrón es un hijo de puta, pero es una mierda estar cabreado por esto, Irene. No soporto la idea de ir a chivarme al mismo que, antes de verme, se habrá estado reuniendo con otros para decidir si dejan de pagar las facturas de taxi donde no aparezca el recorrido o qué complemento me van a quitar.

El camarero nos avisó que ya teníamos mesa. Mientras terminaba de arreglarla los dos aguardamos junto a nuestras sillas, viéndole recoger las migas, colocar los platos, los vasos, en silencio. Por fin nos sentamos.

—Bueno, cambiemos de tema —dijo Mario.

Toqué su mano un instante y Mario sonrió como si comprendiera ese gesto de apoyo espontáneo, sin ver, cómo hubiera podido verlo, lo que aquello tenía de turbia confesión.

El ladrón de Televisión Española no volvió a pasearse por el edificio. Y yo compré la fotocopiadora. Habría podido meter el dinero en un sobre para dárselo a un mendigo, o fingir que lo olvidaba en el interior de un autobús, o devolvérselo a Mario multiplicado como los panes y los peces.

Pero no había robado porque quisiera cometer una hazaña sino porque quería romper un pacto. Ese pacto roto ha estado en mi casa durante seis años. Casi la mitad de la fotocopiadora había sido comprada con dinero robado. Cada vez que la viera lo sabría. Cada vez que la he visto lo he sabido. Robé. Hice, por así decirlo, aquello que es normal hacer, aquello que a todos nos obligan a hacer en soledad, o es que no nos obligan a robar horas de la vida en el sueldo que pagamos a nuestra asistenta o al comprar una lechuga o al transmitir a nuestro hijo un conocimiento que le privilegie. Nos obligan a menospreciar el trabajo de nuestro subordinado y lo hacemos, justificándonos lo hacemos, como si fuera un problema de moral privada. Como si desear el cargo de nuestro superior y hacer elucubraciones sobre lo que sucedería si se marchase o si le echaran fuera la oscura excepción, el fruto de un carácter perverso y no la norma. Yo sin embargo cometí la norma. La cometí en secreto pero compré la fotocopiadora para que fuera un secreto con peso y volumen, un secreto que habría de ser contado. Y cuando hablé con Edmundo en los días previos al referéndum de la OTAN y él me dijo que estaba cansado y preguntó luego: «¿Y tú, cómo lo llevas tú?», le dije que lo llevaba bien.

El robo me dio tranquilidad. No era como que tu padre hubiera ido a la cárcel, no era tampoco un máster inventado; sin embargo, tenía algo de ambas cosas. Era mi forma de devolver una responsabilidad que nunca quise y que no pedí nunca. Robé para dejar de creer en la bondad, pues no es en la competencia ni en la corrupción ni en la mentira donde se asienta nuestro modo de vida sino en la bondad. Si los débiles renunciáramos al bien que nos sustenta, al bien que nos ampara sólo porque reparte migajas de derechos, todo se vendría abajo. Sin la conciencia de que es preciso mentir y corromperse y traicionar pero como quien se resigna y hace lo que no debe, lo que no elegiría, sin el patrón oro de la bondad, todo se vendría abajo.

No se renuncia, sin embargo, a lo que se quiere. Renunciamos tan sólo a lo que podemos renunciar. Yo pude hacerlo aquella vez, conseguí tres semanas de las cuatro mil que forman una vida. Y no he vuelto a robar dinero a un compañero aunque, desde entonces, he estado más tranquila. Apenas he dudado; cada vez que difundí una información falsa, filtré, copié, intoxiqué y confundí, lo hice sin temor, con cuidado de no ser vista pero sin temor al arrepentimiento.

Se ven cruzar los barcos o se ve a los muchachos con gorra de visera a la salida del colegio, y ésa no es nuestra vida. Un solo tiempo el nuestro, la línea de los días y de los años nuestros trae algo de rencor. Yo, que tuve mi contrato de funcionaria a los cuarenta, había llegado tarde, tarde para la persistencia. Se ven cruzar los barcos, Edmundo, pero tú y yo no haremos la travesía de los inocentes.

CORO

Se ha producido un robo y hemos temido, Edmundo, por nuestra honestidad. Pues somos asalariados y asalariadas reticentes pero no somos Judas y a veces, Edmundo, supimos decir no contra nuestro provecho.

A veces nos negamos a firmar un escrito manifestando nuestra conformidad con las nuevas condiciones que pretendía imponer la empresa. A veces nos prometieron compensaciones por privar de una plaza a quien la merecía y dijimos no. A veces, poca cosa, nos negamos a pagar las dos mil pesetas acordadas para comprar entre todos un Rolex al jefe y no le reímos la gracia; a veces no invitamos al adulador a nuestro cumpleaños. Rechazamos un cargo porque para entregárnoslo se lo quitaban a nuestro mejor amigo. Rechazamos el cuantioso proyecto que nos ofrecían porque eran más las servidumbres que las posibilidades de aplicar nuestro criterio. A veces no hicimos trampa en la suma y la resta cuando llegó la hora de valorar el precio del ascenso. Nos pidieron que cambiáramos el sentido de un informe faltando a la verdad y no lo hicimos. Vimos que el director se apropiaba de las ideas del subordinado y no permanecimos callados.

A veces dijimos que no. Otras muchas veces dijimos que sí. Sabemos que algunas manos limpias hicieron más daño que algunas manos sucias y misericordiosas. La honestidad es apenas un pañuelo doblado en el primer cajón de nuestro armario. Esa importancia tiene, y aun así la queremos o la necesitamos. Queremos el no que nunca consta, muchos firmaron a favor de su empresario y dónde está el recuento de aquellos a quienes se les pidió la firma y se negaron, sólo los vencedores poseen esa lista y la utilizan pero rehúsan darla a conocer.

Hemos oído hablar de un robo y hemos creído que impugnarías nuestra honestidad: el no es una ilusión, dirías, es relativo, dirías que cada uno se corrompe a su manera. Si así te pronunciaras, si tú y tu narradora nos hubieseis incitado a decir sí para nuestro provecho, habríamos partido. Me habría marchado, Edmundo, pues soy el coro de asalariadas y asalariados reticentes pero no soy el grupo de los cínicos y cínicas, a ese grupo lo he tratado y me cansa, me hace la vida más difícil.

Pero tú sólo has dicho: No me incumbe. Mi historia no es la historia del capitán de un buque que fue fusilado en cubierta por no traicionar a su país; desgraciado, repites, del país que necesita héroes. Con el «no» se construye un carácter, cuando se puede, pero el carácter, dices, no te interesa.

La vieja moral kantiana según la cual si todo el mundo tirara los papeles a las papeleras las ciudades estarían limpias, no te incumbe. El mundo está enfrentado y dividido. Roba tu narradora y no es que tire un papel a la calle, no es que acceda a firmar un escrito a favor del empresario y para su provecho: tu narradora quiebra la ficción de un «todo el mundo». Y a nosotros nos deja pensativas, pensativos.

En julio de 1986, después de la victoria del Sí en el referéndum y de que el PSOE hubiera obtenido la mayoría absoluta en las elecciones, bien que con una considerable merma de diputados, a Edmundo le propusieron volver a televisión para ser el director ejecutivo de programas magazine. Le dieron a entender que tenía buenos padrinos, hicieron alusión a Antonio Molinero, a un subsecretario y a Adrián Arcos. El día se había vuelto oscuro; el cielo, denso y húmedo como el interior de una fruta. Edmundo dijo que lo pensaría y abandonó el edificio de Prado del Rey. Dada la hora, decidió no volver a Décima. Iría a buscar a Almudena.

Cuando llegó, los primeros goterones se dibujaban en el suelo. En la acera de enfrente un hombre y una mujer se abrazaron y miraron hacia el saledizo del portal donde se había parado Edmundo. Se oyó un trueno. Edmundo entonces echó de nuevo a andar. Conocía a esas parejas de treinta y muchos, de cuarenta y pocos años. Eran, estaba seguro, padres de un chico o de una chica que aquel día habría visitado por primera vez el gabinete de Almudena. Tímidos, obedientes a las indicaciones de Almudena, habrían ido a tomar un café y ahora no deseaban encontrarse con un vecino o con el portero. Y eran capaces de mojarse antes que correr el riesgo de poner en evidencia a su hijo y a ellos mismos. Edmundo se refugió unos metros más adelante, bajo el toldo de una tienda de antigüedades, y les miraba con afecto sin que ellos pudieran verle: se tocaban el brazo, consultaban la hora, ponderaban el grosor de las gotas de lluvia como dos náufragos, como si nada, ni un hijo ni una psicóloga de niños y adolescentes, les retuviera al raso en aquel islote. Luego bajó el chico. Debía de tener doce o trece años. Llevaba unos pantalones grises de uniforme hasta las rodillas y calcetines altos azul marino. Salió arrastrando los pies, casi patinando, convirtió en un instante la pareja que formaban sus padres en un trío. No les besó, sólo echó a andar con ellos, en medio de ellos. Cuando doblaron la esquina, Edmundo fue hasta el portal de Almudena.

—Hola —le dijo por el telefonillo—. ¿Bajas o prefieres que suba?

—¡Hola! —se sorprendió ella—. Sube, mejor.

La puerta estaba abierta. Edmundo pasó y vio a Almudena recoger algunos papeles, bajar la persiana, salir de su cuarto de trabajo. Había empezado a llover más fuerte. Almudena dijo:

—Si quieres esperamos a que amaine un poco.

Edmundo asintió. El gabinete tenía una pequeña terraza protegida por el suelo de la terraza del piso de arriba.

—Vamos a ver la tormenta —dijo él.

Lo habían hecho otras veces. Edmundo trajo un taburete que había en la entrada, ella cogió una silla y los sacaron a la terraza. Las gotas de lluvia cubrían casi la mitad del suelo. Se colocaron en la otra mitad, tocando la pared. Algunas gotas les mojaban los zapatos, las rodillas, pero no hacía frío.

—Me han ofrecido el puesto de director ejecutivo de producción de magazines.

—Puede ser interesante, ¿no?

—Lo es —dijo Edmundo—. Pero estoy seguro de que la oferta viene sobre todo a través de Adrián Arcos.

—¿Y de quién más?

—De Antonio Molinero, imagino.

—Es lo que buscabas. No te irá a dar ahora un ataque de amor propio.

—Un poco de amor propio, un poco de cansancio, un poco de tristeza por haber perdido a Fabiola. Creo que me está dando un ataque de todo eso.

—Pero es tu plan. Sabías que pasarían cosas así. No puedes enfrentarte abiertamente. Tampoco puedes eludir las consecuencias del secreto.

—Claro. Sólo que yo esperaba que Fabiola se quedara al margen. Y esperaba no tener que mezclarme con Adrián Arcos.

—No es verdad que hayas perdido a Fabiola. Ella acabará sabiendo lo que haces y por qué.

—¿Y cuánto tiempo voy a necesitar? A lo mejor yo mismo me olvido en el camino, cambio.

—Si no estás seguro, déjalo. Déjalo esta tarde. Podemos irnos a una ciudad pequeña. Tenemos el dinero que van a darnos por la venta de la casa de mi abuelo. Vendemos esto, en vez de terminar de comprar nuestra casa la vendemos y nos vamos.

—Y vivir como si no hiciera falta corromperse —dijo Edmundo—. Como si uno pudiera irse al monte con unas cabras a vender quesos ecológicos. Ésa es la trampa. Creer que uno puede elegir, que el dinero con que compras las cabras no sale de ningún sitio.

—Estoy de acuerdo. Olvida lo de irnos. Nos quedamos aquí. Dejas tu trabajo y te buscas algo en una revista pequeña. Podemos vivir con doscientas mil pesetas al mes. Sin pretender ser puros, pero sin que te comprometas tanto.

—Antes a lo mejor. Pero cuando nazca la niña.

—Los niños no cuestan tanto dinero.

—Sí, pero la lógica de las empresas también vale para las personas. Si uno deja de crecer empieza a menguar. Querremos que aprenda inglés, que tenga amigos interesantes, yo qué sé. Y no es sólo por la niña. Sé lo que intentas decirme. Yo no aguantaría. No aguantaría la sensación de estar acorralado, de que si doy un paso más, si paso a ser el redactor jefe de la revista, empiezo a depender de sus reglas como mi padre.

—Yo tampoco aguantaría, Edmundo. Más de treinta años trampeando, jugando a hacer bien un trabajo que en estas condiciones sólo puedo hacer regular. Pero eres tú quien está en el sitio adecuado. Yo he elegido sumar mis fuerzas a las tuyas.

—No creas que no lo sé.

—Entonces acepta. Estás haciendo lo que querías. Se lo debes a tu madre, a Irene, a Gabriel, a mí. Te lo debes. No están consiguiendo que seas como tu padre.

—La gente nace y se muere siendo dos cosas al mismo tiempo, siendo lo que es y lo que sueña que es, y tiene ratos felices.

Almudena endureció el tono:
—Cuando te conocí yo también era una puerta disimulada con un tapiz. A mis bisabuelos les decían que había gente nacida para mandar y gente nacida para obedecer. A nosotros nos dijeron que la insatisfacción forma parte de la condición humana, tener que ser siempre dos cosas al mismo tiempo. Pero tú sabías que era mentira. Te tocó estar en el sitio donde pudiste verlo. Me lo has hecho ver a mí. No te eches atrás ahora.

Edmundo se levantó. Había dejado de llover.
—Me lo dirías, ¿verdad? Si cambio, si ves que empiezo a parecerme a los vasallos de Fernando, me lo dirías.
—Edmundo...
—A veces es difícil darse cuenta de que alguien está cambiando. Prométeme que no te irás. Que me darás tiempo para rectificar.
—Te lo prometo. No me iré. Y la niña tampoco.
—¿Has pensado un nombre?
—Me gustaría un nombre largo —dijo Almudena—. Yo me he sentido bien en la vida llevando un nombre largo.
—Hay un nombre largo que a mí me gustaba de pequeño. Debí de verlo en una novela de caballeros y castillos. Tiene el inconveniente de que podrían llamarle Mica.
—¿Micaela?
—Sí.
—Es raro, pero me gusta.
—¿Mica también?
—Me gusta para una mocosa pequeña. Y después, bueno, a mí hace mucho que nadie me llama Almu.
—Entonces Mica pequeña y, cuando crezca, Micaela.

Edmundo acarició con las manos el cuello y la cara de Almudena. Ella se levantó. Descansó su peso en el cuerpo de Edmundo. La terraza mojada brillaba ahora. En la tierra de la única maceta había charcos de sol.

A Edmundo le nombraron director de producción ejecutivo de magazines. Era un puesto con un lado organizativo, casi mecánico, pero con otro lado resolutorio. Por Edmundo pasaban ofertas, nombres, intercambios y él lo sabía, y me dijo vamos a hacernos un capital, necesito tu ayuda. Al principio no le entendí, creí que iba a corromperse. Le dije que los obsequios, los viajes, las casas prestadas, las recomendaciones, no serían más que rémoras para nuestro objetivo. Él sonrió, por supuesto que no debíamos atarnos de ese modo, los recursos extra ya los obteníamos de la asesoría clandestina, y no nos convenía dejar abierto ningún flanco. Sólo se refería, dijo, a un capital social. Fui su avanzadilla; le contaba quién era cada uno, qué poder tenía, que amistades, quiénes se le ponían al teléfono, y él solía pedirme que averiguara sus pretensiones. Luego empezaron los convites.

A veces Edmundo me llevaba con él, sobre todo a las fiestas y otras ceremonias lo bastante multitudinarias para que nadie pudiera suponer que íbamos juntos. El embarazo avanzado de Almudena le libró de poner su casa en el lote de todo lo que ofrecía. Dio no obstante una única cena, a la que asistieron, entre otros, Fernando Maldonado, un íntimo amigo de Adrián Arcos que ocupaba un puesto relevante en el Ministerio de Hacienda, y Javier Solana, además de Cristina y el propio Adrián. Yo también fui. Edmundo había invitado al director general de cinematografía, con quien me unía una antigua relación universitaria. Nos sentaron juntos y lo pasamos bien. Como yo conservaba numerosos contactos e información fluida sobre el mundo del cine, pude jugar a examinarle; a él le gustó ejercer conmigo su cargo y no obstante hacerme ver que estaba más allá del cargo, que él era un creador. Pero de vez en cuando ambos nos callábamos, participábamos de la conversación general y entonces yo contemplaba el espectáculo de un Edmundo en ascensión, seguro de sí mismo, un Edmundo al que todos debían algún favor pequeño y él lo sabía sin que se le notara. Cauto y sagaz, hacía de intermediario, propiciaba nuevas amistades sin mostrarse servil o en exceso sonriente. A su lado Almudena, el rostro terso y en el cuerpo los ocho meses largos de embarazo como una embarcación, medía las palabras, las suyas, las del resto. La presencia de una cocinera y un camarero contratados para esa noche hacía que todo pareciera muy sencillo.

Invitaciones, contactos y mediaciones dieron su fruto; creció la discreta familiaridad con que Edmundo se relacionaba con varios círculos de poder. Por eso a nadie le resultó extraño que, transcurrido poco más de un año y medio, en marzo de 1988 y pese a su juventud, a Edmundo le ofrecieran uno de los cargos más codiciados dentro de la casa: la dirección de programas.

6

He decidido reproducir aquí el artículo que llamó la atención de Edmundo, «La mirada del criado». Admito que pueda mediar en ello algo de vanidad pero, sinceramente, no son más que tres páginas útiles para dar una idea del principio, de uno de los principios de esta historia. Lo escribí varios meses antes de conocer a Edmundo, aunque apareció publicado en los días en que él entró en la televisión. Una revista sectorial estaba preparando un número monográfico a modo de desagravio o como una especie de reconocimiento a los profesionales de la televisión. Se quería que veinte profesionales hablaran sobre el cine, y así decir con la boca pequeña: Vosotros, burócratas de la imagen, vosotros, los no artistas, los carentes de personalidad, fuisteis sin embargo los primeros, vosotros le enseñasteis el cine a la televisión porque lo conocíais, porque fue vuestro origen; este número quiere recordarlo y pide vuestra palabra.

Hubo muchos artículos formalistas. La mayoría de los autores y autoras se sintió en la obligación de demostrar que dominaba la compleja sintaxis de la gran pantalla, y algunos pretendieron dar lecciones, nuevos planos, nuevas técnicas experimentadas a veces en secreto en los millones de minutos de la televisión. Yo supe pronto que así sucedería, hablé con tres compañeros: quien no iba a escribir acerca del movimiento de cámara iba a hacerlo sobre la luz. La revista era semioficial y de circulación interna en un noventa por ciento. En realidad se nos pedía eso, artículos del gremio para el gremio. Yo, sin embargo, me salí por la tangente o quizá me limité a dar por hecho mi conocimiento de ambos medios; no estaba dispuesta a revalidarlo una vez más. Tal vez ya estaba dispuesta a revalidar muy pocas cosas en la vida.

La mirada del criado

El locutor te mira, pero no te quiere. Es tan simple, lo sabes, llevas ya quince años trabajando: cámara frontal, que la mirada no vacile y entre en cada casa.
Era tan simple que no le concedías importancia.
Pero hoy a mediodía has ido a un restaurante con dos amigos. Y el nuevo presentador —en los estudios no le has visto aún, ya no trabajas en los telediarios— estaba en la otra mesa. Tú has movido la cabeza, como para decir: ¡Hola!, te he visto, estoy aquí. Él ha hecho un gesto mecánico, parecía muy acostumbrado y al momento ha latido la vena de tu cuello, después te has sonrojado, qué tontería, si nunca habéis hablado, si él no te conoce, si tú le has visto sólo en el televisor.
Ibas subiendo las escaleras esta tarde. Te dirigías al cine para ver una película, al cine, que es más noble que la pequeña pantalla. Y lo crees. Y crees que es más noble porque empieza y termina mientras que la televisón no sabes dónde tiene su principio ni cuándo acabará. La gran pantalla deja además los ojos libres para recorrerla; la pequeña hace trampa, pues engancha los ojos tan sólo al cambio cada tres segundos, cuatro como máximo, del tubo de falso fuego.
Ibas subiendo las escaleras para ir al cine. Pero la cola te disuadió y el aire, el aire quieto del mes de junio. Lo tocabas sin querer al posar tu mano en la barandilla de me-

tal, a tu lado se tendía cuando te sentaste en el escalón del piedra.

El cine y el criado o la criada. En vez de sacar la entrada, desde la escalera te pusiste a mirar a las personas que sacaban la suya. Después todas ellas desaparecieron. El cine y el criado, o la criada. Los criados en el cine como procedimiento, como sutil reenvío. No llega lo que has visto de la pantalla a ti; la escena que miraste y te emociona la recogieron antes los ojos del criado y es él quien te la entrega.

Estabas en la escalera. El sol quieto de junio sobre el empeine de cada pie, las manos en el sol y tú pensabas en la mirada del criado, la mirada que mueve el acontecimiento. Ana Karenina Greta Garbo quiere ver a su hijo y llama a la puerta de la que fuera su casa y que, hoy, su público adulterio le ha vedado. El criado le abre, la deja pasar. La cámara enfoca entonces el encuentro de la madre con el niño, pero vuelve al criado que es quien mueve la escena, vuelve al estrato de la servidumbre. Discuten entre ellos los criados, el más viejo le dice al ayuda de cámara: «Tú también la habrías dejado entrar. Tras todos los años de servicio en que no le has oído más que palabras de bondad, iba yo a decirle ahora: ¡Hala, fuera de aquí!»

Cuando la cámara regresa al dormitorio del niño ya el sentido del acontecimiento, el rumbo definitivo de la escena, lo ha marcado quien dijo: «La señora tuvo sólo palabras de bondad.» El criado ha visto muchas cosas, ha conocido otros amos tal vez, y sabe cómo juzgar a la señora, sabe qué guardan las apariencias.

La mirada del criado ya estaba en la *Odisea,* como estaba también en la novela *Ana Karenina* mucho antes de estar en la película. Sin embargo en el cine esa mirada alcanza un estatuto, se convierte en procedimiento.

El quieto sol de junio descansa en tus rodillas igual que una maleta. Con lentitud lo quitas, te levantas. Buscas un bar al aire libre. Te sientas, pides café con hielo y te preguntas por qué nos emocionan los criados, por qué los directores acuden a ese puente y, entre lo que sucede y los ojos del espectador, tienden ellos al intermediario, a la sirvienta negra, vale decir la esclava, de *Lo que el viento se llevó.*

No sólo las historias antiguas acuden al criado. También en las modernas hay alguien de otro estrato, un *maître* de hotel, o sólo un recepcionista, o un funcionario de prisión, alguien a quien le es conferido el poder del reconocimiento, alguien que puede ver bajo el vestido barato a quien merecería ser una dama, ver en el hombre los modales del caballero.

Y te dices que el sentido de ese procedimiento no es tanto dar a conocer el juicio de los que viven entre bastidores, no es el de aquella frase: Nadie es un genio para su criado, o su reverso: Si esa mujer fue buena para su criado, ¿cómo no habría de serlo para el resto del mundo? El sentido no es ése. El motivo de la emoción no está en lo que pensemos de la dama o del caballero. El sentido, el motivo, lo que al fin nos conmueve está en lo que pensemos del criado. Por unos instantes, casi sin que nos demos cuenta, nuestra atención se aparta de la historia principal y entonces nos conmueve pensar que los criados juzgan más allá de su, diré, naturaleza de criados, que les atañen cosas como la bondad o la elegancia de sus amos y no sólo si es puntual el amo cuando paga, si se atiene a las reglas convenidas proporcionando manutención y alojamiento suficientes. Nos conmueve pensar que existe un juicio compartido, que miden con el mismo rasero el dueño y su criado.

No habrá estallido nunca y esta idea, te dices, nos conmueve. Asistes a la película imaginaria mientras terminas tu café con hielo. No habrá estallido; ya los griegos, ante la muerte del hijo del amo, enseñaron al esclavo a decir: Los fieles esclavos comparten las desgracias de sus amos, y se apenan por ellas. No habrá estallido; el contexto, la relación de dominio se puede hacer a un lado y entonces, nos ilusiona creerlo, sólo queda la profunda verdad del alma humana. Así, de verdad a verdad, juzga a Escarlata la esclava, el mayordomo juzga a su señor. Les juzgan por lo que dicen, por sus maneras, por sus sentimientos, no les juzgan en cambio por el hecho previo a todos los demás de haber comprado su vida, de estarles dominando.

Pero en la vida real, el locutor que te mira no te quiere. En la vida real el criado acaso no te juzga porque no le importas, porque no te quiere. Ibas subiendo las escaleras esta tarde. Te dirigías al cine para ver una película pero no llegaste a entrar. Fue el aire quieto del mes de junio.

Ha sido en el aire quieto donde te has detenido y has empezado a pensar en la mirada que, desde la pantalla, acepta que en la vida diaria a unos les toque ser el amo y a otros les toque ser el criado. Sin embargo, cuando los espectadores, y las espectadoras, vemos esa mirada, nos parece bien.

Edmundo era un alto cargo. Su juventud, que hoy pasaría inadvertida, entonces sí llamaba la atención. Hoy parece haberles llegado la hora a los de treinta y pocos, pero entonces la barrera del sonido estaba en ir a cumplir cuarenta años. Así que Edmundo tenía que hacerse perdonar su juventud. Empezó a devolver favores y empezó además a adoptar algunos comportamientos arbitrarios, y a crearse enemigos. Sabía que los enemigos le hacían fuerte, sabía que no había llegado a ser director de programas por ninguna clase de idoneidad. Sabía, no iba a olvidarlo ahora, que no le necesitaban a él, a Edmundo Gómez Risco. Sólo necesitaban a uno como él, y había muchos. Por eso los enemigos le hacían fuerte, aumentaban la complejidad: quien quisiera quitarle de en medio no debería pensar sólo en los padrinos que se podían molestar con la caída de Edmundo, sino también en aquellos que iban a alegrarse, aquellos que iban a obtener algún beneficio y a quienes, sin embargo, no interesaba favorecer. Edmundo cometió actos arbitrarios, tantos como buenos oficios. Siendo temido, quiso ser servil, siendo justo quiso ser parcial, siendo infiel quiso ser leal con quien menos lo habría esperado. Y porque no creía en el carácter, porque desconfiaba de la personalidad, porque rechazaba que pudiera pretender ser uno mismo quien era director de programas o auxiliar de producción o jefe del departamento de compras, no puso en juego otros rasgos de su temperamento que los que se esperaban de un director de programas.

Alimentó el entorno político; además de seguir cultivando su contacto con Antonio Molinero y los suyos, pidió ser introducido en el partido, se hizo miembro de una federación y, al mismo tiempo, empezó a frecuentar a un subsecretario y a un ministro, ambos muy próximos al diputado Adrián Arcos. Pues en efecto Edmundo había terminado por aceptar la invitación a una cena en su casa en donde Cristina y Almudena volvieron a encontrarse e incluso descubrieron que tenían un amigo común. Edmundo era también invitado habitual de las pequeñas fiestas reuniones, de veinte o veinticinco personas, que celebraban en su casa una diputada y un conocido arquitecto. Además, su relación con Fernando Maldonado había entrado en una zona de bonanza, como si de aquel único altercado ambos hubieran aprendido a aceptar el sitio del otro: como si Fernando se hubiera acostumbrado a que Edmundo no estuviese cinco escalones más abajo sino sólo dos, como si Edmundo hubiera admitido que, subiera él cuanto subiera, Fernando siempre estaría más arriba, y hubiera resuelto anteponer a la diferencia de grado los mutuos servicios que se podían prestar.

Conmigo mantenía un trato distante. Me hizo un par de favores para que todos pudieran verle usar su nuevo cargo en beneficio de quienes habían estado cerca de él, pero nunca dejó su planta para venir a verme. Nos veíamos en el despacho que había alquilado Gabriel García Guereña, dentro de un gran edificio de oficinas, en plena Gran Vía. El antiguo piso secreto de Luca de Tena quedaba ya demasiado apartado y lo abandonamos. Por otro lado, a nadie podía llamarle la atención que Edmundo frecuentara la Gran Vía: radios, el edificio de informativos, asesorías, agentes, alguna productora, había mil lugares adonde podía teóricamente dirigirse tanto en la calle como dentro del edificio. El despacho estaba en el séptimo piso: J.G. asociados, un rótulo ideado por Gabriel en recuerdo del padre de Edmundo. Dentro había un hall, con una mesa y dos sillas compradas en un almacén de muebles viejos y llevadas a barnizar y tapizar por Gabriel. El hall daba a un pasillo, a la izquierda había un despacho pequeño con dos mesas de oficina de roble americano, y un baño. A la derecha, un gran cuarto con vistas al exterior, presidido por una mesa de despacho con cajones a los lados y, en cada cajón, un tirador de metal semiesférico. Había también dos butacas de la misma época y una mesa de reuniones, todo con un toque antiguo pero bien conservado. La mesa miraba a un ventanal y éste, situado en la parte trasera del edificio, dejaba ver un tejido de patios, rejillas y azoteas.

Nos dedicábamos al chantaje, de forma sistemática y en el más absoluto de los secretos. ¿Qué queríamos conseguir de los chantajeados? Dinero casi nunca. Enfrentar a dos directores obligándoles a sacar la basura a la vista de muchos. Que las persistentes humillaciones del jefe de comercial a su subordinado inmediato encontraran un final en su traslado fulminante. En lugar de exigir que mantuvieran a una persona en su puesto, pues ello haría recaer la sospecha en los beneficiados, acudíamos a mecanismos indirectos, como incidir en la composición del triunvirato que iba a tomar la decisión. Y al fin pedíamos también dinero alguna vez.

No queríamos caer en la ilusión de la justicia, como si la justicia viniera a posarse. Como si justo fuera privar de las veinticinco mil pesetas mensuales de alguno de sus pluses al subdirector del informativo de la noche porque durante varios meses estuvo enviando a su secretaria de sesenta y tres años a buscar un café y, al momento: Perdona, podía habértelo dicho antes pero no me he dado cuenta, vuelve a bajar y traéme una cajetilla de tabaco. Hasta que un día de violencia la secretaria le dijo: Si no te importa, compro un cartón, y él, sin inmutarse: Claro que me importa, si sé que tengo un cartón en el despacho fumaría mucho más. Nosotros podíamos chantajear al director de informativos exigiéndole algo tan inopinado como que suprimiera uno de los pluses de ese subdirector, pero la justicia dónde estaba si no en la tierra, no es un pájaro; la justicia en las relaciones entre un subdirector y su secretaria la segrega la misma existencia de esas relaciones, es, como se dice ahora, un acuerdo de mínimos. Y así diré que no chantajeábamos para hacer justicia sino tal vez para competir con la organización de la empresa, para en secreto intentar arrebatarle el monopolio del chantaje legítimo.

Aunque la dedicación principal de Gabriel García Guereña era la asesoría de imagen clandestina y en un principio asistía a nuestras reuniones sólo en calidad de proveedor –él se encargaba de documentar las corrupciones que nosotros descubríamos, nos proporcionaba información sobre lugares, fechas, fotografías–, lo cierto es que Gabriel tenía todo el día a su disposición y pronto terminó convirtiéndose en la cabeza de nuestras operaciones.

A Edmundo, con su nuevo cargo, su hija, su actividad política, no le quedaba apenas tiempo, a veces transcurrían dos semanas sin que pasara por la oficina. En cuanto a mí, tenía bastante trabajo en la televisión. Además yo era, por así decirlo, el agente en la zona. No es que antes no me relacionara con mis compañeros, pero tuve que hacerlo aún más, hablar con esos guionistas que sólo aparecían por Prado del Rey un día a la semana, dejar que se desahogaran conmigo los cámaras, las telefonistas, los conductores de unidades móviles, pero también la directora del Ente de Radiotelevisión, la gran jefa. Mujer poco dada a la camaradería entre mujeres, ella debía de haber encontrado en mí un rescoldo de rencor que compartíamos, y he de decir que yo también recordaba con gusto los años que trabajamos juntas al comienzo de nuestras carreras.

Casi al mes de su nombramiento, la directora del Ente había querido poner fin a mi muerte lenta laboral, a mis tareas inanes, proponiéndome para un cargo medio alto en informativos, pero yo decliné la oferta. Llegaba demasiado tarde, llegaba cuando yo había dejado de creer que aceptando las reglas, sólo por el hecho de imprimir un sello personal al propio juego, fuese posible conseguir que todos acabaran jugando al baloncesto en el campo de fútbol. Informativos más o menos objetivos, más o menos veraces, un gol hermoso frente a un gol feo, pero yo estaba ya demasiado lejos, no eran los modos, no era el empeño en hacer mejor el trabajo sino el trabajo mismo, sino las mismas reglas del juego. Una oferta como ésa presupone que el otro ponga de su parte eso que llaman empuje, las horas extra, las ideas extra, la adopción de los intereses de la empresa como si fueran los propios, pero yo ya tenía mis propios intereses y me habría visto obligada a renunciar a ellos.

Decliné, pues, su oferta y desde entonces alguna vez la directora me llamaba, me invitaba a ir a la ópera con Blas, salía a cenar con nosotros acompañada de algún amigo. La cena se alargaba, la directora hablaba de cine, de literatura, después de política y a veces de algunos asuntos internos de la casa. Ella dejaba caer y yo iba recogiendo no sólo los errores, los actos de presunción y nepotismo, también lo más banal: estuve en casa de fulanito, vi a X, a Y, charlé con Z. Entonces yo memorizaba los nombres, qué hacía Z allí, acaso no era aliado incondicional de W, qué hacía invitado en casa de su peor enemigo. También memorizaba los datos de gestión, cuando la directora comentaba, por ejemplo, que cada vez la presión de la futura televisión privada estaba más presente, que había demasiados profesionales fundando productoras, comprando material a precio de saldo gracias a su trabajo en la televisión pública y que no sabían cómo controlarlo. En cambio, nunca traté de sonsacarle nada acerca de sus comidas con Felipe González, nunca le pregunté si le habían pedido que diera eco a tal noticia, que promocionara a tal ministro o hiciera el vacío a este otro. Supongo que eso la hacía estar más relajada, yo no quería la información que ella debía proteger sino esa otra a la que no se concedía relevancia.

Cenas con la directora general, cafés con viejos colegas o con recién llegados, comidas aburridas, a veces escuchar la comida de al lado y, semana a semana, dejar que viniera a mí la frustración de unos y de otros, convivir con ella, hacer que circulara. Una de las personas que más material me proporcionó fue Enrique del Olmo. Después de la boda de Edmundo habíamos entablado cierta relación. Enrique era un buen documentalista. Pronto se sintió cómodo en su trabajo y pudo hacer a un lado su recelo, su inseguridad con respecto al modo en que había entrado en la televisión. Le gustaba charlar conmigo. Creo que no le caía mal, y lo cierto es que él a mí tampoco. Yo no tengo mala memoria y le ayudaba a orientarse en lo que fue la programación televisiva años atrás. Él me hablaba sobre todo de los avatares del comité de empresa, en donde había acabado por ocupar una posición importante. Un año quiso que me presentara con él a las elecciones en la lista de Comisiones Obreras. No lo hice, pero les apoyé a mi manera, como siempre. Cuando empezó la era del chantaje sólo tuve que aumentar un poco la frecuencia de mis encuentros con Enrique del Olmo.

Igual que en el caso de la directora del Ente, no era cuestión de sonsacar a nadie. Yo no buscaba obtener de Enrique un comunicado del comité antes de que lo enviaran, no quería saber con qué medidas iban a presionar en la negociación. Yo sólo preguntaba por lo evidente, lo evidente que no estaba a la vista sin embargo. Quería saber cuál era el miedo de cada categoría laboral, de qué no se quejaban, cuál era la situación de los que no dependían de Televisión Española sino que trabajaban para productoras contratadas por televisión, qué tipo de represalias legales tomaban los jefes contra quienes protestaban, si tomaban alguna ilegal pero difícilmente denunciable. Yo hablaba y dejaba hablar, y después, con toda la información, me presentaba en el séptimo piso del número 40 de la Gran Vía para ver cuántos de los rumores, los hechos, las conexiones, podían sernos de utilidad.

CORO

¿Y qué si solamente se tratara de medrar? Medrar y no pagar una parte del precio. Medrar y no vivir temerosos de perder lo que ganamos. El soborno es el método que siempre conocimos. Sobornar con dinero o, más a menudo, con halagos y con buenas ideas. Sobornábamos para medrar pero después nos hacíamos temerosos. El soborno avasalla a quien lo usa. El chantaje, pensamos, al menos baja del podio a quien estaba encima por su fuerza. Sobornas un día y siempre tendrás que tenerlos contentos. Y temerás no ser lo bastante oportuno, lisonjera, brillante, no ser lo bastante rico para volver a sobornar.

También nosotros y nosotras hemos medrado, Edmundo. Y tampoco nosotras, ni nosotros, creemos en la personalidad. Hemos medrado y no fue, o lo fue en tan escasa medida, por el talento, por nuestras particularidades. Medramos porque supimos decir lo que algunos querían que dijéramos, y no porque lo creyéramos de verdad.

Hemos medrado: dicen que fue por nuestra aplicación, porque no dejamos las cosas a medias, porque organizamos un buen departamento, porque sabíamos escuchar. Mas quién lo dice si no es quien se pregunta qué queremos oír.

¿La verdad? ¿Cuándo en los artículos, charlas y cursos para directivos habrá uno que diga la verdad? «Saber escuchar, saber delegar, confianza mutua, asumir riesgos, tener una visión de futuro y compartirla con el equipo», pero cuándo: el líder necesita halagar a quien, desde arriba, le puso en el puesto; el líder debe mentir, nunca permitirá que todos sepan lo mismo; no cometerá el error de negociar con quienes desaprueban su investidura sino que minará sus recursos, les desterrará y, en cuanto pueda, se deshará de ellos. El líder reforzará sus apoyos extraprofesionales, familiares y patrimoniales. Ha de ser desconfiado, debe ocultarse, al líder no le conviene fortalecer al resto.

Soy, Edmundo, el coro y te agradezco el ejemplo. Al menos tú no dices: porque fui positivo, porque fui atento y franco y diligente, he llegado hasta aquí. Tus métodos son mejores que los métodos de quienes se dicen libres y en cada uno de su actos se avasallan. Son mejores tus métodos, mas el fin, el propósito, ¿sembrar el caos?, ¿imitar al rigorista? No sabemos qué pretendes.

Los primeros días de julio, Blas y yo viajamos a Suecia. Edmundo se fue con Almudena y con la niña, que en septiembre cumpliría dos años, a una playa de Huelva. Estaba cansado como a veces le ocurriera en el colegio mayor del Opus Dei, cansado de no poder cerrar la puerta con llave un solo momento. En sus días de vacaciones no hizo otra cosa que jugar con Mica, estar con ella y con Almudena, ir con las dos a la playa, salir a comprar pan, pescado y fruta. Habían alquilado un apartamento sin teléfono. Cuando la niña dormía la siesta, Almudena solía leer y él se quedaba tumbado en el sofá, sin hacer nada, sin pensar en la televisión. No se había llevado ninguno de los asuntos pendientes. Vestía pantalones de colores claros, dejaba que el flequillo le cubriera los ojos. A veces también leía, y más de una tarde metieron a la niña en el coche y se fueron a ver las marismas, las cigüeñas, las garzas. Les gustaba subir a Ayamonte para ver la frontera con Portugal y el mar desde lo alto.

Edmundo sabía que la casa donde nació su abuelo la habían derribado, su padre se lo contó cuando ocurrió, él entonces debía de tener trece años. Buscó, sin embargo, la calle y el número: había una Caja Rural.

Dos días cogieron el ferry, el primero se quedaron en Villa Real de Santo Antonio, y el segundo llegaron al cabo de Santa María. Edmundo notaba que le hacía bien acumular kilómetros, las rías, los cultivos, llanuras de eucaliptus, como si todo aquello pudiera equilibrar una balanza deficitaria, una carencia de espacio abierto y un exceso de días apenas percibiendo despachos, restaurantes, armarios, copas, estanterías, botones de ascensor.

Almudena también había tenido un curso tenso. En su gabinete parecía imposible mantener un término medio de chicos. Los colegios sólo querían trabajar por cupos. Almudena sabía que si los rechazaba podía quedarse sin clientes, pero aceptarlos suponía rebasar el límite que se había fijado, perder horas de sueño y tiempo de dedicación a cada caso concreto. Sin embargo, tanto Edmundo como ella parecían haberse propuesto no hablar del trabajo y sí de las grandes extensiones de tierra al final de la península, de los barcos, de castillos de arena. Por lo que hacía a nuestra sociedad de chantaje, Almudena estaba al tanto y la aprobaba, pero ni ella ni Edmundo aludieron a la misma hasta la última noche.

Los días que no iban a Portugal salían los tres por la mañana al pueblo, luego buscaban un sitio tranquilo para darse un baño. Por la tarde, después de la merienda de Micaela y mientras Edmundo recogía, Almudena y la niña iban a la playa delante del apartamento y le esperaban allí. A partir de las seis había menos gente, el sol era más suave. Muchas de esas tardes Edmundo salía a la terraza cuando ya Almudena y Mica habían bajado pero él aún las veía. La marea había bajado, la playa se alejaba y él miraba a su hija, a su mujer, con miedo de ser como Aquiles y la tortuga, miedo de no alcanzarlas. Almudena se amoldaba al paso de la niña, andaban muy despacio, deteniéndose ante cualquier matorral, coche, niño, hamaca, papelera, que a Mica le hubiera llamado la atención. Sin embargo Edmundo temía tener que recorrer la mitad de la distancia que le separaba de ellas, y luego la mitad de la nueva distancia que hubieran avanzado, y así infinitas veces, y no alcanzarlas nunca. A esto nos obligan, pensaba, a no alcanzarnos nunca, cada uno con su porción de infidelidad, ¿o no era infiel la puerta cuando decía yo soy también un tapiz, soy también un hombre apoyado en la barandilla mirando a nadie, llorando?

La última noche Edmundo se atrevió a hablar con Almudena. «A veces», le dijo, «me gustaría creer que soy un hombre libre, que es mío este destino de joven triunfador, que no eligieron a uno como yo sino a mí mismo, al nombre de mis células. Me gustaría pensar que soy yo quien elige, que por mi voluntad acudo a la terraza para veros, para sentir que soy yo quien os mira y al mismo tiempo soy otro Edmundo, lejano, perdido entre caballos y la nieve.»

Era su última noche allí. El equipaje estaba amontonado ya junto a la puerta. Tenían previsto salir temprano al día siguiente pero se quedaron levantados hasta casi las tres. «Yo a veces también sueño que te abandono», dijo Almudena. «No por rabia, ni por cansancio. Tal vez por avaricia, quiero decir, por no ser sólo yo, que tuve estos amigos y esta familia, que tuve estos trabajos y pagué para que estuviera la ropa planchada. Por ser también una mujer que partió con su hija al desierto del norte de Chile, o a la Patagonia, que vivió sin clientes de colegios de pago, sin asistentas, desapegada y en pie de igualdad.»

No hablaron de otras personas, no se dijeron nombres, no se contaron las escenas que, sin querer, acaso en sueños, habían entrevisto. Hablaron, sí, del deseo de lo que no existe, el arrebato sin excusa, un hombre y una mujer, o dos hombres, o dos mujeres, que avanzan separándose del resto porque sólo les cupo doblegarse a la atracción. Pero tampoco la pasión es un pájaro, decían, existe siempre aquello que se persigue y aquello de lo que se huye.

Y Edmundo contó: «Estos días he querido pensar que bastaría. La casa, nuestros sueldos, un cierto papel en la vida pública y todas estas cosas. ¿Por qué no te convences, me he estado diciendo? Éste es el sitio, y esto que poseemos con justicia lo ganamos. Nos hemos asentado, ya no es fácil que corramos verdadero peligro, la batalla por mantenerse ya no ha de ser tan dura.»

«Y que nadie», dijo Almudena, «oiga de nuestros labios que hemos roto cristales a propósito. Pero los hemos roto, Edmundo. A los adolescentes cuando vienen a hablarme, cuando dicen que han descubierto el fraude y la ficción, yo les digo que esperen. Que doblen su ropa vieja, les digo, y la dejen en el portal para los pobres como si creyeran que hacen lo correcto. Que anoten, mientras tanto, cada una de las veces en que no les encajan los razonamientos, que anoten cuando una larga suma está bien hecha y sin embargo el fundamento último de la orden de sumar es un acto de fuerza. Que vayan anotando, que guarden el secreto, les digo. No ha de tardar el día en que habrán acabado los estudios y conocerán el miedo a no ser, porque ser es trabajar, y tal vez no ha de tardar el día en que ellos mismos deberán comprar la vida de otras personas. Comprar las vidas, cargar con la obligación de ser odiado por la criada que quizá ni siquiera te odia, lo hemos dicho tantas veces, Edmundo: cargar con la obligación de la tristeza. Y a los adolescentes yo les digo que cuando llegue el momento sean cuidadosos, que sigan sin decir a todos lo que saben, pero tal vez a algunos. Les digo que ante el único horizonte real que les ofrecen no llegarán desnudos como recién nacidos, nadie podrá hacerles creer que ese póster de cartón pegado a la ventana es todo cuanto hay. Y que guarden tijeras, cortatramas, les digo, y que los usen.»

Eran casi las tres. De la terraza del piso de abajo salía música. Asomados a la suya, Edmundo y Almudena podían ver un brazo y un pitillo. Luego alguien más salió y el pitillo encendido rodó por la noche del tercer piso al suelo. Había un mar sin luna, luces de algunos barcos. La tarde siguiente estarían en Madrid otra vez.

Gabriel García Guereña no había querido coger vacaciones. A nuestro regreso nos recibió con un esquema perfecto. Debíamos, dijo, ejercitar una mirada espacial que abarcase varias operaciones. Él había planeado siete. En cada una constaba un beneficiario hipotético y un perjudicado, un móvil y un tipo de intervención. Había conseguido que no pudiera encontrarse un hilo común no ya entre las siete, ni siquiera entre dos de ellas. Separaba el móvil superficial del móvil oculto, y así por ejemplo lo que desde fuera sería leído como un episodio de competitividad, obedecería sin embargo a la venganza de un ausente.

Juan Menéndez recibiría un anónimo amenazándole con hacer público que se había llevado a su casa una lámpara y un archivador del despacho. La amenaza consistiría en difundir el hecho en un comunicado que pondría a Menéndez como ejemplo para, a continuación, incitar a la rapiña a todos los trabajadores. A cambio del silencio, el anónimo le pediría que apartase a cierto productor de su programa. Juan Menéndez pensaría entonces que quien así le amenazaba debía de ser alguien profundamente resentido con el productor. Pero en este caso el móvil real y oculto del chantaje sería una información de Enrique del Olmo según la cual Menéndez había estado boicoteando sistemáticamente el quehacer de una pareja de realizador y periodista a quienes ordenaba hacer reportajes absurdos y luego jamás permitía que salieran en pantalla, negando su trabajo. Que Menéndez experimentara miedo al ridículo, que viera cómo una arbitrariedad le doblegaba, eso pretendíamos. En cuanto al productor apartado, a fin de cuentas el programa de Juan Menéndez no era ningún lujo; probablemente el mismo Menéndez, por miedo, se sentiría obligado a recomendárselo a otro. Y nosotros, que no creíamos en las ventajas de crear una atmósfera de trabajo distendida, confiada, entrañable, tampoco creíamos en Dios ni queríamos, por tanto, ser como dioses. Ya lo dije, ilógica sería la pretensión de buscar justicia del amo para con el vasallo: justicia nunca, sólo condescendencia. Ilógica también la justicia en el centro de trabajo, allí donde no se establecen las reglas de común acuerdo sino por el poder. Justicia no, apenas practicábamos otra forma de barajar las cartas.

Así había encadenando Gabriel las distintas operaciones para proporcionar una telaraña de pistas falsas. La última era un chantaje sobre Edmundo Gómez Risco. Se trataba de obligarle a cometer una acción francamente arbitraria en la órbita de otros dos chantajeados, para que éstos le vieran justificar lo injustificable y creyeran que obraba por miedo a la extorsión.

De aquellas siete operaciones nos salieron bien seis. Empezamos a finales de agosto, cuando sólo estaba un tercio de la plantilla. Una en agosto, dos en septiembre, tres en octubre. No queríamos crear una atmósfera de inquietud pero sí de una ligera incomodidad.

Por otro lado, en octubre la realidad vino, se diría, a dar carta de naturaleza a nuestras actividades. En octubre se hizo público el gasto que la directora del Ente había realizado en indumentaria con cargo a los presupuestos de RTVE. Periódicos y revistas entraron a degüello y si bien aquello tenía todos los visos de ser una maniobra política o, cuando menos, un error utilizado por varios enemigos políticos, lo cierto es que nuestros chantajeados se encontraron, sin que nosotros lo hubiéramos provocado, con un espejo de aumento en donde aparecía reflejado lo que podría llegar a pasarles a ellos, y así accedían a nuestras peticiones con singular premura.

Por lo que hace al caso de la directora general, quien aún aguantaría tres meses en el cargo, me permití pedir a Edmundo el diseño de un plan de recuperación de imagen y fui dejando caer algunas ideas los días que salí con ella. Más tarde la vi servirse de unas cuantas, cuando ya casi no nos tratábamos y ella había dejado la televisión.

La operación fallida, la séptima, lo fue sólo porque nuestros recursos, nuestro radio de acción y nuestros plazos eran, y lo sabíamos, caseros o, por así decir, de corto alcance. En ningún momento corrimos peligro de ser descubiertos; simplemente, el anónimo llegó tarde. Llegó el día en que su destinatario, el antiguo subdirector general, recientemente destituido y confinado a un cargo intrascendente, dejaba la televisión pública y se iba a una radio privada. Esa radio aspiraba a obtener en el futuro una de las licencias para la explotación de cadenas privadas de televisión de ámbito nacional.

Nuestros datos eran correctos pero incompletos: sabíamos que Emilio Marcial había montado una sociedad interpuesta para la compra de películas. Sabíamos que, utilizando su influencia, había logrado que le fuera encargada la producción de una serie a una productora ligada al principal proveedor de películas de su sociedad, y había obtenido como contrapartida una rebaja sustancial en el precio. No sabíamos, sin embargo, que tenía previsto ser miembro del consejo de administración de esa futura televisión privada, lugar desde donde se compraría él mismo las películas, presionando con delicadeza para que la televisión aceptara el alto precio por película que había fijado su sociedad interpuesta. Una maniobra como otra cualquiera, pero nosotros llegamos demasiado tarde.

El error sólo se tradujo en falta de efectividad. Sin embargo, hacía tiempo que Edmundo pensaba que quizá ya había aprendido lo bastante desde sus años en el laboratorio médico, que quizá le había llegado ya el momento de volver a la empresa real. La televisión pública estaba cargada de situaciones especiales, de herencias; era lenta y era también, como la sociedad de Emilio Marcial, como el Estado mismo, una sociedad interpuesta. La Ley de la Televisión Privada se había promulgado en mayo de ese año. Tres concesiones de explotación estaban previstas para mediados del año siguiente y se esperaba que, a finales del mismo, las empresas que hubieran obtenido las licencias empezaran a emitir. Luz verde en España para la televisión privada y antes, y a continuación, intrigas, alianzas, enfrentamientos sordos.

En la casa, Edmundo había mantenido relaciones cordiales con Emilio Marcial: había sido de los pocos en llamarle cuando se produjo su destitución y después había seguido solicitando el consejo y la experiencia de ese gran alce olvidado por los más jóvenes de la manada. Decidió valerse de ello y visitarle, entrar en relación con el núcleo de la radio privada, germen de una futura televisión. A nadie se le ocultaba que corrían tiempos de fichar y tiempos de ser fichado. Iban a necesitarse profesionales del medio y, como sucediera cuando empezaron las televisiones autonómicas, no había tantos.

En este sentido, Edmundo podía dejarse querer: por su trayectoria, su juventud, porque tenía cierto talento para la planificación. Su gestión como director de programas estaba a la altura de las mejores épocas y, en el terreno de los detalles, a todos complacía el hecho de que hubiese empezado dirigiendo él mismo un programa propio con una buena fórmula. Pero aún Edmundo tenía lo más escaso: el convencimiento de su falta de libertad. No creía en frases como la oportunidad de llevar a cabo un proyecto. Tampoco en el descaro despojado de retórica creía, en el mudable privilegio de cobrar cada mes y obtener dietas, ventajas, invitaciones mientras la suerte dure o el capricho de aquel que le nombró. Edmundo se limitaba a cumplir una obligación, trabajar para otros, y de ese modo siempre le resultaba fácil saber lo que los otros necesitaban. Se ofreció a Emilio Marcial para que él le entregara al director de la cadena de radio, comprendió que Emilio Marcial tendría interés en decir: Yo voy a aportar más de veinticinco años de gestión, soy de los pocos que puede tener en la cabeza la estructura económica y administrativa de una televisión, y soy también quien os proporciona precisamente al que se ha ocupado de la producción de programas en Televisión Española durante los últimos años.

Edmundo estuvo trabajando junto con Emilio Marcial y el director de la cadena de radio, Alberto Ferrer-Mas, en la redacción de un proyecto de explotación de una televisión privada. Jugaba con fuego. Esa futura cadena sería la única concesión que el gobierno socialista tenía previsto hacer a la derecha en lo referente a medios de comunicación audiovisual. Cuando por fin se constituyó la sociedad que iba a aspirar formalmente a la licencia y Ferrer-Mas ofreció a Edmundo el puesto de director general adjunto, le dijo también:

—Claro que, según he oído, tienes el carnet del PSOE.

Pero Edmundo esperaba el comentario, y respondió con indiferencia:

—También tengo el carnet de Ayuda en Carretera.

El pacto estaba hecho. A los tres días fue convocado para hablar de condiciones.

Edmundo llamó a Antonio Molinero. El jefe de Molinero había abandonado el gabinete de Felipe González. Molinero, sin embargo, no quiso ocupar su lugar, introducirse de lleno en el estado mayor, sino que prefirió mantenerse en un segundo plano y no ligar así su suerte a ninguna conjunción de afinidades personales. Edmundo conocía bien el talante de ese hombre un poco grueso, con aspecto de policía, que un año sí y otro no se dejaba crecer una barba rala, que no había entrado, como sus compañeros, en el club de la moda de los modistos italianos y en cambio vestía trajes clásicos y corbatas propias de un señor treinta años más viejo. Sabía que Molinero nunca se arriesgaría como él, le faltaba el filo del rencor, pero sabía también que no le hablaría del papel histórico de la socialdemocracia o de la responsabilidad de modernizar España.

Quedaron en una de las últimas cafeterías donde aún trabajaban limpiabotas. Lo primero que Molinero dijo fue:

—He oído que has comparado el carnet del partido con el de usuario de parking.

—Creo que dije Ayuda en Carretera.

—No sé si has estado muy acertado. Como ves, todo se sabe.

—Todo lo sabes. Pero si tú no quieres, la frase no llegará mucho más lejos.

—¿Y quieres que no quiera?

Edmundo sonrió:

—Podemos ir preparando el terreno. Cuando sepan lo que voy a hacer mi comparación les parecerá exagerada. Ayuda en Carretera tiene una utilidad concreta.

—Así que te vas.

—Lo dices como si tú y yo estuviéramos en algún sitio.

—¿Cuándo se hará público?

—El cinco de diciembre, también lo sabes.

—Has escogido un buen momento.

—¿Te refieres a la huelga general?

—Nadie va a fijarse mucho en ti. Están preocupados.

—No deberían.

—A largo plazo no; a corto, si sale bien, caerán algunas cabezas.

—Unas cabezas de las que están deseando librarse.

Antonio Molinero no había dejado de fumar mientras

315

hablaban. En ese momento estrujó una cajetilla blanda de Rex, vacía. Y en un tono entre irónico y conmovido, que no cuadraba del todo con el resto de la conversación, preguntó:
—¿Te acordarás de mí cuando estés en el paraíso?
—No me digas —contestó Edmundo— que tú has apoyado la huelga contra el gobierno.
—Tengo buenos amigos en UGT. Pero no. No lo he hecho.
—Entonces, ¿para qué quieres que me acuerde? Tú tienes línea directa con los generales. Yo no soy más que un teniente.
—Pero nuestras tropas caerán, y no caerán por la presión del enemigo. Caerán porque dejarán de recibir algunos apoyos. Tú te has convertido en tu propia cabeza de puente. Cuando llegue el relevo, tú estarás en el nuevo estado mayor.
—Veo que tienes fe en mí.
—Necesito tenerla.
—Lo sé. Yo también necesito que tengas suerte.
Molinero pagó los cafés, y dijo:
—Y la versión para el partido, porque me preguntarán.
—Si no me importa este carnet, tampoco me importa el otro. No hay traición aquí, yo nunca dije que me importase. Por lo demás, supongo que, aunque no en el mismo grado que a ti y a mí, también al partido y a mí nos va a seguir interesando hacernos algunos favores.

Edmundo dio una copa en su despacho de Televisión Española el último día. Yo había asistido a varias despedidas como ésa; a veces el vino se servía en vasos de plástico y otras veces en vasos de cristal; a veces los canapés eran exquisitos y otras un tentempié de compromiso; a veces el acto se prolongaba hasta bien entrada la hora de comer y otras veces a la una y media todo el mundo se dispersaba como si obedeciera a una orden. Por lo demás, los actos apenas diferían entre sí. Debo decir, sin embargo, que el acto de Edmundo se distinguió por ser el más sombrío.

Habían bajado las temperaturas y se le ocurrió sustituir el vino por tazas de consomé acompañadas de pequeños vasos de vodka. Ofreció canapés salados y es posible que no gustaran, que el consomé estuviera demasiado caliente. La gente bebió vodka en cambio. Lo bebimos con rapidez y no nos hizo más comunicativos sino que, unido a la hora, la luz gris y los árboles anunciando el invierno, nos hizo taciturnos como cuando se arroja un objeto duro contra un espejo y se produce la fractura en forma de radios desiguales, grietas que separan pedazos de cristal. Así, la habitación quedó surcada de trazos que nos separaban. Los comentarios pasaban de un fragmento de cristal al fragmento contiguo sin excesiva convicción. También Edmundo parecía haberse desgajado, viajaba encima de su pedazo roto de cristal y no hacía ningún esfuerzo por animar el ambiente.

Algunas personas entraban y salían porque tenían algo que resolver en sus despachos y luego regresaban, otras no volvían. Poco antes de las dos y media, Edmundo tomó la palabra y habló. Sí, yo diría que eso fue lo más inquietante, que Edmundo habló. Eso y descubrir la presencia de Enrique del Olmo, su figura prácticamente oculta por un archivador, sólo el final de sus hombros y su cabeza sobresalía.

Al principio nadie quiso creer que Edmundo realmente se dispusiera a hablar. Algunos habían levantado su vaso: un brindis, una broma y, para terminar, una concesión al sentimentalismo velada de ironía. Cinco minutos como máximo. Aunque se podía alterar el orden de los factores, comenzar con la broma, luego el brindis, luego la concesión, el género estaba perfectamente asentado y nadie lo había transgredido nunca. Edmundo les dejó con los vasos a media altura, la sonrisa incipiente. Así, desorientadas, a la espera de la convención y sin poder creer que no fueran a dársela, las veintitantas personas presentes le escucharon durante diez minutos.

–Lo que nosotros estamos dando al público –dijo Edmundo– no es información ni manipulación ni cursilería o sensacionalismo. Eso viene después, es el envoltorio, el celofán, y nos cansaremos de ver envoltorios distintos. Lo que nosotros estamos dando al público, lo que hay dentro del envoltorio, no es otra cosa que la caricatura de la revolución. ¿Cómo sería la vida si no tuviéramos que ser unos y al mismo tiempo otros? El resto de las instituciones, el deporte, la justicia, el amor, los libros, el dinero, la ambición, la locura, el comercio, la moda, la democracia, la poesía, el adulterio, la libertad, el trabajo, el ordenador, alientan la ilusión, exigen el cansancio de lo contradictorio: huir quedándose, vivir dos vidas, ser el hombre sentado y el hombre que lee, ser el hombre que corre y el hombre que se sueña correr, ser el subdirector y estar al mismo tiempo siendo el director futuro. Son las ilusiones ganadas durante todo un siglo. La pequeña pantalla nació para ayudarnos a soportar su peso, porque las ilusiones tiran de nosotros con sus brazos al cuello moliéndonos la espalda.

Edmundo sonrió. Ya no era un chico joven, y todavía no era un señor. Estaba en esa edad intermedia, cuando la promesa se va cumpliendo; estaba en el gerundio de la edad. Aunque seguía teniendo la boca ancha, la frente en exceso pronunciada, los ojos levemente achinados, sin embargo últimamente su cara parecía diluirse, como si la costumbre de llevar traje y de pagar el buen gusto sin tener que hacer demasiadas cuentas hubiera conferido a su persona un toque de ese atractivo convencional que tranquiliza a quien lo mira. Le vimos beber agua y creo que, en ese instante, todos reparamos por primera vez en la botella y el vaso colocados encima de la mesa. Edmundo había hablado de pie. Ahora, de pie, retrocedió hasta tocar con su espalda los visillos. No se extendió mucho más, pero ¿para quién hablaba?, ¿por qué hablaba de ese modo? Llegué a temer una confesión impulsiva que echara todo por tierra.

—En contra de que se suele creer, nadie —continuó— tiene grandes ideas, pensamientos profundos cuando mira el fuego. La hoguera encendida cambia lo bastante rápido para que no dé tiempo a fijar la atención en una cosa. Por eso nos atrae. La televisión, tal como ahora se emplea en la mayoría de los países, ha perfeccionado el transcurrir del fuego: por eso nos atrae. No soñamos mientras vemos un programa. Después, tal vez, pero el después no me importa. Después es igual de perverso el anuncio publicitario que una conversación de uno con uno mismo, cuando por el pensamiento discurren lentamente las imágenes y alguien sueña que es él y es a la vez un individuo en espera de la riqueza, la indolencia o la serenidad. Después no pertenece a la televisión. La televisión es durante. Pero no es tampoco el hombre o la mujer reconciliados sino apenas prendidos del presente, descanso puro. Es la mueca, la imagen invertida de la revolución.

De nuevo un sorbo de agua y vi, en el momento exacto de la pausa, la mirada severa de Enrique del Olmo en liza con los ojos de un Edmundo indiferente.

–Dejo esta casa para irme a una nueva cadena –continuó–. Lo que parece el principio de una eclosión televisiva no es más que el principio del fin. –Hizo en ese momento el gesto que todos esperaban y levantó su copa–. Diez años, quince, veinte tal vez y todo será sueño, todo vida partida: ya no será descanso la pantalla sino perpetuo ejercicio de falsa libertad, elección, interacción, pantallas semejantes a las páginas de un diario o a reuniones, o al freno y al volante, a cualquier sitio donde prevalece la ilusión de ser. Os agradezco vuestra presencia aquí y brindo por estos últimos años en los que, todavía, podremos seguir dando descanso al público. Porque un tiempo ha de venir, y no está lejos, en el que nadie sea relevado ni un instante de cargar con sus ilusiones.

Todos brindamos. Luego Edmundo despejó el malestar que había creado su salida de tono, su discurso, con un par de bromas convencionales propias de cualquier fiesta de fin de curso.

Al día siguiente, el comentario más extendido fue que

Edmundo había querido ser original. Algunos le acusaron de esnobismo, su nuevo sueldo, murmuraban, debía de habérsele subido a la cabeza. «No tiene razón, no tiene ninguna razón», me dijo Enrique del Olmo, la única persona que se había interesado por el tema del discurso de Edmundo, o eso creía yo. Una semana más tarde Mario Ríos, mi viejo colega, el hombre a quien yo había robado, me vino a buscar.

Mario nunca se había metido en nada: no había escrito en ningún boletín, no había participado en asambleas esporádicas, no había formado parte de ninguno de los grupos que se hicieron y deshicieron dentro de televisión, por más que en varias ocasiones diferentes personas le pedimos que lo hiciera, sobre todo durante los primeros años, cuando nos reuníamos guionistas, realizadores, productores, documentalistas, para presentar proyectos críticos a la dirección, o cuando constituimos una comisión para estudiar el estatuto.

Tampoco años más tarde cuando, apoyados por el comité de empresa, nos negamos a entrar en unos despachos sin luz ni espacio ni archivadores, se implicó Mario Ríos. No lo hizo y sé que no era por cobardía o comodidad. Si le pedíamos que no entrara en su despacho, él no entraba, y corría así el mismo riesgo que los demás. Lo que no aceptaba era formar parte de las comisiones, ir a entrevistarse con los de arriba, redactar un escrito, reunirse y discutir sobre cómo podía mejorarse alguna situación.

«Nunca me he creído a los delegados de curso», solía decir calándose con fuerza sus gafas grandes de montura negra. «Un comité de empresa es otra cosa, lo respeto aunque no consiga sentirme interesado por participar en uno. Pero los delegados de clase, las comisiones, los chicos listos que le proponen cambios al profesor, no puedo con ellos.» Después me miraba y añadía: «Tiene que haber un delegado de curso, alguien que pida que no pongan un examen justo después del puente. Tú haces eso, y me parece bien. Pero no me gustan algunos de los que están contigo y que se creen que, gracias a ellos, va a mejorar la calidad de la televisión que vemos los españoles.»

Mario no era un cínico, ni tampoco un escéptico, y nunca se me ocurrió verle como un ateo. Estaba siempre ahí, hacía su trabajo y había perdido más de una oportunidad de promocionarse a causa de sus diferencias de criterio con los superiores; pero así como no quiso ir a ver a uno de los jefes para decirle que le habían robado, tampoco participó nunca de esa flor de un día, el entusiasmo racheado de algunos y algunas que trabajábamos con él. Mario Ríos no era un ateo sino tal vez ese accidente del terreno, un cabo, un peñasco, la cornisa con forma de trapecio que permanece en su sitio y nos orienta. Por eso me desconcertó que el lunes doce de diciembre se presentara en mi despacho.

La huelga general estaba convocada para el miércoles catorce. Edmundo había celebrado su despedida el viernes de la semana anterior. Los días que siguieron todo el mundo anduvo nervioso, crecieron los rumores, los secretos. En cambio Mario Ríos desde el principio había dejado claro que él sí iba a ir a la huelga y también que no iba a asistir a ninguna de las asambleas para debatirla o para organizar una protesta. Justo dos días antes, Mario me localizó. Al parecer me había llamado varias veces y se había pasado por mi despacho, pero no había logrado dar conmigo. Quería que habláramos y me extrañó: los peñascos, los cabos, las cornisas con forma de trapecio no se mueven, no maquinan en tiempo de maquinaciones. Sin embargo, Mario no quería hablar de la huelga. Aunque hacía frío me llevó fuera, cerca de los árboles.

—Tú conoces bien a Edmundo Gómez —me dijo.

—Nos hemos visto alguna vez fuera de aquí.

Mario daba la sensación de llevar barba aunque no la tuviera. Las gafas grandes, el pelo abundante y despeinado, los pliegues pronunciados de la piel formaban un conjunto desordenado, como de andar por casa que sólo muy ligeramente atenuaba su costumbre de vestir siempre de un solo color, verde, negro o azul marino.

—Estoy bastante de acuerdo con lo que dijo el otro día.

—¿Con qué de lo que dijo?

—Las ilusiones ganadas. Las ilusiones que no pedimos y con las que tenemos que cargar. La suerte que vende el ciego de la esquina y que, aunque no la compres, te coge por el cuello a traición, se te sube a la chepa porque lo has oído, has oído al ciego y lo has dejado pasar.

Se levantó un viento frío pero no desapacible.

—Te tenía por una de las pocas personas que conozco ajenas a todo eso —dije.

—No compro lotería. No compro ninguna clase de lotería, ni siquiera la que te gustaba a ti antes, la lotería de las reivindicaciones, los escritos para conseguir una televisión como la BBC. No la compro pero cómo voy a librarme de ella. Y te juro que la detesto.

—¿Detestas el qué? Perdona, me he pasado la mañana discutiendo en los estudios, me duele la cabeza.

Mario me miró sin ofenderse, pero con un atisbo de guasa en los ojos, como si no diera crédito a mi excusa, a mi burda maniobra para hacerle seguir hablando mientras yo sopesaba mi deseo de contarle esta historia.

—Detesto la lotería —contestó—, la obligación de tener presente que uno no ha llegado pero en realidad podría llegar en cualquier momento.

Aún quedaban algunas agujas de los pinos en el suelo. Como rabos de cereza sin cereza, largos y quebradizos. Cogí una pareja mientras decía:

—A eso le llaman ambición.

—La ambición se tolera bien a los treinta años. A los cincuenta y siete, sólo te queda la aversión. Aborreces a todos aquellos a los que sí les ha tocado, a los que ganan un millón al mes, a los que viven sin dar golpe, a los que tienen rentas, relaciones, un patrimonio heredado o adquirido. Es posible, parecen decir, claro que es posible que te toque, posible y natural y hasta generalizable.

—Vaya, no tenías ningún aspecto de ser un rencoroso.

—No lo soy, nadie lo es. Yo me siento culpable, como la mayoría.

—¿Culpable de qué?

—De lo que quieras, Irene. De no ser «positivo», de no apreciar lo que tengo, de no haber invertido bien los dichosos talentos, de que mis hijos no vayan a vivir mejor que yo.

—Pero no es verdad que tengas la culpa.

—Verdad o no, es lo que pensamos todos. Si no existiera la lotería, cualquier clase de lotería, el boleto o lavar los trapos sucios de tus jefes o servirles hasta que te den una isla, o heredar veintiséis locales comerciales o triunfar por tu cara bonita, o por tu inteligencia bonita, sería diferente. Pero existe. Es la ilusión que hemos ganado. ¿Quién aguantaría la idea de que va a vivir toda la vida en inferioridad de condiciones?

—Algunos la aguantan, y algunas.

—Algunos sí, pero la mayoría prefiere creer en la igualdad de oportunidades y sentirse culpable o, peor aún, creer que si no le ha tocado es porque se mantuvo fiel a alguna clase de principios.

—Es una forma de tomarse las cosas como otra cualquiera —dije, y me esforcé por perder la mirada entre los árboles, ceniza cuarteada en la corteza, un verde entremezclado con el cielo que ya no sería, para muchos de nosotros, el destino, un lugar para morir.

—Como otra cualquiera no —dijo Mario—. Es una forma estúpida, tan estúpida como hacernos la ilusión de que en realidad sí que nos ha tocado, tenemos un trabajo privilegiado, somos incluso más afortunados de lo que nos creemos.

—No sólo de pan vive el hombre. Las ilusiones... —No me dejó terminar.

—Las ilusiones se te cuelgan al cuello y te impiden andar erguido, porque a pesar de todo algunos días sigues sabiendo que estás solo, que nadie se volverá para decirte: Yo tampoco les aguanto, cuando se les llena la boca hablando de confianza, de valores compartidos, pero en realidad están hablando de que nadie les toque su tarjeta de crédito.

—Yo tampoco les aguanto —dije.

Luego le pregunté si podíamos vernos fuera del trabajo, le dije que debía contarle una historia.

Antes de hacerle a Mario la propuesta formal de que se nos uniera llamé a Edmundo, no tanto para consultarle sino porque había datos que no tenía. Podía hablar a Mario de nuestra sociedad de chantaje, hablarle de la asesoría de imagen clandestina, pero con respecto a aquellas primeras palabras de Edmundo: dominar un sector de la televisión para imponer la condición de que no nos impongan condiciones, ahora, con la marcha de Edmundo, no sabía bien dónde colocarlas. ¿Pensaba Edmundo desde el principio en el sector de la televisión privada, en un sector de ese sector? «Dominar», me dijo Edmundo con amargura, «nosotros nunca vamos a dominar nada.»

Le había telefoneado desde mi casa. Eran las seis de la tarde del día de la huelga general contra el gobierno socialista. Blas estaba en Ponferrada con nuestro hijo menor. Los otros dos habían salido para internarse en ese Madrid paralizado del 14-D. También Almudena había bajado a dar un paseo con Mica por las calles sin tráfico. Pero Edmundo y yo estábamos cada uno en su casa y tuve que decirle que nunca había creído que fuéramos a hacernos con el control de la galaxia, pero sí suponía que podríamos cruzar algunos datos de nuestros chantajeados y dejar nuestra huella.

«¿Para qué?», me contestó. «Una huella simbólica, un gesto más, ¿para qué? Los gestos nunca son el principio de nada: son el final. Los gestos se hacen cuando todo ha terminado.» Me contó entonces que Enrique del Olmo le había llamado a la una menos veinte de la mañana. Al parecer estaba exultante y quería compartir con Edmundo el primer éxito de la huelga, el sorprendente pistoletazo de salida. Lo habían logrado, habían cortado el telediario. Televisión Española había ido al negro durante unos segundos y después sólo había podido emitir imágenes grabadas de ciudades españolas. Enrique le llamaba rebosante de orgullo, le contó lo que yo misma había vivido en directo: cómo Torrespaña se había ido llenando de trabajadores; cómo, durante la asamblea transcurrida en el vestíbulo, surgió la idea de formar una gran cadena humana que, diez segundos antes de las doce de la noche, coreara una cuenta atrás. De este modo, los compañeros del control escucharían las voces y sabrían que no estaban solos, y no recaería sobre ninguno la obligación de ser el primero en levantarse sino sobre el fin de la cuenta atrás. A las doce en punto de la noche, cuando la locutora del último telediario aseguraba que la programación del catorce de diciembre iba a ser normal, el operador de sonido bajó la regleta de la mesa de audio y el estudio quedó en silencio, el mezclador de cámaras dejó la pantalla en negro y los trabajadores del centro de emisión de Navacerrada sustituyeron la emisión por un código de barras que se mantuvo en varias zonas de la península. Justo cuando se pretendía ofrecer a los españoles una imagen de normalidad, todos los televisores de España se fueron al negro; ni siquiera el pobre recurso de los espacios grabados con el que se pretendía salvar la cara provisionalmente iba a llegar a todas las casas. Por fin el comité de huelga tenía poder suficiente para renegociar los servicios mínimos con la directora general.

Mientras Enrique hablaba, Edmundo fue incapaz, no ya de compartir su entusiasmo, ni siquiera de seguirle la corriente con alguna muletilla, alguna pregunta.

—Ha sido emocionante – había dicho Enrique al terminar.
—Lo supongo –fue la respuesta de Edmundo–. Esas cosas ponen la carne de gallina. Son muy bonitas.
—¿Serás capaz de burlarte? Muchos se están jugando el puesto de trabajo.
—No me burlo, Enrique. –Y Edmundo pensaba que no era capaz de burlarse, que odiaba la compasión y, sin embargo, después de veinte años no había conseguido burlarse de su padre, desdeñar sus errores, y seguía sintiendo compasión por él–. No me burlo pero, joder, ¿para qué se juegan el puesto? ¿Qué tenéis? Mucha emoción, mucho mérito, mucho esfuerzo pero ¿qué tenéis detrás, cuál es vuestra fuerza? ¿La mitad del partido socialista va a ponerse de vuestro lado, un cuarto, o sólo un uno por ciento? ¿Y los sindicatos? ¿Tenéis unos sindicatos lo bastante fuertes como para que esto sea algo más que un episodio incómodo?
—Las cosas empiezan y no se sabe dónde pueden acabar. El apagón va a dar ánimo a mucha gente que dudaba.
—Ciertas cosas sí se sabe cómo van a acabar.
—Ojalá te equivoques. Pero aunque tengas razón, Edmundo, hay algo que tú no entiendes: que algunas cosas se hacen porque se tienen que hacer.

Cosas que se hacen porque se tienen que hacer, Edmundo oyó cómo Enrique colgaba el teléfono y después permaneció con el auricular en el oído, escuchando el pitido de la línea. Sólo cuando Almudena salió del baño y se acercó a darle las buenas noches, colgó.

A los pocos segundos, el teléfono volvía a sonar. Era Antonio Molinero. Fracasado el intento de la directora general de frenar a los trabajadores, los fontaneros de la Moncloa habían tocado a rebato: ahora, le dijo, ellos teledirigían desde el gabinete las negociaciones con el comité de huelga.

—Yo no estoy al frente de esta operación –le indicó Molinero– pero voy en el mismo barco. Se me ocurrió llamarte sin saber muy bien para qué y, la verdad, me sorprendió que estuvieras comunicando. Hablabas con Torrespaña —añadió en un tono que no era interrogativo.

—No creo que sea la única persona a la que han llamado para contarle lo que está pasando.

—Por supuesto. Además, tú ya estás fuera, lo sé. Pero una información en este momento me alegraría el año, una que no te comprometa.

—¿Qué buscáis?

—Que me digas si hay algo que buscar, un eslabón débil, tensiones internas de última hora.

—No tengo ninguna información de ese tipo. Tengo un consejo, aunque sé que los consejos no valen nada, no se pagan nunca. Pero es lo que tengo.

—Di.

—Van a ir a por todas. Hoy. Están como niños. Han puesto los zapatos en la ventana, han dejado el agua para los camellos y por fin toca que vengan los Reyes. No van a renunciar a ese momento. Dentro de unos días alguien les dirá que no había tales Reyes. Hoy no. Hoy se han ganado su sueño y no van a cambiarlo por nada.

—Me das uno de esos consejos que nadie quiere oír, pero entiendo lo que vale. Ahora te dejo.

Con esas dos conversaciones había comenzado el día de la huelga para Edmundo. Me contó también que, por la mañana, se había pasado por su nueva oficina, no tanto porque se lo hubieran pedido, al fin y al cabo, la huelga era contra el partido socialista, sino porque, más allá de su intención política concreta, la huelga era, como todas las huelgas, un producto de mal gusto, y había que dejar ver el propio desprecio por la vulgaridad. Edmundo me hablaba sin el menor énfasis, semejante a un convaleciente que ya se hubiera recuperado de su enfermedad pero aún no hubiese vuelto a la vida normal. Entendí que no le interesara demasiado lo que yo iba a contarle; no obstante, me dispuse a referirle el episodio de Mario Ríos:

—No todo son malentendidos —le dije—. El día de tu despedida había una persona...

Notaba al otro lado del auricular la atención desviada. Edmundo decía cosas como ya, claro, o ¿ah, sí?, y habría dicho lo mismo si yo hubiera estado hablando del servicio de Correos o de osos polares en las playas del océano Ártico.

—Irene —dijo cuando, concluido mi relato, yo inicié la despedida—. Esta mañana, después de pasar por la oficina, he ido a ver a mi madre. Me ha enseñado el piso donde tienen pensado vivir. Se va a casar.

En aquel momento no quise seguir hablando. Ya le había dicho a Edmundo que tenía que colgar. Y así lo hice, no sin añadir:

—Llámame, seguramente deberíamos tomar un café.

A las siete salí a visitar a unos amigos que vivían cerca. Ellos esperaban verme aparecer con Blas, pero les expliqué que Blas estaba enseñándole geología a nuestro hijo menor. Llegaron dos personas más, la conversación no decayó en ningún momento gracias a que la huelga propiciaba todo tipo de especulaciones. Sin embargo, yo no conseguía librarme de un leve sentimiento de inquietud, como si se me hubiera roto mi pisapapeles favorito o hubiera perdido las gafas o recibido una mala noticia. Y hacía memoria: no había pasado nada; sólo, poco antes de las siete, Edmundo me había dicho que su madre iba a casarse y la noticia me desazonaba. De todas formas, esa semana hablé con Mario Ríos; él empezó a colaborar con nosotros.

Algunos días más tarde Edmundo me describió la tela de flores verdes, rosas y amarillas que tapizaba el sofá de la casa donde su madre quería irse a vivir. Su prometido, Rafael Martos, era el sacerdote que estuvo invitado a la boda de Edmundo. Había colgado los hábitos y ahora vivía en un piso alquilado bastante modesto, próximo al Manzanares. Aunque se hubiera salido de cura, Rafael Martos estaba a cargo de las actividades de una parroquia, si bien ya no era la parroquia de Alberto Alcocer, en donde conoció a la madre de Edmundo, sino una más humilde y comprometida, situada en el barrio de Usera. Allí Rafael daba clases de recuperación a los alumnos menos aventajados de un instituto cercano, y había formado un grupo de discusión con ellos. Los ingresos los obtenía con algunas clases particulares de latín y con su sueldo de profesor de ética en un colegio privado de corte progresista.

En cuanto a Carmen Risco, en ese mismo colegio impartía una hora a la semana de clases de iniciación musical para niños pequeños. Además, se ocupaba en la parroquia de un grupo de mujeres y de otro de jóvenes en paro. A las mujeres, bajo el pretexto de un curso de cultura general, les inculcaba cierta conciencia de sus derechos, les enseñaba a hacer reclamaciones en el ambulatorio o en el ayuntamiento. Con lo que más disfrutaba la madre de Edmundo era con el grupo de chicos y chicas entre dieciséis y veintidós años. Les explicaba cómo solicitar el paro, cómo comportarse en una entrevista de trabajo, cosas parecidas. Poco a poco, Carmen Risco había acabado convirtiéndose en una especie de mánager de cada uno, incluso había orientado los pasos de tres de ellos y les había prestado dinero para que montaran su propio taller de tapicería. Y el taller ya era rentable.

Su madre, me dijo Edmundo, pronunció esa última frase conteniendo la exclamación y la alegría. La dejó caer como si fuera un dato insignificante, cohibida por la presencia de su hijo.

Ni él ni ella se habían sentado aún. Edmundo no sabía qué hacer y le pidió a su madre un vaso de agua. Entretanto se sentó en el sofá de la tela floreada. Al poco se levantó, se quitó la chaqueta, la colgó del respaldo de una silla y de nuevo se sentó. También su madre volvía dispuesta a afrontar la situación. Le trajo el vaso sobre una pequeña bandeja de metal con margaritas bastante rayada:

—Como ves, ésta es la casa de las flores —dijo al depositar la bandeja sobre una mesa baja, redonda.
—Se te ve muy contenta, muy guapa —dijo Edmundo.
—Gracias. —Las manos de su madre aterrizaron suavemente en la superficie de conglomerado—. Rafael alquiló este piso con muebles. Ya sé que no son precisamente bonitos pero nos lo venden con ellos y lo vamos a comprar tal como está. En este piso se hacen muchas reuniones, pasan muchas personas por aquí. Sería pretencioso y poco conveniente traer aquí las cosas de tu padre y mías.
—Sí, claro.
—Sería incluso una provocación para más de un chico. Como dejar el coche con las llaves puestas. Pero tanto a Fabiola como a ti os pueden venir bien. Lo que no queráis vosotros lo voy a regalar o a vender, así que si hay algo que te interese, aunque ahora no sepas dónde ponerlo, cógelo y lo guardas en el trastero.
—Muy bien. Se lo diré a Almudena. Iremos una tarde con Pedro y con Fabiola.
—Con respecto al piso, creo que pueden darnos treinta y seis millones. De esta forma, usaríamos la mitad para pagar este piso y quedarían nueve para Fabiola y nueve para ti.
Los dedos de Edmundo oprimieron sus párpados cerrados.
—Dáselo todo a Fabiola, yo no lo necesito, de verdad.
—Fabiola me lo había advertido —dijo su madre.
—¿Has hablado con ella? ¿Le has dicho ya lo de la boda?
Carmen Risco se levantó de tal modo que, pese a la rapidez, no hubo en su movimiento nada brusco o destemplado sino tan sólo un gesto ágil en el cual Edmundo creyó reconocer su antigua jovialidad, más suave, más gastada.
Ella miraba hacia otro lado. A veces Edmundo, cuando tenía nueve, diez años, haciendo los deberes emborronaba una hoja con varios tachones. Entonces pedía a su madre otra hoja y permiso para alargar la hora de acostarse mien-

tras pasaba a limpio la anterior. Y de buen grado habría comprendido que su madre no le diera otra hoja, que en tono contrariado le dijera: Ten más cuidado la próxima vez. Pero su madre miraba los tachones con indiferencia: Por unos pocos tachones no pasa nada, claro que no te doy otra hoja, qué tontería, decía en tono jovial. A Edmundo ese tono en vez de calmarle le expulsaba a una especie de órbita alejada, le aislaba en una cápsula voladora, le empequeñecía. También ahora Edmundo sintió que le expulsaban. Su madre había roto un pacto, el único pacto, y sin embargo estaba ahí, de pie, mirando hacia otro sitio y como esperando a que a Edmundo se le pasara una rabieta intrascendente.

Edmundo recostó la mejilla en el respaldo de flores y cerró los ojos. Imaginó a su madre hablando con Fabiola y oyó a Fabiola decir: «Edmundo no va a querer el dinero», y se vio a sí mismo a los ojos de Fabiola. Después oyó el silencio de su madre, el silencio de quien no puede responder: ¡Pero es que tengo que darle el dinero, pero es que necesito compensarle por todos los años destinados a borrar una afrenta que hoy quiero dar por olvidada! Ahí estaba ella, los mismos zapatos de tacón ancho, un traje de chaqueta más discreto que los trajes que usaba cuando él se casó, los brazos cruzados, el fino pelo cobrizo repartido en frágiles mechones solitarios. Y Edmundo ni siquiera encontraba el ímpetu, la oscura legitimidad de quien descubre que ha sido traicionado: ¿cómo iban a traicionarle ese sofá de flores, el feo aparador que tenía enfrente, esa mujer de cincuenta y siete años que ahora miraba a la pared para evitar que Edmundo viera en sus ojos la ilusión y la súplica, para evitar que leyera en su mirada las claras palabras: Por favor, déjame que me olvide, por favor.

—De acuerdo —dijo entonces él—. Si vendes bien el piso me quedaré con una parte.

Su madre dio unos pasos y se sentó a su lado:

—Rafael estaba el día de tu boda, aunque casi no hablasteis. Había pensado hacer una comida este domingo, con

Fabiola y con Pedro, con Almudena y contigo, y con él. ¿Crees que podréis venir?
—Claro. ¿Será en Doctor Esquerdo o aquí?
—Me gustaría que fuese aquí.
—Pues aquí estaremos. —Edmundo se levantó. Apreciaba la circunspección que había mostrado su madre. Si no ya la violencia de los últimos años, al menos sí seguía manteniendo el rechazo a las grandes frases y a los desahogos en la intimidad que estorban la firmeza. Tan sólo, ya en el umbral, su madre le apretó ambos brazos cuando él le dio la enhorabuena.

Como en los valles amanece el día sin luz y sólo puede verse un gris opaco en cualquier parte del cielo donde alcanza la mirada pero, más adelante, a eso de las once se levanta la niebla y el día se revela transparente y azul, así empezó la huelga a levantarse en el horizonte. No recuerdo si lo escribió un editorialista o acaso encontré la imagen en un artículo de opinión. Y aunque es posible que la imagen reflejara esto que también se ha llamado el clima, un estado de opinión general, lo cierto es que la niebla es una masa de vapor condensado mientras que en la huelga convergieron cientos de miles de vidas particulares cuya historia nunca será narrada. Hubo, sí, quienes con suma comodidad hicieron una huelga simbólica, pues resultaba fácil utilizar la excusa de la falta de medio de transporte o bien ampararse en el efecto dominó: ¿De qué me serviría gastar tres horas en conseguir llegar al colegio donde trabajo si ya sabemos que los alumnos no pueden hacer el mismo esfuerzo y por tanto no van a venir a clase?, ¿Qué sentido tiene ir a la oficina si cuando intente trabajar nadie va a contestarme al otro lado de los teléfonos? o ¿Cómo van a pedirme que vaya a despachar entradas en el teatro si no están los actores, si no hay representación?

Hubo, sí, la parte simbólica, la huelga lírica y sencilla de una mañana sin periódicos, con apenas un telediario cada seis horas, la huelga de un día sin bares, sin tráfico, sin comercios. Sin embargo, junto a esta niebla ligera de gotas diminutas existió la huelga real, la de quienes tuvieron que señalarse, la huelga de quienes en verdad perdieron la huelga del 14-D y para los que la dispersión, la flaqueza, las ciudades tomadas y vencidas y el castigo no se hicieron patentes esa misma semana ni algunos días después sino a medida que el calendario político iba poniendo cada cosa en su sitio, y se aprobaban ciertos proyectos de ley, y en las empresas los mismos que hicieron los piquetes y dieron la batalla perdían posiciones, soportaban vacíos, recibían ofertas, ascensos no pedidos, eran lentamente enfrentados los unos contra los otros. Llegó enero y aunque los editorialistas omitieron hablar de lo perdido, habían dicho a su modo una clase de verdad: débil es la huella que deja la niebla en el día soleado.

Como la niebla se disipa, también Edmundo parecía haber desaparecido. No había vuelto por el despacho de la Gran Vía, no estaba nunca en casa ni tampoco en el trabajo cuando le llamábamos, o eso nos decían. Llegué a pensar que un ateo no tiene por qué decir adiós hasta que, el diecinueve de enero, Almudena Lorente llamó a nuestra puerta.

Gabriel había convocado una reunión a las ocho de la tarde. Cuando Almudena tocó el timbre eran poco más de las siete y yo me encontraba allí porque había empezado a poner en clave nuestro archivo. Almudena Lorente, la mujer de Edmundo, a quien yo apenas conocía, dijo que venía a verme a mí. La llevé al despacho grande, el único que tenía butacas cómodas. Almudena no llevaba bolso sino una cartera blanda, azul marino, con hebillas de cuero. De allí sacó un sobre abultado y me lo dio:

—Creo que sabes —dijo— que la madre de Edmundo quería vender su casa. Ya lo ha hecho. Le han pagado 28 millones y nueve más en negro. Edmundo quiere que esos nueve millones pasen a vuestra sociedad. Además del dinero, ahí dentro –dijo señalando el sobre– hay algunos papeles, instrucciones sobre cómo colocarlos y en concepto de qué se entregan.

Yo me levanté, guardé el sobre en el último cajón de la mesa grande y le pregunté si quería tomar algo.

–Un vaso de agua –dijo. Luego sonrió y yo tuve la impresión de que por vez primera veía su cara, como si hasta ese momento hubiera estado hablando con ella por carta. Almudena tenía la tez muy clara, era de esas personas que parecen guardar debajo de la piel un material luminoso y homogéneo. El pelo castaño se lo había recogido con una coleta y algunos mechones le caían sobre el jersey azul. Los pantalones eran del mismo azul terroso que el jersey, tal vez un poco más viejos o más lavados. Me llamaron la atención sus zapatos. Apretaba el invierno y sin embargo ella llevaba unos mocasines de piel vuelta cuya suela no tendría más de dos milímetros de grosor. Sentada en la gran butaca de madera, sólo las puntas de sus pies tocaban el suelo.

Cuando volví con el agua quise saber si tenía prisa.

–Lo que no tengo es reloj –contestó–, iba a pedirte que me dijeras la hora.

–Las siete y veinte.

–Puedo quedarme hasta las ocho, pero tú tendrás que trabajar.

–Después –dije–, después de las ocho.

Ahí estaba Almudena y me pregunté si, como Blas, ella también habría encontrado sus arcos insulares, sus escudos, sus cordilleras circumcontinentales, sus conceptos fundamentales de geotécnica con los que deslizarse alrededor del mundo. Aguardé pero ella me miraba en silencio.

–¿Qué piensas de todo esto? –dije.

–Me gusta.

–Pero no has entrado en nuestra sociedad.

–Yo no sería demasiado útil, me refiero a mi profesión.

Y en cambio me identificarían muy fácilmente. Sería como ponerle el cascabel a Edmundo.
—Es verdad. No se me había ocurrido.
—De todas formas —dijo—, sí estoy dentro de vuestra sociedad. Participo de los beneficios a través de Edmundo.
—¿Puedo preguntarte por qué no ha venido?
—Primero fue Fabiola, luego Enrique —dijo ella, y me miró al añadir—: Sé que estás al tanto. No se esperaba lo de su madre. Lo entiende, claro, le parece lógico, pero no se lo esperaba.
—Sin embargo
—Creo que quiere un poco de tiempo —me interrumpió Almudena—. Me imagino lo que ibas a decir: que él no se había metido en esto sólo por su madre, ni tampoco por vosotros; que Edmundo siempre ha desconfiado de lo estrictamente personal y que, aunque su madre pueda querer olvidar, eso no significa que los hechos sean diferentes.
—¿Y —ella volvió a quitarme la palabra.
—Y si lo dijeras a mí no me quedaría más remedio que entender que estás muy preocupada por Edmundo, por su papel en todo esto. Por su papel estrictamente personal.
—Un diez —dije, pero Almudena también había empezado a hablar y no me oyó.
—¿Qué más da Edmundo? —decía—. Eso es lo que yo pienso de todo esto: ¿qué más da Edmundo?
Almudena se dirigió a la mesa grande. La rodeó, se sentó y parecía que fuese ella la dueña de aquel despacho.
—Esta mañana estaba trabajando cuando Edmundo llamó para nada, para saludar. A veces nos sentimos tan a la intemperie como un ojo sin párpado. Pero en ese momento la voz de Edmundo me cubrió y, al quitarse, dejó una capa húmeda, y el aire ya no me arañaba.
Almudena sostuvo esas palabras sin disculparse, con la imperturbabilidad y la falta de timidez de quien formula los precios de un billete de avión. Yo esperé sin decir nada.

—Por lo que sé de ti —añadió mirándome— creo que puedo decir «¿Qué más da Edmundo?» sin que vayas a pensar que atravesamos una crisis matrimonial. Además, ¿qué es una crisis matrimonial? A veces, en el lugar de trabajo, en donde sea, levantan la presión que soportaba uno de los cónyuges y aprietan más al otro. Entonces ellos dejan de reírse por los mismos motivos.

Calló, aunque no parecía que hubiera terminado el argumento. La cola de caballo, el jersey azul, la piel de porcelana y la superficie grande de la mesa: Almudena parecía tal vez una adolescente que hubiera entrado a deshora en el despacho de su padre, y no pude evitar preguntar:

—¿Qué presión tienes tú? ¿De dónde viene tu rencor? ¿Por qué nos apoyas?

Ella sacudió la cabeza, como si me hubiera oído pero no quisiera contestar. Dijo:

—Desde que cuento con la caja B de Edmundo mi prestigio como psicóloga clínica ha crecido mucho. Rechazo los cupos de los colegios, dedico tres meses a ocuparme de un solo caso. Mis tarifas suben sin que a nadie le parezca mal. Tengo tiempo para hacer alguna publicación. En el colegio de psicólogos me han metido en una comisión consultiva.

—¿Y te molesta?

—Creo que sí. Hay gente que ha logrado lo mismo que yo renunciando a muchas cosas, manteniéndose con cuatro duros, desviviéndose para llegar a ser unos psicólogos con tantos triunfos que los clientes estén dispuestos a pagarles más. Pero al final el prestigio viene de una caja B. Puedes renunciar a vivir en una casa propia o puede que ya la tuvieras antes de empezar a trabajar o puedes tener dos trabajos y que así no te importe perder uno: el caso es acumular capital para contrarrestar la fuerza de los que pagan. Hablo de este momento, tu historia fue diferente.

—¿La mía? —pregunté.

—Edmundo me ha contado que en la dictadura te negaste a realizar ciertos programas, que estuvieron a punto de echarte.

—A punto. Sólo eso. No es tan heroico. La dictadura se acababa. Curiosamente, en nuestro terreno entonces era más difícil que ahora vetar a una persona, arrinconarla.

—Pero es diferente, con cada negativa tú luchabas por conquistar la libertad. Ahora no la conquistamos, Irene, ahora la compramos y nunca se acaba de pagar la cuenta.

Vi que Almudena miraba el reloj de mesa y dije:

—Gabriel y Mario estarán al llegar, ¿quieres verles?

—Me gustaría, pero hoy no puedo.

Almudena salió de detrás de la mesa, cogió su cartera azul y yo la acompañé a la puerta. Almudena era más baja que yo, y un poco más aún porque yo no llevaba sus zapatos planísimos. Al llegar a la puerta se puso de puntillas y me dijo al oído:

—Edmundo me ha dicho que vas a contar esta historia.

Asentí con la cabeza.

Sonreía. En voz alta, ya mirándome, dijo:

—Quiero pedirte un favor. Di que fuimos locuaces, di que no fuimos reservados, no sólo me refiero a Edmundo y a mí, me refiero a todos nosotros.

Nos dimos la mano. Iba ya por la mitad del pasillo cuando se volvió y, a voz en cuello, con las palmas de las manos en ángulo junto a la boca, cantó:

—«¿Quién compra? Sardinaass freeescas...»

Yo me reí, mientras cerraba la puerta.

CORO

Hemos oído hablar a Almudena Lorente y preguntamos: ¿Acaso será mejor el mundo cuando ya no queden baluartes, cuando todos y todas trabajemos al dictado sin querer la libertad, sin aspirar a hacer otra cosa que lo que dicta nuestra posición de asalariadas y asalariados de renta media? Sin prestigio, sin sentimentalismos, sin mantener la ficción de que los hombres solos y las mujeres solas pueden decirle al medio de producción cuál ha de ser su tasa de beneficio.

Hemos oído hablar a Almudena Lorente y damos en pensar que tal vez fuera también mejor la vida privada si todos y todas viviéramos al dictado de nuestra posición, sin pretender que es posible ser más o menos bondadoso con quien limpia nuestra casa, con quien cuida a nuestros hijos, con quien saca la basura, sirve el café, conduce el taxi, despacha detergente, con el amigo, con la familia, con el ladrón que fuerza nuestra puerta, con el cerrajero del seguro que luego la repara.

Vamos por la calle sabiendo que nos odian; el que trabaja el doble de horas que nosotros y nosotras y cobra lo mismo sueña con abofetearnos; el que vacía cestos de goma con escombros en el contenedor mientras nosotras y nosotros estamos en la oficina y tomamos dos cafés y hablamos por teléfono, ése hundiría el puño en nuestras costillas con placer; la mendiga quisiera despojar a nuestros hijos de sus abrigos de colores.

Vamos por la calle a cuestas con el odio, pero si la moral únicamente fuera voluntarismo, el torpe intento de quien confía en conservar intacto sobre la mesa un puñado de nieve, pero si al fin la libertad, la prenda tan preciada, no hubiera estado nunca aquí, si no la conociéramos, si toda nuestra vida no fuera sino ir pagando con nuestro trabajo el derecho a vivir sin tener que pagar, ¿entonces qué?

Entonces, acaso, la apropiación indebida que con violencia cometimos, la apropiación que cada día disfrutamos y el odio que suscita o puede suscitar no recaería ya sobre nosotros y nosotras. No elegimos el odio. El dilema no está entre ser libre o ser esclavo, sino entre creernos libres y creer que no lo somos para poder vivir sin ser odiados, para después, un día, quizá en otra ladera, conquistar lo que quiera que sea la libertad.

Edmundo se abría camino a través de la emisora privada, las zarzas apenas dejaban un pequeño arañazo en una mano, una ligera marca en el abrigo. Se había convertido en el brazo derecho del director de la sociedad que englobaba a la radio y a la futura cadena de televisión. Cuando en febrero se hizo la primera ampliación de capital con vistas a la probable concesión de la licencia, se le comunicó que, en la próxima ampliación, él pasaría a formar parte del consejo de administración. Con modestia aceptó al principio ser un chico para todo de alto rango, consciente de que si bien su imagen no salía beneficiada, ese papel le permitía en cambio mantener relaciones con los distintos consejeros y estar al tanto de los nombres y los planes que se barajaban para la cadena. Tiempo tendría para modificar su status a partir del mes de mayo, una vez nombrado él mismo consejero.

El paso de la empresa pública a la empresa privada había supuesto para Edmundo un cambio significativo en sus condiciones de existencia: no en su vida secreta ni en su caja B, sino en aquello que estaba a la vista. Un incremento sustancial del sueldo, reuniones en restaurantes de lujo, una avalancha de esa corrupción que se presenta como regalo sin contrapartida y, sobre todo, una acusada conciencia de rancho propio, de coto vedado en donde a cada cual correspondía una zona y allí no había que rendir cuentas, como si la futura cadena de televisión perteneciera en verdad a los socios capitalistas pero éstos nunca fuesen a preguntar por el pudor, por los principios, por la imparcialidad, tal como sucediera en la televisión pública; como si al cabo a los socios apenas les preocupase que en el rancho se hicieran peleas de gallos clandestinas o cualquier otra actividad oscura sino sólo vender las reses a buen precio y poder llevar al rancho a algunos invitados para que lo admiraran. Y aunque el local en donde trabajaban era el precario espacio de una emisora de radio, incluso eso producía una impresión de tierra prometida: no estaban sólo donde estaban, estaban además a las puertas de un futuro vistoso donde todo sería nuevo y mejor.

A principios de marzo Edmundo dio señales de vida. Apareció por Gran Vía 40 con informes suficientes para emprender un par de operaciones de chantaje, y con el nombre de un hombre y de una mujer que, por diferentes motivos, tenían interés en los servicios de nuestra asesoría de imagen. Dijo:

—He cogido unos días de vacaciones.

Éso, y su flequillo un poco más largo.

En mayo de 1989, Edmundo entró en el consejo de administración de la sociedad. Aunque dotado de voz y voto, a todos los efectos se consideraba que su voto estaría unido al del director general. Su presencia en el consejo era menos un favor a su persona que un privilegio otorgado al director general.

Se le armó consejero por la mañana. Esa misma tarde el director, Alberto Ferrer-Mas, le llamó a su despacho. Estaba con otro de los consejeros. El director de recursos humanos, le explicaron, había tenido un contratiempo familiar. Iba a faltar tres días, justo en pleno proceso de selección del director del departamento de relaciones públicas. Sin embargo, no podían aplazar el trámite y, en el fondo, preferían que Edmundo en persona se ocupara de elegir al responsable. Hasta ese momento había llevado a cabo esa tarea la hija de un ex embajador. Pero había dejado el puesto para irse a una televisión italiana. Sólo una chica más, una estudiante, trabajaba con ella. No obstante, en cuanto se adjudicaran las licencias, en el departamento deberían trabajar al menos cuatro personas. Hacía falta, por tanto, alguien con capacidad de organización además de con el estilo suficiente para encantar por igual a la mujer de un banquero o al dueño de una empresa anunciante. Edmundo quedó encargado de hacer las entrevistas.

De entre las catorce personas que habían pasado el primer filtro, Edmundo seleccionó a tres. Convocaron a los finalistas por la tarde. Una puerta comunicaba directamente el despacho de Edmundo con el del director general; Edmundo entró allí y asistió a las entrevistas del director con los tres seleccionados. Tres entrevistas rápidas.

Después el director pidió que subieran café acompañado de unos cruasanes diminutos de una pastelería cercana. Eran las siete y media de la tarde. El sol se puso detrás de un edificio cubriendo la habitación de una luz calmada. El director comía caramelos de eucalipto. Entró la secretaria con la bandeja, el azucarero de plata, los cruasanes envueltos en una servilleta de tela sobre un recipiente esmaltado. Y la luz era soportable, y Ferrer-Mas hablaba como si conociera a Edmundo de toda la vida.

Clasificaron pronto a los tres seleccionados. Un recomendado seguro de sí mismo. Una chica que parecía haber estudiado, como en efecto rezaba su currículum, en un colegio del Opus, bastante lista. El tercero era el claro favorito del director general. Lo llamó el joven indolente y dijo, sin esperar a oír la opinión de Edmundo, que le interesaba porque la directora de comunicación del grupo había trabajado antes con él en una fundación y, al parecer, ambos se aborrecían cordialmente. El director general deseaba que la directora de comunicación se sintiera incómoda, no le gustaba esa mujer, le caía mal y además sabía que ella había estado criticando determinadas decisiones suyas en público. En cuanto al joven indolente, su misma indolencia le permitiría llevar a cabo su labor sin alterarse por la proximidad de esa mujer.

«¿Tú qué piensas?», le había preguntado después el director general. Y dice Edmundo que todo le daba la espalda. La lámpara de aquella mesa, el atril, el tarjetero, los dos teléfonos, una caja rectangular, un animal de mármol, un calendario de mesa, un recipiente para dejar bolígrafos, un abrecartas con forma de águila, todos acogían al director volviéndole a él la espalda. Aunque a él la chica que había estudiado en un colegio del Opus le había gustado, y en el modo que tuvo de hacer la entrevista Edmundo había advertido las señales de un animal de presa, prefirió no adelantarse a Ferrer-Mas. En lugar de hacerle ver que el joven indolente nunca sería peligroso en otro sitio pero aquella chica sí, dejó que hablara el director primero y, cuando llegó su turno, se limitó a ratificar la elección con alguna observación en apariencia insignificante.

Edmundo no esperaba a aquellas alturas que le pagasen por emitir un juicio sin contexto, por ejercer sin contexto la propia perspicacia y el contexto invitaba a subrayar ligeramente la voluntad ajena. Apoyó la elección del joven indolente acudiendo para ello a un pormenor: «No estaban mal sus zapatos», dijo. El director corroboró su comentario con una frase destinada a herir, sin quererlo, a un Edmundo anterior, muy primerizo, pero la luz era suave y apacible. Alberto Ferrer-Mas dijo: «Buenos zapatos, sí, y con la suela gastada. ¿No te ha pasado nunca tener sentado a un tipo delante que, en mitad de la conversación, cruza los tobillos y te enseña dos suelas de color carne impolutas?»

Edmundo tenía casi veinte años menos que Ferrer-Mas, y no le había pasado nunca. En cambio él sí se había presentado con un par de zapatos recién estrenado a su entrevista en el laboratorio médico, pero su orgullo herido no parecía doler ni despertarse. Edmundo se encogió de hombros, adoptó una expresión a medio camino entre el: No me ha pasado nunca y el: Desde luego, la tersura de la suela de los zapatos ha puesto en evidencia a varios hombres simples. Era suave la luz. Los objetos que le daban la espalda lo hacían sin dureza, tal vez como si sólo le estuvieran esperando.

Hablaron luego del recomendado, al director no le interesaba lo bastante para renunciar al joven indolente y había pensado que el recomendado podía entrar en el departamento de recursos humanos, ya se le buscaría una ocupación. El director llamó para pedir más café. Lo trajeron enseguida. Mientras Ferrer-Mas le contaba cuánto pensaba pagar al joven indolente, Edmundo dice que tuvo miedo, su propio miedo, dice, no el miedo de su padre que él había tratado de reconstruir durante todos esos años, no el recuerdo de los miles de minutos en los que procuró ponerse en su lugar imaginando qué había pensado su padre cuando ellos le pidieron que se corrompiera a su servicio; ni tuvo Edmundo el miedo de su madre a derrumbarse, a rendirse y decir que se arrepentía, a implorar ayuda y conmiseración. Edmundo dice que aquella tarde tuvo su propio miedo.

De sobra sabía que no le pagaban por emitir un juicio. También sabía de sobra que no necesitaban al joven indolente. No a él sino a uno como él, no el currículum del joven indolente sino su pertinencia para estorbar a la actual directora de comunicación. Edmundo lo sabía, y sabía que no le pagaban por sus gestiones, por sus consejos, por sus aciertos, sino por algo previo y perfectamente sustituible: su disponibilidad. Sabía que la chica del colegio del Opus no había sido eliminada a causa de un error cometido, una frase o unas suelas, sino que la frase o las suelas vestían durante un momento la arbitrariedad desnuda, la diferencia entre comprar el fruto del trabajo de un hombre y comprar la disposición de un hombre para trabajar. Y porque lo sabía no tuvo miedo del error, de lo arbitrario.

Edmundo tuvo miedo de la luz, tan suave y apacible, del tono distendido del director general, de las cosas que, al volverle la espalda, parecían llamarle sin embargo. Miedo a quedarse, tuvo, miedo a entrecerrar los párpados y levantarse sintiéndose amigo del director, hermano suyo, miedo a encontrarse más a gusto cada año, más seguro, y Edmundo tuvo miedo de la fe.

343

7

En julio de 1989 Edmundo volvió a la costa de Huelva con Almudena y Mica. En lugar de un apartamento esta vez buscaron una casa con tejado. La niña ya jugaba con otros niños y eso les llevó a trabar relación con algunas personas. Sin embargo, Edmundo y Almudena siguieron manteniendo los viajes en coche los tres solos, les gustaba cruzar a Portugal, les gustaba saberse en la frontera. Alguna vez también subieron a la sierra, fueron días de descanso y de enseñar canciones a Mica.

Aquel año Gabriel se quedó en Madrid; los fines de semana subía a Cercedilla, a la casa que alquilaban junto con unos primos de su mujer cada verano. Mario había pedido veinte días en abril para ir a Venezuela a visitar a un hermano suyo así que trabajó durante el verano, y yo me fui doce días de julio a Varsovia con Blas. A finales de agosto, como ya se preveía, se otorgaron tres concesiones administrativas para explotar y gestionar canales de televisión. La de Edmundo fue una de las tres empresas agraciadas.

Las aguas estaban agitadas y, a río revuelto, ganancia de pescadores. Los fichajes, los huecos por cubrir, la ambición desbocada, las promesas demasiado impulsivas, nos permitían multiplicar nuestras operaciones y reducir el riesgo. Había en especial una táctica sencilla y desconcertante que descubrimos entonces y utilizamos hasta principios de 1990. Se trataba de dar a conocer, o de amenazar con hacerlo, el sueldo exacto de algunas personas, cargos medios casi siempre.

No nos interesaba difundir las grandes cifras, ese presentador que iba a cobrar, entonces, un millón de pesetas por programa. No nos interesaba el mito de la lotería una vez más, la guinda de la tarta, sino la tarta misma y su composición. Tres castillos posee el magnate y cuatro barcos y doce coches pero en el hecho de saberlo no nos jugamos nada; cuatro millones al mes, doce por cuatro al año gana el presentador y pronto se publica pues en ello no nos jugamos nada. ¿Por qué, sin embargo, yo gano dos mil trescientas cinco pesetas a la hora y tú mil novecientas noventa y nueve? ¿Quién sopesa, quién fija, quién diría que la carta que he estado escribiendo este mediodía al director de programas musicales catalán vale quinientas quince pesetas y en cambio la que tú has escrito a la directora de informativos de la televisión catalana vale cuatrocientas noventa y tres? ¿Quién diría? ¿Quién dice? Todos, con naturalidad, cuando nos llega el momento decimos: La hora de una mujer de la limpieza vale tanto, y tanto la hora de un profesor de inglés particular. Es, decimos, bien sencillo, es la ley de la oferta y la demanda, decimos, pero esa ley rige sólo en casos especiales ya que, decimos también, no se ponen a la venta hombres ni mujeres. Así nosotros igual que desdeñábamos el último pico de los sueldos, dejábamos a un lado el salario mínimo y el salario menor que el mínimo, el salario negro. Era la franja media, eran las dos mil cincuenta y dos pesetas, era la clara conciencia de que elegir un hotel peor o mejor, comprar este mes las gafas que perdimos o comer fuera de casa, era la clara conciencia de que también lo menudo se decidía en un acto de poder por cuanto imponía la equivalencia: una carta igual a cuatrocientas noventa y tres pesetas y, en la misma medida, imponía la desigualdad.

No amenazábamos con la difamación sino precisamente con la exactitud de lo evidente: este con quien te has cruzado por el pasillo, esta que ahora te saluda, aquel que no te ha visto y está tomando un café son como tú pero no son como tú, pues es cierto que se decide el valor del trabajo pero al fin lo cierto es que se decide el valor del tiempo de cada mujer, de cada hombre. El valor, la moneda de cambio, este coche vale dos años de mi vida pero tres de la tuya; el valor, este hombre que el año pasado sobornó a un alcalde con treinta millones de pesetas no le sobornó con treinta millones de pesetas, le sobornó con dos mil días de trabajo de cinco dependientes de tiendas de discos, y eso por no decir con los gastos de hospital que hubieran podido salvar la vida de veinte personas, la calefacción que habría aliviado el sufrimiento de las piernas de cien mujeres mayores, el sueldo que hubiera impedido la miseria de seis familias.

Las grandes injusticias no se ven precisamente porque se ven, precisamente porque se saben y el miserabilismo tiende a pintarrajear con lágrimas y con belleza lo que no es más que el efecto de un robo consentido. Las grandes injusticias son habituales, pero de vez en cuando una llega al periódico o a la pantalla de cine y lejos de provocar el odio y la sublevación provoca un llanto emocionado y la admiración por la entereza de los pobres. Por eso nosotros no hablamos nunca de las grandes injusticias, nunca de las enormes diferencias entre las inmensas fortunas y el subsidio. Hablamos solamente del acto de sumar y de restar el tiempo de los hombres. Cuando depositábamos encima de una mesa un sobre en blanco y en su interior la nómina de alguno con sus pluses, con el número de horas extraordinarias realizadas, y con el pago en especie desglosado como mejor podíamos, cuánto vale una plaza de aparcamiento, cuánto vale una tarjeta de oro o de plata, siempre procurábamos añadir el resultado final: cuarenta y dos pesetas el minuto, o seiscientas cincuenta el cuarto de hora.

Pienso ahora que a nuestro modo fuimos precursores, pues al cabo de los años no sólo se ha incrementado la vigilancia sobre las carpetas con las nóminas, perfeccionándose el envoltorio donde se entregan de tal modo que no pueda abrirse sin romperse, tachando con gran celo los sueldos de los demás trabajadores cuando quien abandona la empresa pide la hoja de los pagos a la seguridad social, al cabo de los años no es sólo la información acerca del sueldo la que se ha cerrado bajo siete llaves sino que el sueldo mismo se ha convertido en secreto. Y es así que hoy ni el mismo trabajador puede saber cuánto gana al año: la cifra depende de los bonus discrecionales que se extienden por doquier en las empresas, de tal manera que el sueldo ya es el sueldo más el premio posible, más la omisión del premio, más la bonificación que no es premio sino gracia pura, concesión del nuevo jefe, voluntad de la empresa de distinguir a algunos directivos en particular.

Nadie quería que se supiera cuál era el precio de cada minuto; ni la empresa, ni los que ganaban poco y se sentían humillados, ni los que ganaban mucho y tal vez habían negociado ellos mismos el sueldo de su subordinado pronunciándose a favor de la moderación. Nadie quería que se supiera, por algo que llamaban pudor y también un perjuicio para la cohesión social y la confianza.

Fue una acción selectiva como todas las nuestras pero más amplia y constante. Pasamos un semestre preparándola. En la televisión pública los niveles retributivos no tenían misterio para quien quisiera molestarse en averiguar cuál era el de cada individuo. Sin embargo, no se trataba de contar más o menos cuánto ganaba un funcionario A o B sino de revelar exactamente a cuánto ascendía el precio de la hora de vida de dos personas que acaso pertenecían a un mismo nivel y sin embargo en la suma final no cobraban lo mismo. Pues en el más o menos es donde la fantasía hace su nudo: yo gano esto pero con estos pluses y estos complementos y un par de fines de semana debo de estar cerca de tanto, y conseguir un incremento equis me permitiría...

Más difícil, aunque más entretenido, fue acceder a la información sobre los sueldos en las productoras y demás empresas privadas que contrataba la televisión. Edmundo nos proporcionó algún dato sobre su nueva empresa, sobre las cadenas de radio de la competencia, y sobre los contratos que se estaban firmando en las otras dos televisiones recién nacidas. Llegamos a enviar más de veinte cartas al mes durante tres meses. Cartas con las fotocopias de la nómina y de otros ingresos junto a nuestras sumas y multiplicaciones y a la comunicación de que esa misma fotocopia había sido enviada a tales personas.

Hubo quien entregó la carta a la policía. Sin embargo, no era fácil catalogar nuestra acción, que a fin de cuentas venía sólo a decir: He revelado tu nombre, pero no un nombre injurioso sino tu nombre público y normal. Los policías mostraba un interés fingido y después depositaban las pruebas en una carpeta con ademán displicente. Lo sé porque yo también acudí a la comisaría con un realizador, ambos portando una carta donde se revelaba el importe de un salario que, por cierto, acordamos no mostrar. «Es una gamberrada muy desagradable», dijo el hombre que nos atendía, y también que agradecía nuestra colaboración y que vería lo que podían hacer.

La incorporación de Mario Ríos nos facilitó mucho las cosas. Edmundo trabajaba bastante pero sin ninguna regularidad debido a sus continuos viajes y reuniones. Gabriel ya no era un hombre en la cincuentena jubilado anticipadamente, ahora tenía sesenta y ocho años. Mario tenía cincuenta y siete, yo había cumplido cincuenta y cuatro y eso era todo. Aun cuando Edmundo tuviera treinta y cinco, en tanto que infraestructura no era para dar saltos de alegría. Nos hubiera venido bien contar con gente más joven, pero no podíamos precipitarnos y comprendimos que cuatro individuos, como uno solo, pueden actuar en contra de ciertas normas durante toda su vida sin ser descubiertos. Otros nos entrenaron.

Otros y otras nos enseñaron a vivir siendo dos cosas siempre.

La carga de la prueba, lo había llamado Edmundo. La carga de demostrar que estaba valiendo la pena, que éramos en definitiva felices pues éramos la realidad y la promesa, el día y el futuro, éramos el ayudante del verdugo y al mismo tiempo el juez. La carga de la prueba, la prueba del sentido y de no estar nunca del todo donde estábamos, dibujar, escribir, atravesar cadenas de montañas, mandar mensajes, ser el que está leyendo, ser la que se ha escapado diez días a una casa olvidada junto al acantilado, la carga del sentido en una colección de maquetas de aviones, de separadores de libros, del cartón con el «No molesten» colgado en el picaporte de las habitaciones de los hoteles. Aprendimos a ser dos cosas siempre; como si el trabajo de ganarse la vida no bastara, aprendimos también el trabajo de fabricar vidas extraordinarias.

Y así nosotros no tuvimos que cultivar la habilidad ni la doblez ni el hábito del tapiz que se convierte en puerta. Sólo tuvimos que devolver la carga de la prueba, sólo tuvimos que seguir siendo dos pero ya no a nuestra costa. Ya no soportaríamos la paradoja de ser el empleado manso y a la vez el amante residual, la diseñadora de trenes eléctricos, el autor de un estudio sobre los mitos celtas en sus ratos libres; ahora sólo seríamos el empleado manso y, a la vez, el empleado que odia la mansedumbre. No nos descubrirían pues aunque careciésemos de una magnífica infraestructura teníamos sin embargo el entrenamiento. Y al fin no traficábamos con secretos militares, no estábamos en el lugar en donde se sospecha de cualquiera sino que estábamos en cualquier parte.

CORO

Un hombre, una mujer, puede existir durante toda su vida laboral como una carta robada. Una mujer, un hombre, puede durante toda su vida laboral mirar en las carpetas, fotocopiar contratos, sembrar confusión, traspapelar datos y no la verán nunca, y no lo verán nunca. Basta con que su motivo, su propósito, esté tan a la vista que nadie pueda verlo.

No era nada fácil que nos descubrieran. Sin embargo, en enero recibimos un aviso que nos obligó a alterar nuestras actividades. Edmundo había asistido a una cena ofrecida por el diputado socialista Adrián Arcos. Aunque Edmundo no mantenía ningún contacto ni con Adrián ni con Cristina desde su marcha a la privada, esperaba, no obstante, esa invitación. La cadena llevaba ya tres meses emitiendo y tenía un accionariado inestable; sin duda, al partido le interesaba sondearle, saber hasta qué punto Edmundo estaría dispuesto a cambiar de montura y convertirse él mismo en caballo de Troya. Adrián Arcos reunía las condiciones para ser un excelente intermediario. La relación entre ambos nunca había sido sólo institucional sino que el origen del vínculo era Cristina. Por otro lado, Almudena y Cristina, tras descubrir que compartían algunas amistades de juventud, en un par de ocasiones quedaron para ver a antiguos conocidos. Así pues, Edmundo aceptó la invitación.

Casi a la vez que Edmundo llegó a la cena Fernando Maldonado. Ambos se saludaron sin mostrar sorpresa ni tampoco una mutua curiosidad por los pasos del otro. Durante la cena les colocaron a cierta distancia. En la zona de Fernando, donde también estaba el presidente de la Comunidad de Madrid, se hablaba de los informativos, pero Edmundo no intentó sumarse a la conversación. Le interesaban más los planes urbanísticos de un promotor que estaba a su derecha, José Cuenca. Había oído hablar de él, era un hombre mimado por el partido y también un hombre generoso a la hora de agradecer favores.

Cuenca tenía varios proyectos en marcha en diferentes playas de la península. Solía obrar con elegancia, de tal modo que ninguna de sus urbanizaciones se asemejaba a los desmanes costeros cometidos durante el franquismo. Por el contrario, José Cuenca trabajaba con un grupo noruego y cada uno de sus proyectos contenía valores añadidos, ya fuera un uso experimental de los materiales con vistas a la mayor integración en el paisaje, o un diseño ecológicamente sostenible de toda la urbanización. No sólo se dedicaba a construir viviendas, José Cuenca había entrado en el campo de las energías renovables, había montado dos parques eólicos. Ahora estaba exponiendo su plan para introducir explotaciones agrícolas de producción integrada en el suroeste de la península. Cada vez se valoraba menos la producción de grandes cantidades de fruta barata: el negocio de los próximos años iba a estar en producir grandes cantidades de fruta tratada sin pesticidas, de una calidad excelente, fruta que pudiera exportarse a los consumidores alemanes, japoneses, nórdicos.

Edmundo había visto cómo en Huelva las plantaciones de eucaliptus empezaban a ser sustituidas por el cultivo del naranjo. Quiso saber si José Cuenca tenía planes para Huelva, y José Cuenca sonrió: «Vamos a hacer de Huelva un nuevo Israel», dijo. «Los alcaldes de la zona están por la labor. Algunos. Otros están haciendo populismo. Dicen que no quieren más señoritos en el campo y se niegan a dejar las comunidades de regantes en manos de la iniciativa privada. Tiempo al tiempo. Los nuevos cultivos ya no pertenecen a la época de los terratenientes, son lo más parecido a una industria de alta tecnología. Un caldo de nitratos, árboles con sensores conectados a un ordenador. La tierra es lo de menos.» José Cuenca hablaba con una seguridad exenta de presunción, de pedantería, con la seguridad de quien hace años que ha llegado a la meta, años que dejó de ponerse a sí mismo entre interrogaciones, como si ya no hubiera para él diferencia entre la buena y mala voluntad sino sólo entre la voluntad y la voluntad acompañada del poder para ejercerla.

«En Huelva», decía Cuenca, «necesitan gente capaz de costear inversiones a medio plazo. La más comunista de las alcaldesas acabará viniendo a mí para que le ponga en contacto con esos señoritos de los que echaba pestes.» Edmundo asintió y siguió oyéndole hablar de pescado, de vino, de personas algunos de cuyos nombres le sonaban y otros no. Cuando terminó la cena, estuvo un rato con José Cuenca a solas. Luego se les sumaron Adrián Arcos y el director del Ente de Radiotelevisión. Edmundo se preguntaba a cuánta velocidad iba a ir Adrián Arcos, si con la cena sólo se trataba de recuperar el contacto o si le iban a hacer alguna pregunta o alguna invitación concreta. Pero el director del Ente eludió comprometerse y también Adrián. Como el número de invitados era lo bastante elevado, Edmundo pensó que había otras gestiones en juego, eso explicaría al presencia de José Cuenca, de Fernando Maldonado y del presidente de la Comunidad de Madrid. Cuenca salió del círculo; en su lugar entraron Cristina y Almudena.

Cansado de esperar, en cuanto uno de los matrimonios invitados anunció su partida, Edmundo se sumó a la decisión. Empezaron las despedidas y, en ese momento, Fernando Maldonado se acercó acompañado de su mujer, María Pérez de Guzmán. Fernando se había incorporado recientemente a la dirección de desarrollo corporativo de un banco afín a un grupo mediático, un banco que mantenía buenas relaciones con el partido. Su mujer era la directora de una fundación para la defensa del patrimonio arquitectónico. Tenían una hija seis meses más pequeña que Mica. Mientras se saludaban y se despedían, Fernando invitó a Edmundo y a Almudena a comer a su casa ese sábado. Llevaban casi un año sin verse y las niñas aún no se conocían. Sin embargo, precisamente ese sábado Almudena iba a ir con su hermana y con Mica a un pequeño hotel de unos amigos de su hermana, cercano a Segovia.

—¿Tú no vas? —le preguntó Fernado a Edmundo.

—Yo llegaré por la noche. Han venido unos productores americanos, tengo que estar con ellos.
—¿También a la hora de la comida? ¿Por qué no te escapas y vienes a casa? Hace tiempo que no charlamos.
—La verdad es que había pensado saltarme la comida —dijo Edmundo.
—¿A las dos y media entonces?
—De acuerdo.

Edmundo se presentó con una cesta de moras negras para la anfitriona. Fernando vivía en la calle de Jénner, al lado de Rubén Darío, en un dúplex situado en la cuarta y en la quinta y última planta del edificio. Les sirvió la comida una criada, mientras un aya, a quien Edmundo recordaba de los tiempos en que iba a casa de Fernando a merendar, se ocupaba de la niña. Justo después del postre la mujer de Fernando se excusó, tenía que salir.
Fernando hizo pasar a Edmundo a un salón de fumar al estilo de las novelas rusas. Había varios sillones y butacas de diferentes tamaños distribuidos al fondo de la habitación. Fernando le miraba como esperando que Edmundo eligiera el campo de juego. Edmundo se sentó en un sillón de orejas tapizado con tela adamascada en tonos granates. Fernando eligió una butaca de madera y lino, de diseño finlandés. Entró la criada para servir el café y al irse cerró la puerta. Fernando se encargó él mismo de servir las copas de coñac. Después dijo:
—Chico, no dejas de sorprenderme.
Aunque el tono de Fernando era afectuoso rozando lo admirativo, Edmundo sintió deseos de responder con agresividad, y no entendía por qué hasta que se dio cuenta de que el timbre grave al pronunciar esa palabra, chico, le recordaba a su padre. Le ofendía que Fernando pudiera parecerse a Julio Gómez Aguilar. No obstante, sólo dijo con desenfado:

—Vamos, vamos, no pretenderás que me lo crea. A ti no te sorprende nadie.
—Te fuiste de Televisión Española casi con lo puesto. Me consta que tuviste varias oportunidades y las dejaste pasar. Y en cambio ahora llevas ya un año en la privada, trabajando mucho, cobrando al año lo que habrías podido ganar en una tarde sólo por favorecer a la productora de un programa tan malo como los otros.
—Ya ves —contestó Edmundo, esta vez con un dejo de malhumor—. Tú eres el más indicado para entenderlo. No me conviene correr riesgos, mi padre ya los corrió por mí.
—Había logrado decirlo como si estuviera hablando de una historia lejana.
—Pero tienes tu asesoría de imagen.
—Sí —contestó Edmundo—. Tengo varios clientes amigos tuyos.
—No te estoy amenazando.
—Claro que no. Mi asesoría es buena para todos. Y cada uno elige la forma de obtener una propina que más se ajusta a su experiencia, a su forma de ser.
—Tú aspiras a algo más que una propina. Si no, no habrías jugado tus cartas para conseguir estar en el consejo de administración de tu nueva empresa.
—Sabes de sobra que en el consejo yo no soy más que un voto adosado al voto del director general.
—Eso dicen, sí. Aunque no a todos les convence la idea. Algunos te ven como un comodín, y los comodines son incómodos precisamente porque no se sabe cuál es su sitio.

Fernando había puesto su carta sobre la mesa y Edmundo supo que podía y debía tomarse tiempo para responder. Por lo visto, se dijo, la cena en casa de Adrián Arcos era el pretexto para que Fernando pudiera invitarle a su casa sin tener que dar explicaciones acerca de con quién estaba. Por lo visto era Fernando el elegido para gestionar su traición.

Edmundo se levantó. Apoyó con languidez la mano en

el estante y miraba los lomos de los libros. Vosotros, pensaba, creéis que me he pasado al otro bando para tener algo que vender, pero yo no me he pasado porque nunca me he creído que los criados formen parte de la familia, nunca, ni cuando te enseñé a bailar, ni en el laboratorio médico, ni con Jacinto Mena, ni en la televisión, y si en estos meses a veces he tenido la tentación de la fe, has conseguido, Fernando, acabar con ella.

—¿Me estás ofreciendo un sitio? —dijo.

Después se oyeron dos golpes en la puerta.

—Adelante —dijo Fernando.

La puerta se abrió. Entró el aya llevando de la mano a la niña, quien enseguida se soltó y echó a correr hacia Fernando.

—Casilda viene a despedirse —dijo el aya—. Va a jugar a casa de su prima.

La niña miraba con insistencia a Edmundo. Él se acercó, se puso en cuclillas y besó su mano:

—Adiós, Casilda.

Casilda sonrió asombrada. En su atuendo no había lazos ni vestidos blancos, sino unos divertidos pantalones de rayas y un jersey verde. Se acercó a la butaca donde Fernando seguía sentado y apoyó la cabeza en la pierna de Fernando. Él la acarició poniendo toda su mano sobre la cara de la niña. Luego ella lo miró:

—Canción —dijo—. Papá, baila canción.

Fernando la aupó a su regazo y se levantó levantándola a ella por lo alto. Mientras Fernando buscaba en los cedés, el aya dijo:

—A la niña le gusta mucho bailar con su padre.

Sonó un vals. Fernando alzó de nuevo en alto a la niña y dio unos pasos de baile, muy pocos, mirando sólo a los ojos de Casilda, quien reía feliz. Después la puso con cuidado en el suelo. Se volvió hacia el aparato de música para quitar el vals. Edmundo entonces dijo dirigiéndose a Casilda:

—Tu padre baila muy bien. Y tú también.

Fernando se acuclilló para besar a la niña; su cuerpo desprendía la misma alegre seguridad que segundos antes, mientras bailaba.

Cuando Casilda y el aya hubieron salido y la puerta estuvo cerrada otra vez, Fernando, como si nada hubiera pasado, dijo:

—Sólo si fuera tonto te ofrecería un sitio. Tú juegas a ir por tu cuenta. Todo eso de la asesoría secreta, quieres estar y no estar, estar y no pillarte nunca los dedos. Sin embargo aquí nadie hace nada por su cuenta. No hace falta siquiera que te equivoques para que, si un día es necesario, te tiren abajo.

—¿Por qué me avisas, Fernando?

—El día que de verdad quieras un sitio, podría dártelo.

Edmundo no se había vuelto a sentar. De espaldas ahora a la estantería, no miraba a Fernando sino a la puerta por donde habían salido el aya y la niña.

—¿Ese sitio podríamos negociarlo, quiero decir, podría hacerte yo una proposición? —preguntó despacio.

—Ni te contesto —dijo Fernando—. Me encantará saber qué quieres de verdad.

Edmundo se separó de la estantería y rebasó el sillón donde había estado sentado, pensaba: Quiero no volver a trabajar por cuenta ajena, recobrar la vida que vendí, tener lo que no tuvieron mi padre ni el padre de mi padre, tener un medio de producción.

—Quiero un periódico propio, y un banco, y una central eléctrica —dijo sonriendo.

Fernando se levantó, puso su mano en el hombro de Edmundo y le siguió la broma:

—Veré lo que puedo hacer.

Edmundo salió primero. Fernando se había demorado cerrando la puerta del mueble bar. Ahora Edmundo oía sus pasos detrás de él, unos pasos que no se apresuraban para al-

canzarle, que tampoco se amoldaban a los suyos sino que parecían tener su propio ritmo. Y Edmundo pensaba lo que yo quiero, Fernando, lo que yo quiero es ser bueno. Cuando llegaron al recibidor, Fernando le tendió la mano. Edmundo se la estrechó y dijo:
—Casilda es un encanto.

CORO

Ser bueno, así pues es aquí adonde hemos venido a parar. Sé bueno, sé buena, sed buenas personas. Lo de siempre nos dices, pero no es lo de siempre. Subviertes el sentido de casi todas las historias. Dices:
Nada tenemos, ni dignidad, ni justicia, ni la bondad tenemos.
Es mentira que la bondad esté al alcance de cualquiera, dices.
No en vano la sabiduría popular confunde al bueno con el dócil, al dócil con el sumiso, al sumiso con el poco inteligente.
¿Cómo en las relaciones de poder podría haber bondad en vez de imposición y acatamiento? ¿Bondad en quienes se someten, cómo? ¿Y cómo en los que imponen su fuerza habrá bondad y no capricho, lástima, paternalismo?
Es mentira que la bondad esté al alcance de cualquiera. No aquí. No en estas condiciones. Pero en otras podría llegar a estarlo.
Las luchas, dices, las venganzas, sólo para que la bondad nos pertenezca.

No sólo conocían la asesoría sino que estaban siguiéndola de cerca. Bien podía ser que, preocupados como habíamos estado por el chantaje, hubiéramos descuidado la vigilancia en nuestra principal fuente de ingresos. Admitirlo nos proporcionaba un margen de calma: podían tener información sobre la asesoría pero la sociedad era diferente. En la sociedad obramos siempre con sigilo y ni una sola vez dejamos de sembrar confusión, extendimos a nuestro paso no uno sino varios rastros falsos que conducían a sendas equivocadas.

Tarde o temprano, no obstante, lo sabíamos, iba a llegar el momento en que ya no podríamos convertir en cerrojo nuestra tela de araña. Cuando fueran tantos los ojos que hubieran visto la máscara del hombre enmascarado y fueran tantas las manos que hubieran sostenido el anónimo, ya no podríamos prohibir el paso ni evitar el reconocimiento. Teníamos, sí, el interés con que aprendimos a ser siempre dos cosas, dos cosas simultáneas, pero la cantidad produce modificaciones, saltos cualitativos: cuando más de un cierto número de personas hubiera conocido nuestra actividad ya no estaríamos aspirando a ser el empleado manso y el empleado que odia la mansedumbre sino sólo el segundo y entonces tal vez cometeríamos la imprudencia y se nos impondría, ¿por qué no?, la represalia, el miedo, el regreso obligado a una mesa y una silla donde permanecer con la cabeza baja y la mirada erguida vislumbrando revueltas memorables.

Un domingo por la tarde, acordamos replegarnos. Estábamos reunidos en Gran Vía 40 y Mario Ríos se ofreció para pensar acciones a largo plazo. Los demás aceptamos de buen grado delegar en él y sumergirnos. Supongo que Edmundo, Gabriel y yo llevábamos una temporada algo cansados.

Dejamos de vernos. Cada uno observaba desde su ojo de buey los animales acuáticos, los viejos galeones. De tarde en tarde, Gabriel y Edmundo escogían el caso de un asesorado, yo lo sabía porque Gabriel me llamaba para pedirme números de teléfono. Y estábamos considerando prolongar nuestro tiempo de repliegue cuando, el doce de marzo, sobre la vida de Edmundo vino a caer el infortunio, la desdicha.

El doce de marzo Almudena enfermó. Había trabajado

durante todo el día y a ratos se notaba las manos calientes, la nuca, las mejillas. Llamó a Edmundo para decirle que saldría antes del gabinete y llegó a casa a las seis. Mica estaba con la chica que, tres tardes a la semana, iba a buscarla al colegio, la bañaba y le daba la cena. Al oír la puerta, Mica salió corriendo para ver a su madre y Almudena la cogió en brazos sin fuerzas y la dejó luego en el suelo. Mica, le contó a Edmundo la chica, debió de ver algo en el gesto de su madre, pues no se resistió cuando Almudena dijo: «Ahora vete con Nuria.» Almudena se tendió en la cama medio adormilada. A las siete, pensando que debía de tener mucha fiebre, fue a buscar el termómetro. Treinta y nueve y medio. Estaba acostumbrada a ver esas temperaturas en su hija y no se asustó demasiado. Leyó el prospecto de uno de los antitérmicos que solían dar a Mica, se tomó la dosis recomendada para adultos. Casi una hora después llegó Edmundo. Almudena ardía y estaba medio dormida. Mientras intentaba que ella le contara lo que le pasaba y si había tomado algo, Edmundo la desnudó, pasó una toalla húmeda por su cuerpo, lo cubrió sólo con la sábana.

—Voy a bajar a la farmacia por algo más fuerte —dijo luego.

Salía de la casa cuando Mica, que iba hacia la cocina de la mano de la chica, le vio. Edmundo tuvo que cogerla y darle algunos besos. Sonrió al decirle que iba a salir un momento pero que no tardaría. En la farmacia le dieron dos medicamentos diferentes y le dijeron que el final del invierno estaba siendo duro, que había muchas infecciones de garganta con fiebre muy alta.

Edmundo volvió a casa más tranquilo. Almudena se había quedado dormida, aún estaba caliente pero tal vez la fiebre había bajado un poco. A Edmundo le costó despertarla para que tomase el paracetamol. Despues fue a buscar a Mica y le dijo que su madre tenía un catarro muy fuerte. Cuando la chica se fue, Edmundo llevó a Mica a su cuarto y la acostó. Le contó el cuento de una niña que se llamaba

Mica y que por las mañanas iba al colegio y allí la esperaba su amigo el mono blanco, era un mono pequeño, más pequeño que Mica, decía cosas que sólo Mica entendía, y cuando Mica le acariciaba se le quedaban las puntas de los dedos blancas, como si hubiera escrito con tiza.
 —¿Y mañana también le voy a ver? —preguntó Mica.
 —Claro —contestó Edmundo, pero Mica no le oyó, miraba fijamente a un punto, los párpados se le cerraban, ella volvía a abrir los ojos, los párpados volvían a cerrarse. A los pocos segundos Mica se durmió. Edmundo volvió con Almudena, la tocó: ya no estaba caliente.
 Dejó la puerta del cuarto entreabierta, se quitó la chaqueta, se tumbó en el sofá y empezó a leer el periódico. Leyó la primera mitad, pero después pasaba los ojos por las palabras sin reparar en el significado. Entró en el cuarto de Almudena. Estaba sudando y daba vueltas, dormida pero muy agitada. Volvía a tener mucha fiebre.
 Edmundo buscó entre sus conocidos y contactos un médico a quien pudiera molestar. Le llamó. El médico le dijo que había obrado bien, le preguntó si Almudena se había quejado de la garganta y como Edmundo recordase que había estado algo afónica, dijo que debía de ser una infección de garganta y le recomendó darle unos antibióticos junto con otra dosis de paracetamol cuando hubieran pasado tres horas.
 —No puedo bajar ahora a una farmacia de guardia.
 —Llama a un taxi, ellos te los compran, es lo más cómodo.
 A las once de la noche Edmundo despertó a Almudena, le dio los antibióticos con un poco de leche y más paracetamol. Ella dijo que no se encontraba mal, sólo estaba cansada y a ratos le daban escalofríos, pero no le dolía la nuca ni tenía vómitos u otros síntomas preocupantes.
 Edmundo se durmió a eso de la una. Se despertaba para tocar a Almudena y de nuevo se dormía. Y a veces la encontraba caliente y otras muy fría, pero los cambios no parecían tener relación con el efecto de las medicinas. A las seis volvió

a darle el paracetamol con los antibióticos. A las siete y media se levantó. Tomó un café rápido, preparó el desayuno para Mica y me llamó por teléfono. Se disculpó por la hora. Me dijo que estaba bastante preocupado, que tenía que llevar a Mica al colegio pero no quería dejar sola a Almudena, y tampoco quería alarmar aún a su madre o a la familia de Almudena. Me pidió que fuera a su casa mientras él llevaba a Mica. Yo llegué a las ocho y cuarto. Edmundo me había dicho que no llamara al timbre; golpeé con los nudillos.

—Pasa —dijo en voz baja—. Tiene un sueño muy agitado, es mejor que no se despierte para que no se asuste al verte aquí.

Llevé una silla al pasillo y me senté cerca de la puerta del dormitorio. Mica tampoco me vio, aunque yo la oí canturrear algo mientras su padre le ponía el abrigo.

Al cabo de un cuarto de hora volví a oír cantar a la niña. Pensé que Edmundo, tras cambiar de opinión, habría vuelto a casa con ella. Luego la voz fue creciendo y comprendí que era Almudena quien cantaba. Miré en el interior de la habitación por la ranura junto a las bisagras de la puerta entreabierta. No había mucha luz en el cuarto, tan sólo la claridad que entraba por las rendijas más altas de la persiana. Almudena se había incorporado un poco.

He visto a enfermos sedados y a enfermos que hablan en sueños y el despertar no cambia nada. He visto el desamparo, la invasión repentina del carácter por una afección mental y cómo el organismo ya no puede hacerle frente y el carácter se doblega y el hombre o la mujer ceden igual que si un árbol cediera por el peso de una mariposa. He visto también alucinaciones en el cine, he visto la imitación del delirio en el teatro, en la televisión. Pero aquel día vi apenas a Almudena Lorente tararear y no como si fuese una loca ni otra persona sino quizá como si fuera un ser sin lenguaje articulado, una clase de pájaro, un bebé, una garganta emitiendo de forma audible el sonido con que se comunican los delfines o las ballenas, y la ballena se engarzaba con el pájaro, el pájaro con el delfín, el delfín con el bebé. Fueron cinco minutos de una beatitud diurna en absoluto parecida al recogimiento oscuro de la nave de una iglesia; más bien la beatitud desordenada de quien ha dormido al raso y en su despertar se mezclan las hojas húmedas, ruido de alas en el follaje, un animal que cruza veloz.

Cuando Edmundo llegó, Almudena se había callado. Me preguntó si había estado tranquila y le dije que sí, que había balbuceado una especie de canto incomprensible pero tranquilo. Él me dio las gracias y entró en el cuarto. Salió enseguida:

—Está helada —dijo—. Tiene todo el cuerpo con manchas rojas. Voy a llevarla al hospital.

Me dijo que me fuera y prometió que, si volvía a necesitarme, me llamaría. Pero Edmundo ya no iba a tener tiempo ni siquiera para necesitar.

Almudena, me contaría Edmundo después, estaba alegre de un modo raro, sonrió cuando Edmundo la despertó, no se preocupó lo más mínimo cuando le dijo que iban a ir al hospital. En el coche volvió a quedarse dormida y al salir Edmundo casi tuvo que llevarla en brazos. Le había bajado mucho la tensión, dijeron en el hospital. Y, después de seis horas, dos médicos acudieron para hablar con él:

—Es una sepsis —dijo el médico mayor.

—¿Una infección? —dijo Edmundo.

—Un envenenamiento provocado por el paso masivo de bacterias a la sangre.

—¿Qué hay que hacer? —preguntó olvidándose ahora de las explicaciones.

—Le hemos aplicado una dosis muy alta de diferentes antibióticos, estamos analizando la sangre para aislar el germen. También estamos intentando fortalecer el corazón.

—Tenía que haber venido antes —dijo Edmundo.

—No, no se atormente. Nadie descubre una sepsis en las

primeras doce horas. En ese momento se presenta en forma de bacteriemia transitoria, la fiebre, los escalofríos que usted vería y que pueden ser consecuencia de cualquier infección.

–¿Su mujer –preguntó el médico más joven– había tenido problemas respiratorios últimamente, o alguna infección ginecológica, urinaria?

–Llevaba dos días afónica, nada más que yo sepa.

–¿Sabe si su mujer tenía o tuvo relación con la heroína?

–Nunca me dijo nada, y no creo que me lo hubiera ocultado.

Edmundo recuerda que las preguntas continuaron durante varios minutos, sin que los médicos lograran encontrar una causa clara. Después, el médico más joven salió de la habitación por indicación del otro.

Edmundo repitió:

–Tenía que haber venido antes.

El médico mayor se dirigió a Edmundo:

–Usted no tenía que haber hecho nada especial; la sepsis tenía que no haber ocurrido.

Edmundo le miró con algo semejante en los ojos a lo que deben de reflejar los ojos de un animal salvaje cuando el huracán abate los primeros robles.

–Lo más probable es que su esposa entre en coma dentro de unas pocas horas. Una vez que la invasión de gérmenes pasa a la sangre, cobra tal agresividad que se ponen en marcha en el organismo mecanismos irreversibles, el corazón se desboca, después se para.

–¿Me está diciendo que sólo le quedan unas horas de vida?

–He visto algunos casos como el de su mujer, y siempre se desarrollan de la misma forma. Dicen que una de cada diez mil veces no tiene lugar el shock bacteriémico, el paciente no entra en coma; ni siquiera en esas circunstancias excepcionales queda asegurado su restablecimiento.

—¿Cómo está ahora? ¿Puedo verla?
—Está tranquila, con restos de euforia; creemos que el sistema nervioso ya está gravemente afectado.

Eran las cuatro y Edmundo se dio cuenta de que alguien tendría que ir a recoger a Mica al colegio. Llamó a los padres de Almudena pero no cogían el teléfono. Consiguió encontrar a su madre. Le pidió que recogiera a la niña a las cinco y se la llevara a su casa, y que esa noche la niña durmiera allí. Sólo añadió:

—Almudena está muy grave. Estoy en el hospital.

Luego llevaron a Edmundo con Almudena. Durante los primeros minutos Edmundo pudo oír el mismo lenguaje no articulado que oyera yo en su casa. También él pensó que no había dolor alguno en ese lenguaje. Luego Almudena se calló. Sus ojos parecían mirar sin ver, pero cuando se pararon en Edmundo la mano de Almudena voló buscando su mano. Edmundo recuerda que estaba muy fría, que le apretaba y luego dejaba de hacer fuerza como si la mano experimentara sacudidas que Almudena no advertía.

Después Almudena se quedó dormida y empezó a sudar y a agitarse. Tenía la piel con manchas amoratadas y rojas y, de pronto, tiritaba. Edmundo podía oír el latido tan rápido de su corazón, entonces imaginaba los cientos de miles de gérmenes corriendo por la sangre. Pidió a una enfermera que se acercara:

—¿No pueden hacer que su cuerpo se calme?
—Ella no nota nada —dijo la enfermera.

A los diez minutos Almudena tuvo vómitos violentos. La enfermera la limpió con habilidad. Almudena seguía tiritando y agitándose con movimientos ajenos a cuanto la rodeaba.

Pasó otra hora y un rato más. Después la enfermera le dijo que iban a cambiar a Almudena de sala:

—Acaba de entrar en coma.

Localizó a los padres de Almudena a las siete de la tarde.

Y a las siete y cuarto, mientras les esperaba sentado en una de las sillas del pasillo del hospital, vio acercarse a Fabiola.
—Por favor —le dijo—, recibe tú a los padres de Almudena. Tengo que ir a ver a Mica. Tengo que calmarme antes de verles.

Almudena murió aquella noche. En el hospital estaban las familias y algunos amigos. Yo aparecí un momento pero enseguida me fui a una especie de bar de policías y taxistas que cerraba tarde. Nunca le había contado a Edmundo que mi única hija murió de una lesión de corazón con diecinueve meses. Eran los años del existencialismo y yo tuve que librarme del existencialismo. Primero tuve que deshacerme de las frases inútiles sobre un dios que consiente la muerte de los niños, y luego tuve que deshacerme de dios y, más tarde, de la honorable complacencia con que las personas se relatan unas a otras historias de la mala suerte ajena. Los existencialistas daban por cierta la muerte, pero morirse exige haber existido, eso era todo lo que tenía, lo que me habría gustado entregar a Edmundo y no sabía cómo.

Pedí un café y una ginebra. Mi aspecto no llama la atención, mido uno sesenta y cinco, doy la imagen, creo, de ser más o menos lo que soy, una mujer con una vida no del todo convencional para mis años, que entonces eran cincuenta y cuatro. En el bar me dejaron tranquila. Edmundo vino a verme una vez y se quedó un rato conmigo. No hablamos de nada en especial, ritos, familias. Luego, de forma inopinada, nos dio por la traducción simultánea. Salió el tema de los programas de «La clave» donde solían intervenir científicos e historiadores extranjeros que hablaban casi siempre con voz de mujer, con la voz de la traductora simultánea y su modo de decir: ... bueno... yo...; ... bueno, a mí me parece... Edmundo recordaba haber estado tiempo atrás con un intérprete quien le había contado algo acerca de la necesidad de separar ambos oídos, uno debía servir para oír al interpretado y otro para que el intérprete se oyera a sí mismo, aunque Edmundo no estaba seguro de que fuera exactamente así, y entonces hablamos de los músicos que se tapan un oído para hacer la segunda voz. No pusimos cara de circunstancias, ni acudimos a chistes para aliviar la tensión. Ninguno de los dos estaba tenso, creo que era por él, porque él no lo estaba.

El bar de taxistas y de policías queda cerca de mi casa. Había ido andando y aunque se hubiera hecho muy tarde, preferí volver andando también. Era una madrugada clara, me pareció distinguir un resplandor azul pálido en algunos tramos del cielo aunque es probable que fuera fruto de la tercera copa y la ebriedad, pues no era tan tarde o tan temprano como para que el día clarease. Yo miraba no obstante aquellos tramos azules como piscinas en lo alto y pensaba en Almudena Lorente: fuimos locuaces, Almudena, no fuimos reservados y si lo pareció tan sólo fue por causa del lugar en donde acontecíamos. Después me dije que a ella sí habría podido contarle el único adulterio que cometí. Y juro que mi robo fue mi único adulterio y, sin embargo, juro que en mi vida muchas veces quise cometer otros, juro que seduje, que me dejé seducir, juro que yo también quise tocar con las manos la unión que tan ilusoriamente nos transforma y el besarnos ahora, y el sentir excitados nuestros cuerpos. Juro que quise, juro que nadie está libre del deseo de que alguien se lo lleve y no sea la muerte sino unos labios que habrían de engañarnos al decir: Estamos lejos de las mil sujeciones diarias.

Pero no estamos lejos. Llegué a casa y Blas dormía, y mi vida era mi vida y el adulterio habría sido un temblor roto, una rota esperanza de que se abriera el techo del mundo a no ser porque yo había robado a un igual, había cometido un acto contra la propiedad privada y no en aras de la justicia, no para impugnar el uso de las reglas sino las mismas reglas; había robado para librarme de la necesidad de ser en otro sitio, mientras la sangre palpite.

Gasté los días de repliegue preparando un documental que nunca me dejarían hacer en donde, para dar cuenta de la transición española, no se acudiera al mito sino sólo al encadenamiento de los hechos relevantes. Entretanto, Edmundo aprendía la costumbre de vivir sin Almudena, ponía a la venta el local del gabinete, sacaba él solo la silla a la terraza para ver las tormentas y se oía llorar.

Mario Ríos, después de repasar los estudios de audiencia hechos en España a partir del ochenta y cinco, y tras consultar numerosos artículos sobre cadenas privadas libres y de pago en el extranjero, había encontrado en ciertas retransmisiones deportivas un arma arrojadiza, una manzana que ofrecer a unos para que se la ofrecieran a otros y para que otros se la quitaran de las manos. Había seguido de cerca la venta de los derechos de esas retransmisiones por parte de la Liga Nacional de Fútbol a una compañía mercantil, comprobando cómo a su vez esa compañía, tras firmar el contrato, procedió a ceder los derechos a la Federación de Televisiones Autonómicas. ¿Cuál iba a ser el siguiente paso? De las tres cadenas privadas una tenía la mayoría de las bazas y los contactos para proponer la renegociación de esos derechos.

Mario conocía cómo habían funcionado cadenas privadas afines en el extranjero y empezó a hacer preguntas discretas a antiguos compañeros relacionados con el deporte. Reunió varias informaciones coincidentes, pero ninguna fiable al ciento por ciento. Años atrás, no obstante, Mario se había enfrentado con el director de un centro territorial y eso le había valido el agradecimiento del máximo enemigo de aquel director, un joven prometedor y sin embargo degradado a un puesto ínfimo tras firmar unos contratos de compra de equipo a un precio fuera de mercado, pese a haber sido el director del centro territorial quien se había hecho cargo personalmente de esa compra. Con el paso del tiempo y los cambios políticos, el hombre degradado terminó por ocupar un cargo relevante en una de las televisiones autonómicas. Y cuando Mario puso a prueba su hipótesis, cuando le preguntó por la posible renegociación del contrato entre la Liga Nacional de Fútbol y la FORTA, con la plausible inclusión de un tercer negociador, aquel hombre le dio con su silencio la información más valiosa, calló a sabiendas de que otorgaba y con gravedad dijo: «De esto no puedo hablarte» para luego, dando por cerrada la conversación, añadir: «Caliente, caliente, te vas a quemar.» Mario hizo por último algunas llamadas con preguntas laterales que sin embargo rozaban la cuestión. Gabriel le ayudó a seguir a un par de personas. En menos de un mes ambos habían reunido los datos que, puestos unos enfrente de otros, revelaban la figura escondida.

A continuación nos llamaron y fue entonces cuando empezó el final, y fue entonces cuando empezó el principio.

Mario llamó primero a Edmundo. Él, sin amagar dolor ni un cansancio excesivo, dijo:

–Voy a marcharme. Siempre hay un límite; un límite de cada uno que es distinto del límite general. –Mario callaba–. No estoy seguro de lo que podríamos obtener con lo que me has contado. Sin embargo, sé lo que yo quiero intentar obtener, para mí, para irme.

Mario le dijo que no era algo para tratar por teléfono y que además quería hablar antes conmigo.

Cuando me lo contó, no me extrañó demasiado. Mario no tenía nada que objetar si yo estaba de acuerdo. Le dije que quería ver a Edmundo cara a cara y que después yo misma llamaría a Gabriel.

Edmundo esperaba mi llamada. Quedamos a las cuatro y media. Yo me escapé de televisión y me fui a un bar de Usera, cerca de la casa de la madre de Edmundo.

Él ya había llegado. Estaba en una esquina, la silla separada de la mesa, tocando la pared.

–Gracias por venir hasta aquí –dijo. Y luego, mirándome–: Tú eres también atea. Mucha gente me ha preguntado de qué murió Almudena pero, a su manera, todos creían.

Con tono rápido respondí a la mirada del camarero pidiendo dos cafés.

–Una sepsis sobreaguda –estaba diciendo Edmundo–, yo ni siquiera había oído la expresión. Una infección brutal, Irene. Como las de hace cien años cuando no había el mínimo de higiene en las operaciones. Ahora todo es aséptico pero da igual. Surgen nuevas formas y los médicos reconocen que no saben. Muchas veces les cuesta incluso determinar si el sistema inmunológico ha fallado o si el germen ha hecho que caigan todos los sistemas.

–He pedido dos cafés –dije–, pero a lo mejor quieres otra cosa.

–Está bien, café está bien. Almudena pasaba del calor al frío, se le rompían los capilares debajo de la piel, el corazón había perdido el control, el sistema nervioso fallaba, casi parecía que podías ver los millones de bacterias en toda su sangre. Yo estaba allí, junto a su cama, y ¿sabes lo que pensaba?: «Si tantos halcones la garza combaten, por Dios, que la maten.» Eso pensaba. Es una canción medieval, del colegio. Si tantos halcones la garza combaten.

–¿Cómo está tu hija? Si en algún momento necesitas que me quede con ella o algo...

–No, muchas gracias. Mi madre pasa bastante tiempo en casa. También Fabiola y Pedro vienen, o se llevan a Mica a hacer cosas. Todavía no he hablado en serio con ella.

–Tienes tiempo.

–Ya, claro, aún es muy pequeña. Tres años y medio. Pero

todos han empezado a decirle cosas, que su madre se ha ido al cielo, que se ha ido de viaje. Mica quiere saber qué digo yo, porque es mi versión la única que va a creer. Y no dejará de preguntarme, cuando tenga cinco, cuando tenga siete, cuando tenga diez.

 –¿Qué has pensado decirle?

 –Creo que sé lo que tengo que decirme a mí mismo, pero no a ella.

 Edmundo había apoyado la mejilla en la mano. Parecía a punto de dejar caer la cabeza sobre la mesa, a punto de dejarse caer. Sin embargo, echó la espalda hacia atrás y continuó:

 –A mí me digo que la vida es irregular, como el contorno de una roca, de una hoja, como los cuerpos de los animales. Lo más estúpido que existe es esa idea equitativa de la vida: la vida como algo simétrico donde todo se iguala y el sufrimiento de hoy se verá recompensado mañana, o bien tiene un sentido oculto, o bien lo que perdemos en dolor lo ganamos en sabiduría y así la suma sigue siendo exacta.

 Entendía a Edmundo, el daño que había hecho esa idea de la vida dividida en tablas de cantidades de felicidad, de fortuna, de años serenos que todos merecíamos, como si la igualdad no estuviera en el reparto de los bienes materiales sino en secretos designios. Entendía a Edmundo, pero me preocupaba verle beber el café enajenado de la taza, de la silla, de las cosas.

 –Edmundo –dije–, sé bien de lo que hablas. Cualquier intento de dar sentido al dolor, de buscarle una justificación, cualquier intento de buscar protección en el dolor nos hace más débiles. A nosotros, Edmundo, a ti y a mí. Pero a tu hija no.

 –¿Por qué a ella no? –preguntó sin mirarme.

 –Porque ella no ha visto la vida todavía, ella no sabe lo que significa existir.

 –¿Tú la has visto?

En el hueso sobresaliente de mi muñeca, en las manchas como gotas vertidas que empezaban a extenderse por mis manos, en la manga de mi chaqueta, en la mano, en la manga, en el flequillo de Edmundo, en mi hija muerta con diecinueve meses, en aquel bar de Usera, en los ojos un poco rasgados de Edmundo, que esperaba, yo veía.

–Existir es lo posible –le dije–. Morir es lo posible y no lo seguro.

La mirada de Edmundo despidió un destello de odio. Yo dije:

–No, no estoy hablando de creer, no estoy hablando de sectas ni de fantasías. Morirse exige haber existido, es todo lo que intentaba decir. Morir es lo posible; existir es, si quieres, la posibilidad de lo posible.

Edmundo replicó con una furia densa:

–Claro, y esperas que esté contento de que Almudena haya tenido la posibilidad de morirse.

Dejé de mirarle. Me volví casi por completo, como si quisiera ver a alguien sentado en otra mesa, indecisa entre la ternura y la agresión. Si Edmundo hubiera sido mi hijo seguramente yo me habría visto obligada a recurrir a la agresión, a un gesto, a una frase violenta para marcar un límite, para enseñarle incluso dentro de la desesperanza. Pero Edmundo no era mi hijo, era mi socio, nos unía una clase de promesa, y con ternura de nuevo le miré, la manga de mi chaqueta le tocó la mano.

–Yo sabía que es mentira la resignación –dije–. Lo sabía antes de conocerte. Yo sabía que los hombres y las mujeres teníamos la existencia, lo mismo que las rocas, lo mismo que los pinos. Sabía que la existencia podía alzarse contra lo real. Porque lo real de hoy no es una sepsis o que haya que morirse. Lo real de hoy, que nuestra vida sea nuestro medio de vida, pasar la semana embadurnándome los ojos de planos falsos y repetitivos, es bastante más pequeño que el hecho de que existan cordilleras, uvas, caballos, personas.

Esta vez Edmundo me escuchaba sin recelo, casi como si agradeciera mis palabras. Dije aún:
—Yo lo sabía antes de conocerte, pero sólo sabía el condicional, acaso la existencia podía alzarse, acaso podía.
—Algo hemos hecho, ¿verdad? —preguntó.
—No dimos por sentado un estado de cosas.
—Que las vidas se mueran también es más pequeño que el hecho de que las vidas existan —dijo—. Almudena siempre actuó como si no dudara de eso.
—He hablado con Mario —dije entonces—. Una muerte, igual que un ángulo agudo en una roca, no es motivo para no seguir.
—Sin embargo yo voy a pararme, Irene.
Tuve que pasar la mano por su pelo, le coloqué el flequillo. Después me eché para atrás, regresé a las mangas de mi chaqueta apoyadas en el borde de la mesa y a mi actitud equilibrada.
—Pero tienes que saber lo que vas a decirle a tu hija.
—Lo sé —contestó—. Le diré que a su madre se la ha llevado una garza, una garza real con el cuello largo y el pico amarillo y dos bandas negras en el vientre blanco. Aunque Mica no haya visto lo que significa existir, sí ha visto garzas reales, en Sanlúcar del Guadiana, muy cerca de Ayamonte. Y seguirá viéndolas.
Edmundo había hablado con determinación pero sin rabia. Ya no quedaban horas ni fotocopias ni conversaciones pendientes, y me pareció lógico preguntar:
—¿Qué quieres sacar del chantaje que estaban planeando Gabriel y Mario?
—Veinticinco hectáreas transformadas para plantar naranjos en Huelva. En el mercado cuestan unos ochenta millones o algo más, pero a quien puede dármelas le costarían mucho menos.

Y así empezó el final, y se diría que en aquel momento nos dimos de baja; y se diría que entramos en el juego de las comisiones pero no entramos porque no fuimos débiles, porque un peldaño no había de conducirnos a otro peldaño sino fuera de la casa para siempre. Y se diría que nos dimos de baja pero no se planean las muertes, Edmundo no se dio de baja sino que hay un límite de cada uno y ese límite es distinto de la resignación. No nos dimos de baja. Acaso, como prende la llama y se propaga el fuego, prendió la cólera de Edmundo. Acaso, como el viento esparce los papeles y los coloca de forma separada y hace que lleguen a distintos lugares, acaso el viento así sopló sobre la cólera y difundió las ondas de la piedra en el estanque. Acaso no. Y se diría que nos dimos de baja pero es la hora en que el tapiz quiere dejar de ser puerta, en que la puerta quiere dejar de ser tapiz.

CORO

Nos mesamos, Edmundo, los cabellos por tu vida, por cada vida si la toca el ala del dolor, que es un ala de piedra. Después, cuando la piedad cesa y sobreviene el asombro ante lo consecutivo, ante el seguro crecimiento de cada único contorno irregular, después el coro asiste a tu partida. Lo dejas, dices. Hay un límite, dices, de cada uno.

Y el coro aguarda aún. El coro quiere saber si convertirás tu reticencia en huerto de naranjos y entonces qué sucederá con el paso del tiempo, la línea de los días y en ella las personas que dijeron: En el reparto desigual de las ilusiones se juega la tristeza, y dijeron: cómo vivir con la ilusión del ascenso que nos permitiría habitaciones luminosas para nuestros hijos o atención y comodidad para unos padres ancianos, cómo vivir sirviendo a esa ilusión, cómo aceptar el precio de la fantasía si no es común.

El plan era que Edmundo se presentase ante Fernando Maldonado con un mensaje envenenado y con el antídoto para el veneno. Le diría que conocía las intenciones de la FORTA de renegociar el contrato. Si filtraba la información a otros medios podía hacerles mucho daño, y no se conformaba con sacar algo de dinero, quería veinticinco hectáreas, quería un seguro de vida. El mensaje, lejos de ser la traición solicitada por Fernando, era una declaración de guerra. Sin embargo, también tenía visos de rendición puesto que Edmundo al menos renunciaba a mantenerse al acecho, a mantenerse en el bando contrario como enemigo posible e intentar dar el golpe de mano por su cuenta involucrando a la cadena privada, y Fernando podía leerlo así.

Todo ocurrió bastante rápido. Edmundo se citó con Fernando y con José Cuenca en un bar decorado con motivos de caza a la hora del primer whisky de la tarde. Ya había hablado con ellos y acordaron que Cuenca llevase la escritura. La filtración, había advertido Edmundo, no se produciría la semana siguiente sino esa misma noche. A no ser que José Cuenca firmara a tiempo. «Tú puedes hundirme», le dijo Edmundo a Fernando. Y, mirando a José Cuenca, añadió: «Él lo sabe, por eso no dudó de que fueras el intermediario adecuado para esta gestión.» Fernando contestó: «Cuenca lo sabe, pero tú, ¿estás seguro de que tú lo sabes?» Edmundo, sin sonreír, sin jugar a la ironía, dijo: «Por supuesto», y pensaba: Por supuesto si un día quisiera volver a vuestro círculo podrías hundirme, pero no volveré. Después Cuenca y Edmundo firmaron la escritura del terreno.

Al día siguiente Edmundo vendió su casa a una inmobiliaria junto con la mayoría de los muebles. Tenía diez días para vaciar el piso y vino a despedirse de nosotros. Nos contó que había apalabrado la compra de una casa en el llamado Mirador de Ayamonte. Con la venta del gabinete de Almudena más la venta de la casa de Baltasar Gracián podría instalarse allí y poner en marcha la explotación de naranjos.

En septiembre Mica ya tenía plaza en el colegio público de Ayamonte. Las veinticinco hectáreas de Edmundo estaban transformadas para el cultivo pero él tuvo que comprar los plantones y organizar la explotación. Sabía que le quedaban dos años de perder dinero. Al tercer año, ingresaría algo y, a partir del quinto, podría empezar a obtener beneficios. Edmundo utilizó el dinero acumulado para mantenerse esos dos años e introducir mejoras y para aguantar con tranquilidad hasta el quinto. No obstante, desde muy pronto procuró buscarse colaboraciones y asesorías. Ahora trabajar no era exactamente trabajar. Podía dejarlo en cualquier momento, por cualquier motivo, lo que a su vez hacía que obtuviera excelentes condiciones. Asesoraba al director de programas de un canal autonómico; le bastaba con dar un par de ideas y hacer un par de críticas constructivas dos veces al mes para obtener más de una quinta parte de su sueldo anterior. Además aceptó diseñar la programación de una radio de la provincia.

En pocos meses Edmundo habría de sorprenderse notando un cierto interés hacia la radio, un interés que no había experimentado con la televisión. Debido al raro poder que suponía estar hablando a alguien casi al oído, la radio era el medio idóneo para la propaganda. ¿Para propagar qué? Ningún clamor, ninguna revuelta inexistente; para dar cuenta con seco asombro de una encuesta que revelaba los apuros económicos de una gran parte de la población, la escasez de espacio en las casas, el endeudamiento que podía suponer irse una semana de viaje o reponer un electrodoméstico roto, y revelaba también que esa gran mayoría de la población se sentía conforme con su nivel de vida.

Y se propaga el fuego, y es más numeroso por la producción de nuevas llamas situadas en contacto con nuevos cuerpos que arden produciendo luz y calor. Y se propaga el fuego pero el sentido común no se propaga ni la conciencia de la falta de libertad. Y como se dicen al oído verdades sin efecto, en programas de radio Edmundo introducía alegatos, invocaciones sin efecto, porque el lenguaje se expande pero un lenguaje sin actos es una llama sin cuerpo, un fuego fatuo en la noche.

Por lo demás, Edmundo había convertido su reticencia en doce mil ochenta y cuatro naranjos que vivirían treinta y cinco años, y en la tierra. Como no tenía un trabajo fijo ni un horario, a veces viajaba solo o con la niña, a veces pasaba por Madrid a dejar a Mica con sus abuelos, pero no solía quedarse mucho tiempo.

En cuanto a nosotros, a Mario y a mí, seguimos trabajando: algún chantaje más, algún asesorado. Pero ya no teníamos Gran Vía 40, no valía la pena sólo para nosotros dos y Gabriel se había marchado. El día que le llamé para hablar de los planes de Edmundo me dijo que Edmundo contaba con su comprensión y que él también iba a dejarnos. Su mujer no estaba nunca en casa, me explicó. Ahora acababa de irse a Estados Unidos con un grupo de quince personas para visitar a su maestro de meditación. Hacía cuatro años que se había incorporado definitivamente a un centro de filosofía oriental. Se llevaban bien, ella dormía con él, pero Gabriel sabía que a su mujer le gustaría vivir en Ávila, donde estaba la casa madre de sus peregrinajes. Iba a vender la Deuda Pública y a utilizar parte del dinero que habíamos ganado para marcharse con su mujer. Ya no le daba miedo, me dijo, ser el segundo de a bordo de su matrimonio. Durante un tiempo se lo había dado. ¿Qué pasado tenía él? Un subpasado de subdirector siempre a las órdenes de otros. Había debido de poner en marcha cuatro, a lo sumo cinco iniciativas que un día fueron brillantes y que ahora estaban muertas. Gabriel García, un hombre que ni siquiera había conseguido tener batallas, ni una casa en la montaña para llevar a los nietos futuros; un hombre a quien su propia empresa despachó con siete años de antelación. «Ahora es distinto», me dijo. «Ahora tengo dinero para ayudar a mis hijos y también tengo lo que hicimos. Puedo acompañar a Mercedes sin que me dé miedo ser sólo compañía. Os daré mis señas para que vengáis alguna vez.»

Mario y yo duramos un par de años. Después nos disolvimos. Podría decir que contribuimos a propagar la desconfianza, podría decir que señalamos el rastro de un error en la tendencia a compararse con quien vive peor pagado y cuyas servidumbres nos consuelan. Pero el poder no es otra cosa que lo que se hace con él, lo que se produce como resultado, y el resultado aún no ha tenido lugar. Fuimos pocos, hombres y mujeres aislados, cerillas que se consumen en la oscuridad. De nuestra historia sí recojo los privilegios que conseguimos. No es una historia para contar cómo los atracos siempre se frustran, cómo el éxito es en el fondo amargo, cómo la ambición encuentra soledad. Los atracos salen bien; del éxito brotan salones de fumar al estilo de las novelas rusas y hombres satisfechos que bailan con hijas encantadoras; la ambición encuentra compañía. ¿No dicen que vivimos en una sociedad libre, no dicen que esta libertad se cumple necesariamente en la igualdad de oportunidades, no dicen, ay, querer es poder, y dicen todo consiste en proponérselo?

A los dos años también nosotros dejamos de buscar el infierno, ese espacio de progresión y holgura. Abandonamos y, como Edmundo, y como Gabriel, actuamos en aras de nuestro bien. Alguno de nuestros chantajes sirvió para facilitarnos la vida, para enviar lejos a un superior que detestábamos, por ejemplo. Logramos que a Mario le fuera asignado un puesto en el equipo de gestión donde a veces podía tener la impresión de hacer valer su criterio. También conseguimos que me dejaran más tranquila. En vez de posproducir cinco horribles programas concurso pasé a realizar dos documentales sin importancia. Hubo además un aumento de sueldo para Mario, una rebaja de horas para mí, una recomendación para el hijo de Mario, un sofá para cada uno. ¿Así al final los sueños? Así, porque los sueños tienen siempre un soporte real y era contra el soporte contra lo que luchábamos, y nos disolvimos. Así al final, porque en el impulso de las revoluciones van parejos el sofá, el deseo de tumbarse, del mundo confortable, parejos el sofá y lo desconocido. Y ambos se necesitan, y nadie aguanta demasiado tiempo sólo con lo desconocido.

Has venido a la cima de la colina. Estás aquí, en el suave promontorio, y miras la otra ladera. Has empezado a bajar. No es un descenso pronunciado. Has empezado a bajar y luego has detenido tus pasos. Necesitas un descanso. No sabes si te siguen. No sabes si el coro que escuchaba va a venir a relevarte, si habrá otros coros después. Sabes que nada es un pájaro, sin embargo. Nada, ni la cólera de Edmundo Gómez Risco ni tampoco esta historia. No bajan las historias del cielo como patos salvajes, no vienen a posarse sino que se producen como las proteínas, como los minerales, como los pájaros, que tampoco descienden del vacío sino que se producen.

Qué materiales producen esta historia es todo lo que ahora quisiera preguntar. En cuanto a si los parecidos con la realidad son o no coincidencias, he procurado cubrir las coincidencias y tal vez no sea yo una realizadora, y tal vez Edmundo no empezara en el laboratorio médico sino en la UCD, tal vez fuese la televisión la industria del disco o el ministerio de Economía. Sí es exacta, en cambio, la cifra de los doce mil ochenta y cuatro árboles. A veces he cogido el coche para ir a mirarlos. Le he dicho adiós a Blas, he conducido durante horas, me he parado delante de la valla. Esos árboles dicen que existimos y, aunque ardieran, la leña de esos árboles lo diría, y el carbón y la tierra.

Existimos, aquel que te da órdenes, aquel que te obedece, podría registrar tus útiles de trabajo mañana; podría, si no tuviera miedo ni fe.

CORO

En mañanas como ésta el enojo crepita en nuestros cuerpos. ¿Qué haremos con él? El enojo es la cólera dividida por el sueldo. ¿Qué haremos con él?
Con nuestra reticencia de asalariados y asalariadas de renta media ¿qué haremos?
Lo que callamos ¿adónde irá?
Lo que callamos, a los sueños. Lo que callamos, a la fantasía. Lo que callamos, al ya verán, al habrá un día, al en el fondo. Lo que callamos, a la vida secreta y silenciosa.
Es cada día más lo que callamos, y todavía no sabemos bajo cuánta carga el material se rompe y desintegra.
Se retira el coro. Hay un roce de abrigos, se mueven las cabezas y se miran las unas a las otras. La historia ha terminado. Cada cual a su mesa y a su silla, cada cual a su cama y a su cepillo de dientes, cada cual a su amigo y a su amiga y a su plumón de pájaro y a su vida laborable. El coro se retira, se dispersan los cuerpos en todas direcciones pero surge el desacuerdo, algunos cuerpos no se dispersan, algunas bocas hablan a la vez:
«Es necesario revisar la idea de revoluciones de corta duración separadas por largos periodos de tranquilidad.
La corteza terrestre nunca ha estado absolutamente tranquila.
Los paroxismos son sólo culminaciones de la deformación, que jamás ha cesado.»
Y lo que dicen pasa como el viento entre los árboles.

El litoral marítimo de Huelva se extiende, de este a oeste, con una longitud de ciento diez kilómetros, desde la desembocadura del Guadalquivir hasta la desembocadura del Guadiana, en el límite con Portugal. La costa es baja y arenosa y en ella se forman multitud de canales, pequeñas islas y lenguas de arena con barras que dificultan la navegación en la sección final de los ríos.

A mediados de octubre de 1995, Enrique del Olmo recorría la zona occidental del litoral en un turismo rojo. Se detuvo a comer en El Rompido; desde allí llamó por teléfono:

—Soy Enrique. Estoy muy cerca de Ayamonte, me gustaría ir a verte.

—¿Cómo has conseguido mi número?

—Me lo dio Mario Ríos.

Edmundo Gómez Risco le indicó la forma de llegar a su casa.

Poco después de las cuatro, un turismo rojo se detenía en la urbanización El Mirador, frente a la casa de Edmundo, en una cornisa asomada al río.

—No está mal esta vista —dijo Enrique.

—«Y allá a su frente», Portugal —dijo Edmundo riendo mientras apoyaba su brazo en el hombro de Enrique—. Me alegro de verte. ¿Quieres un café?

—Sí, gracias.

Entraron en la casa, un lugar con pocos muebles, funcional y agradable.

—¿Estás bien aquí? —preguntó Enrique.

—Bastante bien —dijo Edmundo mientras ponía las tazas en una bandeja.

—¿No estás un poco aislado, solo?

—No mucho. Los niños siempre hacen que acabes conociendo a los padres de otros niños y todo eso. También tengo relación con personas de la radio. Y hay amigos que vienen a verme, como tú, si me dejas que te llame amigo.

—Los amigos no se marchan de pronto sin avisar, sin dar un número de teléfono. No desaparecen de la noche a la mañana.

—Habría tenido que explicarte demasiadas cosas.

—Ni siquiera sabía lo de Almudena. Me enteré por Irene, varios meses después. Lo siento.

—Yo siento no haberte dicho nada. En aquel momento estabas fuera, en Francia o algo así.

—Sí, en Francia. Conseguí unos cursos de formación a través del sindicato.

—¿Te van bien las cosas? —preguntó Edmundo.

—No puedo quejarme. En realidad, me han hecho una oferta y quería hablarlo contigo.

—Cuando llamaste acababa de dejar a Mica en casa de unos vecinos, porque esta tarde tengo que ir a la finca. ¿Te importa acompañarme?

—No, nunca he visto una finca. Irene me dijo que tenías naranjos.

Edmundo le llevó a la parte de atrás de la casa, donde aguardaba un viejo Land Rover verde.

—Está hecho polvo pero va bien para moverse por la zona.

Recorrieron unos treinta kilómetros en silencio. Luego Edmundo preguntó:

—¿Sigues viviendo solo?
—No. Vivo acompañado.
Minutos después llegaban a la hilera de eucaliptus que bordeaba la finca, protegiéndola del viento.
Edmundo se bajó del coche para abrir. Sobre la puerta, pintado con minio, estaba escrito el nombre de la finca: Chacalá.
—Tiene forma rectangular —explicó Edmundo— y una superficie total de doscientos setenta y siete mil metros cuadrados. Las parcelas de cítricos suman doscientos treinta y ocho mil. Luego está la balsa y dos casetas de mantenimiento.

El terreno estaba inclinado. Subieron el coche hasta la primera caseta y lo dejaron ahí. Ahora se encontraban en el punto más alto del terreno. Desde allí podían ver cuatro parcelas con árboles dispuestos en hileras, muy cerca unos de otros. Cada parcela estaba separada de la siguiente por un pequeño sendero donde apenas cabía un coche. Y al fondo, en una especie de meseta, había un estanque cuadrado, amplio y lleno de agua.

Edmundo abrió la puerta de la caseta grande.
—Aquí están los caldos —dijo señalando varios cilindros gruesos como enormes ollas cerradas por ambos lados— y el ordenador.
—No es lo que uno se imagina cuando le hablan de una finca.
—Tú pensarías en un terreno extenso y medio despoblado, con caballos a lo lejos, frutales en una esquina, pastos, árboles de doscientos años y una casa solariega.
—Más o menos —sonrió Enrique.
—Esto también es una finca, pero sobre todo es una explotación. Doce mil ochenta y cuatro cítricos. Los naranjos son de la variedad lane late. Una de las parcelas es de mandarinos, de la variedad oronules. La tierra es lo que menos importa. Alimentas los árboles con el caldo de estos cilin-

dros. Sólo necesitas agua y un clima apropiado. El ordenador regula el agua con la mezcla de sustancias.

—¿Y tu trabajo en qué consiste?

—En casi nada. Tengo relación con algunos centros de investigación, conviene estar al día para prevenir desastres y para mejorar la calidad de la fruta. Pero no lo hago solo. Hay un ingeniero agrónomo que lleva unas cuantas fincas. Consulta conmigo cuando hay que tomar decisiones costosas, de lo rutinario se encarga él.

—¿Para qué tenías que venir hoy?

—Es bueno pasarse de vez en cuando. Para comprobar que todo funciona. También quería ver los árboles. Algunos están conectados a sensores, y los sensores a la oficina del ingeniero. Pero a mí me gusta verlos. Con el tiempo me gustaría hacerme cargo de casi todo yo mismo.

—Así que te has convertido en un explotador de árboles.

—Y de hombres, Enrique. Todavía hay que recoger las naranjas para venderlas.

—Espero que te portes dignamente con los recolectores —bromeó Enrique—. Tendré que informarme en el sindicato.

—Me porto con la dignidad que me impone la organización de las relaciones de producción. En los años de mucho trabajo, cuando los recolectores están fuertes, hay que pagarles alojamiento y extras. En los años malos, duermen donde pueden y se les paga menos.

Mientras hablaban, Edmundo había estado apuntando algo del ordenador. Ahora salieron.

—Sólo me queda ver las mandarinas, están al final.

Bajaron por la cuesta al otro extemo de la finca.

—Ni siquiera aquí hay una tierra de nadie —dijo Enrique.

—Ni siquiera. Da igual que te vayas a vender quesos a un monte de Asturias o que te compres un barco para pescar atún. El dinero siempre sale del mismo sitio.

—Pero hay empresarios mejores y empresarios peores.

—Es posible. Lo personal, el factor humano, «las cosas que se hacen porque se tienen que hacer».
—Todavía te acuerdas.
—Sí, me acuerdo.
—¿Y qué sitio dejas tú para el factor humano, para la gente que hace las cosas porque cree que tiene que hacerlas?
—El sitio del sacrificio, el sitio del bien y del mal, el sitio de la religión.
Habían llegado a los mandarinos. Edmundo señaló la madera:
—La vida del árbol se nota sobre todo por la dilatación del tronco. Por la mañana están bien, al mediodía empiezan a estrecharse porque no les llega agua suficiente. ¿Y eso es bueno? Según lo que quieras obtener del árbol.
Edmundo metió las manos entre el follaje buscando los frutos.
—El frío —dijo— es malo para los cítricos. Tres horas a menos de dos grados bajo cero y el árbol puede morir. Sin embargo el frío es necesario para que el fruto vire, coja color y azúcares. Bueno, malo: para quién. Yo ya he terminado, Enrique. Si quieres, nos acercamos al mar y me hablas de tu oferta.
Edmundo conducía en silencio. Enrique también iba callado. Dejaron la carretera principal y se metieron por una más pequeña entre los arenales. Pronto empezaron a verse grandes extensiones de retama que precedían al mar. Torcieron a la derecha hasta un camino en obras. Edmundo paró el coche.
—En la playa, a unos doscientos metros, hay un bar que aún sigue abierto.
Anduvieron por la parte húmeda de la arena. La marea subía. Encontraron un bar con varias mesas. Sólo una estaba ocupada, por dos hombres y dos mujeres con aspecto de extranjeros.
—Me ofrecen ser el jefe de documentación de la cadena

donde trabajaste tú –dijo Enrique–. No sé cómo estabas tú cuando te ofrecieron irte. Yo he dicho que no. –Los ojos de Enrique reflejaron una desesperación quieta como un poste–. Y no creas que me siento orgulloso. Tengo más rencor, soporto cada vez peor la porquería en que se ha convertido la televisión pública, y los que me rodean me miran como si fuera un cobarde, como si no me hubiera atrevido a afrontar el reto, a cambiar.

–¿Una cerveza? –dijo Edmundo, y se levantó a pedirla.

Cuando Edmundo volvió, Enrique dijo:

–No hay lugar. No hay tal lugar. Ni el sindicato, ni la documentación, ni mi propia casa, ni el factor humano, ni el sacrificio. Las decisiones que tomamos no van a ningún sitio, no las recoge nadie, sólo nuestro cansancio y nuestra rabia las recogen.

–Yo ahora soy un cínico –dijo Edmundo–. Pero hubo un tiempo en que no lo fui.

Empezó a soplar el viento. Las cuatro personas de la otra mesa se levantaron y se fueron.

–El cínico –dijo Edmundo– no distingue entre el mal y el bien, pero deja que el mal juegue a su favor, luego sí que distingue.

Empezaba a atardecer. Había una luz anaranjada en medio del cielo y el mar se había oscurecido.

–¿Qué eras cuando no eras un cínico?

–Era un hombre no libre –dijo Edmundo–, alguien que sabía que nuestras contradicciones no son nuestras. Ahora todavía lo sé, pero me comporto como si lo hubiera olvidado.

–¿Por qué?

–No se puede vivir siempre en guerra. Si algunas cosas no hubieran pasado, si Almudena estuviese, a lo mejor yo habría durado más; a lo mejor no.

La alemana que regentaba el bar salió de detrás del mostrador y comenzó a apilar las sillas de las otras mesas. Enrique y Edmundo se levantaron.

—¿Sigues odiando la poesía? —preguntó Enrique.
—La odio menos, porque la necesito menos. Odio la poesía que pretende unirnos por encima de lo que somos, por encima de ser dueño de una finca o ser ayudante de documentación. La odio aunque ya no me hace apenas daño. En cambio busco más que antes esa otra poesía que nos une por debajo de lo que somos, en lo que tenemos de nutria, en lo que tenemos de monte, en lo que tenemos de esclavos todavía.
—¿Esclavo tú? No hagas que discutamos ahora.
Llegaron al coche. Edmundo condujo por las calles empinadas de Ayamonte y dejó atrás su casa. Siguió subiendo, dijo:
—Sé que tienes que irte, pero quiero que veas el estuario del Guadiana desde arriba.
Se detuvieron en un repecho y Edmundo guió a Enrique por un sendero en cuesta. El río se abría hacia el mar. Las tierras del Algarve se confundían con las de Huelva, mezcla ambas de campiña y arenal.
—Nunca he podido hablar así a mi hermana Fabiola o a Pedro —dijo Edmundo—. Ellos están bien. Hay mucha gente que está bien por más que pueda pasar malos ratos. Por otro lado, bien o mal no es decir mucho. Pero a veces la sumisión se resquebraja, a veces la confianza se rompe y la moral deja de ser un esfuerzo de la voluntad. No sé si tienes las señas de Irene Arce, se jubiló en septiembre. —Y Edmundo anotó su dirección—. Ve a verla, dile que has estado conmigo. Es posible que las historias no sucedan en vano.
Volvieron hacia el viejo Land Rover.
Cuando llegaron a la casa, Enrique subió a su coche. Saludó con la mano, tocó una vez la bocina desde lejos.
El sol, azul como una naranja, empezaba a ocultarse.